KB123933

문제적 결혼

문제적 결혼

2017년 10월 30일 초판 1쇄 인쇄
2017년 11월 2일 초판 1쇄 발행

지은이 정희경
발행인 이종주

기획 편집 이은정 주수지 송영경
경영 지원 배진경
마케팅 김정수

발행처 (주)로크미디어
출판등록 2003년 3월 24일
주소 서울시 마포구 성암로 330(상암동) DMC첨단산업센터 3층 14호
Tel (02)3273-5135 Fax (02)3273-5134
홈페이지 rokmedia.blog.me
E-mail romance@rokmedia.com

값 10,000원

ISBN 979-11-294-1837-1 03810

문제적/결혼

정희경 장편소설

여전히……
그를 보면 두근거리는 마음이 원망스럽다.

ROCOCO

contents

1화

오롯이 혼자 남은 고요한 새벽.

종일 집안을 청소하고, 시어머니의 닦달을 견뎌 내느라 고단할 법도 한데 이상하게 잠이 오지 않았다.

유라는 힘이 없는 얼굴로 침대 끄트머리에 앉아 굳게 닫힌 문을 바라보았다. 아무도 들어오지 않을 문을 하염없이 바라보고 있는 것만큼 사치스러운 일도 없는데, 이곳에서는 그를 기다리는 것 외에는 달리 할 수 있는 일이 없었다.

화장대에 놓인 액자 속 사진에는 초라한 지금의 모습과 다른 그녀가 세상을 다 가진 사람처럼 환하게 웃고 있었다. 침대 옆 탁상에 놓아둔 사진에도, 방에 들어오면 제일 먼저 보이는 벽걸이 웨딩 사진에도, 그와 자신은 해맑은 미소로 웃고 있었다.

짓궂은 장난에 콧잔등을 찡그리면서도 웃었고, 팔짱을 낀 채로 수줍게도 웃었고, 서로를 바라보며 다정하게 웃기도 했다.

사랑만으로 무서울 게 없었던, 힘들 걸 알면서도 포기할 수가 없어서 무모하게 시작했던 결혼 생활. 그때의 자신감과 패기는 어디로 사라진 걸까. 마음이 씁쓸해졌다.

사업 대물림을 결혼 조건으로 내건 시어머니 때문에 그는 오랜 꿈이었던 변호사를 포기한 채 회사로 들어갔다.

사업에는 관심조차 없었던 그가 지금껏 시어머니가 꾸려 온 식품업을 독립적으로 맡기 위해서는 많은 시간과 노력, 공부가 필요했다.

조건을 받아들인 덕분에 결혼은 했지만 그가 정시 퇴근을 하고 집에 오는 경우는 손에 꼽을 정도로 적었고, 몇 달 전부터는 그마저도 사라졌다. 아침이 돼서야 잠깐 옷을 갈아입으러 집에 들르는 것이 전부였다.

처음에는 그마저도 행복했다. 지치고 힘든 그를 가장 먼저 위로해 줄 수 있는 위치에 있다는 것이 기뻤고, 그의 사소한 일들까지 직접 챙기고 해결해 줄 수 있음에 감사했다.

오히려 연애 때보다 자주 못 보게 된 것이 속상하긴 했지만, 자신과의 결혼을 위해 꿈을 포기하고 회사로 들어간 그의 노력을 알기 때문에 감히 서운하다고 말을 할 수도 없었다.

그런데 시간이 흐르다 보니 처음의 행복과 기쁨, 감사는 오래가지 못했다. 여전히 자신을 못마땅해하며 무시로 일관하는 시어머니, 그 모습을 지켜보면서도 타인처럼 방관만 하는 시누이, 회사 일이 바빠서 아무것도 챙길 여력이 없는 남편까지.

100평이 넘는 큰 집에 드나드는 사람들 중에서 유라의 편을 들어 주는 사람은 아무도 없었다.

속상한 마음에 아침 일찍 들어온 그에게 투정을 부리려고 하면 시어머니가 득달같이 올라와 바깥일 하러 가는 남편을 잡아 둔다며 눈치를 주기 일쑤였다.

그때마다 그는 상황을 수습해 정리하고 말없이 안아 주었다. 가뜩이나 '낙하산'이란 꼬리표를 달고 회사에 들어간 거라 곳곳에서 치일 텐데도 그는 아무 고충도 털어놓지 않았다. 오히려 별일 없었느냐고 그녀의 안부부터 물어봐 주었다.

자신을 먼저 생각하는 그의 품에 안겨 있다 보면 어느새 힘들었던 마음이 이내 녹아 버리기도 해서, 묵묵히 참아 보려고 했다.

조금만 버티면 언젠가는 평범한 부부처럼 살 수 있을 거라는 희망과 믿음이 있었으니까.

위잉- 위잉-

유라의 휴대폰에서 알람이 울렸다. 마지노선인 새벽 3시. 이 시간까지 소식이 없다는 건 아침이 다 돼서 들어온다는 뜻이었다. 유라는 숨을 죽이고 침대에 몸을 누였다.

이리저리 뒤척이며 아침을 기다리기에는, 너무 과분한 침대였다.

선잠을 자던 유라는 몸에 스치는 서늘한 공기에 눈을 떴다. 포근한 이불 속으로 들어와 허리를 감싸 안는 손은 차가웠지만, 그녀의 입가에는 저절로 옅은 미소가 그려졌다.

"왔어?"

자고 있는 줄 알았던 유라에게서 대답이 돌아오자, 형찬은 조금 더 바짝 다가와 잠옷에 손을 집어넣었다. 그리고 홀쭉한 배를 타고 올라가 그녀의 가슴을 부드럽게 움켜쥐며 말했다.

"아주머니께 말씀드렸어. 잠깐만 이러고 있자."

그가 거실에서 아주머니와 마주쳤다면 지금은 아침 7시쯤 됐을 것이다. 곧 시어머니가 일어나실 시간이었다. 흠잡히지 않으려면 지체 없이 일어나야 했지만, 오늘은 왠지 그의 달콤한 유혹에 넘어가고 싶었다.

귓가에 대고 은밀하게 속삭이던 형찬은 그대로 도톰한 유라의 귓불을 빨아 당겼다. 그의 짓궂은 장난에 유라가 몸을 웅크렸다.

"보고 싶었어, 유라야."

그의 듣기 좋은 목소리가 마음을 잔잔히 파고들었다. 보고 싶어서 애가 탔던 마음을 표현하는 그의 손길에 유라는 몸을 돌렸다. 피곤함과 지친 기색이 역력한 형찬이 옷도 갈아입지 않은 채로 누워 있었다.

"얼마큼 보고 싶었는데?"

형찬은 좀 더 가까이 다가가 대답 대신 그녀의 입술을 집어 삼켰다. 살짝 벌어졌던 입술 사이로 그의 혀가 거칠게 밀고 들어왔다. 오롯이 느껴지는 뜨거운 열기에 두 사람의 호흡도 점점 가빠졌다.

지그시 감았던 눈을 천천히 뜨자 형찬이 뜨거운 눈빛으로 음흉한 미소를 짓고 있었다. 그의 손은 어느새 허벅지 안쪽을 집요하게 배회하고 있었다. 하지만 유라는 형찬의 손을 저지했다.

"당신, 눈 충혈됐어."

형찬은 눈가를 어루만지는 그녀의 손에 제 손을 포갰다.

"지금 그게 중요해?"

"응. 그게 중요해. 잠은 좀 잔 거야?"

"그럼."

"몇 시간?"

"음…… 한 3시간?"

인간의 하루 최소 수면 시간이 4시간 반이라는데 고작 3시간이라니. 눈이 멀쩡하다면 그게 더 이상할 정도였다.

"오늘도 바로 나가야 돼?"

형찬은 시계를 바라보며 말했다.

"9시까지 공장 가야 되니까 여기서 8시에는 출발해야 돼."

"아침은?"

"가는 길에 사 먹으면 돼."

마지막으로 같이 앉아서 밥을 먹은 게 신혼여행이었던가. 언제였는지 기억조차 까마득한 옛일이 되어 버렸다. 하지만 붉은 핏발이 뻗친 두 눈이 안쓰러워서 차마 같이 밥을 먹자며 일으킬 수가 없었다.

"그럼 조금이라도 눈 좀 붙이고 있어."

유라가 일어나려고 하자 그가 몸을 일으켜 세우며 팔을 붙들어 자신의 바지춤에 손을 가져다 댔다.

11

"이건 어떻게 책임질 건데?"

"아침 준비하러 내려가야 돼. 지금도 늦었어."

"보내기 싫은데."

"시간 맞춰서 깨우러 올게."

유라는 아쉬워하는 형찬의 볼에 입을 맞춰 주며 이불을 단단히 덮어 주었다.

부리나케 1층으로 내려갔는데 다행히도 시어머니는 아직 방에서 나오지 않은 모양이었다. 아주머니의 빠른 손놀림으로 아침 식사도 일사천리로 준비되고 있었다.

냉장고를 열어 보니 어제저녁에 미리 다듬었던 콩나물과 해동하기 위해 넣어 둔 생선이 보였다.

"어제 어머니가 조기 드시고 싶다고 하셨죠?"

"응. 거기 냉장고에 보이지?"

유라가 생선 봉지를 꺼냈다.

"제가 구울게요."

"괜찮겠어?"

"그럼요."

지난번 그녀가 먹음직스럽게 구워 냈던 갈치 네 마리가 고스란히 음식물 쓰레기통으로 버려지던 것을 목격했던 청주댁의 눈에는 벌써부터 걱정과 안타까움이 가득했다.

세탁소를 하는 엄마를 대신해서 어렸을 적부터 동생의 도시락과 끼니를 챙기느라 요리에는 어느 정도 자신이 있었다. 그러나 깐깐한 시어머니에게 눈대중으로 보고 배운 실력이 성에 찰 리가 없었다.

청주댁 음식 맛에 익숙한 시어머니는 유라가 한 음식을 기막히게 알아차렸고, 그녀의 음식에는 젓가락이 두 번 가는 일이 없었다. 하지만 외면당한다고 가만히 손 놓고 있을 수는 없었다.

청주댁을 도와 아침 준비를 마친 유라는 시간을 확인했다. 이제 곧 형찬이 공장으로 출발해야 할 시간이었다. 유라는 앞치마를 맨 채로 2층으로 올라갔다.

"형찬 씨, 그래도……."

"어?"

어머니를 뵙고 나가는 게 어떻겠냐고 물을 참이었다. 문을 열자 형찬이 잽싸게 뒤로 돌아섰다.

"왜 그래?"

등을 보이며 고개를 뒤로 젖히고 있는 자세가 어쩐지 수상했다. 유라는 그에게 가까이 다가갔다. 아니나 다를까, 지나친 과로 탓에 코피가 났는지 휴지로 코를 틀어막고 있었다.

사법고시를 준비할 때도 체력만큼은 둘째가라면 서러울 정도로 튼튼했던 그였기에 코피 난 걸 본 건 처음이었다.

"코피 났어?"

"아, 별거 아니야. 괜찮아."

곧장 괜찮다고 대답하는 그는 마치 '괜찮다'라고 말하는 칩이 장착된 로봇 같았다.

"유라야, 나 거기 휴지 좀."

화장대에는 그의 코피가 사방으로 떨어져 있었다. 본인은 괜찮을지 몰라도, 보는 사람은 전혀 괜찮지 않았다. 유라는 휴지를 잔뜩 뽑아서 속상한 얼굴로 형찬에게 다가갔다.

"거짓말쟁이."

"내가? 왜?"

"이거 처음 아니지?"

거짓말쟁이라는 말이 찔렸는지 형찬은 이번엔 아니다, 괜찮다는 말 대신 그저 웃음으로 대답을 피하려고 했다. 본인 걱정에 심각한 사람 마음도 모르고 웃기만 하는 그가 야속했다.

"왜 말 안 했어?"

"이런 사소한 얘기 할 시간이 어디 있어. 내 여자 얼굴 보기도 바쁜데."

형찬의 말에 코피를 닦아 주던 유라가 멈칫했다.

"고작 코피야. 괜찮아. 걱정하지 마."

버릇처럼 웃는 그의 미소에도 유라는 웃음이 나지 않았다. 원래 평소에 깊게 생각하지 않았던 작은 것 하나가 균열을 일으키기 마련이니까.

고작, 사소한 그 작은 것이.

무심한 시간은 여전히 정확하게 흘러가고 있었고, 상황은 나아지지 않았다. 형찬은 여전히 바빴고, 바쁘고, 바쁠 예정이었다.

밥을 퍼 온 유라는 조용히 식탁에 앉았다. 시어머니는 동창들과 골프를 치러 나갔고, 시누이는 친구를 만나러 영국을 갔고, 청주댁은 점심에 먹은 밥이 얹혀서 저녁 생각이 없다고 했다.

이 집에 혼자 남겨지는 일이 한두 번도 아닌데 오늘따라 새삼 크고 긴 식탁이 허전하고 외롭게 느껴졌다. 그래서일까, 꺼내 놓은 반찬들에도 딱히 손이 가질 않았다. 결국 유라는 밥에 물을 말았다.

참, 청승맞다.

물에 만 밥을 한 술 떠먹는 순간 제일 먼저 든 생각이었다. 마음 같아서는 굶고 싶었지만, 꿋꿋하게 힘을 내서 버티려면 뭐라도 먹어야 했다.

"김치찌개 먹고 싶다."

큼지막하게 썰어 넣은 돼지고기에 김치를 볶아 넣고 팔팔 끓인 엄마표 김치찌개가 생각난다. 남은 두부에 볶다 남은 신김치를 얹어서 먹어도 맛있을 텐데.

사실 엄마표 김치찌개는 형찬이 더 좋아하는 음식이었고, 두부 김치는 그가 좋아하는 안주 중 하나였다. 그 두 가지만 있으면 반주飯酒도 거뜬했다.

저녁은 먹었을까. 일에 방해될까 봐 웬만해선 그에게 연락을 하지 않던 유라는 잠시 망설이다 휴대폰을 들었다.

[저녁 먹었어?]

답장이 오면 좋고, 전화가 오면 더 좋고.

유라는 휴대폰을 옆에 두고 물에 불어 터진 밥을 꾸역꾸역 마저 먹었다.

설거지를 끝내고 1층으로 내려온 지 꼬박 반나절이 지나고 나서야 방으로 들어갔다. 오후 내내 집 안 유리창 물청소를 하느라 어깨부터 허리까지 온몸이 뻐근했다.

유라는 뭉친 어깨를 스스로 주무르며 휴대폰을 바라보았다. 휴대폰을 확인할 시간도 없는 건지 형찬에게선 여전히 답장이 없었다.

답장이 드문 그와의 메시지를 훑어보던 유라는 며칠 전 동창인 종우가 보내 준 딸 이령의 동영상을 보았다. 이제 막 돌이 지난 이령은 '까꿍'이라는 목소리에 눈웃음을 치며 방긋방긋 웃었다. 아이의 웃음이 어찌나 천진난만한지, 영상을 보는 그녀의 입가에도 저절로 미소가 그려졌다.

대학 입시를 준비할 때 약학과와 유아교육과를 두고 고민했을 정도로 유라는 아이를 좋아했다. 형찬도 누구 못지않게 아이를 좋아했기 때문에 결혼을 하면 빨리 아이를 가질 생각이었다.

상대방을 꼭 닮은 아이를 낳아 함께 키워 가는 일은 그 어떤 것보다 감동적이고, 감사한 일이니까.

그러나 그와 온전히 함께할 수 있는 시간이 일주일에 하루도 채 되지 않으니 아이 계획은 꿈도 꿀 수 없었다. 그렇다고 회사 일에 집중하느라 본인 몸도 못 챙기는 그에게 아이를 낳자고 조를 수도 없는 노릇이었다.

"부럽다."

유라는 누구에게도 쉽게 꺼낼 수 없는 진심을 혼잣말로 내뱉었다.

종우의 딸 동영상만 몇 번을 돌려 가며 보고 있을 때였다. 갑자기 휴대폰 액정 화면이 바뀌며 전화가 걸려 왔다. 엄마였다.

김치찌개 먹고 싶다는 마음이 전해지기라도 한 걸까. 보고 싶었던 사진 속 얼굴이 액정 화면에 꽉 채워지는 것만으로도 가라앉았던 기분이 풀리는 것 같았다.

"엄마!"

— 유라야!

딸에게만큼은 무조건적으로 다정한 엄마의 목소리를 듣자 왠지 모를 서러움이 북받쳤다. 그러나 절대 티를 내서는 안 됐다. 유라는 몰래 목소리를 가다듬었다.

— 전화 받을 수 있어?

휴대폰 너머로 조심스러워하는 기색이 여실히 느껴졌다. 시 댁에서 지내는 딸에게 밤늦게 전화를 하는 것이 눈치 보이는 모양이었다. 잘못한 것도 없는 모친을 눈치 보게 만든 스스로가 오늘따라 원망스러웠다.

"그럼. 당연하지."

— 저녁은 먹었고?

"그럼. 엄마는?"

— 엄마도 먹었지.

오늘따라 엄마가 끓여 주는 김치찌개가 생각났다고 말해 주고 싶었다.

— 미역국은, 먹었어?

뜬금없이 미역국을 언급하는 모친의 말에 그녀의 입이 꾹 다물렸다. 유라는 곧장 휴대폰으로 날짜를 확인했다.

3월 8일. 오늘은 자신의 생일이었다.

어렸을 때야 생일마다 여러 사람들에게 축하받는 일이 즐거웠지만, 해가 지날수록 생일에 큰 의미를 두지 않게 됐다.

주변 지인들도 제각각 가정을 꾸리고 살다 보니 먹고살기 바쁜 생활에 길들여져서 가족도 아닌 남의 생일을 기억하고 축하해 줄 여유가 없었다.

아무리 그래도 생일을 잊은 적은 없었는데…….

그러고 보니 결혼한 뒤로는 오늘이 며칠인지를 챙겨 보지 않았다. 쳇바퀴 굴러가듯 똑같은 일상이었고, 그런 일상을 살고 있는 것이 아닌 살아 내고 있었다.

– 여보세요?

유라에게서 아무 대답이 없자 바로 현숙에게서 걱정하는 목소리가 흘러나왔다. 그녀는 다시 휴대폰을 귀에 가져다 댔다.

"그럼. 당연히 먹었지."

– 오늘은 박 서방도 일찍 왔어?

"응. 씻고 있어."

혹시라도 모친이 형찬을 바꿔 달라고 할까 봐 그럴싸한 변명을 꺼내 놓았다. 언제부터 이렇게 거짓말에 능수능란해진 걸까.

– 다행이다. 엄만 또 너 시댁에서 미역국도 못 먹었을까 봐 걱정돼서 전화했어.

"……."

– 우리 딸, 생일 축하해.

유라는 형찬의 베개를 바라보며 휴대폰을 손에 꼭 쥐었다.

나는 왜 이곳에 있는 걸까.

무엇을 위해, 이곳에 있는 걸까.

언제까지 좋았던 기억들에 의존해 가면서 하루하루를 살아 내야 하는 걸까.

그녀의 마음속에서 끝도 없는 물음이 터져 나왔다.

"엄마."

– 응?

"……보고 싶어."

좀처럼 듣기 힘든 맏딸의 응석에 현숙의 웃음소리가 들렸다.

– 조만간 박 서방이랑 같이 와. 엄마가 맛있는 거 해 줄게.

엄마에게 언제 지켜질지도 모를 약속을 기대하며 지내도록 할 수는 없었다. 막막한 현실에 유라의 눈에 눈물이 차올랐다. 아무도 보는 사람이 없는데도 그녀는 서둘러 눈물을 닦아 냈다.

"그 사람은 바쁘니까, 나 혼자 갈게요."

– 아휴, 박 서방 몸 상하겠네. 그럼 혼자라도 와. 엄마도 오랜만에 우리 딸 얼굴 좀 보자.

"응."

더 길게 통화를 해서는 안 될 것 같았다. 유라는 핑계를 대며 급하게 전화를 끊었다. 조용히 이불 속으로 들어간 그녀는 베개에 얼굴을 묻었다. 그리고 잠시 후, 숨죽인 울음소리가 들렸다.

이제 더는 이 외로움을 감당할 수가 없다. 이 방 안에서 그를 하염없이 기다리기만 해야 하는 자신의 처지가 서러워서 견딜 수가 없다.

2년 사이 피폐해지기만 한 형찬도, 빈껍데기가 되어 가는 자신도. 모든 것이 끔찍했다.

어쩌면 처음부터 정해져 있던 끝인지도 모른다. 아무리 노력해도 상황은 달라질 수 없고, 그렇다면 지금 우리의 노력은 아무런 의미가 없다는 것을. 그 잔인한 현실을 애써 모른 척 넘겼을 뿐이라는 것을. 오늘에서야 비로소 인정해 버린 것뿐.

그만, 해야겠다.

한참을 울던 유라는 고개를 들었다. 그리고 초점 없는 눈으로 자리에서 일어나 옷장에서 트렁크를 꺼냈다. 충동적이지만, 결코 충동적이지 않은 결정이었다.

트렁크에 넣을 옷가지는 별로 없었다. 제집 며느리로 들어온 이상 급은 맞춰야 한다며 시어머니가 집에서 가져온 옷들을 모두 버렸기 때문이다.

그나마 몇 벌 남아 있던 옷들을 챙겨 넣으니 옷장에는 시어머니의 취향에 맞춘 원피스들이 빼곡하게 채워져 있었다.

분명 결혼 생활 내내 쓰던 옷장이었는데, 옷을 모두 뺐음에도 불구하고 빈자리가 느껴지지 않는다. 사라진다 해도 전혀 빈자리가 느껴지지 않을, 이 집에서 자신의 존재가 그러하듯이.

유라는 바로 옆 옷장 문을 열었다. 도망칠 준비를 하는 주제에 아침에 들어와서 출근 준비할 그의 옷이 신경 쓰이다니.

"미련하다, 한유라."

처음부터 사랑 하나만 믿고 모든 것을 걸었던 것 자체가 미련한 결정이었다. 유라는 침대 위에 두었던 휴대폰을 확인했다. 여전히 그에게서는 연락이 없었다.

"미안해, 형찬 씨."

웨딩 사진을 바라보며 나지막이 읊조린 유라가 다시 뜨거워진 두 눈을 가렸다.

기약 없는 기다림, 나는 이제 더 못 하겠어.

비겁한 도망이라 해도 할 말이 없다. 그를 여전히 사랑하지만, 사랑하기 때문. 이 사랑을 지키려다가 결국은 현실에 지쳐서 멀어져 버릴 서로의 모습이 눈에 선해서.

그렇게 노력과 의무에 얽매여서 이 관계를 벼랑 끝으로 내몰고 싶지 않았다.

어두컴컴한 거실을 지나 완전히 밖으로 나온 유라는 고요한 거리에서 결국 참았던 울음을 터뜨렸다. 어깨가 들썩일 정도로 서럽게 흐느끼면서 유라는 텅 빈 골목길을 쓸쓸하게 내려갔다.

누구에게도 환영받지 못했던 그 길로.

누구에게도 배웅받지 못한 채로.

무작정 시댁에서 나와 친정에 머무른 지도 벌써 한 달이 흘렀다.

평범한 하루의 시작이었던 새벽에 친정에 들이닥쳐 기어이 모친의 가슴에 두꺼운 대못을 박았다. 2년 동안 딸의 아픔을 까맣게 모르고 있었다는 사실에 모친은 가슴을 치며 울었고, 동생인 우리는 힘들어하는 사정을 알았지만, 자신의 부탁으로 아무것도 모른 척해야만 했던 것에 자책하며 울었다. 그리고 유라는 자신 때문에 슬퍼하는 가족들을 보며 울어야 했다.

친정에 도착하고 나서 제일 먼저 전화를 걸어 온 사람은 형찬도, 시어머니도 아닌 청주댁이었다. 시간이 지나도 아침 준비를 하러 내려오지 않는 것을 이상하게 생각하고 2층으로 올라왔던 모양이다.

그 뒤로 형찬에게 수십 통의 전화가 걸려 왔지만, 아예 휴대폰을 꺼 버렸다. 당장은 아무것도 듣고 싶지 않았다.

하지만 곧장 형찬이 친정으로 찾아왔다. '형부'라는 우리의 말에 모친은 욕실에 있는 바가지로 물을 퍼서 그에게 쏟아부었다. 가족 모두가 그에게 예의를 차릴 정신이 아니었다.

모친의 오열과 형찬의 죄송하다는 목소리가 들렸지만, 차마 방에서 나갈 수가 없었다. 그의 얼굴을 보면 굳게 마음먹고 나온 일이 모두 물거품이 돼 버릴까 봐. 형찬을 외면할 용기가 나지 않았다.

그 뒤로 형찬은 회사도 가지 않고 줄곧 친정 앞에 차를 세우고 자신이 만나 주기만을 기다렸다. 창밖으로 그의 차만 하염없이 바라보던 유라는 결국 한 달이 지나고 나서야 겨우 약속을 잡았다.

"얼굴이 왜 이렇게 안 좋아……."

카페에서 그가 꺼낸 첫마디였다. 거울도 안 보나 보다. 못 본 사이 얼굴이 더 상한 사람이 누군데. 형찬이야말로 살이 빠져서 금방이라도 쓰러질 것 같이 축 처져 있었다. 그를 그렇게 만든 사람은 자신인데, 그는 오히려 저를 걱정하고 있었다.

형찬이 손을 뻗어 그녀의 야윈 뺨을 어루만지려 했지만 유라는 매정히 고개를 돌렸다. 순간의 다정함에 더는 속지 않겠다는 의지가 담긴 외면이었다.

"유라야."

형찬의 목소리에서 감출 수 없는 피곤함이 묻어 나왔다.

"내가 어떻게 할까? 어떻게 하면 돌아올래?"

이미 엉망이 돼 버린 결혼 생활. 처음에는 아무것도 몰랐기 때문에 외로움만 안겨 줄 그 집에 제 발로 들어갔지만, 모든 것을 다 경험하고 깨달은 지금은 너덜너덜해진 마음을 안고 돌아가고 싶지 않았다. 그러기엔 두려움이 너무 커져서 엄두가 나질 않았다.

대답이 늦어지자 초조해진 형찬이 먼저 말을 꺼냈다.

"분가하자. 어머니는 내가 설득할게."

"형찬 씨."

유라는 고개를 저었다. 그런 단순한 해결을 바라고 나온 것이 아니었다.

"나…… 너무 힘들어."

"알아, 유라야. 그런데 조금만 버티면……."

그는 늘 안다고 말했다. 차라리 아무것도 모른다고 말하지. 그럼 몰라서 신경을 못 쓴 거라는 면죄부를 주면서 멍청하게 또 한 번 믿어 보려고 했을 텐데. 하지만 형찬은 그마저도 허

23

락하지 않았다.

"형찬 씨 옆에 있는 게 힘들어."

대리석 테이블에 유라의 눈물이 빗물처럼 투두둑 떨어졌다.

"나는, 사랑만 있으면 다 될 줄 알았어."

그런데 그게 아니잖아.

"나는…… 내가 버틸 수 있을 줄 알았어."

그에게 받는 사랑에 눈이 멀어서 가족의 걱정을 뒤로한 채, 내 사랑 지키겠다고 자신만만하게 그에게 달려갔다. 형찬과 떼려야 뗄 수 없는, 나를 탐탁지 않게 여기는 그의 가족들이 있는 곳으로.

그런데 보기 좋게 넘어져 버리고 만 것이다. 천천히 걸어가는 순간에도, 어쩔 때는 가만히 있는데도 툭툭 넘어졌다. 큰소리치고 달려갔던 만큼 씩씩하게 다시 일어서야 했지만 그럴 수가 없었다. 지난 2년 동안 생긴 수많은 상처들 때문에 제대로 걸을 수가 없었다.

그녀의 가족에게 저 자신이 얼마나 소중한 사람인지 잠시 잊고 살았다. 제 불행에 통곡하는 모친을 보며 결심했다. 행복해져야겠다. 가족들을 위해서, 그리고 나를 위해서.

"이혼……해 줘."

유라는 가방에서 이혼 서류를 꺼냈다. 그녀가 내민 종이봉투를 본 형찬의 눈빛이 흔들렸다.

"한유라."

형찬은 카페에 들어와 처음으로 굳은 얼굴을 하고 그녀를 바라보았다.

"진심이야?"

"……."

"이게…… 정말 네 대답이야?"

그의 입장에서 배신이라 해도 할 말 없었다. 충격받은 그의 얼굴을 보지 않으려고 두 눈을 질끈 감았는데 그렁그렁했던 눈물이 두 볼을 타고 흘러내렸다.

끝낼 결심을 하고 나온 만큼 이런 구질구질한 눈물을 보여서는 안 되는 건데, 그게 마음처럼 되질 않았다.

사랑하는 마음 하나만으로 서로를 이해하려고 노력했지만, 노력으로는 결코 메워지지 않을 거리. 아무리 그에게 다가가려고 발버둥을 쳐 봐도 옷깃을 붙잡고 늘어지는 환경 때문에 매번 제자리였다.

"사랑으로 모든 게 해결되는 게 아닌데 당신도, 나도 너무 어리석었어. 그러니까 이제라도……."

"참 잔인하다, 한유라."

그의 나지막한 목소리가 마르다 못해 퍼석퍼석 갈라졌다.

"내가 어떻게 여기까지 왔는데……."

"……."

"내가…… 널 얼마나 사랑하는데……."

혼잣말처럼 내뱉은 그의 고백에 가슴이 저리다 못해 욱신거리게 아팠다.

그가 우리의 미래를 위해 얼마나 노력했는지는 자신이 더 잘 알았다. 하고 싶지 않았던 사업을 물려받았던 것도, 성과로 인정받게 되면 이 결혼에 회의적이었던 어머니의 마음이 조금이나마 돌아설 거라는 믿음 때문에 더욱 일에 매진했다는 것도 알았다.

하지만 그가 일로써 인정받는 것과 자신이 이 집 며느리로 인정받는 것은 별개의 문제였다. 친정에 있는 동안 단 한 통의 연락조차 없는 시어머니를 보며 확신이 생겼다. 눈엣가시 같던 존재가 사라졌으니 오히려 더 후련해하실 분이셨다.

"다신 찾아오지 마."

긴 호흡을 내쉰 유라가 가까스로 말을 꺼냈다. 하지만 흔들리는 감정만큼 목소리 역시 떨리고 있었다.

"미안."

"……형찬 씨."

"그렇게는 못 하겠어."

형찬은 더 듣고 싶지 않다는 얼굴로 자리에서 일어났다.

"나랑 내 가족이 너한테 잘못한 것도 알고, 너 힘든 것도 알아. 다 아는데. 나는 너 이렇게 쉽게 못 보내."

"이러지 마, 제발."

"너 마음 풀릴 때까지 어머니랑 누나 몫 합쳐서 내가 다 빌게. 장모님이랑 처제한테도 똑같이 빌게. 당장 돌아와 달라는 말도 안 할게."

"……."

"그러니까 너도 그런 무서운 말 다신 하지 마."

지푸라기라도 잡으려는 사람처럼 절박한 그의 목소리에 유라는 끝내 울음을 터뜨렸다. 두 손으로 얼굴을 가리고 어깨를 들썩이는 그녀를 참담하게 내려다보던 형찬이 말했다.

"밥 잘 챙겨 먹고."

"형찬 씨, 제발…….”

"내일 또 올게."

형찬은 도망치듯 카페를 나가 버렸다. 혼자 남겨진 자신에게 쏟아지는 주변 시선들이 느껴졌지만 유라는 신경 쓸 정신 없이 눈물을 흘렸다.

이별이 쉽지 않을 거라고 예상은 했지만 이 정도일 줄은 몰랐다. 이렇게 숨도 안 쉬어질 만큼 괴로울 줄은, 정말이지 몰랐다.

이별을 인정하지 못하는 그에게 얼마만큼 더 잔인해져야 하는 걸까. 사랑하는 사람에게 잔인해야 하는 자신은 또 얼마나 괴로워야 하는 걸까.

사랑 하나 때문에, 모든 것이 엉망으로 흘러가고 있었다.

활짝 열어 놓은 창문 사이로 옅은 햇빛이 비치는 아침이었다. 접시에 계란 프라이를 담아 식탁에 앉은 현숙은 퀭한 유라의 얼굴을 유심히 바라보았다.

"오늘도 잠 못 잤어?"

"아니야. 잘 잤어."

거짓말도 자꾸 하면 는다더니, 이젠 자연스럽게 거짓말이 흘러나온다.

모든 걸 내려놓고 집으로 돌아오면 마음이 편할 줄 알았는데 오히려 마음 편히 잠을 자 본 적이 없었다. 일찍 눈을 감아도 1~2시간 지나면 어김없이 눈이 떠졌고, 그 순간부터는 잠이 오지 않았다.

몸은 피곤한데 정신은 또렷한 느낌은 썩 좋지 않았다. 깨어 있는 동안에는 하루에도 몇 번씩 형찬이 생각났고, 그를 생각하면 늘 마음이 울컥거려 시도 때도 없이 눈물이 났다.

"벌써 다 먹었어?"

"아, 응."

아무 생각 없이 밥그릇을 비워 내야 한다는 생각만 하고 수저질을 했더니 금세 한 공기 뚝딱이었다. 무슨 반찬을 먹었는지도 생각이 안 났다. 그만큼 정신이 없는 상태였다.

"밥 더 줄까?"

"아냐. 배불러."

"많이 좀 먹어. 가뜩이나 말랐는데 어째 살이 더 빠진 것 같아."

엄마와 동생에게 걱정 끼치고 싶지 않아서 하루 세 끼 꼬박 잘 챙겨 먹었는데도 한 달 새 몰라보게 살이 빠졌다. 대체 먹은 것들이 어디로 가는지 알 수가 없었다.

"뭐 먹고 싶은 거 없어? 저녁에 고기 구워 줄까?"

"우리가 삼겹살 좋아하잖아."

"우리 말고 너 말이야."

"나도 삼겹살 좋아해. 고기는 내가 사다 놓을게."

현숙은 고개를 끄덕였다. 먼저 자리에서 일어난 유라는 간단히 샤워를 마치고 옷을 갈아입었다. 세탁소 나갈 준비를 하던 현숙은 오랜만에 보는 딸의 외출 준비에 반색하며 다가왔다.

"어디 나가려고?"

"응. 잠깐 친구 좀 만나고 오게."

"그래. 집에만 있으면 답답하니까 나갔다 와."

현숙의 얼굴에 안도하는 미소가 슬며시 새어 나왔다.

집에서 나와 언덕길을 내려가는데 충온슈퍼 앞 테이블에 동네 아주머니들이 모여 수다를 떨고 있었다. 자신이 요즘 동네의 구경거리이자 이야깃거리임을 알기 때문에 유라는 고개를 푹 숙이고 걸어갔다.

"유라야."

그때 충온슈퍼 주인인 연경 아줌마가 그녀를 불러 세웠다. 유라는 그녀를 향해 고개를 까딱 숙였다.

"안녕하세요."

"엄마는 벌써 출근하셨니?"

"아직 집에 계세요. 곧 나오실 거예요."

"그래."

다른 아주머니들에게도 살짝 눈인사를 하며 돌아섰다. 그때였다.

"뒷모습이 아주 그냥 더 삐쩍 말랐네."

"김 사장도 속이 말이 아니겠어."

"누가 아니래."

"그러니까 끼리끼리 만나야 한다는 말이 괜히 나온 게 아니라니까."

몇 발자국 가지 않아서 동네 아줌마들의 대화가 적나라하게 들렸다. 걱정을 빙자한 질시에 아침 먹은 게 얹힐 것만 같았다. 유라는 가슴을 툭툭 두드리며 버스정류장으로 향했다.

버스를 기다리는 동안 유라는 멍한 얼굴로 정류장에 앉아 있었다. 도로 위를 쌩쌩 달리는 차들 가운데 유난히 눈에 띄는 차가 한 대 보였다.

'오래 기다렸지? 미안.'
'또 다른 차랑 헷갈렸지?'

맨 앞에 측면주차 돼 있던 차의 색깔과 제조사만 보고 확신하며 달려간 게 화근이었다. 운전석에 앉아서 모든 상황을 지켜보고 있던 그가 볼멘소리로 말했다.

'그러다가 다른 차 문이라도 열까 봐 내가 다 조마조마해.'
'비슷한 차들이 너무 많아. 번호판은 멀리서 잘 안 보이고.'

그나마 차를 좋아하는 형찬을 만나서 이야기를 듣다 보니 제조사를 구분할 수 있는 정도까지는 왔지만, 번호판 없이도 차 외관만 보고 그의 차를 알아보기란 여간 쉽지 않았다.

'그럼 자동차 바퀴 모양을 외워 봐.'
'자동차 바퀴?'

그의 자동차 바퀴는 개나리 꽃잎처럼 생긴 특이한 모양이었다. 게다가 일부 자동차 모델에만 장착이 가능해서 흔하지도 않았다.

그날 이후로는 헷갈리지 않고 어디서든 곧장 그의 차를 찾아냈다. 심지어 이렇게 혼자 있을 때는 지나다니는 자동차들의 바퀴 모양을 구경하는 특이한 버릇까지 생겨 버렸다.

그런데 흔하지 않다고 생각했던 그 자동차 바퀴는 생각보다 너무 많았고 이렇게 불쑥불쑥 시선에 들어와 머릿속을 어지럽혔다.

이것 또한, 지독한 이별 후유증 중의 하나였다.

지끈거리는 관자놀이를 꾹꾹 누르며 도착한 곳은 병원이었다. 수연의 소개를 받아 오긴 했지만, 정신건강의학과는 처음이라 낯설었다.

접수를 하고 자리에 앉은 유라는 주변을 둘러보았다. 자기 순서를 기다리고 있는 사람들의 시선이 하나같이 건조하고, 공허했다. 마치 거울 속 제 얼굴을 보는 기분이었다.

초조한 마음으로 이름 불리기만 기다리고 있을 때였다. 굳게 닫혀 있던 진료실 문이 벌컥 열렸고, 그곳에서 낯익은 남자가 걸어 나왔다.

형찬이었다.

"유라야."

이곳에서 그와 마주칠 줄은 상상조차 못 했다. 게다가 며칠째 형찬의 연락을 피하고 있던 상황이라 더욱 당황스러웠다. 당황한 건 형찬도 마찬가지였다.

"네가 왜 여기…… 있어?"

유라는 대답 대신 가방을 챙겨 일어났다. 형찬과 마주친 곳에서 진료를 받고 싶지 않았다. 하지만 곧장 형찬이 손목을 붙잡았다. 유라가 고개를 돌리자 형찬이 얼굴로 의자를 가리켰다.

"진료받고 가."

"됐어."

"한유라 씨."

마침 간호사가 그녀의 이름을 불렀다. 유라가 망설이는 틈에 형찬은 손을 들며 대답을 대신했다. 할 수 없이 유라는 진료실로 들어갔다.

몇 가지 검사를 마치고 만난 의사 선생님은 친절 그 자체였다. 차분히 이야기를 들어 주고 공감해 주는 모습 때문에 유라는 마음을 열고 솔직하게 상담을 진행했다.

다음 예약을 잡고 진료실에서 나오자 수납창구에 서 있는 형찬의 뒷모습이 보였다. 이미 계산까지 끝낸 그는 대신 받은 유라의 처방전을 흔들어 보이며 말했다.

"가자."

형찬이 먼저 앞장서서 걸었다. 엘리베이터를 타고 내려가서 약국을 찾아 처방전을 내미는 모습이 처음 온 사람이라고 할 수 없을 만큼 자연스러웠다.

'불면증은 우리나라 사람이 다섯 명 중에 한 명꼴로 겪어 본 적 있다고 할 만큼, 어떻게 보면 흔한 증상 중 하나니까 너무 스트레

스 받지 말아요. 특히 유라 씨 불면증의 원인은 정신적인 스트레스니까, 안정을 취하는 게 가장 중요해요.'

유라는 몇 걸음 떨어져 걸으며 앞장선 형찬의 뒷모습을 바라보았다. 그는 어디가 아파서 이곳에 온 걸까. 대체 언제부터…… 아팠던 걸까.

"박형찬 씨, 한유라 씨."

이름을 부르는 약사의 목소리에 형찬이 먼저 계산대로 걸어갔다. 약사는 나란히 선 두 사람을 바라보며 안경을 추어올렸다.

"일행이세요?"

"아니요."

"네."

대답이 엇갈리는 두 사람을 빤히 바라보던 약사는 후자의 말을 믿었다.

"처방이 똑같네요. 우선 두 분 다 2주 치고요. 호전되는 것 같으면 일단 약 복용은 중단하시고 다시 내원하세요."

유라는 형찬을 올려다보았다. 잠이 부족해서 눕기만 하면 곯아떨어지던 사람이 불면증이라니 믿을 수 없었다.

약 봉투를 챙겨서 나온 유라의 표정은 한없이 어두웠다. 형찬은 아무 말도 안 하고 약 봉투만 만지작거리는 그녀의 눈치를 살폈다.

"차 지하 주차장에 있어."

"혼자 갈게."

"그러지 말고…….."

"당신도 이렇게 힘들어하면서 누가 누굴 지키겠다고."

유라는 단호한 말투로 형찬의 말을 끊었다.

"이게 정말 나를 위하는 거야?"

"…….."

"나 당신 때문에 너무 힘들어서 여기까지 왔어. 그런데 나……
대체 얼마나 더 힘들어야 돼? 여기서 얼마나 더 아파해야 놔줄
거냐고……!"

형찬은 반대로 묻고 싶었다. 네 말대로 둘 다 이렇게까지 힘
들어하는 이별을 굳이 해야만 하는 거냐고. 하지만 각자 손에
들린 약 봉투를 보는 순간, 아무 말도 할 수 없었다. 아니, 입
이 열 개라도 할 말이 없었다.

"나는…… 이제 박형찬이 싫어."

충격받은 얼굴로 서 있는 형찬의 앞에서 유라가 할 수 있는
건 하나뿐이었다.

"그러니까 제발 찾아오지 마."

그의 마음이 완전히 돌아설 수 있게끔, 더 잔인하게 구는
것.

"이혼 서류 제출할 때 연락해. 법정 말고 다른 곳에서는 당
신 얼굴 보고 싶지 않아."

형찬에게 비수가 될 말들을 서슴없이 내뱉은 유라는 그가
붙잡을 새도 없이 서둘러 뒤돌아섰다.

혼자 집으로 돌아가는 길.

시선이 닿는 곳마다 온통 형찬과 함께했던 추억이 떠올랐다. 팔짱을 끼며 걸었던 동네 거리, 함께 자주 가던 식당, 같이 앉아 있기만 해도 좋았던 공원 벤치, 매일 그의 차가 주차되어 있던 집 앞 골목길까지.

뭐 하나 쉽게 잊히는 것이 없다. 끈덕진 그의 잔상에 결국 유라는 걸음을 멈췄다.

벌써부터 이렇게 생각이 나는데.

"나 이제 어떡해……."

그를 잊고 살 수 있을까.

그를 잊는다는 것이 가능하긴 한 걸까.

그의 옆에 남아 있는 것도, 떠나는 것도 아프기만 한 자신은 대체 어디로 가야 하는 걸까.

누구에게도 물어보지 못할 질문들을 속으로 되뇌던 유라는 무너지듯 주저앉아 버렸다.

2화

"이기상 씨. 처방받으신 약 나왔습니다."

한참 만에 이름이 불린 남자가 기다렸다는 듯 벌떡 일어서 다가왔다. 유라는 약 봉투에 넣었던 약들을 꺼내 보였다.

"약은 식사 30분 전에 드세요."

"식후가 아니고요?"

"네. 꼭 식전에 드세요."

유라는 약 봉투에 적힌 식전 표시에 빨간 색연필로 크게 동그라미 쳤다.

"저 인공눈물도 하나 주세요."

"사용하던 거 있으세요?"

"아니요. 처음 써요."

벽면에 빼곡하게 채워져 있는 약들 사이에서 능숙하게 점안

37

액을 찾아낸 유라가 뒷면에 적힌 사용 설명을 가리켰다.

"처음 쓰신다니까 순한 걸로 드릴게요. 사용하시다가 더 시원한 느낌 원하시면 분홍색 말고 파란색으로 사시면 돼요."

친절한 유라의 설명에 남자는 고개를 무한대로 끄덕였다.

"여기 처방전 어디로 드리면 돼요?"

"저한테 주세요."

북적북적한 틈에 새로 들어온 손님이 방황하고 서 있자 계산을 마친 유라가 서둘러 처방전을 건네받았다.

새마을약국이 위치한 성신타워 1차는 병원은 물론, 다양한 업종의 사무실이 들어선 20층 높이의 아파트형 빌딩이었다.

역세권 덕을 톡톡히 보는 위치인 데다가 최근에는 상가에 다양한 카페와 식당들이 생겨나면서 사람들의 발길이 더욱 늘어났다.

"저녁 7시에 약국이 왜 이렇게 바빠요?"

마지막으로 들어온 손님이 신용카드를 건네며 퉁명스럽게 물었다. 갑작스럽게 몰린 사람들 때문에 앉을 자리도 없이 멀뚱히 서서 오래 기다렸던 것이 불만이었는지 보란 듯이 허벅지를 툭툭 치고 있었다.

"죄송합니다. 겨울에는 이비인후과 손님들이 많거든요."

유라가 정중히 사과하며 비타민음료를 꺼내 손님에게 건넸다. 친절한 응대에 투덜거린 것이 되레 머쓱해진 손님은 헛기침을 하며 음료와 약 봉투를 챙겨 서둘러 나갔다.

종일 정신없이 몰아닥치던 손님들의 발길이 드디어 줄어들었다. 순식간에 조용해진 약국을 둘러보던 유라는 치울 새도 없었던 처방전을 정리하기 시작했다.

"이제 더 없죠?"

"응. 나와서 좀 쉬어."

유라의 말에 종일 약제실에 틀어박혀 있었던 수연도 기지개를 켜며 밖으로 나왔다.

"어우, 허리 아파 죽는 줄 알았네."

"그러게 약제실에 번갈아 들어가자니까 왜 고집을 부려."

"내가 처방전 받으면 약국 매출 뚝뚝 떨어진다니까요."

수연이 허리를 두드리며 헤벌쭉 웃었다. 그녀는 몸이 아파서 신경이 날카로운 손님들의 까칠한 행동을 대수롭지 않게 넘기는 성격이 아니었다.

예민한 손님들과 몇 차례 실랑이가 있은 뒤부터 수연은 아예 약제실에 들어가는 일을 자처했다.

"이제 슬슬 정리하고 들어가자."

"선배! 잠깐만요!"

"응?"

"저기 김 원장님!"

수연의 호들갑에 유라는 가운을 벗다 말고 고개를 돌렸다. 약국 유리문으로 넥타이를 고쳐 매며 걸어오는 2층 이비인후과 김영민 원장이 보였다.

가방끈을 다부지게 움켜쥐고 걸어오는 폼이 쓸데없이 비장했다. 유라는 난감한 얼굴로 수연을 흘겨보았다.

"네가 불렀어?"

"김 원장님이 누구 좋아하는지 선배도 알죠?"

"아니. 모르겠는데."

음흉하게 웃는 수연에게 질세라 유라도 모른 척 시치미를 뗐다. 사실 영민의 마음은 약국을 차린 지 얼마 안 돼서 금방 알아차릴 수 있었다.

자신을 볼 때마다 얼굴이 시뻘게져서 도망가거나, 말을 더듬거리는 모습은 누가 봐도 짝사랑을 하고 있는 숫기 없는 사춘기 소년이었다. 냉철한 병원 원장답지 않은 순수한 그의 마음이 고마웠지만 딱 거기까지였다.

"숙맥이라서 좀 답답한 것만 빼면 솔직히 완전 로또잖아요. 오 간호사한테 들었는데 김 원장님 부모님이 LA에 사신대요. 결혼해도 마주칠 일 없고 얼마나 편하겠어요!"

결혼이라는 단어에 유라가 미간을 모았다.

"나보고 김 원장님이랑 결혼이라도 하라고?"

"그럼, 요즘 같은 백세 시대에 형찬 오빠랑 결혼한 걸로 퉁치고 평생 혼자 살려고 했어요?"

"너……!"

수연에게 한 소리 하려는 찰나에 영민이 약국 문을 열었다. 유라는 일단 흘기던 눈을 풀고 그에게 인사했다.

"안녕하세요, 원장님."

영민은 90도로 꾸벅 고개를 숙였다.

"저…… 소화제 하나만 주세요."

"속이 불편하세요?"

"사실…… 그게…… 어…… 네."

영민은 뒷주머니에 있던 지갑에서 만 원짜리 한 장을 꺼냈다. 그런데 지폐를 쥔 오른손을 덜덜 떨고 있었다. 천성이 착해서 거짓말이라고는 할 줄 모르는 사람이었다. 유라는 소화제 대신 피로회복제를 건넸다.

"돈은 안 받을……."

"한 약사님!"

갑작스러운 그의 고함에 놀란 유라가 눈을 크게 떴다.

"네?"

영민이 용기 내서 말을 건 순간, 하필이면 가운 안에 있던 휴대폰이 시끄럽게 울리기 시작했다. 유라는 울리는 벨소리를 무시한 채 그를 바라보았다.

"말씀하세요."

"아, 아닙니다! 일단 전화부터 받으세요!"

"그럼 잠시만요."

영민의 배려에 유라는 휴대폰을 꺼냈다. 발신자를 본 그녀는 조금 놀란 얼굴로 전화를 받았다.

"응, 우리야. 지금? 들어오지, 왜 거기 있어? 응, 응."

눈빛으로 그에게 양해를 구한 유라가 잠시 밖으로 나갔다. 멀찌감치 서서 두 사람을 지켜보고 있던 수연은 이때다 싶어 영민에게 다가갔다.

"거참, 뜸들이지 말고 바로 말하시라니까!"

"지금 누가 찾아온 것 같죠?"

답답한 사람이 쓸데없이 눈치가 빠르면 이래서 안 좋다. 수연은 본인 가슴을 퍽퍽 치며 길게 한숨을 내쉬었다.

"누가 찾아오건 말건 무조건 밀어붙여야 돼요. 유라 선배 사정 다 봐주기 시작하면 평생 데이트 못 한다니까요?"

"그래도 어떻게……."

영민은 풀이 죽은 얼굴로 약국 문을 바라보았다.

유라가 1층 약국으로 이사를 오던 날, 인사차 에스컬레이터를 타고 내려오던 영민은 약사 가운을 입고 문 앞에서 환하게 웃고 있는 그녀를 보고 첫눈에 반해 버렸다. 마치 마법에 홀린 것만 같았다.

눈이 마주치자마자 자신을 향해 화사하게 웃어 주던 그 순간은 아직도 슬로비디오처럼 느릿하지만, 선명하게 기억이 났다.

하지만 타고난 소심한 성격 때문에 이제껏 유라에게 말 한마디 제대로 붙이지 못했다. 약국을 어슬렁거리던 모습을 수연에게 들키지 않았으면 아마 속병만 끙끙 앓다가 포기해 버렸을 것이다.

"수연아, 약국 정리 좀 부탁해. 우리가 근처에 와 있대서."

"선배!"

약국 문을 열고 들어온 유라가 가방을 들고 나갈 준비를 하자 수연이 다급하게 그녀를 붙잡았다. 그런데 정작 두 달 전부터 레스토랑 예약을 해 두고 오늘만 기다린 영민은 꿀 먹은 벙어리였다.

수연이 대놓고 허리를 쿡쿡 찌르자, 영민은 쓰고 있던 안경을 치켜세우며 공손히 고개를 숙였다.

"아, 안녕히 가세요."

"허……."

가지 말라고 바짓가랑이를 붙잡고 늘어져도 모자랄 판에 안녕히 가시라니. 이 약국이 마치 본인 가게인 양 친절히 인사까지 건네는 영민의 어수룩함에 수연은 뒷목을 잡았다. 수연의 한숨 소리에 영민은 대역죄인의 얼굴을 했다.

두 사람의 어리숙한 행동에 유라는 웃으며 약국을 나왔다.

카페에 들어가자 창가 자리에 혼자 앉아 휴대폰을 보고 있는 우리가 보였다. 오랜만에 동생을 본 유라가 방긋 웃으며 걸어갔다.

"우리야!"

"언니!"

유라를 발견한 우리가 냉큼 휴대폰을 가방에 넣었다. 유라는 자리에 앉자마자 동생의 손을 꼭 붙잡았다.

"우리 얼마 만이지?"

"세 달 됐나? 울 언니 완전 보고 싶었어."

우리가 결혼을 하고 나서는 자주 보진 못하지만 일주일에 한 번씩 꼬박꼬박 통화는 했는데, 요즘은 서로가 바빠서 그마저도 뜸했었다.

병으로 일찍 돌아가신 아빠를 대신해서 생계를 책임져야 했던 엄마는 늘 세탁소 일을 하느라 바빴다. 그래서 어린 동생을 챙기는 건 언제나 유라의 몫이었다. 그렇게 딸처럼 키워 낸 동생이다 보니 유라는 동생에게 더 각별한 애착이 있었다.

"회사에서 바로 온 거야?"

"아니. 엄마 만나고 왔어."

"세탁소 갔었어?"

"응. 근데 언니한테 갔다가 곧장 집으로 간다고 했더니 섭섭해하는 눈치였어."

"당연하지."

어렸을 때부터 어른스럽고 차분한 분위기의 자신과는 다르게, 우리는 활동적인 걸 좋아하는 재기 발랄한 성격이었다. 집안 분위기를 밝게 띄워 주던 동생이 시집을 가고 난 후, 엄마가 부쩍 쓸쓸해하는 것을 그녀도 느낄 수 있었다.

"그런데 왜 곧장 가? 아직도 일이 많아?"

"오늘 서 서방이 일찍 온다고 했는데 저녁 준비 안 해 놨거든."

"내 동생 아줌마 다 됐네."

유라의 놀리는 말에 우리가 소리 내서 웃었다.

"이쪽으로 오라고 해서 밥 먹자고 하면 나야 편하고 좋은데, 요즘 일이 너무 많아서 피곤해하거든. 그래서 차마 못 부르겠더라고."

"잘했어. 가뜩이나 차 막힐 시간이라 피곤할 거야. 주말에 시간 맞춰서 같이 와."

우리는 고개를 끄덕였다.

"맞다! 언니가 엄마 가게 세탁 기계들 전부 바꿔 줬다면서?"

"응. 오래돼서 자주 고장났잖아."

20년 넘게 운영하고 있는 세탁소의 세탁기들이 이젠 수명을 다했는지 탈수 작동 고장으로 A/S 수리받은 것이 두 달 새 벌써 다섯 번째였다.

이참에 아예 가게를 처분하고 집에서 편히 쉬시라고 설득도 해 봤지만, 나이 들어서 소일거리 없이 집에만 있으면 적적해서 못 견디겠다는 엄마의 완고함에 두 손 두 발 들어 버렸다.

할 수 없이 최신식 기계들로 교체하는 걸로 일단락 지었지만 거실에서 TV를 보는 모친이 혼자 팔을 주무르는 모습을 볼 때마다 여전히 마음 한구석이 불편했다.

"왜 나한테 말 안 했어. 나도 알았으면 돈 보냈을 텐데."

"괜찮아. 얼마 안 들었어."

중요한 집안일을 모르고 넘어간 것이 내심 서운했던 우리는 입술을 내밀었다.

"그래도 그런 일 있으면 앞으로 나한테도 말해 줘. 시집갔다고 언니만 딸 노릇 하면 나 진짜 섭섭하다?"

"알았어. 다음부터는 꼭 상의할게."

새끼손가락까지 걸어 약속을 받아 낸 우리는 그제야 표정을 풀고 웃었다.

"신혼 생활은 어때?"

"아직 어색해. 같이 집에 있으면 여기가 회사인지 집인지 헷갈려 죽겠다니까. 며칠 전에는 저녁 먹다가 나도 모르게 팀장님이라고 부른 거 있지."

사내 결혼한 동생의 이야기에 유라가 웃음을 터뜨렸다. 오랜만에 만난 자매는 이야기꽃을 피우기 바빴다. 주제는 무궁무진했다. 일상 이야기부터 연예계 가십거리, 최근 유행하는 화장품 공유까지 시간 가는 줄 모르고 수다를 떨었다.

"그런데 언니."

"응?"

"혹시 최근에…… 형부 만난 적 있어?"

눈치를 보며 형찬을 묻는 질문에 유라가 잠시 멍해졌다 대답했다.

"아니. 왜?"

곧장 물음도 튀어나왔다. 형찬을 못마땅해하는 우리가 별것 아닌 일로 그의 이름을 제 앞에서 꺼낼 리가 없었다.

의자에 편하게 앉아 있던 유라가 자세를 바르게 고쳐 앉았다. 말하기를 망설이던 우리는 조용히 가방에서 흰 봉투 하나를 꺼내 테이블에 올려놓았다.

"결혼식 방명록에 형부 이름이 있었어."

흰 봉투 뒷면 하단에 쓰여 있는 '박형찬'이라는 정갈한 글씨체는 자신이 아는 그의 글씨체가 맞다. 유라는 혼란스러운 눈으로 봉투를 바라보았다.

이혼을 하고 나서도 매일 제 주변을 배회하던 형찬은 1년 전, 해외로 갑작스러운 장기 출장을 떠났다.

그는 본인의 장기 출장에 대해 누구에게도 말하지 않고 떠났다. 심지어 본인의 가족들에게조차도. 시어머니가 약국으로 찾아오지 않았더라면 자신 역시 까맣게 모르고 있었을 일이었다.

'대체 네까짓 게 뭐라고! 형찬이가 미국까지 도망을 가! 대체 왜!'

다짜고짜 찾아와서 씩씩거리는 시어머니의 목소리에는 분노

46

와 원망이 가득했다. 시어머니의 말에 의하면, 자신 때문에 형찬이 굳이 가지 않아도 될 출장을 자처했다는 것이다.

어떻게든 형찬에게 연락을 해서 돌아오라고 설득하라는 시어머니의 강요를 딱 잘라 거절했다.

엄연히 사업차 떠난 사람을 무슨 자격으로, 또 무슨 수로 말리겠느냐는 이유였다. 대답을 들은 시어머니는 독한 것이라며 혀를 찼다.

그날 이후, 매일 약국을 찾아오는 사람은 형찬에서 시어머니로 바뀌었다. 찾아오지 않는 날에는 전화를 걸어서 그에게 연락이 왔는지를 캐물으며 괴롭혔다.

이 남자는 끝까지 나를 아프게 하는구나. 이혼하고 나서도 시어머니의 닦달에 시달리게 된 유라는 형찬을 원망하기 시작했다.

꼴도 보기 싫다고 잔인한 말들을 서슴없이 할 때는 꿈쩍도 안 하고 제 주변을 맴돌더니, 막상 말 한 마디 없이 출장을 떠났다는 사실에 어느 때는 불쑥 화가 나기도 났다.

그래도 불행인지 다행인지 시어머니의 닦달은 그리 오래가지 않았다. 아마 형찬에게서 연락을 받았으리라. 그렇게 결론을 짓고 나니 쓴웃음이 났다.

어이없고, 허무했다. 그리고 한심했다.

이혼을 하고서도 그의 집안에 휘둘려야 하는 자신의 처지가.

그러면서도 은연중에 형찬에게 연락이 올까 봐 손에서 휴대폰을 놓지 못했던 스스로의 모습이.

"언니야."

유라는 우리의 부름에 정신을 차리고 고개를 들었다.

"미안. 뭐라고 했어?"

"이거 언니가 가져가."

유라는 봉투를 제 쪽으로 밀어내는 우리의 손을 막았다.

"네가 써야지. 그 사람이 너한테 준 축의금인데."

"내가 쓸 만한 액수가 아니라서 그래."

우리의 의미심장한 말에 유라는 밀어냈던 봉투를 가져와 열어 보았다. 봉투 안에는 수표가, 그것도 한 장이 아닌 여러 장이 들어 있었다. 맨 앞에 나온 수표가 백만 원짜리라는 걸 확인한 유라는 곧장 우리를 바라보았다.

"세 보니까 천만 원이더라."

축의금이라고 하기에는 과해도 너무 과했다. 진심으로 우리의 결혼을 축하해 주기 위해서 준 거라면 이렇게 듣는 것만으로도 부담스러운 돈을 줬을 리가 없다.

"형부 똑똑한 사람이잖아."

우리는 한참을 주저하다가 말을 꺼냈다.

"분명히 내가 이 돈 안 받을 거라는 거 알 거야."

"……."

"그리고 이 돈이 언니한테 갈 거라는 것도."

그가 눈에서 멀어지자 그에 대한 복잡했던 감정들도 모두 흐릿해져 갔다. 눈에서 멀어지면 마음에서도 멀어진다는 말처럼, 조금씩 멀어지고 있었다.

이젠 집에 갈 때마다 형찬이 있는지 주변을 두리번거리지도, 서성거리지도 않는다.

조금씩 박형찬이 없는 생활에 익숙해지고 있었는데. 말도 없이 떠날 때는 언제고, 왜 모든 것이 괜찮아지려는 순간에 나타나서 다시 어지럽게 만드는 걸까.

"난 아직도 형부가 미워. 언니가 그 집에서 당했던 거 생각하면 지금도 자다가 벌떡 일어날 정도야. 정말…… 꿈에서도 마주치기 싫어."

유라는 흥분하는 동생을 이해했다. 이혼하기 전에 우리에게 찾아가 이유 없이 울음을 터뜨렸던 적도 있었고, 이혼하고 나서도 마음을 다잡지 못하는 형찬 때문에 화풀이를 하러 온 시어머니에게 주스 세례를 받았던 걸 알고 있는 것도 우리뿐이니까. 충분히 형찬의 집안을 싫어할 만했다.

"근데 언니가 형부 못 잊었다는 거 알아. 지금도 참고 버티고 있는 중이잖아."

"우리야, 나는……."

"이 돈은 언니 거나 다름없어. 내가 시집갈 때 언니한테 받은 게 얼만데. 물론 언니가 해 준 거에 비하면 턱없이 부족하지만."

우리가 결혼 준비를 할 때, 제부인 진원은 혼수 같은 것들은 아무것도 필요 없으니 몸만 와도 된다며 신신당부했었다. 백화점을 경영하는 진원의 집안은 부유한 편이었고, 모은 돈이 거의 없어 결혼할 생각을 못 하던 우리를 한시라도 빨리 며느리로 삼고 싶었던 그의 부친 때문에 결혼을 서둘렀던 것이니까.

하지만 유라는 자신이 모아 두었던 돈 전부를 우리의 결혼 자금에 보탰다.

첫째 딸을 부잣집에 시집보냈다가 이혼시킨 지 얼마나 됐다고, 돈에 눈이 멀어서 둘째 딸도 부잣집에 시집보낸다는 동네 아주머니들의 수군거림 때문에라도. 불현듯 떠오르던 시어머니의 얼굴 때문에라도. 방 안에서 통장을 꺼내 놓고 남몰래 한숨을 쉬는 엄마를 위해서라도.

진원과 동등하게까지는 못하겠지만 적어도 동생이 남들과 비교당하면서 무시당하지 않게끔 빠짐없이 챙겨 주고 싶었다.

처음에는 한사코 거절했지만, 변변치 못한 상태로 시집을 가서 고생했던 언니의 상황을 옆에서 가까이 지켜봤던 우리는 결국 유라가 하자는 대로 혼수를 새로 장만해서 결혼했다.

그 덕에 부족함 없는 결혼을 시작한 우리는 언니에게 고마우면서도 한편으로는 미안한 마음을 가지고 있었다.

"결정은 언니가 해. 형부 만나서 돌려주든, 언니가 가지든."

"……."

"난 늘 언니 편이야. 무슨 말인지 알지?"

든든한 동생의 말에도 유라는 아무 말도 하지 못했다. 이러지도 저러지도 못하는 형찬의 축의금을 앞에 둔 그녀의 표정은 착잡하기만 했다.

수연보다 먼저 출근해서 약국 문을 열고 약 재고를 확인하던 유라는 문에서 나는 종소리에 반사적으로 인사했다.

"어서 오세요."

"한 약사! 별일 없었지?"

약국으로 들어온 사람은 조물주 위의 건물주, 유 사장이었다. 한 달 동안 갔던 세부 여행으로 까맣게 타서 돌아온 유 사장은 오른팔에 끼고 온 클러치 백을 내려놓으며 방긋 웃었다.

"그럼요. 여행은 잘 다녀오셨어요?"

"응. 어제 왔어. 역시 휴양지가 최고라니까."

유 사장은 대답을 하면서 약국을 쭉 둘러보았다.

"요즘 건물 분위기는 어때? 건물 드나드는 사람들이 늘어서 새마을약국도 매출 좀 늘었지?"

곧 있으면 약국 재계약 시점이었다. 뜬금없이 건물 분위기와 약국 매출을 언급하는 유 사장의 속내가 훤히 보였다.

"성형외과랑 피부과 손님이 늘었다는 얘기는 들었어요."

성형외과와 피부과는 시술 손님이 대부분이라 약국 매출에 거의 영향이 없었다. 불쌍한 얼굴로 앓는 소리를 하는 대신에 영리하게 돌려 말하는 유라도 보통내기가 아니었다. 그녀의 기지에 유 사장은 속으로 콧방귀를 뀌었다.

"어제 보니까 김 원장 이비인후과는 대기 손님이 많아서 기다리다 지쳐서 가는 사람도 있던데? 그런데도 사람이 줄질 않더라."

벌써 조사까지 마쳤구나. 유 사장의 의도를 파악한 유라는 비타민음료를 건네며 은근슬쩍 물었다.

"저희…… 곧 약국 재계약 다가오는 거 아시죠?"

"어머. 벌써 그렇게 됐나?"

유 사장은 타고난 사업가이자 여우다. 하지만 연기력이 뛰어난 여우는 아니었다. 본인도 자신의 말투가 어색했다는 걸 아는지 곧장 소리 내서 웃었다.

"한 약사, 나 그냥 단도직입적으로 말할게. 내가 다음 재계약 때는 보증금을 올려서 받으려고 하거든."

"……월세가 아니고요?"

"응. 내가 목돈이 좀 필요해서."

목돈이라는 말에 유라는 마른침을 삼켰다.

"어느 정도 생각하고 계세요?"

"새마을약국은 2천 정도면 적당하지 싶은데."

"2천만 원요?"

욕심부리지 않고 말한 액수인데도 유라가 정색하며 놀라자 되레 유 사장이 당황해하며 사정을 설명했다.

"한 약사야 아직 이 건물에 온 지 얼마 안 돼서 모르겠지만, 나 여기 월세랑 보증금 안 올려 받은 지가 벌써 4년째야. 근데 그사이에 여기 회사 건물들 들어오면서 땅값이 얼마나 뛰었다고. 솔직한 말로 한 약사도 싼값에 여기 들어와서 쏠쏠히 벌었잖아."

유 사장의 말을 부정할 수 없었다. 원래 이곳에서 약국을 운영하고 있던 약사가 급하게 이민을 가게 되는 바람에 시세보다 싸게 나온 건물에 인테리어 손볼 것도 없이 바로 약국을 이어받았다.

당시만 해도 주변에 약국은 새마을약국뿐이었고, 부동산 중개업자도 계약 내내 운이 좋았다는 말을 입에 달고 다녔다 싶을 정도로 좋은 조건이었다.

"사실 이건 진짜 한 약사한테만 말해 주는 건데……."

유 사장은 깊게 한숨을 내쉬었다.

"우리 막내 알지?"

"네. 이번에 대학 졸업했다던."

"그래! 그놈 새끼가 사고를 치는 바람에 형들 제치고 제일 먼저 결혼하게 생겼거든."

막내 생각에 화가 치밀었는지 유 사장의 고상한 목소리가 높이 올라갔다.

"성질 같아서는 결혼 허락만 해 주고 지들끼리 살든 말든 모른 척하고 싶은데, 여자애가 홑몸도 아니라 근방에 집이라도 한 채 얻어 줘야겠다 싶어서. 그 철없는 놈을 처갓집에서 살게 할 순 없잖아."

"아……."

철없는 아들도 아들이라고, 처갓집살이를 시키고 싶지 않은 유 사장의 마음을 이해했다. 하지만 이 모든 것이 건물주 아들의 철없는 행동으로 생긴 나비효과라니 조금 씁쓸한 기분이 들었다.

"그래도 내가 새마을약국은 많이 배려한 거야. 요 옆 꽃집에 다가는 더 받을 거거든."

평수 자체가 다르니 더 받는 건 당연한 이야기지만, 본인의 넓은 아량을 뽐내고 싶어 하는 유 사장의 해맑음에 유라는 어색하게나마 입꼬리를 올렸다.

"신경 써 주셔서 감사해요."

"아무튼 시간 남았으니까 잘 생각해 봐."

"네."

"어차피 여기 있을 거, 보증금 좀 일찍 해 주면 난 더 좋고."

감추고 있던 본심을 흘리듯 말한 유 사장은 클러치 백을 챙겨 유유히 약국을 나갔다. 생각지도 못했던 보증금 인상에 유라는 얼떨떨한 얼굴로 의자에 털썩 앉았다.

약국 매출은 같은 건물에 있는 병원들 매출과 비례하는 경우가 많았다. 특히 이번에 2층에 있는 이비인후과와 내과 원장님의 TV 출연 때문에 환자들이 많아져서 다른 약국보다 매출도 좋은 편이었다.

그래서 약국 차릴 때 빌렸던 은행 대출금도 계획대로 갚아 나가고 있었고, 수연의 월급과 건물 월세를 감당하는 것도 가능했다.

장기적으로 보면 월세 대신 보증금을 높이는 것이 훨씬 더 좋은 일이지만, 최근에 동생 결혼식 준비와 엄마 세탁소 기계 수리로 가지고 있는 목돈을 전부 써 버려서 당장 여윳돈이 없었다.

약국으로 이만한 수익을 내는 자리는 거의 드물기 때문에 월세를 내놓으면 들어오겠다는 사람은 금방 나타날 것이다. 유 사장도 그걸 알고 있기 때문에 보증금을 훌쩍 올릴 배짱이 있는 것이고.

머릿속으로 통장에 남은 돈을 계산하던 유라는 한숨을 쉬며 자리에서 일어났다. 아무래도 새 약국 자리를 알아봐야 할 것 같았다.

분주한 오전을 보내고 나서야 여유가 생긴 유라가 약국 매물 자리를 검색해 보는 동안, 잠시 나갔다 온다던 수연이 커피를 사 가지고 돌아왔다.

"선배. 커피 마셔요."

"냉장고에 캔 커피 있는데."

"맨날 인스턴트커피만 마시면 당뇨 걸려요."

넉살 좋게 웃은 수연은 아메리카노를 건네주며 옆자리에 앉았다.

평소 같으면 자리에 앉자마자 건너편 카페 RUNA의 훈훈한 남자 사장님 이야기를 했을 그녀가 오늘따라 힐끗 눈치만 보며 말을 아끼고 있었다. 그 모습을 이상하게 여긴 유라는 손에서 휴대폰을 내려놓았다.

"나한테 할 말 있어?"

"제가요?"

과하게 반응하는 수연의 행동에 유라는 확신했다.

"김 원장님 얘기 아니면 말해 봐."

수연은 커피를 만지작거리며 뜸을 들였다.

"저기, 선배. 있잖아요."

"응."

"저 이번 달이랑 다음 달 월급…… 가불로 받을 수 있을까요?"

늘 밝고 쾌활한 수연이 어울리지 않게 고개를 숙이고 한숨을 쉬니 걱정부터 앞섰다.

"왜 그래? 무슨 일 있어?"

"아무래도 엄마가 수술을 하셔야 할 것 같아요."

수연의 어머니는 휴대폰 렌즈 공장에서 일하고 계셨다. 비록 렌즈를 포장하는 단순 작업이지만, 실수를 하면 금방 물량 손해가 나는 일이라 고도의 집중력과 빠른 속도와 정확함을 필요로 했다.

최근에 연이은 휴대폰 출시로 야근 특근 가릴 것 없이 일을 하시는 바람에 팔에 무리가 왔는데도 파스와 주사로만 버티고 계셔서 속상하다는 수연의 푸념을 들은 기억이 났다.

"많이 안 좋아지셨어?"

"어젠 아예 팔을 못 드시더라고요. 공장에서 눈치 줄까 봐 못 쉬었던 건데, 이번에 공장장이 바뀌면서 이야기가 잘 됐나 봐요. 한 달 정도 쉴 수 있다고 하시더라고요."

"다행이다."

유라는 안도의 숨을 내쉬었다. 세탁소 일을 하면서 종종 팔을 주무르는 엄마의 모습을 떠올리면 수연의 어머니 일이 남일 같지 않았다.

"병원은 알아봤어?"

"같이 일하시던 엄마 친구분도 수술받으셨거든요. 그 병원 소개받기로 했어요."

"잘됐다. 가불은 걱정하지 마."

"고마워요, 선배."

"고맙기는. 네가 받을 돈 미리 주는 것뿐인데."

대학 후배인 수연은 이혼하고 정신적으로 힘들었을 때 가족만큼이나 옆에서 위로해 주고 다독여 준 동생이었다.

대학 시절, 여럿이 어울려 다닐 때만 해도 형찬과 수연은 친

남매 소리를 들었을 정도로 가까운 사이였지만 이혼한 사정을 듣게 되고 나선 그와 아예 연락을 끊은 눈치였다. 게다가 약국을 차리기까지 많은 도움을 받았기 때문에 유라도 그녀에게 조금이나마 힘이 되고 싶었다.

퇴근 후 유라는 통장정리를 할 겸 은행에 들렀다. 요란한 ATM 기계 소리와 함께 남은 잔고가 화면에 뜨자 저절로 한숨이 새어 나왔다.

"2천은 무슨……."

수연의 두 달 치 월급 가불, 매달 나가는 은행 대출금에 약품 비용, 월세에 엄마에게 드릴 생활비까지 빼고 나면 남는 게 하나도 없다. 그렇다고 당장 돈을 빌려줄 만한 사람도 주변에 없었다.

엄마 역시 가게 매출에서 월세와 생활비를 빼고 나면 융통할 수 있는 돈이 없을 테고, 시집가서 가정을 꾸리기 시작한 동생과의 돈거래는 선뜻 내키지 않았다.

그때 문득 형찬이 준 보증금 천만 원이 떠올랐다. 뒤늦게 받는 위자료라고 생각하고 눈 딱 감고 써 버릴까. 그럼 나머지는 다른 곳에서 대출을 받아서라도 어떻게든 만들어 볼 수 있을 텐데, 싶은 생각까지 들었다.

머릿속에서 지워지지 않은 형찬의 휴대폰 번호를 누르려던 그녀는 잠시 망설이다 그만두었다. 바뀌고도 남았을 전남편의 전화번호를 기억하고 있는 미련한 스스로의 모습을, CCTV에 조차 남기고 싶지 않았다.

❖ ❖ ❖

"자, 여기."

다음 날, 퇴근을 앞두고 약제실 정리를 하는 수연에게 은행 봉투를 내밀었다. 봉투를 본 수연은 머쓱한 표정으로 머리를 긁적였다.

"그냥 계좌로 넣어 줘도 되는데…….."

"생색 좀 내고 싶어서."

실없는 농담에 수연이 큰 소리로 웃었다.

"그런데 봉투가 왜 이렇게 두꺼워요? 설마 다 천 원짜리는 아니죠?"

수연이 봉투를 흔들어 보자 유라는 묘한 표정으로 어깨를 으쓱거렸다.

"열어 봐도 돼요?"

"그럼. 네 돈인데."

궁금함을 못 참는 수연은 그 자리에서 봉투를 열어 보았다. 눈으로 대충 돈을 세어 보던 수연이 놀란 얼굴로 그녀를 바라보았다.

"저 모르게 월급 올랐어요?"

"월급 인상이면 좋겠지만, 그건 이번 달 특별 보너스야."

당분간 일을 쉬어야 하는 어머니를 대신해 생활비를 챙겨 주었다. 어차피 못 낼 보증금에 연연하는 것보다 수연의 생활비를 조금이라도 보태 주는 것이 나았다.

"선배…….."

얼마 넣지도 않았는데 지나치게 감동받는 수연 때문에 민망했다. 괜히 부끄러워진 유라는 가운을 벗으며 돌아섰다.

"그리고 어머니 회복하실 동안은 일찍 퇴근해."

수연은 배시시 웃으며 졸래졸래 쫓아왔다.

"이모가 병원에 계실 거라서 안 그래도 돼요."

"네 마음이 안 편하잖아."

"상황 보고 그때 가서 결정할게요."

"그래, 알았어."

수연을 먼저 퇴근시킨 유라는 혼자 남아서 약국 임대를 다시 알아보았다.

정든 건물을 떠나야 하는 것은 아쉬웠지만, 지금 상황에서 최선의 방법은 약국을 옮기는 것뿐이었다.

하지만 아무리 찾아봐도 마땅한 임대물이 없었다. 자리가 좋으면 월세가 비쌌고, 월세가 싸면 자리가 안 좋았다. 당연한 이치인 걸 아는데도 오늘따라 야속하게 느껴졌다.

애꿎은 입술을 꼬집어 가며 마우스 휠만 휙휙 내리고 있을 때였다. 약국 문이 열리면서 종소리가 울렸다.

"어서 오세요."

말보다 조금 늦게 모니터에서 눈을 떼며 자리에서 일어났다. 처방전을 받으려고 버릇처럼 뻗은 손이 무색하게 남자는 두 손을 주머니에 넣은 채 서 있었다. 유라는 경직된 얼굴로 남자를 바라보았다.

"손님이 아니어서 실망한 눈치네."

손님은 손님이었다.

오랜만에 보는. 그러나 반가워할 수 없는.

"잘 지냈어?"

자연스럽게 인사를 건네는 전남편이 근사해 보였다. 아무 대답도 못 하고 멍하니 서 있는 스스로가 촌스럽다고 느껴질 정도로.

말끔한 슈트 차림으로 나타난 그는 이제 제법 근사한 CEO 티가 났다. 살은 더 빠진 건지 무표정으로 서 있는 얼굴이 더 빈틈없이 강렬해졌다.

키는 원래 컸던 것 같은데, 새삼 이렇게 컸나 싶기도 했고. 머리부터 발끝까지 모두 올블랙이다 보니 하얀 피부가 더욱 창백해 보였다.

"퇴근 안 해?"

"어…… 응. 아니, 해야지."

횡설수설하는 대답에 형찬이 피식 웃었다. 그의 웃음에 유라의 얼굴이 붉어졌다.

이혼하고 나서 그를 마주칠 때마다 단 한 번도 엉성한 모습을 보인 적이 없었기 때문에 더 창피했다.

"그럼 차나 한잔하자."

예전 같으면 할 이야기 없다며 매몰차게 쏘아붙이고 돌아섰을 것이다. 그런데 그에게 돌려줘야 할 것도 있었고, 무엇보다도 전과는 다르게 웃는 얼굴로 가볍게 제안하니 정색하고 거절하기가 민망한 상황이었다.

"금방 정리하고 나갈게."

형찬은 고개를 끄덕이고 약국을 나갔다. 그의 뒷모습을 잠

시 바라보던 유라가 정신을 차리고 가운을 벗으려는데, 익숙한
냄새가 코끝에 닿았다.

자신이 늘 형찬의 생일 때마다 선물하던 향수였다.

건물 내 카페도 많았지만 유라는 길 건너 자주 가는 카페로 형찬을 데리고 갔다. 약국 근처라서 아는 사람을 만나게 될까 봐 걱정되긴 했지만, 그렇다고 차 한 잔 마시는 일에 그의 차를 타면서까지 멀리 가고 싶지 않았다.

문을 열고 들어가자 유라를 알아본 카페 사장이 닦던 컵을 내려놓고 반갑게 인사했다.

"유라 씨, 오랜만이에요."

"안녕하세요."

"요즘 매번 수연 씨만 왔다 가서 섭섭했는데."

카페 사장은 유라에게 친근하게 말을 거는 동시에 옆에 선 형찬에게도 사람 좋은 미소로 인사했다.

"이제 퇴근하시는 거예요?"

"주문 내가 할 테니까 가서 앉아 있어."

질문에 대답도 하기 전에 나란히 서 있던 형찬이 은근슬쩍 앞을 가로막고 섰다. 중간에서 말을 끊어 버린 형찬 때문에 난감해진 유라가 어색하게 웃자, 사장은 괜찮다는 듯이 방긋 웃어 주었다.

"아메리카노 두 잔 주세요."

그녀가 좋아하는 커피 취향을 알고 있는 형찬의 주문에는 망설임이 없었다. 오히려 망설이는 쪽은 오지랖 넓은 카페 사장이었다.

"유라 씨는 저희 카페 아메리카노 시다고 잘 안 드시는데."

손님이 하나도 없는 데다가, 음악도 틀어져 있지 않아서 두 남자의 대화가 적나라하게 들렸다.

"사장님. 그냥 주세요."

결국 자리에 앉아 있던 유라가 목소리를 높여 대답했다. 사장은 그제야 고개를 끄덕이며 주문을 받았다.

"자리로 갖다 드릴게요."

빼앗듯이 카드를 챙긴 형찬이 자리로 걸어왔다. 드르륵 의자 끄는 소리를 내며 털썩 앉는 그의 표정이 못마땅하게 바뀐 이유를 알지만, 동요하고 싶지 않았다. 유라는 담담한 얼굴로 형찬을 바라보았다.

"언제……."

"얼굴 좋아 보인다."

기분 탓일까. 비꼬는 듯한 말투가 듣기에 영 불편했다. 그럴수록 유라는 보란 듯이 입가에 미소를 지었다.

"난 좋은데, 형찬 씨는 살이 더 빠졌네."

"그런가."

여전히 피곤한 얼굴을 한 그는 까칠한 뺨을 문지르며 흐리게 웃었다.

"잘 지냈어?"

"응. 이제 출장은 끝난 거야?"

무심코 던진 유라의 질문에 형찬이 미간을 구겼다.

"나 출장 갔던 거 어떻게 알았어?"

역시 그는 아무것도 모르고 있었다. 설마 하는 눈빛을 보내고 있는 그에게 유라는 태연하게 대답했다.

"어머니가 알려 주셨어."

"어머니 만났어?"

"정확히는 찾아오셨지. 약국으로."

대답을 듣자마자 형찬은 무거운 한숨을 내쉬었다. 아마 안 봐도 비디오인 상황들을 머릿속으로 그리고 있을 것이다.

"미안해."

형찬은 어머니가 찾아와 무슨 말을 했는지, 어떤 행동을 했는지 궁금해하거나 묻지 않고 곧장 사과했다. 어머니에 대한 이야기가 길어져 봤자 서로에게 좋을 것이 없다는 것을 안다는 뜻이었다.

유라 역시 그의 어머니에게 얼마나 시달렸는지 구구절절 말하고 싶지 않았다. 그 기억들을 떠올리며 입 밖으로 꺼내서 마주하는 순간, 또다시 힘들어질 것만 같았다.

"근데 여긴 어쩐 일이야?"

유라는 사과에 대한 대답 대신 아예 화제를 돌려 버렸다. 더는 예전처럼 괜찮지 않은 일에 괜찮다고 말하고 싶지 않았으니까.

"그냥. 지나가다가 생각나서 들렀어."

지나치게 싱거운 대답이었다. 유라는 헛웃음을 지었다.

"우리가 지나가다가 생각나서 안부 묻고, 커피까지 마실 사이는 아니잖아."

"미국에서는 이혼 부부들도 다 이렇게 지내."

"여긴 한국이야."

"촌스러워졌다, 한유라."

장난기가 섞인 그의 말에 유라는 잠시 할 말을 잃었다. 형찬은 더 이상 제 눈치만 보면서 미안하다는 말을 입에 달고 살던 예전의 그가 아니었다. 미국 물을 먹고 쿨해지기라도 한 걸까.

그런데 애석하게도 한국에서만 지냈던 자신은 쿨하지 못했다. 이대로 쭉 대화를 하다가는 그에게 말려들겠다 싶어서 유라는 재빨리 가방에서 봉투를 꺼냈다.

"이거."

돈을 집에 두기도, 통장에 넣어 두기도 애매해서 요 며칠 가방에 넣고 다닌 게 다행이었다. 봉투를 바라보는 형찬의 표정이 전보다 눈에 띄게 굳어졌다.

"우리 결혼식에 축의금 냈더라."

"……."

"가져가. 우리가 이 돈 받고 싶지 않대."

물끄러미 그녀를 바라보던 형찬이 입을 열었다.

"처제가 싫다고 하면 당신이 써."

"아니. 나도 이 돈은 싫어."

때마침 두 사람이 주문한 커피가 나왔다. 테이블에 커피를 내려놓으려는 사장의 행동에 형찬은 할 수 없이 봉투를 챙겼다.

"알고 있었어."

굳은 얼굴로 침묵을 지키던 형찬이 먼저 말을 꺼냈다. 유라는 커피 잔에 고정되어 있던 고개를 들었다.

"축의금이라기엔 너무 과한 돈이니까. 처제 성격에 이 돈 준다고 쓰지도 않을 거고, 어머니께는 차마 내 얘기 못 할 테니까 당신한테 찾아갈 거라고 생각했어."

우리의 말대로 그는 철저한 계산을 하고 이 돈을 건넸다.

"그런데 내가 아는 한유라도 이 돈은 안 받으려고 할 테니까."

대체 왜.

"이 돈 때문에라도 당신 찾아오면, 상대는 해 줄 것 같았는데. 진짜네."

그가 이렇게까지 굴어야 했을 만큼 자신이 독하게 외면하긴 했었나 보다. 유라는 아메리카노를 한 모금 마셨다. 뜨거운 커피가 속으로 들어간 탓인지, 아까보다 마음이 조금 편안해졌다.

"그랬구나."

담담한 대답이 못마땅했는지 그의 눈썹이 삐죽 올라갔다.

"차라리 화를 내."

"글쎄. 화는 안 나네."

진심이었다. 그의 행동을 이해할 수 있어서 화가 나지 않았다. 다만, 이런 식의 만남이 두 번이 되는 것은 싫었다.

"그런데 다신 이러지 마. 서로한테 좋을 거 없잖아."

이젠 그와 행복했던 사진들을 꺼내 보면서 청승맞게 울거나 멍해지지 않는다. 다소 따분할 때도 있지만, 눈앞에 닥친 일들을 처리하면서 규칙적으로 살고 있는 이 삶에 그럭저럭 만족했다. 간신히 적응한 이 안전한 삶을 깨뜨리고 싶지 않았다.

"유라야."

"그만 일어나자."

커피가 다 식기도 전에 유라가 먼저 자리에서 일어섰다. 해야 할 말이 끝났으니 헤어질 시간이었다. 하고 싶은 말이 많았던 형찬도 마지못해 따라 일어섰다.

따뜻한 히터가 나오는 카페에 있다가 찬바람이 몰아치는 바깥으로 나오니 본능적으로 몸이 움츠러들었다. 약국 가는 방향으로 서 있는 형찬을 바라본 유라는 목도리를 두르며 반대편을 가리켰다.

"난 이쪽으로 갈게."

"바래다줄게."

"당신 차로 우리 집까지?"

"아."

짧게 탄식한 형찬이 관자놀이를 긁적였다.

"차 바꿨으니까 아무도 못 알아보지 않을까."

있을 수 없는 이야기라는 걸 알기에 듣고 있던 유라도, 말을 꺼낸 형찬도 동시에 피식 웃었다.

"잘 지내."

두 번 다시 볼 일 없을 사람에게 건네는 작별 인사였다. 유라의 인사에 형찬이 오른손을 내밀었다. 잠시 망설이던 유라는 그의 손을 잡았다.

따뜻하고 부드러운, 익숙한 체온이었다.

"잘 가."

유라는 망설임 없이 돌아섰다. 하지만 예전처럼 서둘러 걷지는 않았다. 형찬이 붙잡으러 오지 않을 거라는 걸 알고 있으니까.

발길 닿는 대로 무작정 걷던 유라는 문득 고개를 들어 하늘을 올려다보았다. 눈이 올 모양인지 보름달에 달무리가 져 있었다. 심지어 자세히 보니 달무리가 무지갯빛으로 물들어 있었다. 처음 보는 광경이 신기했던 유라가 잠시 눈을 감았다.

행복해졌으면 좋겠다.

행복하다는 생각을 해 본 지가 언제였는지 까마득했다. 그저 아무 일도 일어나지 않는 평탄한 하루가 좋았다. 아니, 좋은 거라고 스스로를 속여 왔다.

그런데 보기 드물게 아름다운 무지갯빛을 보고 있으니 마음 구석에 있던 행복해지고 싶다는 본심이 튀어나왔다.

언제, 어디서, 무엇을 했는지도 기억나지 않는 그저 그런 하루가 아니라 매 순간이 특별하고 소중하게 느껴지는, 그런 행복한 시간을 보내고 싶었다.

"행복해지게 해 주세요."

나지막한 목소리로 소원을 빈 유라는 아까보다 조금 밝아진 얼굴로 집으로 향했다.

– 교통정보입니다. 어제부터 그치지 않고 내리는 폭설로 퇴근길 교통 정체가 이어지고 있는데요. 현재 행주대교부터 여의도 일대까지 전 구간 밀리고 있고요. 사고 소식도 확인됩니다. 경부고속도로 판교 부분에서 추돌사고 여파로 정체가 심해진…….

라디오에서 나오는 교통정보를 듣고 있던 유라는 창문 밖을 바라보았다. 앞이 보이지 않는 폭설 때문에 길거리에는 사람을 찾아보기가 힘들었다. 평일에 이렇게까지 약국이 한산한 건 오랜만이었다.

한참 동안 서서 눈 구경을 하던 유라는 자리로 돌아와 다가오는 크리스마스에 손님들에게 나눠 줄 선물 포장을 마저 했다.

작년에도 그랬듯이 올해도 크리스마스 당일에 약국 문을 열 생각이었다. 공휴일에도 약국을 필요로 하는 손님들은 생각보다 많고, 집에 있을 바에야 아픈 누군가에게 도움이 되는 일을 하는 게 나았다.

선물 개수가 모자라서 포장지 하나를 더 뜯을 때였다. 모피 코트를 입은 유 사장이 유리문을 열고 약국으로 들어왔다. 폭설이라는 말이 무색하게 그녀는 무척 보송보송한 모습이었다.

손에는 우산 대신 명품 가방이 들려 있었다.

"한 약사아."

기분이 좋은 건지 유 사장에게 좀처럼 듣기 힘든 콧소리가 흘러나왔다.

"수연 씨가 안 보이네?"

"오늘 휴가예요."

"아아."

천장에서 나오는 히터 바람에 미간을 찡그리던 유 사장은 모피코트를 벗으려다 말고 테이블에 놓인 선물에 관심을 보였다.

"이게 다 뭐야?"

"크리스마스에 손님들 드릴 선물이요."

"크리스마스에 약국 열려고?"

"네. 내과 원장님도 오전 진료는 하겠다고 하셔서요."

유 사장은 유라가 포장해 둔 선물들을 들어 올려 신기하게 바라보았다.

"내가 보증금 올려서 그래? 다들 왜 이렇게 일들을 열심히 해. 사람 미안하게."

자연스럽게 나온 보증금 이야기에 유라는 마음을 굳게 먹었다. 아직 옮길 만한 자리를 구하지는 못했지만, 미리 말은 해 놓는 것이 도리였다.

"저……."

"나 한 약사한테 줄 거 있어서 왔어."

유라의 목소리를 미처 듣지 못한 유 사장이 그녀의 말을 가

71

로막았다. 딱히 급한 말은 아니었기 때문에 유라는 유 사장에게 순서를 양보했다.

유 사장이 가방에서 꺼낸 건 다름 아닌 사고를 쳤다는 막내아들의 청첩장이었다.

"벌써 청첩장이 나왔어요?"

"응. 여자애가 배부르기 전에 꼭 웨딩드레스를 입고 싶다고 했다나 뭐라나."

"아."

유라는 청첩장을 뜯어보았다. 안에는 빼곡하게 적힌 결혼식 초대 글귀와 신랑 신부로 보이는 일러스트 그림이 그려져 있었다. 그런데 그림체가 낯이 익었다. 유라는 자세히 보기 위해 청첩장을 더 가까이 살펴보았다.

"디자인이 별로지?"

옆에서 같이 지켜보던 유 사장이 못마땅한 투로 말했다.

"여자애가 직접 골랐다고 하는데 어쩜 골라도 이렇게 촌스러운 걸 고르는지. 내가 바꾸자고 우겨 볼까 하다가 결혼 전부터 시끄럽게 만들기 싫어서 참았다니까."

그사이 청첩장 뒷면을 확인한 유라는 속으로 한숨을 삼켰다. 뒷면 가운데에 새겨진 ck. jun은 디자이너의 필명으로, 하필 자신과 형찬이 골랐던 청첩장 디자이너였다.

시간이 지나면 남들 손에 버려질 청첩장에 우리 사진을 넣고 싶지 않다는 의견은 형찬과 같았다. 하지만 그림 없이 글귀만 넣기에는 너무 허전해서 두 사람의 모습을 담은 그림을 넣기로 했던 것이다.

ck. jun은 수제 청첩장으로 유명한 일러스트 디자이너였고, 몇 달 전부터 예약 신청을 해야만 제작이 가능했다. 샘플로 나온 청첩장을 본 형찬은 무척 만족했지만, 시어머니는 지금 유 사장의 반응과 똑같았다.

"요즘 청첩장은 다 부모 지인들한테 가는 건데. 이걸 내가 부끄러워서 어떻게 돌리고 다녀."

"제 눈엔 예쁜데요."

"이게 예뻐?"

편들어 주지 않는 유라의 말에 유 사장이 입을 삐죽거리며 빈정댔다. 하지만 유라는 개의치 않고 대답했다.

"요즘은 수제 청첩장 많이 해요. 흔한 디자인보다 더 특별하잖아요. 이런 건 나중에 액자에 소장해서 놓으면 더 예쁘고요."

"뭐, 한 약사가 그렇게 말하니까 그런 것 같기도 하고."

유 사장은 유라의 조곤조곤한 대꾸에 반박할 말을 못 찾고 백기를 들었다.

그 순간 유라는 자신의 예전 모습을 떠올렸다. 지금 유 사장한테 말했던 것처럼 시어머니를 설득했으면 됐을 텐데. 청첩장을 보자마자 타박하는 시어머니에게 아무 말도 하지 못하고 그땐 죄송하다는 말만 반복했었다.

전혀 죄송할 일이 아니었는데.

"그나저나 우리 한 약사도 얼른 좋은 남자 만나서 시집가야 되는데. 내가 괜찮은 남자 알아봐 줄까?"

"아니에요. 그러지 마세요."

유 사장을 포함한 성신타워 1차 건물 사람들 중에 이혼한 사실을 아는 사람은 수연이 유일했다. 유 사장과 처음 만났을 때 애인이 있느냐는 질문에 없다고 대답한 것이 화근이었다.

이혼했을 거라는 생각은 꿈에도 못한 채 유 사장은 병원 사람들에게 유라를 소개할 때 미혼이라는 말을 공공연하게 하고 다녔고, 사람들은 지금까지도 그렇게 알고 있었다.

처음에는 소문을 바로잡으려고 했지만, 지금 말해 봤자 남들 입방아에 오르내리기만 할 뿐 좋을 것이 없다는 수연의 반대에 수긍하고 그만두었다.

"아무튼 시간 되면 꼭 와. 축의금 하라는 거 아니니까 부담 갖지 말고. 그냥 밥 한 끼 먹으러 오라는 거야. 내 스타일 알지?"

"네."

유라는 뒤늦게 날짜를 확인해 보았다. 하필이면 약국을 정리해야 할 시기와 맞물릴 것 같았다.

"유 사장님."

"응?"

"그…… 보증금 말인데요."

"어머. 맞다!"

유 사장은 본인의 관자놀이를 가볍게 톡톡 치며 환하게 웃었다.

"내가 요즘 이렇게 깜빡깜빡해. 진짜 할 말은 그거였는데."

유라는 마른침을 삼켰다.

"내가 너무 고마워 가지고 부동산에 복비 다 내고 계약서 넘겼어. 한 약사가 시간 날 때 가서 사인만 하면 돼. 우리 사이에 시간까지 맞춰서 마주 보고 도장 찍을 필요는 없잖아. 그치?"

"네?"

"덕분에 애들 집을 바로 얻었어. 안 그래도 아들이랑 눈여겨 보고 있던 집이 있었는데, 매매 나왔다고 부동산에서 딱! 연락 온 날에 돈이 왔더라고. 계약 기간도 좀 남았어서 재촉하기 미 안했는데 내가 한 약사한테 얼마나 고맙던지."

"돈이 왔다고요?"

"지난주에 보내 준 보증금 말이야. 젊은 사람이 벌써 깜빡깜 빡하는 거야?"

보증금을 보낸 적이 없으니 기억이 나지 않는 건 당연한 일 이었다. 유라의 의아한 표정에 유 사장은 잠시 생각을 하더니 곧 답을 찾은 얼굴로 씩 웃었다.

"그럼 한 약사 오빠가 나한테 보낸 건가 보다."

"오빠요?"

친오빠는 고사하고 사촌 오빠조차 없는 유라는 고개를 갸웃 거리다 이내 표정이 굳어졌다.

'힘든 일 있으면 언제든지 오빠한테 말해. 오빠가 다 해결해 줄 게.'

'진짜?'

'그럼. 오빠 믿지?'

자신만만한 형찬의 목소리가 귓가에 맴돈다. 스스로를 오빠라고 부르며 우쭐거리는 그의 말에 웃어 버리곤 했던 자신의 모습도 떠올랐다.

"얼마 전에 부동산에서 전화가 왔는데 한 약사 오빠라는 사람이 계좌 번호를 묻는다고 하는 거야. 그래서 내가 알려 줬지. 난 한 약사가 당연히 알고 있는 줄 알았는데, 이제 보니 한 약사 오빠가 몰래 보증금을 보냈나 보네."

2천만 원. 말로만 들어도 숨이 턱 막히는 그 큰돈을 형찬은 한 마디 말도 없이 유 사장에게 주었다. 언제 보증금을 준 건지, 어떻게 자신의 사정을 알게 된 건지, 그래 놓고 왜 자신에게 연락 한 통도 없는 건지. 물어보고 싶은 것들이 많았다.

"그리고 지난번에 난방 공사 얘기했던 거, 일정 받아 놨으니까 조만간 관리사무소에서 찾아올 거야."

유라가 형찬의 생각으로 혼란스러워하는 사이, 말을 끝낸 유 사장은 약속이 있다며 서둘러 약국을 나갔다.

주변이 조용해지고 나서야 유라는 형찬에게 자초지종을 듣기 위해 고민 없이 전화를 걸었다.

– 지금 거신 번호는 없는 번호입니다. 확인 후 다시 걸어 주시기 바랍니다.

하지만 유라의 전화를 받은 건 고저 없는 기계음을 내는 낯선 여자였다. 여자의 조언대로 휴대폰 번호를 확인해 보았지만, 분명 이 번호는 기억 속에 선명히 남아 있는 형찬의 번호가 맞았다.

같은 말을 반복하던 여자는 급기야 일방적으로 전화를 끊어 버렸다. 유라는 한숨을 내쉬었다.

잘 지내는 모습만 보여 주고 싶었다. 그래서 필요 이상으로 당당하게 굴었는데, 그 당당함이 오히려 우스움만 산 꼴이 돼 버렸다.

그가 준 돈은 필요 없다고 단호하게 거절해 놓고 이렇게 금전적인 도움을 받다니. 보증금도 못 내고 전전긍긍하고 있었다는 걸 알았을 때, 형찬은 어떤 기분이었을까. 어떻게 해서든 보증금만 해결이 되면 마음이 편할 줄 알았는데. 전혀 편하지 않았다.

띠리리리—

약국 전화 소리에 유라는 퍼뜩 정신을 차렸다.

"네, 새마을약국입니다."

– 한 약사, 여기 엘리트 부동산이야.

아직 계약서에 사인하지 않은 세입자는 새마을약국뿐이니 오늘 중으로 사인하러 올 수 있겠냐는 용건이었다. 일이 손에 잡히지 않았던 유라는 정확한 사정을 알아보기 위해 일찍 약국 문을 닫고 부동산으로 향했다.

4화

한샘식품 '카카베이크' 신메뉴 출시 일정 보고서.

뭉툭한 서류들을 검토하던 형찬은 시시때때로 휴대폰을 바라보았다. 아무 연락도 오지 않았다는 걸 알면서도 자꾸만 눈이 가는 것은 어쩔 수 없다. 애꿎은 휴대폰을 만지작거리던 형찬은 혹시나 싶은 마음에 사무실 전화기로 손을 뻗었다.

－ 네. 사장님.

비서실로 연결하자마자 이 비서가 쾌활한 목소리로 전화를 받았다.

"회의 갔던 사이에 전화 들어온 거 없었습니까?"

－ 네.

똑 부러지는 대답이 오늘따라 탐탁지 않다.

"알겠습니다."

소득 없이 전화를 끊은 형찬은 책상 앞에 놓여 있는 캘린더를 바라보았다.

유라의 보증금을 해결해 준 지 일주일이 지났다. 그러나 유라에게는 여전히 연락 한 통 없었다. 경솔하게 휴대폰 번호를 바꾼 것이 되레 독이 된 것 같아서 후회스러웠다.

해외 출장을 가 있는 동안에도 어떻게든 유지하기 위해 애썼던 휴대폰 번호를 바꿔 버린 건 충동적인 행동이 맞다. 유라가 자신을 찾아 주길 바라고 한 일이니까. 그래서 보증금 문제를 모두 해결하고 번호를 바꿔 버렸다.

그래도 유라가 노력만 한다면 제 휴대폰 번호쯤이야 어떻게든 알아낼 수 있게 해 놓았다.

연락한 지 오래된 대학 동창들과 알고 있는 그녀의 동기들, 심지어 지금은 자신의 이름만 들어도 치를 떠는 수연에게까지 번호가 바뀌었다는 전체 문자메시지를 보냈다. 덕분에 일주일 내내 살아 있었느냐는 안부 전화와 메시지들을 상대해야 했다.

딩동-

알람 소리가 나자 형찬이 반사적으로 휴대폰을 바라보았다. 하지만 휴대폰 메시지가 아닌 컴퓨터 사내 메신저의 결재 상신 알림이었다.

"하…….."

초조해진 마음을 가다듬으며 마른 얼굴을 쓸어내릴 때였다. 노크 소리와 함께 이 비서가 문을 열고 들어왔다.

"사장님. 손……님이 오셨는데요."

"손님?"

이 비서의 난처한 얼굴을 본 형찬의 목소리 톤이 올라갔다. 설마, 회사로 찾아온 건가. 기대에 찬 눈빛을 한 형찬이 자리에서 일어났다.

"Hi, bro."

하지만 이 비서의 등 뒤에서 나타나 손을 흔드는 영주를 보자마자 그의 반듯한 이마가 좁아졌다. 한겨울에 어울리지 않게 선글라스를 끼고 나타난 그녀의 양손에는 친근한 쇼핑백이 들려 있었다.

"어우. 무거워. 팔 빠지겠다."

앓는 소리를 내며 엄살을 부려 봤지만 형찬은 도와주기는커녕, 그대로 다시 의자에 앉아 버렸다. 괘씸한 동생의 행동에 영주는 쇼핑백을 유리 테이블에 던지듯이 내려놓았다. 귀에 쟁쟁히 울리는 소음에 형찬의 얼굴이 구겨졌다.

왜 손님이라고 해서 기대를 하게 만든 건지. 잘못한 것 없는 이 비서에게 괜한 원망이 들었다.

"내가 이 비서한테 손님이라고 말하라고 시켰어. 처음부터 나라고 했으면 바쁘다고 돌려보냈을 거잖아."

등받이에 몸을 기댄 채 닫힌 문을 노려보고 있자 영주가 쏘아붙였다.

"무슨 일인데."

"야! 나도 여기 오고 싶어서 오는 거 아니거든?"

무뚝뚝한 형찬의 대구에 언짢아진 영주가 들고 온 쇼핑백을 툭툭 건드렸다. 사무실에 풍기는 이질적인 음식 냄새로 보아, 본가에서 반찬을 가지고 온 모양이었다.

"내가 오는 게 싫으면 엄마 전화나 잘 받든지. 네가 전화도 안 받고 집에도 안 들르니까 엄마가 날 들들 볶잖아. 두 사람 가운데서 나는 무슨 죄야?"

어머니에게 하루 한 번씩 꼬박꼬박 전화가 걸려 왔지만, 대부분 회의 중에 온 거라서 받지 못했다.

하지만 나중에 부재중을 확인하고서도 전화를 걸어 보진 않았다. 어머니와 통화를 해 봤자 듣기 싫은 재혼 이야기만 하실 것이 뻔한데, 굳이 서로 감정 상할 일을 만들고 싶지 않았다.

"회사로 오는 게 싫으면 엄마한테 네 아파트 비밀번호라도 알려 주든가."

"그럴 생각 없어. 알잖아."

형찬은 출장을 마치고 한국으로 돌아오자마자 아파트를 얻어 본가로부터 독립했다. 오매불망 아들만 기다렸던 모친 상희의 극심한 반대가 있었지만, 영주의 거들기와 형찬의 완고함에 결국 두 손을 들었다.

대신 독립한 아파트 비밀번호를 알아내고자 했다. 물론 직접적으로 캐묻지는 못하고, 영주를 통해 슬쩍 떠보는 것이 전부였지만 형찬은 그것조차 싫었다.

"너 여자 생겼니?"

심기를 긁는 한마디에 형찬은 정색을 하고 영주를 바라보았다.

"아니, 비밀번호를 안 알려 주는 게 엄마가 너 여자 생긴 거 아니냐고……."

그는 의미 없이 들고만 있던 펜을 소리 나게 탁, 내려놓았다. 형찬의 격한 반응에 한풀 꺾인 영주는 선글라스를 내리며 눈치를 살폈다.

"아니야?"

이제는 화를 내기도 지친다.

"그만 가. 일해야 돼."

"만만한 게 나지. 나만 등 터지는 거야."

한탄을 시작한 영주는 가방에서 사진 몇 장을 꺼내 형찬에게 다가갔다.

"못 고르겠으면 코카콜라라도 해."

서류 위에 펼쳐진 사진들을 본 형찬은 어이없음에 할 말을 잃었다.

"엄마는 얘가 마음에 든대. 이욱현 국회의원 딸이라는데, 공부를 못해서 무식한 것만 빼면 다른 건 그럭저럭 봐줄 만하대. 오히려 이런 애들이 다루기 쉽다고……."

두 번째 사진을 가리키며 모친이 했던 말을 생각나는 대로 전하던 영주가 입을 꾹 다물었다.

가운데서 치이는 자신도 따지고 보면 피해자나 마찬가진데, 쳐다보는 시늉도 안 하고 아예 무시를 해 버리는 동생이 영 꽤씸했다. 영주는 홧김에 맨 마지막에 있는 여자 사진을 형찬의 모니터 앞에 들이밀었다.

"어때? 유라랑 좀 닮은 것 같은데."

형찬은 신경을 긁기 위한 유도라는 걸 알면서도 혹시나 싶은 마음에 사진으로 눈길을 돌렸다. 하지만 역시 닮지 않았다. 형찬은 대답 대신 휴대폰으로 시선을 돌렸다. 휴대폰은 여전히 조용했다.

"누나."

진지한 형찬의 목소리에 영주가 움찔한 얼굴을 했다.

"……어?"

"아무리 어머니 회사라도 여기 나 일하는 곳이잖아. 앞으로는 집안일로 찾아오는 거 하지 마. 직원들 보는 눈도 있잖아. 어머니께는 내가 말씀드릴게."

이렇게 정중하게 나오면 상대방도 할 말이 없었다. 영주는 펼쳐 놓은 사진을 거두며 수그러든 목소리로 말했다.

"유라 언급은 미안. 네가 하도 무시하길래 욱했어."

"알아."

영주가 회사로 찾아온 것만 해도 벌써 이번 달만 열 번이 넘었다. 그런데 찾아올 때마다 번번이 무시를 했으니 가뜩이나 다혈질인 그녀도 오래 참은 거다.

"엄마 요새 너 재혼시킨다고 혈안이야. 조만간 집 들러서 불 좀 끄고 가."

"알았어."

불같은 모친의 기세를 꺾을 수 있는 유일한 사람은 자신뿐이라는 걸 그도 알고 있었다.

"반찬은 두고 간다."

"고마워."

"거짓말하지 마."

영주가 이죽거리며 사무실을 나갔다. 테이블에 덩그러니 놓인 반찬통을 보는 형찬의 얼굴이 착잡했다.

서른여덟의 화려한 싱글인 영주는 한 남자와 죽을 때까지 사는 것은 불합리하다고 느끼는, 그야말로 자유분방한 영혼이 었다. 지극히 개인주의 성격이라 누군가에게 간섭을 받는 것도, 간섭을 하는 것도 좋아하지 않는다.

수시로 회사에 들이닥쳐 자신에게 닦달을 하고 있는 것도 그녀의 뜻이 아님을 알고 있기 때문에 화를 내면서도 한편으로는 미안한 마음이 들었다.

자리에서 일어난 형찬은 사무실 안에 있는 야외 테라스로 나갔다. 얼굴에 스치는 차가운 바람도 답답함을 벗어나게 하지 못했다.

하는 수 없이 재킷 안주머니에 있던 담배를 꺼내 입에 물었다. 라이터는 없었다. 유라를 사귀기 시작하면서 딱 끊었던 담배인데, 그녀와 헤어지고 나서는 힘들 때마다 입에 물고 있는 것이 버릇이 됐다.

'엄마도 그 아파트 계약하고 싶지. 그런데 아직 보증금이 안 들어왔다고 했잖아. 그래, 새마을약국. ……계약 기간이 남아서 재촉 못 한다고 몇 번을 말해! 너 이놈 새끼! 제대로 돈이나 벌어 보고 그런 소릴 해!'

유라를 만나고 돌아가는 길에 건물 주차장에서 우연히 들은 통화 내용이었다.

사업을 하는 동안 길러진 것이라고는 눈치뿐이라서 보증금, 새마을약국, 계약 기간 세 단어만 들어도 어떤 상황인지 짐작이 갔다. 그래서 다음 날, 부동산으로 찾아가 유라에게 상의 없이 보증금을 해결했다.

부동산을 나오면서 여러 감정이 스쳐 지나갔다. 유라에게 연락을 하기 어색하지 않을 명분을 찾으려고 밤새 고민하지 않아도 돼서 좋았지만, 한편으로는 자신을 만났던 날 아무 내색도 하지 않고 우리의 축의금을 고스란히 돌려준 그녀의 행동에 화가 났다.

마지막 인사를 하며 돌아설 때까지만 해도 붙잡지 않겠다고 마음먹었다. 오랜만에 만난 유라가 너무 편안해 보여서. 잘 지내고 있는 그녀에게 사랑이라는 명분을 앞세워 또다시 괴롭히고 싶지 않아서.

돌아선 한유라를 향해 달려가고 싶은 걸 참고 또 참았다. 그런데 막상 그녀는 그리 편안하지도, 잘 살고 있지도 않았다.

분명히 힘들면 언제든지 말하라고 했었다. 하지만 그녀는 늘 알겠다는 대답만 했을 뿐, 한 번도 자신에게 솔직하게 말한 적이 없었다.

감추고 숨기는 데 익숙한 여자. 그래서 도울 수 있는 기회를 번번이 놓쳐 버린 자신은 무능력한 남자가 되어 있었다.

"두 번은 안 당해."

이제 말할 때까지 기다리고만 있지 않을 거야. 나도 억울하잖아.

사무실로 들어온 형찬은 입에 물고 있던 담배를 휴지통에 버렸다. 그리고 차 키를 챙겨 사무실을 나섰다.

유라의 집 앞에 도착한 형찬은 차 안에서 그녀의 집을 올려다보았다. 거실 불이 꺼져 있는 걸로 보아 다행히 어머니는 세탁소에 계신 듯했다.

무작정 그녀를 기다린 지 1시간쯤 흘렀을까. 느릿하게 언덕길을 걸어 올라오는 유라의 모습이 백미러로 보였다.

어깨를 축 늘어뜨리고 땅바닥만 보며 걷는 모습을 보니 무슨 일이 또 생긴 건지 걱정부터 들었다. 형찬은 그녀에게 시선을 고정시킨 채 눕혀 놓은 운전석 등받이를 올렸다.

집 앞에 다다른 그녀가 천천히 고개를 들었다. 그제야 집 앞에 세워진 차를 발견한 건지 유라의 시선이 차에 머물렀다.

차를 살펴보던 유라는 돌연 걸음을 멈춰 섰다. 일정한 거리를 두고 서 있는 그녀의 표정이 아까보다 어두워져 있었다.

유라가 그대로 돌아설까 봐 조급해진 형찬은 차에서 내렸다. 눈이 마주친 유라는 고개를 돌리며 주변을 살폈다. 동네 사람들을 의식하는 행동이었다. 시작도, 끝도 요란했던 결혼이었기 때문에 주변의 눈치를 보는 유라를 이해했다.

"언제부터 있었어?"

가까이 다가온 유라가 물었다. 낮게 가라앉은 목소리만 들어서는 추궁인데, 눈빛은 걱정이었다.

"걱정하지 마. 나 있는 동안은 아무도 안 지나갔어."

"다행이네."

안도하는 그녀를 보니 썩 기분이 좋지 않다. 이해는 하지만, 아쉬운 마음은 어쩔 수가 없나 보다.

"안 그래도 연락하려고 했는데 번호가 바뀌었더라."

"무슨 일 있어?"

다 알면서도 모른 척하는 자신이 못마땅했는지 유라의 미간이 좁아졌다. 표정과 말투로 감정을 드러내는 한유라는 오랜만이었다. 그래서 피식 웃음이 났다. 형찬은 조수석 문을 열며 말했다.

"저녁 안 먹었지? 밥부터 먹자."

"아니."

유라는 단호하게 딱 잘라 말했다.

"짧게 할 말만 하자."

마주 앉아 밥을 먹기는 불편하다는 뜻이었다. 꼿꼿하게 서 있는 유라를 본 형찬은 차 문을 그대로 열어 둔 채로 그녀에게 다가갔다.

"내가 어떻게 알고 보증금을 대신 냈는지 궁금하잖아."

"……."

원했든, 원하지 않았든 그녀는 2천만 원이라는 빚을 졌다. 전처럼 못 본 척 무시하면서 지나칠 수 없는 입장이었다.

"이러다 동네 사람들 마주치겠다."

형찬의 엄포에 유라는 결국 그가 문 열어 놓은 조수석에 올라탔다. 꿈쩍도 하지 않는 그녀를 움직이게 하는 건 돈뿐이라는 사실에 잠시 씁쓸해하던 형찬도 운전석으로 걸어갔다.

한참 걸려 도착한 곳은 형찬과 유라가 졸업한 명문대학교에서 가까운 대학로였다.

차에서 내리자마자 중심가 입구에서 파는 각종 꼬치 냄새가 코를 자극했다. 무리 지어 다니는 학생들의 와자지껄한 웃음소리, 팔짱을 끼고 걸어가는 커플들의 모습을 보고 있으니 현실에 치여서 잊고 살던 지난 추억들이 떠올랐다.

"가자."

사람 구경 하느라 바쁜 유라의 손을 잡고 이끌었지만, 유라는 금방 손을 빼냈다.

"뒤에서 따라갈게."

거리를 두려는 행동에 형찬은 순순히 앞장서 걸었다.

도로를 건너 익숙한 골목길에 들어서니 허름한 분식집 하나가 눈에 띄었다. 점심시간에 오면 줄을 서서 먹는 곳인데 저녁시간에는 사람이 적었다.

"잠깐만."

내심 가 버리진 않았을까 싶었던 걱정을 싹 날려 주는 유라의 목소리가 들렸다. 걷는 내내 한 번도 뒤돌아보지 않던 형찬은 그제야 그녀를 향해 돌아섰다.

"다른 데로 가자."

"왜?"

유라가 이마를 찡그렸다. 정말 몰라서 묻느냐는 얼굴이었다.

이곳은 캠퍼스 커플이었을 때 자주 오던 분식집이었다. 분식을 좋아했던 유라 때문에 일주일에 한 번씩 왔던 곳이라 추억도 많았다.

물론 의도적인 장소 선택이었다. 보증금 이야기를 하기에 어울리지 않는 장소라는 걸 알지만, 유라의 감정을 건드릴 수 있는 곳이라면 어디든 상관없었다.

"여긴 싫어."

그때 마침 주인 할머니가 찐만두를 꺼내러 접시를 들고 밖으로 나오셨다. 그새 허리가 더 굽어진 할머니와 눈이 마주친 유라의 눈빛이 흔들렸다.

"다른 데 갈 거야?"

"안에 자리 많아. 추운데 빨리 들어와."

망설이는 자신들에게 손짓하는 할머니의 모습에 유라는 입을 꾹 다물었다. 마음 약한 그녀는 오랜만에 뵙는 할머니를 향해 등 돌릴 수 있는 성격이 아니었다. 형찬은 먼저 가게로 들어갔다.

분식집은 예전 모습 그대로였다. 균열이 일어난 흰 벽면에 적힌 수많은 낙서들도, 등받이 없는 동그란 의자도, 보기 드문 옛날 TV와 새빨간 수저통까지도. 변한 것이 하나도 없었다.

"할머니. 저희 떡볶이랑 쫄면요."

주인 할머니는 대답 대신 고개만 끄덕이셨다. 뒤늦게 가게로 들어온 유라가 주변을 둘러보며 자리에 앉았다.

"우리 졸업하고 처음 온 거 맞지?"

형찬은 계산대 앞에 놓아둔 단무지와 유부 국물을 가져오며 물었다. 그런데 그녀의 시선이 제 등 뒤로 머물러 있었다. 형찬은 시선을 따라 뒤를 돌았다.

유라가 바라보는 자리에는 벽에 방명록을 쓰고 있는 한 대학생 커플이 보였다. '우리 사랑 영원히'라고 크게 적어 놓은 여자는 수줍게 웃었고, 남자는 여자가 펜을 쥔 손을 꼭 잡고 있었다.

형찬은 몸을 돌려 다시 유라를 바라보았다. 주변 사람들에게 하는 자랑도 모자라서, 모르는 사람들에게까지도 우리의 사랑을 자랑하고 싶어 하는 애틋한 마음을 겪어 봤기 때문에. 마냥 행복해 보이는 커플을 부럽게 바라보는 그녀의 눈빛에 더욱 가슴이 시렸다.

"부러워?"

유라는 유부 국물을 떠먹으며 말했다.

"영원한 게 있다고 믿는 마음이 부러워."

아무것도 필요 없이 떡볶이 하나만으로도 행복하기만 했던 연애. 그때는 영원이라는 걸 믿었다. 사랑만 있으면, 정말 영원히 행복하게 살 수 있을 거라고 생각했다. 하지만 지금은 안다. 영원한 건 없다는 것을.

"쫄면 먼저 드릴게요."

아르바이트생이 야채가 듬뿍 올라가 있는 쫄면을 놓고 갔다. 형찬은 앞접시를 가져와서 삶은 계란을 건져 유라에게 주었다. 매운 것을 좋아하지만 위가 약해서 늘 탈이 나는 그녀를 위한 배려였다.

"천천히 먹어."

"보증금 얘기를 오늘에서야 들었어."

유라는 삶은 계란을 반으로 쪼개서 형찬의 앞접시에 돌려주었다.

"고마워."

왜 시키지도 않은 일을 했냐고 타박할 줄 알았다. 그런데 유라는 타박은커녕 조용히 웃어 보였다. 그런데 얼마 만에 보는 건지 모를 그녀의 웃음에도, 고맙다는 인사에도, 전혀 기쁘지 않았다. 오히려 싫었다.

"왜 그랬냐고 화낼 줄 알았는데."

"내가 당신한테 그렇게 화를 많이 냈었나?"

"아니. 화를 내 줬으면 할 때가 많았지."

"그랬구나."

마치 남의 얘기를 듣는 사람처럼 구는 무심한 태도도 싫었다.

"정말 편해졌구나, 내가."

"그러니까 당신이랑 여기 마주 앉아서 쫄면도 먹고 있지."

유라는 고개를 들지 않고 대답했다. 차라리 나를 모른 척하고, 찾아오지 말라며 소리치는 한유라가 그립다 싶을 정도였다. 무덤덤한 그녀는 마치 그를 완전히 포기하고 놓아 버린 것 같았다.

그녀가 너무 힘들어하는 모습에 이혼을 결정하긴 했지만, 형찬에게는 여전히 유라뿐이었다. 하지만 그 마음을 드러낼수록 유라가 힘들어진다는 걸 알게 됐다.

그 뒤로는 모든 행동에 제약이 따랐다. 보고 싶어도 함부로 찾아갈 수 없었고, 그리워도 쉽게 연락할 수가 없었다. 섣부른 자신의 행동에 상처받는 건 결국 한유라니까.

그녀를 볼 수 없는 것보다, 그녀에게 가장 상처 주는 사람이 결국은 자신이라는 사실이 못 견디게 힘들었다. 그래서 유라가 편해지기를 바라는 마음으로 출장을 떠났다. 물리적으로 거리를 둠으로써 유라에게 찾아갈 방법을 아예 차단해 버린 것이다.

그런데 참 간사하게도, 막상 유라가 편해진 모습을 보니 덜컥 겁이 났다.

"솔직히 정말 막막했어. 약국을 옮길 생각까지 했었거든."

"……."

"돈은 이자까지 쳐서 꼬박꼬박 갚을게."

모든 투자에는 목적이 있다. 이번 투자의 목적은 고작 이자 몇 푼이 아니었다.

"이자까지 갚을 필요 없어."

"아니야. 그건 내가……."

"앞으로 종종 약국으로 찾아갈게."

형찬의 말을 들은 유라가 젓가락질을 멈췄다.

"……뭐?"

"내 얼굴 봐야 하는 걸로 이자 갚는다고 생각해."

지금 이 말이 얼마나 얼토당토않게 들릴지 알지만 형찬은 개의치 않았다.

"그러지 마, 제발."

"내가 편해졌다며. 그럼 오늘처럼 얼굴 보면서 밥 한 끼 정도는 먹을 수 있잖아."

"같이 밥 먹을 사람이 필요한 거면 선을 봐."

포기할 생각도 없었지만, 차분한 목소리로 다른 여자를 만나라고 하는 유라의 말에 더욱 오기가 생겼다.

"왜."

그때 주문했던 떡볶이가 나왔다. 하지만 두 사람 모두 젓가락을 내려놓은 지 오래였다.

"자꾸 보면 흔들릴 것 같아?"

도발하는 형찬의 질문에 미처 표정 관리를 못 한 유라의 눈동자가 사정없이 흔들렸다. 동요하지 않을 줄 알았던 그녀가 흔들리자 우습게도 안심이 된다. 형찬은 더욱 밀어붙였다.

"진짠가 보네."

"형찬 씨."

"약국이 잘돼야 내가 원금을 돌려받을 수 있어. 이제 나도 새마을약국에 지분이 있는 거나 마찬가진데 어떻게 운영되고 있는지는 알아야 하지 않겠어? 당신도 나한테 그런 부분을 설명해 줄 의무가 있다고 보는데."

갑의 위치에서 보증금을 내세우며 논리정연하게 말하자 유라가 윗입술을 깨물었다. 고민할 때마다 입술을 깨무는 유라의 버릇을 아는 형찬은 묵묵히 그녀를 기다려 주었다.

"……그럼 하나만 약속해."

유라는 한참 만에 겨우 입을 열었다. 긍정을 의미하는 대답에 형찬의 입꼬리가 슬쩍 올라갔다.

"말해."

"우리 사이에 있었던 지난 얘기들은 하지 않기. 절대로."

"하자고 해도 안 해."

서로에게 상처만 남긴 지나간 과거 따위 늘어놓을 생각도 없었다. 그건 유라의 마음을 돌리는 일에도 마이너스가 될 뿐이니까.

중요한 건 유라의 마음을 돌릴 수 있는 앞으로의 시간이었다.

"먹자, 떡볶이."

형찬은 다 불어 가는 떡볶이를 포크에 찍어 입에 넣었다. 심란한 얼굴로 떡볶이를 바라보기만 하는 유라에 비해 형찬은 한결 밝아져 있었다.

정해진 시간에 부지런하게 울리는 휴대폰 알람에 유라가 몸을 뒤척였다. 생기발랄한 알람이 끊길 듯 말 듯 연이어 반복되자 유라는 손을 뻗어 눈도 뜨지 않은 상태로 익숙하게 알람을 껐다.

방 안에 고요함이 감돌 무렵, 천천히 눈을 떴다. 그리고 손에 쥐고 있는 휴대폰으로 시간을 확인했다. 이제 막 7시가 돼 가고 있었다.

2천만 원에 발목이 잡혀서 형찬의 말도 안 되는 제안을 받아들이고 집으로 돌아온 순간, 유라는 자신이 얼마나 무모한 짓을 저지르고 왔는지를 깨달았다.

철천지원수가 됐다는 표현이 무리도 아닐 만큼 그와의 이혼은 당사자인 자신들뿐만 아니라 가족들 모두에게 상처를 남겼다.

아직까지 엄마와 우리는 형찬의 이름만 들어도 표정을 굳혔고, 아마 형찬의 가족들도 제 이름을 들으면 같은 반응일 것이다.

그런데 다시 그와 얽혀 버렸다. 그것도 시어머니에게 비참한 냉대와 무시를 당하게 만들었던 그의 돈에 의해서. 양쪽 집안에서 알면 여러모로 뒷목 잡을 일이었다.

유라는 날씨를 확인하기 위해 이불 속에서 휴대폰 인터넷을 확인했다. 그러자 어제 새벽, 이건 아니라는 생각에 지푸라기 잡는 심정으로 알아보던 제3금융권 대출 페이지가 떴다. 다시 봐도 깡패 같은 이자율이었다.

굳게 닫힌 방문 사이로 거실 불빛이 새어 들어왔다. 유라는 정신을 차리고 자리에서 일어났다. 기지개를 켜며 문을 열고 나가 보니 현숙이 등산복을 입은 채로 찌개를 끓이고 있었다.

"일어났어? 두부만 넣고 깨우려고 했는데."

"산에 갔다 왔어?"

"응. 개운하니 좋네."

유라는 창밖을 바라보았다. 바깥은 짙은 겨울 안개가 자욱했다.

"혼자 가지 말고 나 깨우라니까."

현숙은 세탁소에서 종일 일만 하면 몸이 찌뿌둣하다며 아침 일찍 산에 오르곤 했다. 동네에 있는 작은 산이긴 하지만 아무래도 여자 혼자 산에 가는 것은 위험했다. 특히나 오늘같이 안개가 잔뜩 낀 날은 더더욱.

"아유, 괜찮아. 그 시간에 산에 오는 사람이 얼마나 많은데."

현숙은 언제나처럼 유라의 걱정을 대수롭지 않게 넘겼다.

"밥 다 됐으니까 먹고 씻어."

"응."

유라는 냉장고를 열어 밑반찬을 꺼냈다. 세탁소와 약국 모두 아침 일찍 열어야 하는 곳이기 때문에 집에서 나가는 시간이 비슷했다. 현숙은 갓 지은 밥을 주걱으로 저으며 물었다.

"며칠 전에 우리 세탁소 왔는데. 만났지?"

"응. 우리가 엄마한테 미안해하더라. 조만간 서 서방이랑 집에 오겠대."

"서 서방이랑은 잘 지낸대?"

"깨가 쏟아질 때잖아."

유라가 흐뭇하게 웃었다.

"그, 시댁이랑도 별일 없고?"

현숙은 유라의 눈치를 살폈다. 시집살이를 했던 딸에게 동생의 시댁 이야기를 묻는 것이 혹시나 상처를 건드리는 일이 될까 봐 조심스러웠다.

"그럼. 다들 잘해 주신대."

"다행이네."

우리 이야기가 나올 때마다 현숙은 딸과 시댁의 관계를 걱정하지 않을 수가 없었다. 유라의 결혼이 실패한 데에는 딸의 결혼 생활에 무신경했던 저에게도 원인이 있다고 생각했기 때문에 여러모로 신경이 쓰였다.

게다가 본의 아니게 유라처럼 가진 것 많은 집안에 시집을 간 우리가 혹시나 제 언니처럼 무시당하고 살지는 않을까 불안한 마음도 있었다.

물론 집안 어른들의 성품은 비교하기가 미안할 정도로 우리네 시댁이 훌륭했지만, 믿어 의심치 않던 아들 같은 형찬에게 딸을 맡기고 뒤통수를 맞았던 현숙으로서는 어떤 상황이라도 방심할 수가 없었다.

"김치 다 먹었네."

유라가 바닥이 보이는 김치 통을 보며 말했다.

"더 추워지기 전에 얼른 김장해야겠다. 안 그래도 충온슈퍼에 배추 주문했는데 이따 세탁소 가면서 물어봐야겠네."

"우리네도 주려면 올해는 좀 더 담가야겠다."

"그러게."

김치 통에 남아 있던 겉절이를 그릇에 담아 온 유라가 식탁에 앉았다. 현숙이 부지런히 끓인 콩나물국까지 놓이자 푸짐한 아침상이 차려졌다.

콩나물국에 밥을 말던 현숙은 무심코 부엌을 둘러보았다. 네 사람이 앉는 식탁에 어느덧 둘만 남은 것이 퍽 쓸쓸했다.

"유라야."

고민하던 현숙이 길게 뜸을 들였다.

"응?"

"충온슈퍼 연경 아줌마 있잖아."

유라가 오징어채를 먹으며 고개를 끄덕였다.

"그 집 옆집에 사는 할머니네 막내아들 친구의 선배라는 사람이 아이렌 주식회사에 다니는데……."

한 번에 이해하지 못할 어려운 관계였지만, 곧장 답은 나왔다.

"선 들어왔어?"

유라가 현숙의 말을 끊고 물었다.

"음, 그게 선……이긴 한데 말이야. 그쪽도 이혼을 했다더라고. 엄마는 네가 선보는 거 싫어할 것 같아서 듣자마자 거절했거든? 근데 둘이 나이도 비슷하고, 자꾸만 아까운 자리라면서 연경 아줌마가 너한테 말이라도 해 보라고……."

젊은 나이에 이혼을 하고 마음고생을 겪었던 맏딸 유라는 늘 아픈 손가락이었다. 가끔 넋을 놓은 채로 방 안에 있는 모습을 볼 때면 저러다가 무슨 사달이 나는 건 아닐까 불안하기까지 했다.

유라가 다시 누군가를 만나 재혼하는 것을 바라는 건 아니었다. 다만 좋은 나이를 허투루 보내는 건 너무 아까웠다.

한 번 결혼에 실패했다고 모든 가능성을 닫지 말고, 나이도 젊으니까 여러 사람을 만나 보고 그러다가 인연이 되면 연애도 하면서 평범하게 지냈으면 싶은 마음이었다.

"나이는?"

유라가 관심을 보이자 현숙의 눈빛이 반짝거렸다.

"서른여섯이래지, 아마?"

형찬 씨랑 동갑이구나.

유라는 순간적으로 떠오른 생각 대신 엄마가 듣고 싶은 말을 해 주었다.

"궁합도 안 본다는 네 살 차이네."

"엄마가 사진 봤는데 인물도 훤칠하니 잘생겼더라."

관심을 보이는 것만으로도 들떠 하는 엄마를 보니 완곡히 거절하기가 힘들었다.

"시간 잡아 줘. 나갈게요."

"그래? 정말 만나 볼 거야?"

유라는 고개를 끄덕였다. 이렇게라도 엄마의 마음의 짐을 덜어 줄 수 있다면 선쯤이야 얼마든지 볼 수 있었다.

게다가 오래 거래하며 지내 온 충온슈퍼 아줌마의 주선이기도 하니 영 이상한 사람도 아닐 것이다. 정중하게 밥 한 끼 먹고 오는 걸로 끝낸다면 모두에게 좋을 일이었다.

"대신 너무 기대하지 말기."

"그럼, 당연하지. 알겠어. 엄마가 충온슈퍼 아줌마한테 말해 놓을게."

모처럼 엄마가 진심으로 기뻐하는 모습을 보니 유라도 기분이 좋았다.

가벼워진 마음으로 아침을 먹은 후에 곧장 씻고 방으로 들어온 유라는 시간을 확인하기 위해 휴대폰을 들여다보았다. 그런데 문자 한 통이 와 있었다.

[날씨가 흐려. 비 올 것 같아.]

010-xxxx-0528.

저장하지 않은 번호였지만 모르는 번호라고는 할 수 없었다. 바꿨다는 휴대폰 번호 끝자리를 처음 사귄 날짜로 해 놓다니.

"대체 왜 이래……."

머리가 지끈거렸다. 갑자기 나타나서 아무 일도 없었던 것처럼 제 인생에 불쑥 끼어드는 형찬과 다시 가까워질까 봐 겁이 났다. 가까웠던 만큼 아팠으니까.

유라가 휴대폰을 바라만 보는 사이, 문자가 연달아 왔다.

[비 온다. 우산 챙겨.]

[오늘 저녁 먹자. 뭐 먹을지 생각해 봐.]

형찬의 문자를 확인한 유라는 그대로 휴대폰을 내려놓고 방 창문 커튼을 열어젖혔다. 안개가 잔뜩 낀 하늘에 겨울비가 추적추적 내리기 시작했다. 정신없는 머릿속을 환기시키기 위해 창문을 활짝 열었다.

인생 가장 깊숙한 곳을 차지했던 사람이다. 가족만큼 사랑했고, 가족보다 가까웠고, 가족이 되어 준 사람. 그래서 그를 완벽하게 잊는 것이 쉽지 않았다.

그래도 천천히 잊어 가는 과정을 겪다 보면 자연스레 무뎌지는 날이 오겠지, 그렇게 생각하면서 덤덤하게 버티고 있었는데.

아스팔트에 떨어지는 빗소리를 들으며 한참 제자리에 서 있던 유라는 정신을 차리고 머리를 말리기 시작했다. 그의 생각을 하다 보면 이렇게 시간 가는 줄을 모른다.

　사선으로 내리는 빗방울 때문에 우산을 썼는데도 온몸에 비를 흠뻑 맞았다. 유라가 우산을 털며 약국 문을 열자 먼저 나온 수연이 그녀를 반겼다.

　"비 많이 오죠?"

　"응. 이제 바람까지 부네."

　입고 나온 청바지가 쫄딱 젖는 바람에 유라가 엉거주춤 걸어 다니자 수연이 웃으며 이동식 히터를 내주었다.

　"비도 오는데 오늘 점심은 짬뽕 먹을까요?"

　"짬뽕 좋지."

　"원래 이렇게 비 오는 날은 소주에 삼겹살인데."

　소주잔을 꺾는 시늉을 하며 수연이 입맛을 다셨다.

　"난 막걸리에 파전."

"맞다. 선배는 막걸리 좋아하죠."

유라가 웃으며 고개를 끄덕였다. 그러고 보니 술을 안 마신 지도 오래됐다. 불면증 치료 때문에 잠시 끊었던 게 어느 순간 아예 찾지 않게 돼 버렸다.

차라리 잘된 일이었다. 적어도 술기운에 기대서 형찬에게 연락하는 우스운 일은 하지 않았으니까.

"아, 맞다. 아까 문 열자마자 관리사무소에서 왔다 갔어요. 난방 공사 때문에 확인할 거 있다고."

"오늘 온다고 했는데 일찍 왔다 가셨네."

"유 사장이 뭔 바람이 불었나 몰라요. 공사해 달라고 했을 때 못 들은 척 무시할 땐 언제고. 해 줄 거면 겨울 오기 전에 진작 좀 해 주든가."

아마도 일찍 보증금을 내 준 것에 대한 보답일 것이다. 보증금에 대해서는 수연에게 말하지 않았다. 서로의 사정을 잘 아는 사이인 만큼, 보증금으로 2천만 원을 냈다고 하면 본인이 가불받았던 일에 대해서도 미안해할 것이 뻔했다.

"그래도 올겨울은 손 불어 가면서 약 제조 안 해도 되겠다."

"아싸!"

툴툴거리던 수연이 금방 웃음을 되찾았다. 아이처럼 기뻐하는 수연을 보니 유라도 웃음이 났다.

가운을 입고 수연을 도와 약품 정리를 하려는데 휴대폰이 울렸다. 전화를 받으니 수연보다 더 신난 현숙의 목소리가 들렸다.

"응, 엄……."

– 유라야! 말 나온 김에 아예 날을 잡자는데. 너 시간 언제가 괜찮니?

빠르기도 하셔라. 요란한 웃음소리가 간간이 들리는 것으로 보아 연경 아줌마와 같이 있는 듯했다.

"날짜는 아무 때나 괜찮은데. 평일보다는 주말이 좋지."

– 그럼 주말로 잡아 볼게.

"응. 알겠어요."

– 알겠어. 오늘도 수고해, 우리 딸!

'이번 주는 너무 빠르지?'라고 말을 전하는 목소리를 마지막으로 전화가 뚝 끊겼다. 유라는 약국 시계를 바라보았다. 오전 9시 10분. 엄마는 세탁소 문을 열 시간이 지났다는 것을 아는 건지 모르겠다.

"수연아. 토요일은 약국 혼자 볼 수 있지?"

"주말은 한가하니까 괜찮아요. 근데 언제요?"

"글쎄. 언제가 될지는 모르겠네."

"무슨 일 있어요?"

"선보려고."

차분한 유라와는 다르게, 대답을 들은 수연은 입구 진열대에서 박스를 뜯다가 헐레벌떡 달려왔다.

"선을 본다고요? 선배가?"

"응."

"갑자기 왜요?"

"엄마가 원하셔서."

유라는 태연하게 웃으며 하고 있던 약품 정리를 마저 했다.

하지만 수연은 여전히 놀란 얼굴로 물었다.

"소개팅, 미팅, 선. 선배가 제일 싫어하는 것들이잖아요."

"잘생겼대."

"오 마이 갓."

농담으로 한 말에 놀라던 수연의 표정이 돌연 진지해졌다.

"선배. 오늘 저녁에 약속 있어요?"

오늘 저녁이라는 말에 형찬의 문자가 떠올랐다.

"선약이 있긴 한데. 왜?"

"중요한 약속이에요?"

형찬과 한 약속의 우선순위는 몇 번째일까. 잠시 고민하던 유라가 대답했다.

"아니야."

"그럼 우리 오랜만에 저녁 먹어요! 장소는 제가 정할게요!"

갑작스럽게 저녁 약속을 잡는 수연의 행동이 수상했다. 이유를 물어보려 했지만, 손님이 들어오기 시작하면서 그녀가 약제실로 쏙 들어가 버렸다. 유라는 찜찜한 마음을 품고 일을 시작했다.

비는 밤까지 그치지 않고 내렸다. 내일은 어제보다 더 춥다는 기상캐스터의 단골 멘트 때문인지 오늘도 마스크가 불티나게 팔렸다. 정신없는 하루를 보낸 유라는 처방전을 들고 약제실로 들어갔다.

"이건 내가 할게."

"안 그래도 화장실 급했는데. 금방 갔다 올게요."

수연이 다리를 꼬며 약제실을 나갔다. 마지막 손님까지 보내고 한가해진 사이 유라는 휴대폰을 살펴보았다.

오늘 저녁은 곤란하다는 문자를 보냈지만 형찬에게선 이렇다 할 답장이 없었다. 거절한 걸로 알아차렸으리라 믿고 유라는 가운을 벗으며 뒤돌았다.

"아, 깜짝이야!"

아무 기척도 없이 들어온 영민이 동상처럼 우두커니 서 있었다. 놀란 유라를 보고 더 크게 놀란 영민은 당황한 얼굴로 허둥댔다.

"많이 놀라셨어요? 문이 열려 있어서……."

"아, 네. 좀."

유라는 가슴을 쓸어내리며 숨을 크게 내쉬었다.

"오늘은 병원 일찍 닫으셨네요."

"네!"

영민은 갓 입대한 훈련병처럼 씩씩하게 대답했다. 이제 더는 할 말이 없는데 계속 자리에 서 있는 그의 모습에 유라는 어색하게 웃었다.

"약속 있으신가 봐요."

평소와 다르게 머리도 한껏 올리고 넥타이까지 맨 영민은 누가 봐도 곧장 집에 가는 모습이 아니었다.

"한 약사님!"

"네?"

"저…… 저, 저랑, 데이트 한번 하시죠!"

눈을 질끈 감고 약국이 떠나가라 소리치는 영민 때문에 유라는 흠칫 놀라며 한 걸음 뒤로 물러섰다.

　　지하 주차장에서 엘리베이터를 기다리던 형찬은 유라가 보
낸 휴대폰 문자만 뚫어져라 바라보았다.
　　[선약이 있어.]
　　진짜 선약이 있었다면 아침 일찍 보낸 문자에 진작 답을 했
을 한유라다. 그런데 점심시간이 지나고 나서야 선약이 있다며
약속을 취소해 버렸다. 전화도 아닌 문자로. 게다가 성의도 없
이 달랑 다섯 글자.
　　이제 자신이 그녀에게 1순위가 아니라는 건 인정하고 있었
지만 씁쓸한 기분이 드는 건 어쩔 수 없었다. 하지만 잠시 자
리를 비워 두었을 뿐이지, 누구에게도 그 자리를 빼앗길 생각
은 없다.
　　엘리베이터를 타고 1층으로 올라가니 약국은 예상대로 열려
있었다. 다행이라고 생각하며 걸어가는데 약국 옆에 있는 꽃집
의 벽 뒤에서 흰 가운을 입은 여자가 엉거주춤한 자세로 약국
을 훔쳐보고 있었다.
　　"은수연?"
　　자신의 이름을 부르는 소리에 놀란 수연이 뒤를 돌아보았
다. 형찬을 본 그녀는 인상을 찡그리며 삿대질을 했다.
　　"미쳤어? 여기가 어디라고 와?"
　　대놓고 못 올 사람 취급하는 말에도 형찬은 사람 좋게 웃었
다.
　　"여기서 뭐 하고 있어?"

"쉿!"

수연은 일단 형찬이 약국 근처로 가지 못하게 그의 손목을 있는 힘껏 붙잡았다. 그리고 키가 큰 그를 시야에서 가리기 위해 최대한 구석으로 몰았다.

"대체 뭘 보길래……."

남의 가게 옆에서 본인의 약국 망을 보고 있는 수연을 의아하게 생각한 형찬은 약국을 바라보았다. 차렷 자세로 서 있는 남자의 모습이 어렴풋이 보였다.

"누구야?"

형찬은 어느새 수연의 뒤에서 두 사람을 유심히 지켜보았다.

"제가 예약도 다 했거든요. 무슨 음식이 맛있는지도 다 조사했고요. 아! 차 내비게이션에 지도 검색은 아직 못 했는데……."

약국 문도 활짝 열린 데다 남자의 목소리가 워낙 커서 무슨 대화를 하고 있는지 또렷하게 들렸다. 자신의 약속보다 중요했던 선약이 저거였나. 형찬의 표정이 굳어져 갈 때였다.

"김 원장님."

원장이라는 유라의 호칭에 형찬은 곧장 건물에 있는 병원들을 떠올렸다. 거리도 가까운 데다가 약사와 의사 관계. 보건 계통의 공통점까지 있으니 더욱 위험한 상대다.

"네!"

"저에 대해서 잘 모르시잖아요."

"요즘은 잘 알고 결혼해도 이혼하는 부부들 많은걸요. 모르는 건 문제가 아니라고 생각합니다. 차차 알아 가면 되는 거죠."

영민에게서 호기로운 대답이 돌아왔다.

"저 돌싱이에요."

"돌…… 네?"

유라의 말을 들은 수연이 머리를 헝클어뜨렸다.

"아, 선배도 진짜! 그걸 지금 왜 얘기하고 있어!"

"유라 이혼했다는 거, 사람들이 몰라?"

형찬이 수연의 팔을 붙잡고 물었다. 그러자 수연이 흘끔 바라보며 콧방귀를 뀌었다.

"당연하지. 이혼한 게 뭐 자랑이라고 동네방네 얘기하고 다녀?"

맞는 말이었지만 묘하게 기분이 나빴다. 유라가 이혼했다고 해도 그녀를 호시탐탐 노릴 놈들이 널리고 널렸을 텐데. 미혼인 줄 알고 있다면 잔챙이 같은 놈들이 벌떼처럼 꼬일 것이 분명했다.

형찬은 영민의 뒷모습을 바라보았다. 그녀가 이혼했었다는 사실에 꽤 충격을 받았는지 어깨가 처진 게 티가 났다.

"호, 혹시 아이도……?"

"아니요."

"아……."

암흑 속에서 한 줄기 빛이라도 본 사람처럼 영민이 안도의 한숨을 쉬었다. 포기하고 돌아설 것 같던 그의 태도가 바뀌자 우산을 쥔 손에 자연스레 힘이 들어갔다. 형찬은 그를 열렬히 응원하고 있는 수연에게 물었다.

"네가 소개해 준 사람이야?"

"그렇다고 볼 수 있지."

"왜? 저 사람이 유라 좋아한대서?"

"그것도 그렇고, 김 원장님 부모님이 미국에 사신대서."

수연은 일부러 부모님이라는 말을 강조해 대답했다. 수연은 유라가 힘들어하는 모습을 누구보다도 더 가까이, 노골적으로 지켜본 사람 중 하나였다. 약국으로 찾아온 그의 어머니와 언성 높이며 싸운 적도 있을 만큼. 형찬은 입이 열 개라도 할 말이 없었다.

"그리고 나한테 번호 바꿨다는 문자는 왜 보낸 거야? 내가 유라 선배한테 오빠 번호라도 알려 줄 줄 알고 기대했나 본데⋯⋯."

"그래 주길 바랐는데 이제 괜찮아."

뒤도 돌아보지 않고 대꾸하던 수연이 휙 몸을 돌려 형찬을 바라보았다.

"있잖아, 내가 아까부터 물어본 것 같은데. 대체 여기 왜 왔냐니까?"

"유라랑 밥 먹으려고."

"뭘 먹어?"

"밥."

기가 막혔다. 수연은 약국을 스윽 바라보다가 형찬의 재킷을 잡아끌었다. 약국 반대쪽으로 돌아서 후문 앞까지 그를 끌고 온 수연은 잡았던 재킷을 뿌리치며 팔짱을 꼈다.

"오빠 진짜 나쁘다. 유라 선배한테 정말 너무한다는 생각 안 들어? 사람 속 다 헐어서 문드러지게 만든 그 잘나신 어머니가 좀 잠잠해지나 했더니, 이제는 아예 본인이 직접 나서서 선배 괴롭히려고 그래?"

두 사람 사이에서 오작교 역할을 했던 수연은 형찬과도 친한 사이였다. 유라와 친하게 지낸다는 이유만으로 형찬은 전화를 걸 때마다 흔쾌히 찾아와서 밥을 사 주기도 했고, 교양과목 레포트를 작성할 때도 제 일처럼 나서며 도와주었다.

언제 만나도 친절하고, 자상하고, 유쾌한 남자. 한때는 형찬 같은 남자를 만나는 것이 소원이었는데, 지금은 트럭으로 갖다 준대도 싫다.

"나도 지긋지긋한데 당하는 유라 선배는 어떻겠어. 이제 좀 그만해. 가만히 잘 살고 있는 유라 선배 괴롭히지 말라고!"

"수연아."

"다정하게 부르지 마."

"나 유라랑 다시 시작하고 싶어."

"뭐?"

"아니, 다시 시작할 거야."

"오빠는 안 돼. 절대 안 돼."

형찬의 우수 어린 눈빛에도 수연은 정색했다.

"아까 봤지? 유라 선배 얼마나 잘나가는지. 여전히 인기 많고, 선배 없이도 아주 잘 먹고 잘 살아. 조만간 맞선도 볼 거야. 그러니까……."

"맞선을 본다고?"

생각나는 대로 말하던 수연이 아차 싶어 입술을 깨물었다.

"보, 볼 수도 있다는 거지!"

형찬은 뒤늦게 변명하는 수연의 표정을 유심히 바라보았다. 오래 봐 온 사이인 만큼 거짓말인지 아닌지 정도는 알 수 있었다.

그런데 그때 수연의 뒤로 풀이 죽은 얼굴로 걸어가는 영민이 보였다.

"일단 네 주선은 실패한 것 같다."

"뭐?"

뒤늦게 영민을 발견한 수연이 냅다 그에게 달려갔다. 허리에 손을 올린 채로 씩씩거리는 뒷모습만 봐도 수연이 어떤 얼굴을 하고 영민에게 말을 하는지 알 수 있었다.

형찬은 두 사람을 뒤로한 채 약국으로 걸어갔다.

형찬이 약국으로 들어가자 휴대폰을 보고 있던 유라가 고개를 들었다. 눈이 마주치자마자 몹시 당황한 얼굴이었다.

"어떻게 왔어?"

"차 타고 왔지."

싱거운 대답과 함께 형찬은 영민이 서 있던 자리에 똑같이 섰다.

"인기 좋더라."

"어?"

"오늘 있다던 선약이 아까 그 남자랑 데이트였어?"

가운을 벗어 옷걸이에 걸어 두던 유라는 형찬의 말뜻을 이해하고 난감한 표정을 지었다.

"들었어?"

"정확히는 들린 거지."

"어디서부터 들었어?"

"저에 대해서 잘 모르시잖아요, 부터."

"다 들었네."

유라가 한숨처럼 대답했다. 그때 영민과 대화를 마친 수연이 두 사람을 노려보며 약국으로 들어왔다. 유라는 형찬과 수연을 번갈아 바라보았다. 형찬과 다시 만나게 된 계기를 그녀에게 어떻게 설명해야 할지 막막했다.

"수연아."

하지만 수연은 묵묵부답이었다. 입고 있던 가운을 휙 벗은 수연은 가방을 챙겼다.

"수고하셨습니다."

잔뜩 심통이 나서 가 버리는 수연을 본 형찬이 피식 웃었다.

"은수연 제대로 화났다."

"혹시 수연이도 같이 들은 거야?"

"응."

영민과 이어 주려고 했는데 돌싱이라며 초를 친 것도 모자라서, 형찬까지 마주쳤으니 수연의 심기가 불편할 만했다. 유라는 머리를 쓸어 넘겼다.

"한 일주일 가려나."

"나까지 등장했으니까 2주는 갈 것 같은데."

"그럼 2주가 아니라 한 달이지."

"와, 냉정하네."

"이게 현실이야."

반항심이 깃든 수연의 가운까지 정리한 유라는 약국 문을 닫고 나왔다.

　먼저 나와 있던 형찬은 엘리베이터가 아닌 로비를 가리키며 앞장서 걸어갔다. 그의 손에는 우산 하나가 들려 있었다. 유라는 묵묵히 그를 따라나섰다.

　밖은 여전히 부슬부슬 비가 내리고 있었다. 나란히 서서 비 오는 모습을 바라보던 형찬이 나지막이 중얼거렸다.

　"이렇게 비 오는 날은 막걸리에 파전인데."

　유라는 우산을 펴다 말고 그를 바라보았다. 문득, 약국에서 영민이 했던 말이 떠올랐다.

　'요즘은 잘 알고 결혼해도 이혼하는 부부들 많은걸요. 모르는 건 문제가 아니라고 생각합니다. 차차 알아 가면 되는 거죠.'

　영민의 말이 맞다. 형찬과 자신은 서로에 대해 누구보다도 더 잘 알고 있었지만, 잘 아는 것과 잘 사는 것은 별개의 문제였다.

　차라리 아무것도 몰랐으면 행복했을까. 그럼 적어도 헛된 기대를 품었다가 상처받는 일은 없었겠지.

　"유라야."

　형찬의 부름에 생각을 멈춘 유라가 고개를 돌렸다. 그는 손에 들고 있던 우산을 뺏어 가더니 자신이 들고 온 장우산을 폈다. 둘이 쓰기에 넉넉한 사이즈였다.

　"오랜만에 청사초롱 가자."

형찬이 자연스럽게 유라의 손을 잡았다. 청사초롱은 그와 처음 만났던 막걸리집이었다. 흩뿌리는 비 때문인지, 못 다 잊은 추억이 떠올라서인지 매정하게 그를 뿌리치지 못했다.

❖ ❖ ❖

금방이라도 비가 올 것 같은 흐린 하늘의 가을이었다.

대학교 구내 편의점에서 아르바이트를 끝낸 유라는 서둘러 도서관으로 향했다. 오후에는 학생들이 많이 몰려서 빈자리를 잡으려면 서둘러야 했다.

"선배!"

책이 무거워서 종종걸음으로 부지런히 걸어가는데 반대쪽에서 수연이 반가운 얼굴로 뛰어왔다.

"한참 찾았잖아요! 어디 가요?"

"나 도서관."

"시험기간도 아닌데 도서관은."

수연은 다짜고짜 유라가 들고 있던 전공 책을 뺏어 들었다.

"선배. 그러지 말고 오늘 저녁에 4:4 미팅 안 할래요?"

"응. 안 할래."

한 치의 망설임도 없는 대답이었다. 유라가 책을 가져가려고 하자 수연이 몸을 비틀며 방어했다.

"졸업하기 전에 CC 해 볼 수 있는 기회인데도?"

"그 기회 너한테 양보할게."

유라는 듣기 좋은 목소리로 완곡히 거절했다. 꽃다운 스물

116

다섯. 남자와 연애에 관심이 없는 건 아니지만, 지금은 그런 곳에 관심을 둘 여력이 없었다.

아버지가 돌아가시고 집안 사정이 어려워지면서 동기들과는 자연스럽게 격차가 벌어지기 시작했다. 대학 1년 다니고 휴학을 해서 다음 1년 등록금을 벌고, 또 휴학을 해서 등록금을 버는 식이 반복되다 보니 동기들이 졸업하고 취업 준비를 시작할 때야 자신은 겨우 3학년이 됐다.

더는 휴학계도 쓸 수 없기 때문에 장학금을 사수하려면 같이 배우는 후배들에게 뒤처져서는 안 됐다.

다른 학과보다 상대적으로 비싼 등록금 때문에 약대 대신 다른 학과로 편입도 생각해 봤지만, 약대 합격 소식에 누구보다도 기뻐하셨던 아버지를 생각하면 돈 때문에 포기할 수도 없다.

"이거 진짜 어렵게 잡은 미팅이란 말이에요. 우리 학교 법대 애들인데, 생긴 것도 괜찮대요. 게다가 마침 자리도 하나 비었고. 우리나라 보건 정책에 대해 심도 있는 대화를 나누는, 도서관에 가서 전공 공부를 하는 것보다 더 유익한 시간이 될 거예요."

장황한 수연의 설명이 이어졌다. 유라는 하는 수 없이 그녀가 들고 있는 책을 포기하고 가던 길을 가려 했다. 그러자 수연이 그녀 팔을 붙잡고 사정했다.

"선배. 딱 2시간만요. 제발……."

"자리 채우는 게 목적이면 동기들도 있고, 후배들도 있잖아. 미팅하자고 하면 하겠다는 애들이 줄을 설 텐데."

"그러니까 걔네가 안 되는 거죠. 경쟁자를 더 늘리는 셈인데."

"그래서 남자에 관심 없는 내가 필요하다?"

"아이, 선배."

거짓말을 못 하는 수연이 배시시 웃으며 팔짱을 꼈다. 유라는 피식 웃으며 못 말린다는 듯 고개를 절레절레 흔들었다.

매미처럼 달라붙어 기어이 도서관까지 따라온 수연은 아예 옆자리에 자리를 잡고 앉았다. 아무 말도 안 시키겠다고는 했지만 자신만 뚫어져라 쳐다보는 시선이 신경 쓰여서 공부에 집중할 수가 없었다. 이럴 시간에 다른 사람을 찾는 게 빠르겠다는 회유에도 끄떡없었다.

"1시간 남았어요."

"차라리 전공 노트를 빌려줄게."

유라가 전공 노트를 빌려준다는 건, 거의 제 살을 내준다는 뜻이었다. 시험 기간이었으면 달콤했을 제안이지만, 더한 달콤함을 눈앞에 둔 수연은 단호히 고개를 저었다.

"선배가 오늘 미팅 안 가 주면 나 여기서 소리 지를 거예요."

겉은 예쁘장하니 멀쩡해 보여도 가끔 친한 사람들에게 드러내는 은수연 특유의 똘끼를 생각하면, 당장 이 자리에서 소리를 질러 도서관에서 쫓겨나게 하고도 남았다.

"내가 그 미팅에 나가서 얻을 수 있는 게 뭔데?"

"선배가 좋아하는 막걸리에 파전 무한 제공, 이 답답한 도서관을 벗어나는 해방감, 넓어지는 대인관계. 얻는 게 세 가지나 있네요?"

다른 건 몰라도 도서관을 벗어나는 해방감이라는 말에는 혹했다. 몇 달째 도서관에서 살다시피 하다 보니 목도 결리고 오른손 검지에는 굳은살이 생겨서 딱딱했다. 어쩌면 지금 그녀에게 필요한 건 휴식이었다.

"그래! 가자, 가!"

결국 수연의 꼬드김에 넘어간 유라는 나머지 후배들과 함께 학교 뒷문에 있는 막걸리집으로 향했다.

"근데 무슨 미팅을 카페도 아니고 막걸리집에서 해?"

"에이. 요즘 누가 미팅을 카페에서 해요. 어색한 사이끼리 술 한잔 하면서 일단 친해져야 뭐가 돼도 되는 거죠."

일리 있는 혜영의 말에 유라는 고개를 끄덕였다. 그녀로선 딱히 손해 볼 게 없었다. 자리를 채워 주는 대신 술값 내기에서도 제외됐으니 좋아하는 막걸리와 파전을 공짜로 먹을 수 있었다.

"근데 선배. 오늘 마음에 드는 사람 있다고 나중에 말 바꾸기 없기예요."

아까부터 자신을 경계하는 혜영을 보며 유라가 웃었다.

"걱정하지 마. 난 오늘 미팅에 관심 없으니까."

그때였다. 잔뜩 신난 목소리를 내며 180cm는 족히 넘어 보이는 장신의 남자들이 왁자지껄하게 가게로 들어왔다.

"약대?"

"네!"

"동생들 안녕."

그들은 보자마자 편하게 말을 놓으며 자연스럽게 분위기를 주도했다. 단체 미팅이 한두 번이 아닌 눈치였다.

수연에게 듣기로는 오늘 나올 법대생들은 모두 제대 후 복학한 스물다섯이라고 했다. 유라와는 동갑이지만 후배들에게는 두 살 터울의 오빠들이었다.

"우리 학교 약대생들 예쁘구나."

유라의 맞은편에 앉은 남자가 감탄하듯 말했다. 그러자 혜영이 어깨를 으쓱거렸다.

"그중에도 저희 넷이 월등히 예쁘죠."

"어쩐지."

혜영의 뻔뻔한 대답과 남자의 능글맞은 맞받아침에 유라가 입술을 꾹 누르며 웃음을 참았다. 그녀의 표정을 본 혜영은 새침한 얼굴로 유라를 가리켰다.

"아, 이분은 저희 선배님이세요. 두 살이나 많으신."

혜영은 일부러 극존칭을 써 가며 나이 차를 강조했다. 하지만 여자들 중 유일한 동갑내기라는 사실에 남자들의 시선이 일제히 유라에게로 쏠렸다.

"진짜? 스물다섯으로 안 보이는데."

"그러게. 되게 동안이다."

대놓고 하는 칭찬이 이어지자 민망해진 유라가 잔을 들었다.

"어색한데 우리 술부터 마실까?"

"화끈해서 좋은데?"

유라의 말에 모두가 기다렸다는 듯이 잔을 채웠다.

"반갑습니다."

첫 잔은 원샷이라는 암묵적인 사인에 여덟 명 모두가 깨끗하게 잔을 비워 냈다.

"우리 게임할까?"

"이름도 외울 겸 아이 엠 그라운드라도 해야 되나."

"원시적이고 좋은데?"

"게임 좋아요!"

후배들도 적극적으로 분위기를 맞춰 나가기 시작했다. 사실 이미 후배들은 뭘 해도 상관없다는 행복한 표정들이었다.

게임이 내키지 않았지만, 1차가 끝나기 전까지는 자리를 지키기로 수연과 약속했기 때문에 유라도 할 수 없이 동조했다.

"자, 게임 걸리는 사람은 폭탄주 원샷입니다."

그들이 제조한 폭탄주는 소주와 맥주가 1:1 비율로 섞여 보기만 해도 인상이 찌푸려졌다. 유라는 폭탄주를 마시지 않으려 필사적으로 상대방의 이름을 외우기 시작했다.

게임을 시작하면서 분위기는 더욱 화기애애해졌다. 폭탄주와 별개로 시켰던 막걸리도 한 잔씩 나눠 마시던 후배들과 남자들은 점점 취기가 오르는지 혀 꼬인 목소리로 이야기를 주고받기 시작했다.

"이모! 여기 소주 두 병에 맥주 여섯 병이요!"

"막걸리도요!"

"막걸리도 한 병 주세요!"

이것저것 섞어 마신 그들은 이성을 잃은 사람처럼 술을 시키기 시작했다. 초반부터 열심히 달리던 남자 한 명은 주량을 넘어섰는지 한쪽 구석에서 엎드려 자고 있었다.

참혹한 현장을 지켜보던 유라는 그나마 오랜 시간 자리를 지키고 있는 수연에게 다가갔다.

"수연아, 괜찮아?"

"선배! 짠!"

하지만 멀쩡해 보이던 수연의 눈도 잔뜩 풀려 있었다. 자리를 지키고 있던 게 아니라, 자리를 떠날 기력이 없었던 모양이다.

"안 되겠다. 잠깐 기다려."

유라는 지갑을 챙겨서 근처에 있는 마트로 달려갔다. 마트 앞 파라솔에는 일찍부터 술에 취해서 고래고래 소리를 지르는 학생들이 있었다.

그들을 피해서 마트로 들어온 유라는 숙취 해소 음료부터 찾았다. 그런데 사람이 일곱 명인데, 진열대에 있는 음료는 네 개뿐이었다. 일단 보이는 대로 전부 챙겨 온 유라가 계산대 앞에 섰다.

"이거 네 개밖에 없던데. 혹시 더 없어요?"

"네. 진열대에 있는 게 다예요."

그때 갑자기 숙취 해소 음료 한 개가 계산대로 스윽 내밀어졌다. 유라는 뒤를 돌아보았다. 고개를 드는 것도 모자라 까치발까지 들어야 간신히 눈높이가 맞을 남자가 서 있었다.

"더 필요하세요?"

남자의 인상이 좋아서일까. 차마 괜찮다는 거절이 나오지 않았다.

"그럼 하나만 더……."

말은 하나라고 했지만 유라는 남자가 양손에 들고 있는 숙취 해소 음료를 번갈아 보았다. 남자는 싱긋 웃으며 들고 있던 음료 두 개를 기꺼이 내주었다.

"고맙습니다."

눈치 빠른 남자 덕분에 편의점을 전전하지 않아도 됐다. 고마움에 꾸벅 인사를 하자 남자가 또 웃는다.

눈웃음이 예쁜 남자였다. 게다가 여자도 소화하기 힘든 버건디색 코트가, 이 남자한테는 말도 안 되게 잘 어울렸다.

후배들 생각에 정신이 번쩍 든 유라는 빠르게 계산을 하고 막걸리집으로 뛰어갔다. 그사이 그들은 각자 짝을 맺고 노느라 유라가 자리를 비웠는지도 모르고 있었다. 유라는 자동적으로 제 짝이 된 전사자 앞에 숙취 해소 음료 하나를 두고 가방을 챙겼다.

"수연아. 이따가 이거 챙겨 먹어. 나 먼저 갈게."

"지금 간다고요?"

간다는 말에 수연이 눈을 부릅떴다. 여차하면 가방까지도 뺏을 기세였다. 최대한 조용히 가고 싶었는데. 술을 마시면 목소리가 더 커지는 수연 때문에 모두의 시선이 또 한 번 유라에게 집중됐다.

"친구! 벌써 가려고?"

"진태 저 자식 때문에 재미없어서 그러지?"

"야, 형찬이 형한테 부탁했어?"

"도서관이라서 금방 올 수 있다고 했는……. 형! 여기요!"

유라는 남자들이 번쩍 손을 흔드는 곳을 바라보았다. 아까 마트에서 본 그가 다른 편의점 봉투를 들고 걸어오고 있었다. 그도 자신을 알아본 건지 조금 놀란 표정이었다.

"진태는?"

"저기 꼴라 돼서 누워 있어요."

그는 술과 잠에 취한 후배를 등에 업고 유라를 바라보았다. 뭔가를 망설이는 그와 눈이 마주친 유라가 눈을 깜빡거렸다.

"미안한데, 이 가방 좀 챙겨 줄래요?"

"아, 네."

빠져나갈 적당한 핑계를 찾은 유라는 냉큼 테이블에 있던 백팩을 들었다.

"너희 셋은 나중에 보자."

그는 나머지 세 명의 후배에게 엄포를 놓고 먼저 가게를 나섰다. 졸지에 가방을 책임지게 된 유라도 일단 수연에게 눈인사를 한 뒤 그를 따라갔다.

물 먹은 스펀지처럼 축 늘어진 남자를 업었는데도 어찌나 걸음이 빠른지. 유라는 무거운 백팩을 들고 종종걸음으로 열심히 걸었다.

인적이 드문 길에서 유라의 총총거리는 걸음 소리가 크게 울려 퍼졌다. 그제야 형찬은 뒤를 돌아보며 미안한 표정을 지었다.

"가방 많이 무겁죠?"

"괜찮아요."

"지하철역 앞까지만 부탁할게요. 자취방이 그 근처거든요."

유라는 고개를 끄덕였다. 어차피 집에 가려면 지하철역 앞을 지나가야 했고, 편의점에서 빚진 일도 있으니 이걸로 갚는 셈 치면 되겠다 싶었다.

"형……."

"진태야, 괜찮아?"

"저 토할 것 같……."

"그러니까 적당히 좀 마시지."

업힌 채로 헛구역질을 하는 진태의 만행에 유라와 형찬의 걸음이 빨라졌다.

어지럽다고 칭얼대기까지 하는 바람에 형찬은 할 수 없이 지하철역을 들러야 했다. 그의 등에서 내려온 진태는 형찬의 팔도 뿌리치고 남자 화장실로 달려 들어갔다.

"여기서 잠깐만 기다려요."

그는 난감한 얼굴로 진태를 뒤쫓아 갔다.

"저분도 오늘 후배 한 명 때문에 고생하시네."

묘한 동질감을 느낀 유라는 개찰구 앞 의자에 앉아 두 사람을 기다렸다.

열한 번째 지하철을 보내고 나서야 진태를 부축한 형찬이 저 멀리서 걸어왔다. 업히지 않고 용케 걸어오는 걸 보니 아까보다 술은 깬 듯 보였다.

"괜찮으세요?"

유라를 본 진태는 창피했는지 대답도 못 하고 본인의 가방을 훔치다시피 챙겨 인사도 없이 정문으로 뛰어갔다. 진태의 모습이 완전히 사라지고 나서야 유라가 형찬을 바라보았다. 그는 진태가 뛰어간 곳을 바라보며 머쓱하게 웃었다.

"정신 차렸으니까 괜찮을 거예요."

"그래도 다행이네요."

"너무 늦게 나와서 가 버렸을까 봐 걱정했는데."

형찬은 휴대폰을 들어 보여 주었다.

"애들은 지금 정문 앞 술집이래요."

"아……."

같이 가자는 뉘앙스에 유라는 망설이며 시계를 보았다. 술은 이미 마실 만큼 마셔서 더 마시고 싶지 않았고, 곧 있으면 집에 가는 버스 막차도 끊길 시간이었다.

"저는 집으로 갈게요."

단호한 유라의 대답에 형찬의 얼굴에 아쉬움이 가득 묻어났다.

"섭섭할 것 같은데."

"에이, 아마 지금쯤 자기들끼리 노느라고 정신없을 거예요."

"아니요. 애들 말고 내가."

마침 지하철역은 한산했기에 그의 목소리는 더욱 선명하게 귓가를 파고들었다. 어떤 대답을 해야 할지 몰라서 그저 눈만 깜빡거리고 있자 그가 입매를 늘어뜨리며 웃는다.

두근.

그때 갑자기 얼굴이 화끈 달아올랐다. 아무래도 술기운이 뒤늦게 올라오는 모양이다. 유라는 차가운 손을 볼에 갖다 대며 꾸벅 인사했다.

"그럼 안녕히 가세요."

유라는 황급히 인사를 하고 먼저 역을 나섰다.

"앗, 차가!"

아무 의심 없이 버스정류장 방향으로 뛰어가던 유라가 뒷걸음질 쳤다. 종일 날씨가 흐리더니 기어이 비가 내리기 시작한 것이다.

"소나기는 아닌 것 같은데."

가까이서 들리는 목소리에 유라가 옆을 바라보았다. 어느새 뒤따라온 형찬은 메고 있던 가방에서 삼단 우산을 꺼냈다.

"버스 타고 가죠?"

"어, 네."

"정류장까지 바래다줄게요."

"아니요. 괜찮아요."

술기운도 올라오는데 처음 본 사람에게 추한 모습을 보일 수는 없었다. 비가 더 오기 전에 뛰어가려는데 낌새를 눈치챘는지 그가 손목을 덥석 잡았다.

"내가 안 괜찮아서 그래요."

형찬은 한 손으로 버튼을 눌러 우산을 폈다.

원래 술기운이 올라오면, 이렇게 손목까지도 화끈거리는 건가.

"저 안 취했어요."

"취한 것보다 취해 가는 중이 더 위험한 거 몰라요? 언제 어디서 정신 잃을지 모르는 건데."

추적추적 내리는 빗소리에, 조곤조곤 말하는 그의 목소리가 겹쳐져서 편안한 자장가처럼 들리는 걸 보니 아주 틀린 말은 아닌 것 같다. 나른해지고 있음을 느낀 유라는 숨을 크게 들이 마셨다.

매일 아르바이트와 학업에 치여서 지내기만 하다가 모처럼 술도 마시고, 좋아하는 비 냄새까지 맡고 있으니 어렸을 때 막연하게 꿈꿔 왔던 캠퍼스 생활을 즐기는 진짜 대학생이 된 기분이었다.

"근데 이름이 뭐예요?"

"한유라요."

편안한 분위기에 휩쓸린 유라는 선뜻 이름을 알려 주었다.

"한유라……."

나지막하게 이름을 읊조리던 그는 오래 잡고 있던 유라의 손목을 가까이 끌어당겼다. 비를 맞지 않게 하려는 배려였다. 처음 만난 남자와 같이 우산을 쓰고 걷는 것도 모자라서 손목까지 잡혀 있다니. 이거야말로 유라에게는 일탈이었다.

"내 이름은 안 물어봐 줘요?"

"아."

아까 막걸리집에서 형찬이라고 들은 것 같은데 맞는 건지 확신할 수 없었다.

"그쪽 이름은요?"

"다음에 만날 때 알려 줄게요."

우리가 또 만날 일이 있을까? 하고 생각하기가 무섭게 그가 이어서 대답했다.

"내가 보러 갈 것 같으니까."

형찬은 한참 잡고 있던 손목을 놓더니 이내 차가운 손을 잡았다. 덥석 손을 잡는 그의 스킨십에 움찔했지만, 우산이 작아서 사정거리를 벗어나면 꼼짝없이 비를 맞아야 했다.

　에라, 모르겠다.

　잠시 고민하던 유라는 형찬의 손을 잡아 버렸다.

　포개진 손을 따뜻하게 감싸 주는 그의 단단한 손 때문에, 쌀쌀한 가을바람이 전혀 춥지 않았다.

    오랜만에 본가 문 앞에 선 형찬은 들어가기를 한참 망설였다.

    출장에서 돌아와 곧장 독립을 한 뒤로 처음 오는 것이었다. 귀에 딱지가 앉도록 들어야 할 어머니의 닦달을 생각하니 벌써부터 왔던 길로 돌아가고 싶었다.

    하지만 상황 정리를 위해서는 어쩔 수 없이 한 번은 부딪쳐야 했다.

    형찬은 현관에 가지런히 둔 슬리퍼를 신고 복도를 따라 거실로 들어섰다. 부엌에서 라디오를 켜고 파김치를 담그던 청주댁이 인기척에 뒤를 돌아보았다.

    "어머, 형찬아! 이 시간에 어쩐 일로!"

    청주댁은 매고 있던 앞치마에 고춧가루 묻은 손을 슥 문질러 닦으며 그를 마중했다. 청주댁은 상희의 까다로운 성격을 감당해 내는 유일무이한 가정부이자 상희를 가장 긴 시간 마주하는 사람이었다. 말만 월급 받는 가정부일 뿐, 거의 가족이나 마찬가지였다.

"오늘 온다고 했던가? 사모님께 들은 기억이 없는데."

"말씀 안 드리고 왔어요."

"전화하고 오지. 좋아하셨을 텐데."

미리 말했더라면 청주댁을 들들 볶으며 음식 준비를 시킬 어머니의 극성을 알기 때문에 미리 말하고 싶지 않았다.

"그런데 집이 조용하네요."

"사모님 온천 가셨어. 영주랑 같이."

"아."

"저녁 먹고 갈 거지?"

형찬이 웃으며 고개를 끄덕였다.

"저 왔다고 괜히 반찬 신경 쓰지 마시고 먹던 대로 주세요."

"사모님한테 무슨 소릴 들으려고. 안 그래도 사모님이 너 좋아하는 파김치 좀 담그라고 하셔서 만들고 있었어. 이따가 챙겨 가."

가뜩이나 할 일도 많을 텐데 자신의 반찬 만드는 수고까지 하는 청주댁을 보니 마음이 불편했다.

"피곤할 텐데 올라가서 쉬고 있어. 사모님 오시면 내가 불러줄게."

"네."

2층으로 올라온 형찬은 내내 그리워했던 방문 앞에 섰다. 문

고리를 잡은 채로 한참을 서 있던 그는 남의 방을 몰래 들어가는 사람처럼 조심스럽게 문을 열었다.

유라와 함께 지냈던 시절이 고스란히 남아 있는 방은 예전 모습 그대로였다. 차마 벽에서 내리지 못한 웨딩 사진도, 그녀가 첫눈에 반해 버렸던 화장대도, 함께 덮고 자던 이불까지도. 모든 것이 그대로였다.

방에서 그녀의 흔적은 이제 어디서도 찾아볼 수 없지만 추억은 고스란히 남아 있다. 그래서 이 방에 들어올 때마다 가슴이 뻐근하게 아릿했다. 독립할 수밖에 없었던 또 하나의 이유였다.

똑똑똑.

세 번의 정중한 노크 소리와 함께 청주댁이 들어왔다.

"배고프지? 저녁 전까지 이거라도 먹어."

손이 빠른 청주댁은 그사이에 과일을 깎아 가져왔다.

"감사합니다."

지금은 형찬보다 이곳을 더 자주 드나드는 청주댁이 휑한 방을 둘러보며 말했다.

"며칠 전에도 사모님이 이 방 정리하자는 걸 영주가 간신히 뜯어말렸어. 너 집에 오면 맘 붙일 공간이 그나마 여기 하난데, 아예 본가에 발 끊게 만들 셈이냐고."

처음부터 유라를 탐탁지 않게 여겼던 상희는 이혼 도장을 찍자마자 몰래 이 방을 다시 꾸미려고 했다. 물어봤다가 안 된다는 소리를 들으면 그땐 방법이 없다는 걸 알기에 형찬 본인에게는 아예 묻지도 않았다.

하지만 그 당시에도 완강히 반대하는 영주 때문에 편들어 줄 사람이 없던 상희도 선뜻 실천으로는 옮기지 못했다.

"그럼 쉬고 있어."

"네."

청주댁이 나가고 형찬은 정돈된 침대에 털썩 누웠다. 늘 눕던 방향의 반대로 돌아누운 그는 비어 있는 옆자리를 바라보았다.

선천적으로 열이 많은 체질이라 몸이 뜨거워서 이불도 덮고 자지 않는다. 그래서 품에 안겨 자는 유라는 답답한지 새벽마다 은근슬쩍 옆으로 도망을 가곤 했다. 허전함을 금방 알아차리고 잠에서 깨면 돌아서서 자는 그녀를 다시 제 품에 안곤 했다.

'너무 뜨거워.'

잠결에 어리광을 부리는 한유라의 모습은 오직 혼자만 볼 수 있는 특권이었다.

'뜨겁게 만든 장본인이 누군데.'

'나 가만히 있는데…….'

잠에 취해서 중얼거리는 목소리조차 사랑스러웠던 여자. 그래서 있는 힘껏 끌어안으면 언제 피했냐는 듯 다시 제 품에 쏙 들어와서 잠들던 여자.

형찬은 유라가 누워서 자던 자리를 손바닥으로 쓸어내렸다. 이 방에서 유라와 가진 마지막 잠자리가 언제였는지도 까마득하다.

잠들어 있는 유라 옆에서 잠깐 눈만 붙였다가 회사를 나가는 경우가 잦아지고, 이혼을 하기 전 몇 달 동안은 그마저도 어려워서 아침에 옷만 갈아입고 나갔던 날이 많았다.

행복하게 해 주겠다고, 절대 울리는 일 없을 거라고 맹세했던 결혼 전의 다짐들을 하나도 지키지 못했다. 오히려 그녀를 불행하게 만들어 놓고 정작 자신은 행복했던 기억들만 떠올리고 있는 꼴이라니.

형찬은 마른 얼굴을 쓸어내렸다. 수연의 말대로 천하의 나쁜 놈이 맞다.

사업을 물려받아서 보란 듯이 회사를 키워 내면 어머니가 유라에 대한 부정적인 마음을 돌릴 거라고 기대했다. 사업에는 전혀 관심도 없던 자신을 설득하고, 할 수 있다는 자신감을 끌어 올려 준 게 전부 유라였으니까. 그래서 미친 사람처럼 일에 몰두했다.

그런데 상황은 생각대로 흘러가지 않았다. 회사 내부에서 온전히 인정받기 시작했을 때 유라는 제 인생에서 사라질 준비를 끝낸 상태였다. 모든 걸 다 해냈다고 생각했는데, 남은 건 아무것도 없었다.

유라가 집을 나가고 나서야 형찬은 청주댁에게 지난 2년간의 이야기를 전해 들었다. 회사가 성장하기 시작하면서 어머니의 욕심은 더욱 커져 갔고, 두 사람의 골은 더욱 깊어졌다고 했다.

그제야 깨달았다. 유라에게 가장 필요했던 건 외롭기만 한 이 집에서 늘 옆에 있어 줄 수 있는 제 편이었다는 걸.

처음에는 유라를 끝까지 며느리로 받아들이지 않았던 어머니에게 화가 났고, 그다음은 그 모습을 지켜보기만 했던 영주와 청주댁에게, 그다음은 아무것도 말하지 않고 혼자 끙끙대다가 지쳐 버린 유라에게 화가 났다.

하지만 제일 화가 나는 상대는 마지막까지 아무것도 몰랐던 멍청한 자신이었다.

누구도 편들어 주지 않던 이 공간에서 유라는 혼자 버텼다. 속은 썩어 문드러져 가면서도, 지친 모습으로 돌아온 자신에게는 환하게 웃어 주면서. 이 방에서 아무 일도 없는 것처럼 웃고 있던 유라를 떠올리니 그동안 잘 억누르고 있던 감정이 다시 울컥 치밀었다.

"하……."

형찬은 길게 한숨을 쉬며 오른팔로 두 눈을 아예 가려 버렸다. 자신은 눈물 흘릴 자격조차 없는 나쁜 놈이니까. 이 정도는 아파도 견뎌야 했다.

기척도 없이 벌컥 열리는 문소리에 형찬이 몸을 일으켰다. 영주는 슬리퍼를 끌며 그에게 다가왔다.

"어디 아파?"

"아니."

하지만 형찬의 목소리는 칼칼하게 잠겨 있었다.

"언제 왔어?"

"아까 왔지. 너 자는 거 알고 엄마가 내려올 때까지 기다리자고 했는데, 내가 배고파 죽겠어서 깨우러 왔다."

형찬은 손목에 찬 시계를 확인했다. 초침은 어느새 밤 8시를 가리키고 있었다. 그가 부스럭거리며 자리에서 일어났다.

"엄마 너 왔다고 엄청 들떠 있어. 적당히 맞춰 줘."

지킬 수 없는 약속이었다. 형찬은 차마 대답하지 못하고 먼저 1층으로 내려갔다.

"그러니까 내가 불고기 같은 건 미리미리 재 두라고 했잖아."

계단을 내려오자마자 분주하게 움직이는 청주댁 옆에서 훈수를 두는 상희의 뒷모습이 보였다. 두 사람을 지켜보는 형찬의 얼굴이 피곤함으로 물들었다.

"아들!"

거실에 서 있는 형찬을 뒤늦게 본 상희가 감격스러운 얼굴로 다가왔다.

"이게 대체 얼마 만이야, 응?"

"죄송해요. 회사가 바빴어요."

"알지, 그럼. 잘생긴 우리 아들 얼굴이 반쪽이 됐네."

보자마자 제 걱정부터 하는 어머니를 보고 있자니 불편했던 마음을 가졌던 게 죄송스러웠다. 형찬은 표정을 지우고 상희의 손을 잡았다.

유라의 일이 있기 전까지 형찬에게 어머니는 존경해야 마땅한 존재였다. 늘 바깥으로 나돌기만 했던 남편이 설상가상 폐

암으로 일찍 세상을 떠나고, 상희는 생계를 위해 식품 공장으로 들어가 야간 잔업도 마다하지 않고 일을 했다.

자식이 없던 노쇠한 공장 주인에게 악착같은 근성을 인정받은 상희는 운 좋게 싼값으로 공장을 물려받아 지금 한샘식품의 대표 상품인 캐러멜을 만들어 냈다.

그 뒤로 차분히 규모를 키워 간 한샘식품은 캐러멜을 이용한 다양한 간식거리를 만들어 내며 업계에 자리를 잡았다.

무일푼으로 이 자리에 올라오기까지 많은 고생을 하는 동안에도 상희는 자식들에게는 절대 힘든 걸 내색하지 않았다.

여자라는 이유로 무시를 받아 가면서도 포기하지 않고 꿋꿋하게 공장을 일궈 낸 상희의 고생을 봐 오면서 자란 형찬으로서는 어머니를 실망시키는 것은 가장 끔찍한 불효라고 생각했다.

그래서 유라를 홀대한 어머니가 여전히 밉고 이해할 수 없지만, 자신을 이만큼 잘 키워 주신 어머니를 완전히 외면할 수도 없었다.

"배고프겠다. 일단 밥부터 먹자."

"네."

상희는 형찬의 등을 다독이며 부엌으로 들어섰다. 뒤늦게 내려온 영주는 자리에 앉아 콧노래를 부르는 상희를 보며 픽 웃음을 터뜨렸다.

"아이고, 이 여사님. 그러다가 곧 날아가시겠어요."

"날아가도 좋으니까 오늘만 같았으면 좋겠네."

평소 같으면 놀리는 말에 버럭 소리를 질렀을 텐데. 연예인보다 보기 힘든 아들의 갑작스러운 방문은 상희를 들뜨게 했다. 세 식구가 오붓하게 모여서 밥 먹는 것이 명절 아니고서야 드문 일이 돼 버렸기 때문에 더욱 그랬다.

"신제품 출시 준비는 잘 돼 가고 있어?"

"네."

"김 상무한테 들으니까 여기저기서 반응도 좋다고 하던데."

"아직 안심하긴 일러요."

형찬의 무뚝뚝한 대답에 상희의 얼굴이 시무룩해졌다.

"김 상무가 어디 입바른 소리 하는 사람이야? 우리 아들 정말 대단해."

"대단하다 못해 독한 거지."

초 치는 영주의 한마디에 상희가 험상궂은 표정으로 그녀를 노려보았다. 하지만 영주는 눈 하나 깜빡하지 않고 어깨만 으쓱거렸다.

"청주댁, 형찬이 줄 반찬은 쌌어?"

할 수 없이 상희는 화제를 돌렸다. 제일 끝자리에서 밥을 먹던 청주댁은 입에 있는 음식을 다 씹지도 못하고 냉큼 자리에서 일어났다. 그 모습을 본 형찬이 고개를 저으며 말렸다.

"아주머니, 식사부터 마저 하세요."

"아니야. 나 다 먹었어."

서랍장에서 반찬통들을 꺼내는 청주댁의 뒷모습을 보던 형찬은 젓가락을 내려놓았다.

"어머니."

"응?"

"집에서 밥 먹는 것보다 밖에서 먹고 들어가는 날이 더 많아요. 그러니까 아주머니한테 반찬 만들라고 시키지 마시고, 회사로 누나 보내지도 마세요. 보는 눈도 많은데 가족이 개인적인 일로 사장실에 드나드는 거 보기 안 좋아요."

상희는 이때다 싶어 눈을 반짝였다.

"그럼 아파트 비밀번호를 알려 주면 내가……."

"그건 제 사생활이에요, 어머니."

"그렇게 다 싫다고 할 거면 맞선 봐서 재혼이라도 하든지."

드디어 올 것이 오고야 말았다. 피바람이 불 것을 예상한 청주댁은 반찬을 싸다 말고 조용히 자리를 피했다. 영주도 어느새 수저를 내려놓고 체념한 얼굴을 하고 있었다.

"조건 보고 하는 재혼, 저한테 의미 없어요. 저랑 결혼하는 그 여자는 무슨 죄고요."

"죄는 무슨……."

상희가 대수롭지 않게 받아쳤다. 여전히 상처받을 사람의 입장 같은 건 생각하지 않는 어머니를 마주하니 또다시 가슴이 답답해졌다.

"전 유라 망가뜨린 걸로도 충분해요."

"형찬아!"

유라의 이름이 거론되자 상희의 목소리가 까칠하게 올라갔다.

"저한테 재혼 바라시는 거면 일찍 포기하세요. 결혼해 놓고 속으로 다른 여자 품고 사는 짓, 저는 못 해요."

"결국은 또 그 애 때문이라는 거니?"

'그 애'라는 부름이 여지없이 거슬린다. 형찬은 미간을 좁혔다.

"유라 아껴 주시는 건 이제 바라지도 않아요. 그런데 적어도…… 예의는 지켜 주세요. 어머니 아들이 사랑하는 여자예요."

유라의 편을 드는 형찬의 태도에 상희의 표정이 점점 더 일그러졌다.

태어나서 단 한 번도 반항한 적 없던 아들이 결혼 문제로 속을 썩이기 시작하자 상희는 몇 달을 앓아누웠다.

젊은 시절에 돈, 돈 거리며 악착같이 살다가 말년이 다 돼서야 호사를 누린 상희는 자식들만큼은 남부럽지 않게 키워서 살게 하고 싶었다.

그러다 보니 죽은 남편 닮아서 자기중심적이고 밖으로 나돌기만 하는 맏딸 영주보다, 일찍 철이 든 따뜻한 심성의 형찬에게 의지를 하고 기대를 걸 수밖에 없었다.

그래서 죽어라 일해도 고작 명예가 다인 변호사 말고, 잘 꾸려 놓은 사업을 물려받은 CEO가 돼서 번듯한 집안을 가진 여자와 결혼했으면 했다.

그런데 홀어머니를 둔 것도 모자라서, 여동생 뒷바라지까지 하고 사는 여자가 좋다고 하니 기가 찰 노릇이었다. 그것도 모자라서 어느 순간부터 유라를 먼저 챙기는 아들의 모습에 상희의 못마땅함은 걷잡을 수 없이 커지기 시작했다.

"형찬이 너, 유라 걔 만나고 나서부터 변한 거야. 예전에는 안 그랬어. 엄마한테 대드는 거 없이 얼마나 순하고 착한 아들이었는데!"

형찬은 지끈거리는 관자놀이를 꾹꾹 눌렀다. 지겨운 단골 레퍼토리에 신물이 날 정도다.

"저도 어머니가 인자하신 분인 줄 알았어요."

"뭐, 뭐?"

"박형찬. 그만해."

금방이라도 자리에서 쓰러질 것 같은 상희의 표정을 본 영주가 말렸다.

"저 출장 가고 나서 한동안 유라 찾아가셨다는 거 알아요."

"……!"

"엄마! 유라 찾아갔었어?"

"또 한 번 그러시면, 저 그때는 정말 어머니 못 봬요."

생각지도 못한 형찬의 초강수에 상희와 영주 모두 벙찐 얼굴이 됐다.

"먼저 일어나겠습니다."

"어떻게 네가 나한테 이럴 수가 있어……!"

돌아선 등 뒤로 금방이라도 앓아누울 듯한 상희의 한탄이 들렸지만 애써 무시했다. 충격을 받더라도 지금처럼 단호하지 않으면 어머니가 제 인생에 또다시 관여하려 들 것이다.

차에 탄 형찬은 수연에게 전화를 걸었다. 하지만 한참 신호가 울리는데도 받지 않았다. 끊고 다시 걸기 위해 휴대폰을 귀에서 뗄 때쯤 앙칼진 목소리가 들렸다.

- 왜!

"유라 맞선 보는 거 언제야?"

휴대폰 너머로 수연이 코웃음을 쳤다.

– 내가 알고 있어도 오빠한테는 절대 안 알려 주지.

"부탁이다, 수연아."

핸들을 있는 힘껏 붙잡은 그의 손이 떨렸다.

"한 번만 도와줘."

자신과 자신의 가족에게 상처받고 떠나서 병원까지 다니는 그녀를 직접 보고 나서는 붙잡을 염치가 없었다. 그땐 유라를 보내 주는 것만이 할 수 있는 전부라고 생각했다.

그런데 아니었다. 힘들었던 그녀의 마음을 이해하고 다독여 줬어야 했다. 가진 전부를 다 포기하고서라도 한유라를 선택해서 붙잡아야 했다.

"……제발."

그녀가 다른 남자 앞에서 웃는 모습을 상상만 해도 돌아 버릴 것 같은데, 다른 사람에게 가는 그녀를 허무하게 보고만 있을 수는 없었다.

"수연아."

간절한 그의 목소리에 수연이 긴 한숨을 내쉬었다.

– 주말에 본다고 했어. 근데 정확히 언젠지는 나도 몰라.

"혹시……."

– 알게 되면 말해 줄게.

"고마워, 수연아……. 진짜 고맙다."

– 또 유라 선배 힘들게 하면 나 그때는 정말 오빠 안 본다.

전화는 일방적으로 끊겼다. 수연의 말을 되새기던 형찬은 한참이 지나고 나서야 시동을 걸고 집으로 향했다.

❖　❖　❖

　몰아치는 한파를 핑계 삼아 옷 한 벌 사자는 수연의 달콤한
유혹이 벌써 일주일째였다. 결국 유라는 주말에 수연을 따라
백화점으로 향했다.

　"선배. 연말에 약대 동창회 할 거라는 연락 받았죠?"

　"응. 문자 왔더라."

　"이번에는 같이 가요."

　"글쎄……."

　유라는 말끝을 흐렸다. 이혼하고 나서는 알고 지내던 사람
들, 특히 결혼식에 초대했던 사람들을 만나는 일이 꺼려졌다.

　특히 형찬과 자신의 연애를 지켜봐 온 대학 동문들과의 만
남은 더더욱 내키지 않았다. 위로를 가장한 그들의 동정 어린
눈빛을 감당할 자신이 없었다.

　"이번에는 선배 꼭 와야 돼요. 저번에도 나 필름 끊겨서 아
무것도 기억 못 했잖아요."

　약대라는 전문성을 띤 과이다 보니 졸업하면 대부분 약국을
운영하거나, 제약회사에 근무하는 경우가 많았다. 그래서 모임
에 나가면 종종 업계 정보들을 미리 알게 되는 장점이 있었다.

　수연을 통해서 전해 들으면 그만이었지만, 문제는 술자리
분위기가 즐거우면 인사불성이 될 때까지 과음을 하는 그녀의
몹쓸 주사였다.

　"연말에 우울하게 집에 있지 말고 나랑 같이 가요."

　"나도 나가면 그날 엄마 혼자 집에 계셔야 해서."

다른 날이면 몰라도 한 해 마지막 날을 엄마 혼자 쓸쓸히 보내게 하는 것이 마음에 걸렸다.

"아⋯⋯. 그건 또 그러네요."

"그래도 가는 쪽으로 생각해 볼게."

"진짜요?"

유라는 웃으며 고개를 끄덕였다.

엘리베이터에서 내린 유라와 수연은 부지런히 구경을 시작했다. 오랜만에 하는 쇼핑이다 보니 이곳저곳 돌아다니느라 정신이 하나도 없었다.

"우와, 이 코트 예쁘다!"

수연이 마네킹이 입고 있는 신상 코트에 시선을 빼앗긴 사이, 유라는 세일가가 붙어 있는 무난한 패딩 하나를 보고 있었다.

"선배! 이거 어때요?"

어느새 수연은 눈여겨보고 있던 코트를 몸에 걸치고 있었다. 그녀가 가리킨 건 또 다른 마네킹이 입고 있던 빨간색 롱패딩이었다. 딱 봐도 비싸 보이는 디자인에 유라가 웃으며 고개를 저었다.

"그러지 말고 입어나 봐요."

"네, 고객님. 한번 입어 보세요."

점원까지 옷을 들고 와서 부추기는 바람에 유라는 하는 수 없이 패딩을 입어 보았다.

"이게 김희애가 드라마에 입고 나온 거라 요즘 제일 잘 나가요."

점원이 허리끈을 매 주자 잘록한 허리 라인이 단연 돋보였다. 실제로 입어 보니 눈으로만 봤을 때보다 훨씬 더 예뻤다.

"선배는 얼굴이 하얘서 쨍한 색도 잘 받네요."

"블랙보다 이 컬러가 훨씬 더 잘 어울리실 것 같아요."

"그죠? 이제 선배도 밝은 것 좀 입고 다녀요."

수연은 본인 옷 고르는 것도 잊고 유라에게 어울릴 만한 패딩을 찾아 나섰다. 눈치 빠른 점원도 어느새 수연에게 따라붙어 그녀가 보는 패딩들을 친절하게 설명해 주었다.

구매를 망설이는 유라를 붙잡고 설득하는 것보다 수연과 의견을 모아 그녀를 꼬드기는 게 훨씬 수월할 거라고 판단한 것이다.

수연과 점원이 다른 패딩을 보고 있는 틈에 유라는 입고 있던 패딩의 가격표를 확인했다. 1백만 원을 훌쩍 넘는 가격이었다. 유라는 냉큼 패딩을 벗어 옷걸이에 조심스럽게 걸어 두었다.

"한유라……?"

제 이름을 부르는 반신반의한 목소리에 그녀가 고개를 돌렸다. 그곳에는 쇼핑백을 양손에 욕심껏 쥔 영주가 서 있었다.

"설마 했는데. 우리가 이런 데서 마주치는 날도 다 있네."

유라에게 가까이 다가서던 영주는 뒤통수가 따가워지는 것을 느꼈다. 뒤를 돌아보자 낯익은 얼굴 하나가 먼발치에서 눈매가 찢어져라 이쪽을 노려보고 있었다.

영주가 인사차 고개를 까딱거리자 수연은 냉랭하게 고개를 휙 돌리며 걸어왔다.

"선배. 가요."

수연은 내내 걸치고 있던 코트를 점원에게 돌려주었다. 갑자기 태도를 싹 바꾼 수연을 보며 점원이 당황하고 있을 때였다.

"저 옷 내가 살게요."

영주는 방금 전 유라가 입었던 패딩을 가리키며 말했다.

"커피 한잔할 시간은 있지?"

"그럼요."

옆에서 대화를 듣고 있던 수연은 보란 듯이 옆구리를 콕콕 찌르며 말렸다. 하지만 유라는 수연을 향해 괜찮다는 듯 웃어 보였다.

수연을 먼저 보내고 두 사람은 백화점 안에 있는 카페로 자리를 옮겼다. 영주는 매장에서 산 쇼핑백을 유라에게 건넸다.

"잘 어울리더라."

유라가 빤히 바라보기만 하자 영주가 눈썹을 찡그렸다.

"나 똑같은 말 반복하는 거 싫어해. 알지?"

"받기 부담스러워요."

"그럼 버릴까?"

"환불하시거나……."

"내 인생에 환불은 없어. 그러니까 이거 네가 안 받으면 내 옷장에 처박혀 있어야 돼. 비싼 옷 아깝게 하지 말고 가져가."

영주가 선수를 쳐서 대답했다. 테이블 위로 계속 쇼핑백을 들고 있던 그녀는 신경질적으로 손을 흔들었다. 태생이 포기라는 걸 모르는 성격이었다. 유라는 할 수 없이 쇼핑백을 건네받 았다.

"잘 입을게요."

그제야 영주는 표정을 풀고 의자에 몸을 기댔다.

"살이 좀 쪘다?"

"그래요?"

유라가 멋쩍은 두 볼을 감싸자 영주가 피식 웃었다.

"지금이 딱 보기 좋아."

한남동에 있었을 때도 영주와는 사이가 나쁘지 않았다. 워 낙 남 눈치를 안 보는 성격이라서 가끔 말을 직설적으로 하긴 해도, 그건 모두에게 적용되는 일이었다. 또 그녀가 하는 말은 대부분 맞는 말들이라 기분 나쁠 이유도 없었다.

남의 일에 간섭하지 않는 영주의 성격은 장점이자 단점이었 다. 그래서 사소한 일로 꼬투리를 잡혀 타박을 듣고 있을 때도 영주는 그저 보고만 있을 뿐 말리려고 하지 않았다.

가끔은 가만히 있는 영주가 야속하기도 했지만 지금 생각해 보면 그녀는 최선의 선택을 한 셈이었다. 말린다고 말려지지도 않았을 것이고, 그 자리에서 영주가 편이라도 들었다면 상황은 더 안 좋아졌을 것이다.

"애인은 있고?"

오랜만에 만난 지인에게서나 들을 법한 인사를, 이혼한 전 남편의 누나에게 듣다니. 아이러니하다.

"아니요."

"왜? 내가 네 나이에 너 정도 외모였으면 벌써 딴 놈 만나서

148

연애하고 있을 텐데."

거침없는 대답에 유라는 피식 웃어 버리고 말았다.

"결혼 한 번 해 봤으니까 이제 연애만 해. 연애는 재밌잖아."

유라가 짐을 싸서 나갔던 그날. 청주댁이 호들갑을 떨며 방으로 들어와서 유라가 집을 나간 것 같다고 했을 때, 영주는 속으로 생각했다.

도망가야 사람이지. 그래. 오래 버텼다.

유라는 같은 여자가 봐도 예쁘고, 성격 좋고, 심지어 능력도 있는 멋진 여자였다. 어디 내놔도 빠지지 않을 그녀가 그깟 사랑 때문에 일도 포기하고 잔소리와 구박을 참아 가며 사는 모습을 도무지 이해할 수 없었다.

텅 빈 동생의 방을 둘러본 영주는 오히려 속이 후련할 정도였다.

"유라야."

"네."

"내 동생이지만, 형찬이 같은 놈 다 잊어버리고 너라도 잘 살아."

영주는 며칠 전에 있었던 형찬과 모친의 실랑이를 떠올렸다.

"그래도 누구 하나는 잘 살아야 할 거 아니야."

영주는 유라에게 진심으로 충고했다. 아무리 주변 일에 관심이 없다지만 그녀도 알고 있었다. 헤어졌어도 서로를 잊지 못하고 오랜 시간 방황하고 있는 형찬과 유라를.

그나마 이혼을 결심하고 매정하게 형찬을 끊어 낸 유라가 제 동생보다 더 독하다는 생각에 할 수 있는 말이었다. 미련한 동생은 아마 죽을 때까지 유라만 그리워하며 살 테니, 유라라도 형찬을 잊고 다른 남자를 만나야 질긴 인연이 완전히 끝날 것이다.

그때는 막무가내인 모친도 더는 유라를 찾아가지 못할 테고. 서로가 편해지려면 이 방법뿐이었다.

"자리가 안 들어오는 거면 말해. 내가 괜찮은 사람 소개해 줄게."

"그럴게요."

영주의 의도를 아는 유라는 쓰게 웃었다. 영주는 진심으로 한 말이었지만, 유라는 차마 진심으로 대답하지 못했다.

집 근처 버스정류장에서 내리자마자 수연에게서 전화가 걸려 왔다.

"응. 수연……."

― 선배! 괜찮아요?

전화를 받자마자 수연이 다급한 목소리로 물었다.

"그럼. 아무 일도 없었어."

― 다행이다. 근데 선배가 본 패딩은 왜 산 거래요? 피부가 까무잡잡해서 어울리지도 않겠던데.

"아, 그거."

유라는 왼손에 든 쇼핑백을 내려다보며 말했다.

"나한테 주셨어."

― 헐. 그래서, 받았어요?

"응."

─ 잘했어요! 거절했다고 했으면 내가 찾아가서 다시 받아 올라 그랬네.

충분히 그러고도 남을 수연의 행동을 상상하며 소리 없이 웃고 있을 때였다. 집 앞에 검정색 차 한 대가 주차되어 있는 것이 보였다. 개나리 꽃잎 바퀴 모양. 유라의 몸이 긴장으로 딱딱하게 굳었다.

─ 선배? 듣고 있어요?

차에서 내리는 형찬과 눈이 마주친 유라는 휴대폰을 반대로 고쳐 들었다.

"아, 응. 나 집 앞에 도착했어. 푹 쉬고 월요일에 보자."

─ 알겠어요. 선배도 주말 잘 보내요.

"누군데 그렇게 다정하게 통화해?"

전화를 끊기도 전에 코앞까지 다가온 형찬이 물었다. 그는 들고 있는 큼지막한 쇼핑백과 자신을 번갈아 보며 미간을 좁혔다.

"왜 여기 있어? 엄마라도 마주치면 어쩌려고."

"반말하는 걸 보니 수연이가 주선했다는 원장은 아닐 거고."

"약국이 잘되는지 궁금한 거면 매달 문자로 매출 얼만지 보내 줄게."

양보 없는 동문서답이 이어졌다. 수연이라고 대답하면 끝날 일인데 이상하게 말하고 싶지가 않았다. 대답을 피하며 지나가자 형찬이 뒤를 쫓아왔다.

"네가 궁금해."

"……."

"잠은 잘 잤는지, 오늘은 뭐 하고 있을지, 밥은 잘 챙겨 먹었는지, 아픈 곳은 없는지."

지금 이 순간 형찬을 향해 뒤돌아서 있다는 게 얼마나 다행인지 모른다. 유라는 입술을 꾹 깨물었다.

"……궁금해할 입장 못 되잖아."

"너무 아프네. 살살 말해 주라."

이렇게 불쑥 나타나서 사람 마음 들쑤시는 게 누군데. 유라는 뒤돌아 형찬을 바라보았다. 그는 아프다고 말했지만 말과 다르게 입꼬리를 올린 채 눈웃음을 짓고 있었다.

"우리 너무 자주 보는 것 같지 않아?"

그 모습이 싫었다.

"우리라는 말 듣기 좋다."

그런데 더 싫은 건 그 웃는 모습에 빠르게 적응하고 있는 자신이었다.

"용건 없으면 그만 가."

그의 말을 못 들은 척 무시하고 매정하게 돌아섰다. 집으로 들어가려는데 형찬이 한발 빠르게 팔을 붙잡았다.

"잠깐만."

그는 코트 안주머니에서 봉투 하나를 꺼내 건넸다.

"이게 뭔데?"

"콘서트 티켓."

봉투 안에는 형찬의 말대로 콘서트 티켓 두 장이 들어 있었다. 티켓에는 조용필 디너쇼라고 적혀 있었다. 잊고 있던 추억

152

이 떠오른 유라가 복잡한 표정으로 그를 바라보았다.

"어머니 조용필 노래 좋아하시잖아."

형찬을 집에 처음 소개했던 날, 술 한 잔씩 마시고 흥이 올라 노래방을 간 적이 있었다. 그때 형찬은 엄마가 좋아하는 조용필의 노래를 불렀다. 마지막 5분을 남겼을 땐 둘이서 손을 꼭 붙잡고 〈그 겨울의 찻집〉을 열창할 정도였다.

"연말이 일요일이더라고. 요즘도 일요일은 쉬고 계시지?"

콘서트 날짜도 12월 31일이었다. 연말 콘서트라 표를 구하기도 힘들었을 텐데. 그날은 막연하게 엄마와 같이 있을 생각만 했지, 뭔가를 할 생각 같은 건 해 두지 못했다. 참 못난 딸이었다.

"우리 엄마 말고, 당신 어머니 먼저 챙겨."

유라는 슬쩍 팔을 돌려서 손을 뿌리치고 봉투를 돌려주었다. 하지만 그는 받지 않았다.

"어머니 건 벌써 누나한테 보냈지."

한 손에는 그의 누나가 사 준 고가의 옷, 또 한 손에는 그가 구해 준 콘서트 티켓. 두 가지 모두 버거운 선물이었다.

"형찬 씨."

"네 선물 아니야. 내가 어머니한테 드리는 거니까 넌 전달만 해. 아니면 내가 어머니 찾아가서 직접 드릴까?"

어쩜 남매 아니랄까 봐 으름장을 놓는 방법도 똑같을까.

헤어지고 나서까지 쓸데없이 다정한 남자. 그래서 자꾸만 착한 사람에게 상처를 주는 나쁜 사람이 된 기분이었다.

"……나 나쁜 여자 만드는 데 재주 있어. 알아?"

"난 너한테 더 나쁜 남자였잖아."

형찬이 어깨를 으쓱이며 웃었다. 저렇게 웃으며 뻔뻔하게 인정을 하는 모습이 더 미웠다.

"티켓값은 보증금 갚을 때 같이 줄게."

더 얘기를 하다가는 느슨해진 마음을 들킬 것만 같았다. 유라는 제 할 말만 하고 냉랭하게 돌아서 집으로 들어갔다. 야박하게 닫힌 빈틈없는 대문을 바라보던 형찬이 피식 웃었다.

"불리할 때 도망가 버리는 건 여전하네."

많은 것이 변했지만 그대로인 것도 분명 있었다. 그래서 어떻게 하면 저 대문처럼 굳게 닫힌 마음을 열 수 있는지도, 그는 알고 있었다.

쉬는 시간도 없이 진행된 전쟁 같던 모의재판이 드디어 끝이 났다. 형찬은 교수님이 나가기도 전에 빠르게 뒷문을 열고 약대 건물로 뛰어갔다.

'전화번호 좀 알려 줘요.'
'아…… . 죄송해요.'

버스정류장에 도착해서 호기롭게 유라에게 전화번호를 물어봤지만 결과는 참담했다. 그녀는 곧장 잡고 있던 손도 놔 버리고 먼저 온 버스에 올라탔다. 심지어 인사조차도 없었다.

한밤의 꿈처럼 잡을 새도 없이 사라진 그녀를 찾으려면 지금으로써는 무작정 약대로 찾아가서 기다리는 방법밖엔 없었다.

"스토커 같다고 더 싫어하면 어쩌지."

기다리는 일분일초가 초조함의 연속이었다.

"짜증나. 윤 교수는 꼭 시험 기간에 과제 내더라."

"야. 그냥 나처럼 깔끔하게 포기해. 어차피 이 과목 A+는 유라 선배밖에 없다니까."

약대 건물 앞에서 익숙한 이름이 귀에 들어왔다. 입구로 들어가 보니 이제 막 수업이 끝난 건지 복도 맨 끝 강의실에서 학생들이 우르르 몰려나오고 있었다.

그때 왁자지껄한 웃음소리를 내는 학생들 사이로 책을 품에 안고 걸어오는 유라가 보였다. 휴대폰으로 시간을 확인하는 걸 보니 다음 수업도 있는 모양이었다.

부지런히 걸어오던 유라가 정면을 바라보는 순간 두 사람의 시선이 허공에서 마주쳤다. 뒤늦게 그를 알아본 유라의 걸음이 눈에 띄게 느려졌다. 형찬은 설레는 표정을 감추지 않고 먼저 그녀에게 다가갔다. 진짜 다음 수업이 있는 거라면 주어진 시간이 얼마 없었다.

"이다음 수업은 어디서 해요?"

형찬의 질문에 유라는 주변을 두리번거리며 눈치를 보기 시작했다.

"지금 저…… 찾아오신 거예요?"

"네."

당연한 질문에 당연한 대답을 했을 뿐이다. 그런데 그녀의 고개가 기울어졌다.

"왜요?"

심지어 왜인지 정말 모른다는 표정이었다.

"말했잖아요. 보러 오겠다고."

"오오!"

"유라 누나! 지금 번호 따이는 거예요?"

하필이면 얼굴에 '나 짓궂어요'라고 쓰여 있는 남자 무리가 형찬의 말을 듣고 반응했다. 조용했던 복도가 후배들의 환호성으로 시끄러워지자 유라의 얼굴이 점점 붉게 물들었다.

"일단 여기서 나가요."

유라는 휘파람 소리를 뒤로하고 도망치듯 건물을 빠져나갔다. 형찬도 그녀를 놓칠세라 재빠르게 따라나섰다.

"같이 좀 가요."

어제처럼 뒤도 돌아보지 않고 대강당으로 가는 계단을 오르던 유라는 주변에 아무도 없음을 확인하고 홱 몸을 돌렸다.

"아, 깜짝이야."

"저한테 왜 이러세요?"

그녀는 진심으로 당황한 표정이었다. 그런데 그 모습이 너무 귀여워서 웃음이 났다.

"같이 손까지 잡아 놓고 혼자 시치미 떼면 곤란한데."

형찬의 직구에 간신히 가라앉힌 유라의 얼굴이 다시 발개졌다.

"내 이름은 박형찬이에요."

자기소개를 하며 한 계단 올라가자, 그녀는 두 계단을 성큼 올라가며 바짝 경계했다. 형찬은 눈썹을 매만졌다.

"일단 연락하면서 친해지자는 건데, 그것도······."

"싫어요."

말이 끝나기도 전에 싫다는 대답이 먼저 나왔다. 이쯤 되니 슬슬 자존심이 상한다. 형찬은 두 계단씩 뛰어 올라와 유라가 서 있는 계단을 따라잡았다.

"난 어떻게 해서든 친해지고 싶은데."

계단 하나에 나란히 선 두 사람 사이에 팽팽한 긴장감이 맴돌았다.

"제가 좀 바빠서요. 한가롭게 그쪽이랑 연락하면서 친해지고 할 시간 같은 거 없거든요."

"시간 안 뺏을게요. 왜 연락 안 하냐고 귀찮게도 안 해요. 아까처럼 강의실 옮겨 다닐 때, 공부하다가 커피 마시고 싶을 때, 버스 타고 집에 가는데 심심할 때, 비 오는 날 우산 없을 때. 그럴 때만 연락해요, 그럼."

"그게 무슨······."

그때 교내에서 오후 4시를 알리는 종소리가 들렸다. 지각할 위기에 놓인 그녀는 급한 얼굴로 다시 계단을 오르기 시작했다. 하지만 형찬은 긴 다리로 쭉쭉 앞서 올라가 유라의 앞을 가로막았다.

"번호."

"이봐요."

"시간 많아요? 지금 뛰어도 대강당까지 5분은 걸릴 텐데."

"하."

지각이 두렵기는 한 모양이다. 꼿꼿하던 그녀는 휴대폰을 빼앗듯이 가져가더니 번호를 눌러 주고 냅다 뛰기 시작했다.

"수업 잘 들어요!"

우렁찬 인사에도 역시나 그녀는 뒤돌아보지 않았다. 하지만 하나도 서운하지 않았다. 긴 머리를 흩날리며 총총 뛰어가는 뒷모습이 너무 귀여웠으니까. 그 모습을 본 것만으로 충분했다.

그 뒤로 일주일이 흘렀다. 유라에게 전화번호를 받은 날 저녁에 '박형찬이에요.'라고 문자를 보냈지만 보기 좋게 무시당했다.

시간도 안 뺏고, 귀찮게도 안 하겠다고 질러 놓은 말이 있어서 한 번 더 문자를 보내는 것도 조심스러웠다. 형찬은 수업을 듣는 둥 마는 둥 초조한 표정으로 휴대폰만 바라보았다.

"형."

"······."

"형찬이 형."

옆자리에 앉은 진태가 넋이 나간 그를 툭툭 쳤다.

"어?"

"아까부터 허 교수가 째려봐요."

그제야 형찬이 고개를 들었다. 허 교수는 수업 내내 휴대폰만 보고 있던 형찬에게 무언의 눈빛으로 경고했다. 형찬은 고개를 꾸벅 숙이고 펜을 들었다.

"무슨 일 있어요?"

고개를 가로젓던 형찬은 뭔가가 생각난 듯 진태의 책을 검지로 툭툭 쳤다.

"너 지난번 약대 미팅했을 때 번호 교환한 애 있어?"

"형. 지금 저 놀리는 거죠?"

잊고 있었다. 녀석은 제 등에 업혀 실려 가다시피 했던 장본인이었다. 형찬은 진태의 어깨를 토닥거렸다.

"대신 주선자 번호는 알아요. 은수연이라고 거기서 술 제일 잘 마시던 앤데."

"나 그 친구 번호 좀 알려 주라."

급할수록 돌아가는 것이 오히려 탈이 안 난다. 형찬은 의미심장한 미소를 지었다.

'선배가 워낙 바쁜 사람이라 동에 번쩍 서에 번쩍 해요. 그래도 아르바이트 없는 날은 도서관에 늦게까지 있으니까 한번 가 보세요.'

수연은 그야말로 든든한 지원군이었다. 아르바이트하는 고깃집까지 알려 줬지만, 그렇게까지 티를 내면 반감만 사게 될 것 같아서 일부러 늦은 시간에 도서관을 어슬렁거렸다.

시험 기간이라 도서관에는 저녁 시간인데도 학생들이 많았다. 도서관 5층과 6층에는 아예 자리조차 없었고, 유라도 보이지 않았다. 형찬은 포기하지 않고 7층으로 올라갔다.

올라가자마자 정면으로 보이는 자리에 익숙한 얼굴이 바로 눈에 띄었다. 마침 비어 있는 그녀의 옆자리에는 실용 동의약 학이라는 책이 놓여 있었다. 형찬은 스멀스멀 새어 나오려는 웃음을 참고 천천히 걸어갔다.

"저, 이것 좀 치워 주실래요?"

"아, 네."

미안한 얼굴로 꾸벅 인사를 하고 책을 챙기던 유라가 고개를 들었다.

"어?"

그녀와 눈이 마주친 형찬은 놀라는 척 표정 관리를 했다. 그녀 역시 자신을 보자마자 뜨악한 얼굴로 고개를 숙이며 물었다.

"여긴 어떻게 알고 오신 거예요?"

"내가 무슨 수로 알고 왔겠어요? 나도 공부하러 온 거예요."

형찬은 자리에 앉아 능청스럽게 전공 책을 꺼냈다. 의심하는 눈초리로 꺼내는 책들을 바라보던 유라가 주변을 두리번거렸다.

"자리 없어서 한참을 돌아다녔네."

형찬은 들으라는 듯 혼잣말로 중얼거렸다. 빈자리가 없다는 걸 눈으로 직접 확인한 유라는 다시 본인의 책으로 고개를 돌렸다. 형찬은 유라가 앉은 주변을 살피며 말했다.

"오늘도 우산 없네요."

"……."

"이따 비 온댔는데."

대답을 기대한 건 아니었지만 이렇게까지 쌀쌀맞을 수 있

나. 유라는 오른쪽으로는 아예 고개도 돌리지 않고 오로지 펜만 움직였다. 형찬은 그녀가 보고 있는 책을 곁눈질로 바라보았다.

"나 작년에 이 교양수업 들었는데."

"……조용히 좀 해 주실래요."

"A+ 받았었는데."

A+라는 말에 유라의 손 움직임이 조금 느려진 것 같은 건 기분 탓일까.

"책 빌려줄까요?"

"필요 없거든요."

"이 교수님 해마다 문제 돌려 막기 하는 걸로 유명하신데."

"저기요. 박형찬 씨."

"아, 알겠어요. 이제 진짜 방해 안 할게요."

그녀는 못 믿겠는지 여전히 눈에 힘을 주고 있었다. 화가 난 사람 앞에서 웃으면 안 되는 건데. 이름 불린 게 기분이 좋아서 자꾸 미소가 지어졌다.

"손가락 걸까요?"

형찬은 새끼손가락을 보여 주며 맹세했다. 내일 시험을 준비해야 하는 유라는 실랑이를 관두고 다시 노트로 고개를 돌렸다.

며칠 내내 유라만 생각하느라 진도를 놓쳤던 형찬도 공부를 시작했다.

밀린 필기를 하던 그는 슬쩍 유라를 바라보았다. 가끔씩 펜을 쥐느라 아픈 손가락을 터는 행동 빼고는 3시간 넘게 꼼짝도 안 하고 있었다. 놀라운 집중력이었다.

'한가롭게 그쪽이랑 연락하면서 친해지고 할 시간 같은 거 없거든요.'

전투적으로 공부를 하는 그녀를 보니 시간이 없다고 말한 것이 귀찮은 사람 떼어 내려고 지어낸 핑계는 아닌 것 같았다. 고작 두 번 본 게 다지만 거짓말을 할 성격은 아니었다.

형찬은 조용히 자리에서 일어나 밖으로 나갔다. 이번에도 공부를 방해하면 미운 털이 단단히 박힐 것 같아서 차마 저녁 먹으러 나가자는 말을 할 수가 없었다. 차선책으로 자판기에서 유라에게 줄 음료수를 뽑아서 자리로 돌아왔는데, 옆자리가 텅 비어 있었다.

"자리를 비우자마자 도망치셨다?"

진짜 동에 번쩍 서에 번쩍 하는 여자다. 한발 늦은 형찬은 빠르게 짐을 챙겨서 자리에서 일어났다.

그때 엘리베이터를 타고 내려가는 유라의 뒷모습이 보였다. 도서관이라는 것도 잊고 그녀를 잡으러 뛰어갔지만, 매정한 엘리베이터는 기다려 주지 않고 스르륵 닫혀 버렸다.

형찬은 그대로 1층까지 계단으로 전력질주했다. 기상청의 말대로 밖은 비가 오고 있었다. 우산이 없으니 당연히 건물 어딘가에서 서성일 거라고 확신한 형찬은 유라를 찾기 시작했다.

하지만 건물 안에는 사람은커녕 개미 한 마리조차 없는 것처럼 고요했다. 이대로 유라를 놓칠까 봐 초조해진 형찬은 우산을 꺼내 건물 밖으로 나갔다.

어두컴컴해진 교정을 돌아다니던 형찬은 헤드라이트를 켠 자동차 불빛에 자연스럽게 걸음을 멈추었다. 불빛 사이로 가방을 높이 들고 뛰어가는 한 여자가 어렴풋이 보였다. 유라라고 확신한 형찬은 그대로 뛰기 시작했다.

코앞까지 쫓아온 형찬은 그녀의 머리 위로 우산을 갖다 댔다. 불쑥 다가온 그림자에 놀란 유라가 뒤를 돌아보았다.

"어……?"

형찬은 벌 받는 포즈로 가방을 들고 서 있던 유라에게 쥐고 있던 우산을 들려 주었다. 그리고 아무 말 없이 앞장서 걷기 시작했다.

"이봐요!"

다급하게 뛰어온 유라는 까치발을 들고 최대한 손을 뻗어 그에게 우산을 씌워 주었다.

"본인 거잖아요. 이거 쓰고 가세요."

"혼자 쓰고 갈래요, 같이 쓰고 갈래요?"

"혼자 쓰고 가세요."

유라의 대답이 끝나기가 무섭게 하늘에서 천둥소리와 함께 번개가 번쩍거렸다.

"엄마야!"

꼿꼿하게 서 있던 유라가 천둥소리에 놀라 형찬의 옆으로 바짝 다가갔다.

"……."

"……."

무슨 수를 써도 꼼짝 안 하던 그녀가 천둥 번개에 속수무책 흔들린다. 형찬은 유라의 손에 들린 우산을 제 손으로 들었다.

"하마터면 발 밟힐 뻔했네."

짓궂은 형찬의 농담에도 유라는 민망한 나머지 아무 말도 하지 못했다.

그때 유라 대신 대답이라도 하는 것처럼 하늘에서 또 한 번 천둥 번개가 몰아쳤다. 엉거주춤 그의 옆에 서 있던 유라는 저도 모르게 형찬의 팔뚝을 꼭 붙들었다.

"매일 장마였으면 좋겠다. 진짜."

진심이 담긴 목소리를 들은 그녀가 웃음을 터뜨렸다. 피식 웃는 것도 아니었다. 무장해제된 진짜 웃음이었다. 고개를 살짝 돌린 채로 환하게 웃고 있는 모습이 너무 사랑스러웠다.

형찬은 지금 당장 천둥 번개를 맞더라도 여한이 없었다.

7화

I'm dreaming of a white christmas.

유라는 라디오에서 흘러나오는 캐럴을 흥얼거리며 약국을 청소했다.

오늘은 하얀 눈이 소복하게 쌓인 화이트 크리스마스였다. 인테리어에 관심이 많은 유 사장이 직접 가져온 트리와 전구 장식 덕분에 건물 입구가 한층 환해 보였다.

"어우, 너무 춥다."

"어서 오세요."

몸을 부르르 떨며 들어온 남자가 곧장 처방전을 건넸다. 맞은편 건물 게임 회사 이름이 적힌 점퍼를 입고 온 걸 보아 출근을 한 듯했다. 아픈 것도 서러울 텐데 공휴일까지 일을 하는 모습이 안쓰러웠다.

"감기는 잘 먹고 잘 쉬어야 금방 나아요. 약은 식후 30분이고요. 너무 졸리다 싶으시면 이 파란색 알약은 빼고 드세요."

"네. 근데 이건 뭐예요?"

남자는 약 봉투에 같이 들어 있는 포장된 선물을 가리키며 물었다.

"오늘 약국 오시는 손님들께만 드리는 선물요."

"아."

"한정판이에요."

생각지도 못한 장소에서 크리스마스 선물을 받은 남자는 피곤했던 얼굴을 펴고 미소 지었다.

"고맙습니다."

"즐거운 크리스마스 되세요."

받는 기쁨은 마음을 넉넉하게 채워 주고, 주는 기쁨은 마음을 뿌듯하게 채워 준다. 유라는 후자가 더 좋았다.

선물을 준비하는 내내 사서 고생하는 성격이라며 수연에게 꾸준히 잔소리를 들었지만, 즐겁고 행복한 크리스마스에 아픈 게 서러울 손님들은 별것 아닌 이 작은 선물에 위로를 받는다. 그래서 아무리 번거롭더라도 포기할 수 없었다.

"지금 약 지을 수 있나요?"

"그럼요."

한가할 줄 알았던 크리스마스는 예상보다 훨씬 바빠서 정신이 하나도 없었다.

보건소 홈페이지에서 공휴일에도 문 여는 약국을 검색해서 1시간 넘게 운전해서 찾아온 손님도 있었고, 몇 시까지 영업하는지 물어보는 전화는 물밀 듯이 밀려왔다. 모친을 간호하느라 휴무를 낸 수연의 부재가 크게 느껴졌다.

결국 예상했던 것보다 3시간이나 늦게 퇴근한 유라의 얼굴은 지친 기색이 역력했다. 축 늘어진 어깨로 횡단보도를 건넌 그녀는 근처 마트로 향했다. 명색이 크리스마스인데, 평소와 똑같은 하루처럼 넘기고 싶지 않았다.

스테이크용 안심과 곁들여 먹을 야채, 모처럼 분위기를 내려고 산 샴페인까지. 유라의 양손이 무거웠다. 끙끙거리며 현관문을 연 유라는 손에 든 봉투를 바닥에 툭 내려놓으며 숨을 돌렸다.

"엄마, 일찍 왔······."

구두를 벗던 유라의 눈에 낯선 남자의 신발이 보였다.

"언니!"

유라의 목소리를 들은 우리가 헐레벌떡 부엌에서 나왔다. 뒤이어 앞치마를 맨 진원도 모습을 드러냈다.

"저도 왔어요, 처형."

"둘이 어떻게 여기에 있어? 오늘 온다는 말 못 들었는데."

"엄마랑 언니 몰래 서프라이즈 파티하려고 왔지. 근데 뭘 이렇게 사 왔어?"

우리는 유라가 들고 온 봉투를 구경했다.

"나는 엄마랑 둘이 파티하려고 했지."

"와, 나 빼고 둘이서만? 진짜 치사하다!"

"처형, 우리는 빼셔도 저는 빼시면 안 되죠. 제가 고기를 얼마나 잘 굽는데."

한술 더 뜨는 진원의 대답에 유라가 웃음을 터뜨렸다. 부엌을 가 보니 일찍 집에 온 동생 부부가 이미 저녁 준비를 끝내 놓은 상태였다.

"언니, 이거 진원 씨가 다 한 거야. 이 사람이 나보다 요리 훨씬 더 잘해."

식탁에는 입맛을 돋울 샐러드와 곁들여 먹을 채소구이, 와인 잔이 정갈하게 놓여 있었다.

"내가 나중에 한턱 쏴야겠네."

"우리는 그런 거 사양 안 해. 그치, 진원 씨?"

"그럼. 예의가 아니지."

유라는 쿵짝이 잘 맞는 두 사람을 흐뭇하게 바라보았다. 동생도 고마웠지만, 진원에게 특히 더 고마웠다. 결혼하고 처음 같이 보내는 크리스마스에 이렇게 처가까지 찾아와서 손수 음식을 만든다는 게 쉬운 일은 아니었다.

"이게 무슨 냄새야?"

"엄마 왔다!"

마침 다 구워진 스테이크를 접시에 담기 시작할 무렵, 현숙이 집에 도착했다. 아무것도 모르고 들어온 현숙은 오랜만에 놀러 온 우리와 진원을 보고 기쁜 표정을 감추지 못했다.

"이게 다 우리 사위가 만든 거라고?"

"이 정도는 눈 감고도 만들죠."

진원의 능청에 현숙이 함박웃음을 지었다.

"어쩜 우리 사위는 못하는 게 없어."

모친은 진원을 향해 엄지를 치켜세웠다. 엄마를 보면 사위 사랑은 장모라는 말이 틀린 말은 아니다. 음식을 먹기도 전에 입이 마르도록 칭찬하기 바쁜 모친을 보며 기다리다 못한 우리가 말렸다.

"엄마. 고기 질겨지기 전에 먹자."

"네, 어머니. 얼른 드세요."

"알았어. 서 서방, 잘 먹을게."

"잘 먹을게요, 제부."

"많이 드세요."

허전했던 4인용 식탁이 복작해진 게 오랜만이었다. 풍성하게 차려진 음식들을 보던 유라가 자리에서 일어났다.

"언니, 왜?"

"김치 꺼내려고."

엄마는 어떤 음식을 먹든 꼭 김치가 반찬으로 있어야 했다. 현숙은 김치냉장고를 가리키며 말했다.

"유라야! 김치냉장고에 파김치 있어. 서 서방이 파김치 좋아하잖아."

파김치라는 말에 유라의 손이 멈칫했다. 스테이크를 입에 넣고 오물거리던 우리도 당황한 얼굴로 진원을 바라보았다.

"저 파김치 엄청 좋아해요."

상황을 파악한 진원이 눈치 빠르게 대답했다. 유라는 접시에 덜어 온 파김치를 진원의 앞에 놔 주었다.

"이따가 집에 갈 때 싸 줄 테니까 꼭 챙겨 가."

"네. 많이 주세요."

세 사람은 현숙이 형찬과 진원의 입맛을 헷갈렸다는 사실을 모른 척 넘어갔다. 마치 약속이나 한 것처럼.

파김치가 식탁에 놓인 후로 묘한 침묵이 감돌았다. 우리는 분위기를 바꿔야겠다는 사명감으로 진원과 다투었던 이야기들로 화제를 바꿨다.

"나중에 보니까 이 사람이 치약을 가운데부터 짜고 있더라고!"

"어머니. 저 이걸로 우리한테 한 달을 구박당했어요."

"내가 언제 구박했다고 그래요?"

"양치할 때마다 쫓아와서 감시했잖아."

"감시까지 했어?"

현숙이 진원의 편을 들려고 하자 수세에 몰린 우리가 변명했다.

"그건 감시가 아니라, 당신이 씻는데 혹시라도 넘어질까 봐 걱정돼서 지켜본 거지."

"그런 거야?"

"그러엄."

동생 부부의 만담으로 자칫 무거워질 뻔했던 분위기가 다시 가볍게 풀어졌다.

"어머니. 집에 고쳐야 할 건 없어요?"

"고칠 건 없고, 창고에 있는 쌀을 좀 안으로 들여와야 하는데."

"제가 이따가 옮겨 놓을게요."

"나는 진짜 우리 서 서방 때문에 아들 가진 사람들 하나도 안 부러워."

집에 온 김에 궂은일들을 모두 해 놓고 가려는 진원의 마음씀씀이에 현숙은 든든함을 느꼈다.

"그럼 어머니, 제 소원 하나만 들어주실래요?"

"우리 서 서방 소원이면 내가 다 들어줘야지. 말만 해."

진원은 우리와 눈빛을 교환했다.

"내년에 저희랑 여행 한번 가요."

"여행?"

"어머니 그동안 세탁소 하시느라 제대로 쉬지도 못하셨잖아요. 이제부터는 저희랑 여행도 다니면서 일도 줄이시고, 바람 좀 쐬면서 지내세요."

"아이고."

현숙은 모터라도 단 것처럼 손을 내저었다.

"바쁜데 나 때문에 그럴 필요 없어. 그러지 마."

"저희도 준비하던 브랜드 런칭 마무리돼서 당분간은 쭉 한가해요."

"엄마. 평소에 가 보고 싶었던 곳 없어요?"

"글쎄……."

고기 맛도 먹어 본 사람이 알고, 여행도 다녀 본 사람이 제대로 즐길 줄 안다고 했다. 평생을 세탁소 일에만 묶여 있던 현숙은 어딘가를 가 보고 싶다는 생각조차 하지 않고 오로지 일만 하며 살았다.

솔직히 말하면 여행 갈 때 쓰는 돈이 아깝기도 했고, 차라리 그 돈으로 애지중지하며 키운 딸들 옷이나 한 벌 사 주거나 가게 월세를 넉넉하게 쟁여 두는 것이 기분 좋았다.

"제주도는 어떠세요?"

현숙이 망설이자 진원이 더 적극적으로 나섰다. 딸들의 제안이었다면 이제껏 그래 왔던 것처럼 어물쩍 넘어갈 텐데. 사위가 소원이라고까지 말하며 물어 오니 거절하기도 난처해져 버렸다.

"엄마 제주도 한 번도 안 가 보셨잖아."

"맞아. 겨울 제주도도 예쁘지."

바람 잡는 딸들의 말에 현숙이 난색을 보였다.

"요즘 제주도 물가가 그렇게 비싸다는데……."

"능력 있는 두 딸에 사위까지 있는데 무슨 걱정이세요."

"세탁소는 신뢰로 먹고사는 장사라 오래 쉬면 안 좋아서 그래."

"금요일만 조금 일찍 닫고 출발하면 돼요. 토요일은 미리 쉰다고 공지하고, 일요일은 어차피 휴무고. 그럼 되죠, 어머니?"

변명 섞인 걱정에도 진원은 포기하지 않았다. 계속되는 설득에 현숙은 옆에 앉은 유라를 힐끔 쳐다보았다.

"그럼 유라 너도 같이 가자."

"나도?"

유라의 놀라는 표정에 진원도 덩달아 놀랐다.

"처형도 당연히 같이 가셔야죠."

"언니, 설마 안 갈 생각 하고 있었던 거 아니지?"

"아……."

이번에는 유라가 망설였다. 제주도는 형찬과의 신혼여행지였다. 곧장 회사 일을 시작해야 했던 형찬 때문에 되도록이면 가까운 곳으로 다녀와야 했다.

비록 짧은 시간이었지만 제주도 구석구석을 돌아다니면서 맛있는 음식도 먹고, 바다도 실컷 보고, 서로를 의지하면서 한라산 정상에 올라가서 행복한 결혼 생활이 되기를 기도도 했었다.

물론 기도는 이루어지지 않았지만. 아무튼 제주도는 그와의 추억이 곳곳에 도사린 곳이었다.

"유라도 간다고 하면 나도 날짜 한번 봐 볼게."

"언니! 갈 거지? 응? 가는 거다?"

난처한 표정을 짓자 이번에는 우리가 바짝 다가와 유라를 설득하기 시작했다. 무슨 이유로 망설이는지 아는 눈치였다.

"알았어. 나도 갈게."

언제까지고 그와 함께 보낸 추억들에 얽매여 지낼 수는 없었다. 맞닥뜨려야 한다면 외면하지 말고 그런 시간들이 있었음을 덤덤하게 인정하고 흘려보내는 게 맞다.

"오예!"

"그럼 제가 비행기 표부터 예약해 둘게요."

말이 떨어지기가 무섭게 추진력 좋은 진원이 일정 잡을 준비를 했다. 여행이 부담스럽기만 했던 현숙도 우리가 보여 주는 제주도 사진을 구경하며 조금씩 설레기 시작했다.

저녁 식사를 마친 현숙이 그릇을 치우려고 하자 진원이 잽싸게 자리에서 일어났다.

"어머니, 저희가 할게요."

"아냐. 맛있는 것도 얻어먹었는데 내가 치워야지."

"그러지 말고 엄마는 나랑 제주도 일정 짜자."

현숙이 미안한 마음에 싱크대 앞에서 서성거렸지만 우리에게 등을 떠밀려 부엌을 나섰다. 묵묵히 식탁을 정리하던 유라는 팔을 걷어붙이는 진원을 말렸다.

"제부도 나가서 제주도 일정 짜. 설거지는 내가 할게."

"정리만 도와 드릴게요."

진원은 꺼냈던 반찬들을 냉장고에 넣기 시작했다.

"오늘 고마워. 진짜로 조만간 내가 밥 살게."

"우리는 저희 집에 더 잘해요. 제가 우리 보고 많이 배운 거예요."

동생의 칭찬에 기분이 좋아진 유라가 미소를 지었다. 식탁 정리를 마친 진원은 빈 접시를 가져와 옆에 나란히 섰다.

"처형."

"응?"

"별일 없으시죠?"

"그럼."

정리만 하겠다던 진원은 어느새 고무장갑을 챙겨서 닦아 놓은 접시들을 헹구기 시작했다.

"며칠 전에 박형찬 씨를 봤어요."

진원이 조심스럽게 말을 꺼냈다. 달그락거리는 접시와 틀어져 있던 물소리 덕분에 말이 거실까지 새어 나가지는 않았다.

"이번에 한샘식품에서 나올 신제품 디저트 매장이 저희 백화점 식품관으로 들어오거든요."

"그렇구나……."

"백화점 고객 대상으로 진행했던 시식 평도 좋더라고요."

그의 목표는 회사의 상장이었다. 그러기 위해서는 기존 매출을 유지시키는 것이 아니라 한샘식품의 또 다른 대표 메뉴를 만들어 내야 했다.

결국 해냈네, 당신.

하지만 마냥 기쁘지는 않았다. 그 일을 해내기 위해 형찬은 본인의 모든 시간을 회사에 쏟았고, 자신은 그 긴 시간을 버티지 못하고 떠나 버렸으니까.

"만나…… 보셨어요?"

"아, 응."

진원도 축의금 이야기를 들었을 테니 상황을 알고 있을 것이다. 만났다는 말에 궁금한 게 많을 텐데도 진원은 고개만 끄덕일 뿐, 별다른 질문을 하지 않았다. 일종의 배려였다.

"제부."

"네?"

형찬이 점점 거리를 좁혀 오고 있다는 걸 느낄 때마다 우리에게 도움을 구해 볼까 싶은 생각이 들었다. 사실 말만 동생에게 하는 것뿐, 따지고 보면 그 큰돈을 빌려줄 수 있는 사람은 진원이었다.

"우리랑은 잘 지내지?"

하지만 돈을 빌려 달라는 말이 선뜻 나오지 않았다. 오히려 가족이기 때문에 더 어려웠다.

"그럼요. 이제 치약은 꼭 끝에서부터 짜거든요."

싱거운 질문에 돌아온 진원의 진지한 대답 때문에 유라는 피식 웃어 버렸다. 아무래도 돈에 관한 이야기는 무리였다.

설거지를 끝내고 거실로 나가자 기분이 한껏 좋아진 현숙이 커피를 사 주겠다며 겉옷을 챙겼다. 네 사람은 커피를 마시기 위해 집을 나섰다.

크리스마스에도 회사에 출근한 형찬은 카카베이크 납품 업체 리스트를 꼼꼼히 확인했다.

출시 예정인 카카베이크는 한샘식품에서 꾸준히 사랑받고 있는 캐러멜과 카카오 초콜릿을 접목시킨 수제 컵케이크였다. 달콤 쌉싸래한 맛과 어우러지는 포슬포슬하고 촉촉한 식감의 컵케이크는 여자들이 좋아할 만한 취향을 모두 갖춘 디저트였다.

게다가 캐러멜이나 초콜릿은 계절의 영향을 크게 받지 않기 때문에 안정적인 매출을 발생시킬 수 있고, 요새는 전문 디저트 카페들이 따로 생겨날 만큼 시장도 점점 커지는 추세였다.

"사장님."

세 번의 노크 소리와 동시에 김용현 상무가 들어왔다.

"포장 박스 시안 나왔습니다."

"지금요?"

"예."

형찬은 시계를 바라보았다. 크리스마스 오후 4시에 시안 도착이라……. 그는 일단 자료를 건네받았다.

"업체에 닦달하신 건 아니죠?"

"닦달은 안 했습니다만, 사장님이 며칠 전부터 시안만 기다리고 계신다는 얘기는 전달했습니다."

중후한 용현의 농담을 알아들은 형찬이 짧게 웃었다. 하지만 자료를 펼치는 순간, 표정이 급격히 어두워졌다.

"디자인이 너무 단조로운데요."

카카베이크는 주변 지인들에게 가볍게 선물도 할 수 있는 디저트라는 게 포인트였기 때문에 포장에도 각별히 신경 써야 했다.

게다가 요즘 디저트는 입으로 먹기 전에 눈으로 먼저 먹는 음식이라 사람들의 시선을 끄는 게 중요했다. 아무리 대세가 심플래도 이건 좀 심하다 싶었다.

"안 그래도 일러스트 작업 진행 중입니다."

"음……."

다음 장을 넘긴 형찬은 아예 미간을 좁혔다.

"박스 바닥도 이렇게 허술하면 들고 다니다가 컵케이크 흔들려서 부서지겠어요. 숟가락으로 퍼먹을 것도 아닌데."

"업체에서는 이 두께가 최선이라고 합니다."

"그럼 컵케이크 들어갈 만한 사이즈로 투명 컵 제작해서 2중 포장으로 진행하세요."

"그렇게 되면 생산 단가가 높아지는데요."

"어설픈 포장으로 욕먹고 매출 못 잡는 것보다 낫죠."

용현은 고개를 끄덕였다.

"알겠습니다. 그럼 우선 내려가서 투명 컵 견적서부터 확인하겠습니다."

"오늘은 그만하시고 들어가세요. 손자가 할아버지 선물만 기다리고 있을 텐데."

"확인만 하면 됩니다."

뚝심 있는 용현의 고집에 형찬이 한숨을 쉬었다.

"저 못된 사장으로 만들지 마시라니까요."

"저도, 직원들도 자발적으로 하는 일입니다. 아시면서."

용현은 오랜 시간 상희와 함께 한샘식품을 이끌어 온 사람으로 식품업계에 오래 종사해 온 베테랑이었다. 처음 인수인계를 받을 때도 용현에게 모든 업무를 배웠고, 회사 내부 직원들도 그를 전적으로 신뢰했다.

형찬이 오기 전까지 직원들은 몇 년째 똑같은 식품만 만드는 것에 일적으로 안정감을 느끼면서도 한편으론 무료해했다.

오랜만에 신제품 출시를 앞두고 연일 야근과 특근이 이어졌지만, 누구도 불평불만이 없었다. 오히려 지루하고 따분하던 일에서 벗어나 새로운 일을 시작한 것에 사기가 충만했다.

"사장님도 오늘 같은 날은 본가에 다녀오시죠."

"오늘 같은 날까지 어머니랑 싸우고 싶지 않은데요."

상희의 성격을 누구보다 잘 아는 용현이 껄껄 웃었다.

"견적서는 메일로 보내 드리겠습니다."

"김 상무님."

"예?"

"끝까지 잘 부탁드려요."

어딘가 모르게 찜찜한 인사에 용현의 눈빛이 사뭇 진지해졌다. 하지만 가볍게 웃고 있는 그의 표정에 우선 대수롭지 않게 넘기며 사무실을 나갔다.

　어둠이 짙게 내려앉은 밤이 다 되도록 사무실에 남아 있던 형찬은 해외 출장 당시 사진으로 찍었던 디저트 매장 디스플레이를 확인했다. 마음에 드는 사진들을 추려 놓은 그는 머리를 식히기 위해 테라스로 나갔다.

　탁 트인 한강을 내려다보던 형찬은 자연스럽게 유라를 떠올렸다. 오늘 한유라는 어떤 하루를 보냈을까.

　이제 더는 그녀의 일상이 한눈에 그려지지 않는다. 그래서 더 궁금하고 보고 싶었다.

　형찬은 시간을 확인했다. 마음 같아서는 집 앞으로 찾아가고 싶었지만, 지금쯤이면 어머니도 집에 계실 시간이라 선뜻 그녀를 불러낼 수도 없었다.

　"보고 싶은데…….''

　형찬은 마른 얼굴을 쓸어내리며 중얼거렸다. 볼 수 없다고 생각하니까 더 보고 싶었다. 신혼 초에 집에 들어가지도 못할 만큼 바빴을 때는 영상 통화를 하거나, 유라가 보내 주는 사진들로 간신히 버티기라도 했는데. 지금은 그녀에게 아무것도 요구할 수가 없다. 이렇게 멍청하게 그리워만 하는 것이 할 수 있는 전부였다.

　형찬은 지갑 안에 간직하고 있던 그녀의 사진을 꺼내 애틋하게 바라보았다. 눈은 사진을 향하고 있지만, 마음은 이미 그녀를 향해 달려가고 있었다.

　못 참겠다.

　결국 형찬은 사무실에서 나와 그녀의 집으로 차를 몰았다.

쉽게 나와 주지 않을 거라는 것도, 이기적이라는 것도 알지만 잠깐이라도 보고 싶었다. 그는 신호에 걸린 사이 유라에게 문자를 보냈다.

[집이야?]

답장이 오기까지는 그리 오래 걸리지 않았다.

[왜?]

경험으로 미루어 보아 이건 집이라는 대답이다. 딱딱하기 그지없는 한 글자일 뿐인데도 심장이 미친 듯이 뛰기 시작했다.

집으로 가고 있다는 답장을 하면 오지 말라고 말릴 것이 뻔해서 그 뒤로 답장을 보내지 않았다.

근처에 도착했지만 형찬은 일부러 그녀의 집으로부터 멀찌감치 떨어진 곳에 차를 세워 놓았다.

[잠깐 나올 수 있어?]

떨리는 마음으로 답장을 보내며 골목길을 돌아설 때였다. 기막힌 타이밍으로 유라의 집 문이 벌컥 열렸다.

"그래서 완전 대자로 넘어졌잖아."

익숙하게 들어 왔던 웃음소리다. 형찬은 주차돼 있던 차에 몸을 숨기고 조심스럽게 고개를 내밀었다.

"얘는, 남편이 넘어진 게 뭐 그렇게 웃기다고."

"역시 제 편은 어머니밖에 없다니까요."

현숙은 진원의 손을 꼭 붙잡고 언덕길을 내려가고 있었다. 오랜만에 뵙는 그녀의 어머니는 딸들과 사위 사이에서 더할 나위 없는 행복한 표정을 짓고 계셨다. 먼발치에 서서 그 모습을 지켜볼 수밖에 없는 형찬의 눈빛이 쓸쓸해졌다.

'아드님이 훤칠하니 잘생기셨네요.'
'그죠?'
'제가 엄마를 닮았거든요.'

웬만한 모자母子보다 다정해서 간혹 오해하는 말들을 들을 때마다 현숙과 형찬은 부정하지 않고 능숙하게 상황을 받아쳤다. 그만큼 편안하고 허물없는 사이였다. 오죽하면 우리가 질투 아닌 질투를 하며 투덜댔을 정도였다.

세탁소에 들르는 사람들에게 입이 마르도록 사위 자랑을 하고 다니던 어머니를 알기 때문에 더욱 고개를 들 수가 없었다.

참 여러 사람한테 못할 짓 했다, 박형찬. 그는 멀어져 가는 네 사람의 뒷모습을 보며 고개를 푹 숙였다.

그때 코트에 넣어 둔 휴대폰에서 진동이 울렸다.

[어디야?]

유라의 문자를 확인한 형찬은 다시 어렵게 고개를 들었다. 세 사람은 나란히 서서 하하 호호 웃으며 내려가고 있는데, 유라는 휴대폰에 시선을 고정시키고 한 걸음 뒤떨어진 채 걷고 있었다. 형찬은 땅만 보며 걷는 그녀의 뒷모습을 위태롭게 바라보며 답장을 보냈다.

[앞에 보고 걸어가. 넘어지면 나 속상하다.]

문자를 확인한 유라가 곧장 뒤를 돌아보았다. 갑작스럽게 돌아본 그녀와 눈이 마주친 형찬은 어색하게 웃어 보였다.

보고 싶어서 왔어.

눈빛으로 전하는 말을 알아듣기라도 한 사람처럼, 유라는 먹먹한 얼굴로 자리에 멈춰 서 있었다.

"이제 좀 살 것 같다."

그녀에게는 들리지 않을 말이었다. 혹시라도 가족들에게 들켜서 난처한 일이 벌어질까 봐 걱정된 형찬은 태연하게 손을 흔들었다.

"유라야, 거기서 뭐 해?"

먼저 내려가던 현숙이 뒤도는 순간 형찬은 빠르게 차 뒤로 몸을 숨겼다.

한참 뒤에 나와 봤을 때 이미 골목에는 자신뿐이었다. 그는 그들이 지나간 텅 빈 골목길을 물끄러미 내려다보았다.

혼자 뒤떨어져서 걷게 해서 미안해.

달려가서 네 손 잡아 주지 못해서 미안해.

······사랑해서, 미안해.

유라에게 미안함투성이인 형찬의 눈가가 뜨거워졌다.

8화

형찬이 선물해 준 티켓 덕분에 유라는 집에 혼자 있어야 할 모친 걱정 없이 수연과 동창회를 갈 수 있었다.

"오늘 많이 온대?"

"결혼한 몇몇 사람들 빼고 한 스무 명 정도 온다는 것 같아요."

"많이 오는구나."

"오늘 고주망태 한번 돼 줘야겠네."

오랜만에 동창들을 만날 생각에 신났는지 수연은 오전부터 들떠 있었다.

동창회 장소는 추억을 되새기자는 의미에서 학교 앞 자주 가던 호프집으로 정했다고 한다. 연말연시 복잡한 번화가보다 방학 시즌이라 상대적으로 사람이 적은 대학로가 이동하기도 훨씬 수월했다.

택시에서 내린 유라와 수연은 호프집으로 들어갔다. 계단을 오르는 순간부터 왁자지껄 떠드는 소리가 소란스러웠다.

"여러분! 우리 왔어요!"

"어? 유라 왔다!"

문을 열고 들어가자마자 유라를 발견한 남자가 반가운 목소리로 외쳤다. 오랜만에 모습을 드러낸 유라와 인사를 하기 위해 사람들이 모두 그녀 주변으로 몰리기 시작했다.

"야, 한유라. 우리 대체 얼마 만에 보는 거냐?"

"그러게. 종우 넌 진짜 오랜만이다."

"선배. 잘 지냈어요?"

"응. 너희도 잘 지냈지?"

복학과 휴학을 반복하며 학교를 오래 다녔던 터라 동기들부터 선후배까지 두루두루 알고 지낸 사람들이 많아서 인사를 해야 할 사람도 당연히 많았다.

"수연이랑 같이 일한다는 얘기 들었어."

"응. 내 파트너야."

"네가 고생이 많다."

"종우 선배! 내가 뭐 어때서요?"

가만히 듣고 있던 종우가 유라를 위로하자 옆에 있던 수연이 발끈하고 나섰다.

"그냥 유라가 고생이 많다는 건데 왜 네가 화를 내냐? 찔리는 거 있나 봐?"

"아, 진짜!"

"조만간 한 대 치겠는데."

"내일 몸 어딘가에 멍들어 있으면 난 줄 알아요."

"돈 많으면 어디 한번 때려 보시지."

톰과 제리처럼 앙숙이었던 종우와 수연이 티격태격하는 모습을 보니 대학교 때로 돌아온 기분이었다.

"유라야. 한 잔 받아."

"그럴까?"

종우는 옆자리를 내어 주며 소주잔을 채워 주었다. 이제 공부 걱정, 아르바이트 걱정을 안 해도 될 유라 역시 흔쾌히 잔을 들었다.

"이제 자주 좀 보자."

"그래. 자주 보자."

"짠!"

소주를 한입에 털어 넣은 유라가 편안한 웃음을 지었다.

이곳에 있는 사람들의 대부분은 오며 가며 형찬을 한 번씩은 봤던 사람들이었다. 심지어 몇몇은 청첩장을 받고 결혼식에 찾아와 축하도 해 주었다.

종우도 그중 한 사람이었다. 설령 결혼식에 오지 않았더라도 건너 건너 그와 결혼했다는 소식 정도는 전해 들었을 것이다.

그런데 안부를 묻는 사람들 중에 어느 누구도 결혼에 대해 묻지 않았다. 아마 수연이 사전에 모두에게 입단속을 시켰을 것이다.

동정의 눈빛들을 태연하게 웃어넘길 준비를 하고 왔는데,

다들 너무 모른 척을 하고 넘어가니 그동안 숨어 지내다시피 했던 것들이 바보 같았다고 느껴질 정도였다.

"여러부우우우우운!"

분위기가 한창 무르익을 때 등장한 마지막 주인공은 다름 아닌 혜영이었다.

"이혜영! 어떻게 왔어?"

"나 보고 싶었지?"

예상하지 못했던 혜영의 등장으로 다시 한 번 호프집이 시끌벅적해졌다.

혜영은 대학교 때 미팅으로 만났던 형찬의 후배인 재혁과 결혼을 했다. 결혼하자마자 재혁의 공부 때문에 곧장 독일로 이민을 간 그녀 역시 동창회에 오랜만에 모습을 드러낸 것이다.

사람들과 차례대로 하이파이브를 하며 걸어오던 혜영은 앉아 있는 유라를 보고 호들갑을 떨며 달려왔다.

"유라 선배!"

혜영은 반가움과 아쉬움이 섞인 얼굴로 두 손을 모았다.

"결혼식 못 가서 진짜 죄송해요. 그때가 독일 간 지 얼마 안 됐을 때라 재혁 오빠랑 둘 다 정신이 없어 가지고 축의금 보낸다는 것도 깜빡한 거 있죠."

그러더니 말릴 새도 없이 가방에서 흰 봉투 하나를 꺼냈다.

"그래서 오늘 선배 만나면 주려고 내가 챙겨 왔어요. 재혁 오빠가 자기도 진짜 미안해한다고 꼭 전해 달래요."

속사포처럼 이어지는 혜영의 말들에 화기애애했던 분위기가 찬물을 끼얹은 듯 차갑게 가라앉았다. 진심으로 미안해하며 봉투를 건네는 표정을 보아하니, 소식을 하나도 전해 듣지 못한 모양이었다.

"나 이혼했어, 혜영아."

"아, 이혼…… 에? 이혼이요?"

"마음만 고맙게 받을게."

"형찬 오빠랑 이혼을 했다고요?"

굳이 또 한 번 문장으로 읊어 재확인하는 혜영의 말이 가시처럼 마음을 찌른다. 유라는 대답 대신 테이블에 놓여 있던 수연의 폭탄주를 말끔히 비워 냈다.

"대체 무슨 일…… 우읍."

본격적으로 자리를 잡고 궁금증을 쏟아 내려는 혜영의 눈빛을 본 수연이 그녀의 입을 막았다.

"혜영아. 오랜만에 왔는데 사람들이랑 인사부터 해야지."

"우긋 즘 느브……!"

혜영은 수연에게 끌려가면서도 어깨를 들썩이며 사람들에게 눈빛으로 이유를 물었다. 하지만 누구도 그녀가 듣고 싶어 하는 대답을 해 주지 않았다.

"근데 오늘 강은이가 안 보이네."

"화기치약 때문에 바쁘대요."

"그거 대박 났더라. 요즘 우리 약국에서는 그 치약 없어서 못 팔아."

종우의 화제 전환으로 술자리 주제는 자연스럽게 일 얘기로 바뀌었다. 얼마 전 가습기 살균제 성분이 대량 검출된 치약 파동이 일어나면서 사람들이 천연 치약에 관심을 보이고 있었다.

"강은이가 유라 너네한테도 갔었어?"

"응. 우리한테는 입소문 나기 전에 왔었어."

제약회사에 다니는 강은은 화기치약을 강력 추천했었다. 치과의사와 임상전문가들이 공동 개발해서 만든 치약이라며, 안전성에서 높은 신뢰를 받고 있는 제품이라고 입이 마르도록 칭찬을 했다.

학교 다닐 때부터 바른말만 골라서 하던 그녀를 믿고 약국으로 들여온 며칠 뒤, TV 프로그램에 소개가 되면서 불티나게 팔리기 시작했다.

"이번에 면세점도 뚫었다더라."

"진짜?"

"응. 조만간 신제품 나올 거라고 귀띔해 줬는데."

"이강은한테 연락 한번 해 봐야겠네."

동종업계에 있다 보니 모여서 이야기를 하다 보면 미처 모르고 지나친 의약품들 정보나 보건 정책들에 대해 자연스럽게 공유하게 됐다.

강은이에 대한 이야기를 시작으로 이야기는 업계 동향, 약국 매출 하소연, 그리고 각자의 근황으로 자연스럽게 흘러갔다.

"너네 빨리 결혼해라. 특히 남자들. 남자는 꼭 결혼해야 돼."

술이 거하게 들어간 종우는 나른하게 풀린 눈으로 미혼인 후배들에게 조언했다.

"왜요?"

"나만 당하기 억울하잖냐."

종우의 한마디에 기혼인 여자 동기들이 야유했다.

"남자들은 정말 왜들 그래?"

"어차피 인생 혼자야. 혼자가 좋아, 혼자가."

"우리 재혁 오빠는 아직까지 나 좋다고 안달인데."

한참 동안 수연에게 붙잡혀 있던 혜영은 그녀가 화장실에 간 사이 유라의 테이블로 찾아와 대화에 끼어들었다.

"부럽다, 이혜영. 쟤가 시집은 진짜 잘 갔어."

"맞아. 재혁 오빠도 엄청 다정하잖아."

동기들의 부러운 질투에 혜영은 손가락으로 브이를 그리며 방긋 웃었다. 그러다 옆에 앉은 유라를 바라보더니 돌연 미안한 얼굴로 손을 쑥 내렸다.

"아, 여기서 자랑하면 안 되지."

아무 생각 없이 앉아 있었는데 잘못했다는 얼굴을 하는 혜영 때문에 유라는 어안이 벙벙한 얼굴을 했다.

"선배, 미안해요."

가만히 있던 사람을 불편하게 만드는 혜영의 재주가 못마땅했지만, 오랜만에 만나 한 해를 마무리하는 자리에서 얼굴을 찌푸리고 싶지 않았다.

"아니야. 자랑해도 돼."

"에이. 어떻게 그래요."

혜영은 덩그러니 놓여 있는 유라의 빈 잔에 소주를 채워 주며 말했다.

"선배 많이 힘들었겠어요."

"이제 괜찮아."

"괜찮기는요. 어쩐지 들어오자마자 선배 얼굴이 너무 안 좋아 보인다 했어요."

혜영은 당사자가 괜찮다는데도 그 말을 끝까지 부정했다. 마치 괜찮지 않다는 말을 듣고 싶어 하는 사람 같았다. 마음이 불편해진 유라는 그녀가 따라 준 소주를 마시고 잔을 소리 나게 툭 내려놓았다.

"그런데 형찬 오빠랑 왜 이혼한 거예요? 내가 봉투 챙길 때 말 전하는 거 보면 재혁 오빠도 아무것도 모르는 눈치던데."

"야, 이혜영. 눈치가 있으면 그만 좀 해라."

자꾸 형찬의 이름을 거론하는 혜영을 지켜보던 종우가 급기야 한 소리 내뱉었다. 하지만 혜영의 눈과 귀는 오롯이 유라에게만 향해 있었다. 대답을 듣고야 말겠다는 의지가 담긴 눈빛이었다.

"야! 너 왜 또 여기 와 있어!"

뒤늦게 화장실에서 돌아온 수연이 혜영을 보고 빽 소리를 질렀다. 수연이 손을 잡아끌려고 했지만, 이번에는 혜영도 지지 않고 버텼다.

"다들 대체 왜 그래? 내가 유라 선배랑 얘기 좀 하겠다는데."

"넌 예나 지금이나 왜 그렇게 남 일에 관심이 많냐? 신경 좀 꺼."

"그래, 혜영아. 그만해."

"다들 진짜 웃긴다. 나만 궁금해? 솔직히 궁금하지 않아? 여기 다 형찬 오빠랑 유라 선배 사귀는 거 보면서 부러워했던 사람들이잖아."

다들 혜영이 너무하다는 생각을 하면서도 내심 헤어진 이유가 궁금했는지 서로 눈치를 보기 시작했다. 침묵을 긍정이라고 해석한 혜영은 더욱 몰아붙였다.

"다들 나랑 재혁 오빠한테는 얼마 못 갈 것 같다고 하면서도, 두 사람한테는 천생연분이라면서 결혼해서도 잘 살 거라고 했었잖아!"

도착한 내내 못된 사람 취급을 받던 혜영이 서러운 목소리로 외쳤다.

학교 다닐 때 혜영 역시 장수 커플이라는 수식어를 달고 다녔다. 하지만 변덕스러운 혜영의 성격으로 두 사람은 하루가 멀다 하고 싸우고, 화해하고를 반복하며 지냈다. 그 모습을 지켜보는 동기들은 상대적으로 싸움 한 번 없이 사이좋게 잘 지내는 유라네 커플을 더 부러워하고 지지했다.

"이제 와서 하는 얘기지만, 형찬 오빠랑 유라 선배 둘 다 이상했어요. 난 진짜 하나도 안 부러웠어."

유라는 머리를 쓸어 넘기며 헛웃음을 지었다. 이쯤 되면 싸우자는 뜻이었다.

"뭐가 그렇게 이상했는데?"

"둘 다 한 번을 안 싸우면서 지냈잖아요. 나는 그게 꼭 언제 터질지 모르는 시한폭탄 같았거든요. 어떻게 그렇게 지낼 수가 있어요? 말이 안 되잖아."

"우리는 싸울 일이 없었어."

유라의 단호한 대답에 혜영이 실소를 터뜨렸다.

"그러니까 선배, 그게 이상하다는 거예요. 몇십 년을 다르게 살아온 사람끼리 만났는데 어떻게 싸울 일이 없냐고요. 그건 싸울 일이 없는 게 아니에요. 둘 중에 누군가 참으면서 싸움을 피한 거지."

혜영의 말을 듣는 순간, 뒤통수를 한 대 세게 얻어맞은 기분이었다.

"두 사람, 결혼하고 나서도 한 번도 안 싸웠죠?"

정곡을 찌르는 질문에 유라는 아무 말도 할 수 없었다.

"그렇게 참고만 지내는 걸 배려하고 이해해서 그런 거라고 포장하는 건 좀 아니지 않아요?"

이제껏 형찬과는 단 한 번도 목소리를 높여 가며 싸워 본 적이 없었다. 그는 무슨 일이든 서운해하거나 섭섭해하는 일도 없었고, 그럴 만한 사정이 있을 거라며 이해해 주려고 노력했다.

그러다 보니 유라도 서운하거나 섭섭한 일이 있어도 솔직하게 말하기보다는, 형찬처럼 이해해 보려고 노력했다.

하지만 감정을 억누르며 스스로를 세뇌시킬수록 마음은 더 곪아 갔다. 텅 빈 방 안에 혼자 남겨진 채로 그를 기다릴 때마다 견딜 수 없는 외로움이 온몸을 휘감았고, 시어머니의 타박이 반복될 때마다 간신히 붙잡고 있는 자존심은 걷잡을 수 없이 추락했다.

그래서였을까. 형찬과의 결혼 생활은 늘 후진이었다. 그의 빈자리로 인한 지독한 외로움, 해결되지 않는 시어머니와의 갈등, 초라해져 버린 스스로에 대한 실망.

모든 것들이 문제투성이였는데도 고칠 수가 없었다. 아니, 어디서부터 어떻게 상황을 고쳐야 하는지 엄두가 나지 않았다.

혜영의 말대로 우리가 치열하게 싸웠더라면 어땠을까. 싸우면서 실망도 하지만 여전히 사랑도 하면서. 배려한다는 핑계로 물러서지 않고, 이해한다는 변명으로 꾹꾹 참지 않았더라면. 우리는 달라졌을까.

"……그래, 맞아."

적어도 아예 해결 불가능한 상태로 방전이 돼 버리진 않았겠지.

"너무 다 맞는 말이라 할 말이 없네."

혜영의 말이 정확했다. 우리는 이상했고, 평범하지 않았다.

유라는 힘없이 자리에서 일어났다. 수연이 혜영을 노려보며 따라 일어섰지만, 유라는 그녀의 어깨를 두드리며 자리에 앉혔다. 그리고 가방을 챙겨 혼자 밖으로 나왔다.

찬 공기를 흠뻑 들이마신 유라는 문득 하늘을 바라보았다. 밤하늘의 별빛은 유난히 반짝였고, 그 하늘 아래 서 있는 자신은…… 여전히 그를 잊지 못한 채 방황하고 있었다.

형찬은 편의점에서 사 온 맥주 한 캔을 들고 소파에 털썩 기대앉았다. 익숙한 고요함이 오늘만큼은 달갑지 않아서 TV를 틀었다. 화려한 연예인들의 연말 시상식과 곧 다가올 새해를 맞이하는 타종행사를 생중계해 주고 있었다.

무표정한 얼굴로 리모컨을 누르며 가장 시끄러운 채널을 찾던 형찬은 TV 소리보다 큰 휴대폰 벨소리에 고개를 돌렸다.

저장돼 있지 않은 낯선 번호를 한참 바라보던 그가 결심한 듯 전화를 받았다.

"여보세요."

– 형찬이 형?

맥주를 마시려던 형찬이 익숙한 목소리에 동작을 멈췄다. 대답이 없자 다시 반대쪽에서 섭섭한 목소리가 흘러나왔다.

– 형. 저 재혁이에요.

"아, 그래. 재혁이."

– 형 번호 바뀐 거 몰라서 예전 번호로 전화했다가 엄청 욕먹었어요.

재혁이 억울하다는 듯 투덜거렸다. 대학 다닐 때 어울려 다니면서 친하게 지내던 후배였지만, 국제변호사 준비를 하러 독일로 이민을 가면서 본의 아니게 연락이 끊겼다.

"잘 지내? 지금 거긴 오후인가?"

– 아니요. 저 한국이에요, 형.

"그래? 아예 온 거야?"

– 아니요. 연말이라 부모님도 뵙고 친구들도 볼 겸 해서 왔어요.

"그렇구나."

– 사실 몇 달 전부터 혜영이가 오늘 약대 동창회 가고 싶다고 시위하고 난리도 아니었거든요. 그래서 온 거예요.

오늘이 약대 동창회였다면 디너쇼와 일정이 겹친다. 유라는 동창회에 갔을까, 아니면 어머니와 함께 디너쇼를 갔을까. 수연의 닦달 때문에라도 동창회를 모른 척 넘길 수는 없었을 텐데. 그녀의 선택을 막연히 추측해 볼 때였다.

- 맞다. 형. 결혼식에 못 갔던 거 진짜 죄송해요.

"아…… 괜찮아."

부정하고 싶은 현실이라 굳이 이혼했다는 말로 정정할 생각은 없었다. 씁쓸한 기분에 아까부터 테이블에 놓여 있던 맥주를 들었다.

- 괜찮기는요. 그래서 제가 혜영이한테 유라 누나 주라고 봉투 전했어요.

"뭐? 누구한테 뭘 전했다고?"

갑자기 날카로워진 형찬의 목소리에 당황한 재혁이 말을 더듬었다.

- 저, 그게…… 혜영이도 유라 누나 쪽에 아무것도 못 했다고 해서요. 아무리 시간이 지났어도 우리가 받은 게 있는데 모른 척하는 건 예의가 아닌 것 같…… 아, 내가 이럴 줄 알았어. 그래서 내가 차라리 둘한테 밥을 사자고 했는데 이혜영이 봉투가 낫다고 우겨서…….

형찬의 얼굴이 사정없이 구겨졌다. 맥주를 들고 있던 손에 힘이 들어가는 바람에 오른손에는 맥주가 흘러 뚝뚝 떨어지고 있었지만 피할 정신도 없었다.

분명 이혼한 사실을 알게 됐다면 혜영이 유라의 속을 긁어 댔을 것이다. 솔직함을 무기 삼아 도를 지나치는 혜영의 말투를 알기 때문에 더욱 속이 뒤틀렸다.

"일단 끊자, 재혁아."

- 네? 아, 네. 형. 죄송해요.

형찬은 대꾸할 새도 없이 곧장 전화를 끊었다. 그리고 상황

195

을 알아보기 위해 수연에게 전화를 걸었다.

"여보세……."

ㅡ 야! 이혜영! 너 어디 가! 야! 잠깐, 여보세요?

수연의 목소리 틈으로 정체를 알 수 없는 고함들이 섞여 들렸다.

"수연아."

ㅡ 형찬 오빠?

"응. 나야."

ㅡ 오빠! 이혜영이 사고 쳤다고오!

말끝을 늘이는 수연의 우렁찬 목소리가 정상은 아니었다. 소란한 상황을 머릿속에 그리는 형찬의 눈썹이 바짝 올라갔다.

"알아. 유라는 어쩌고 있어?"

ㅡ 혜영이 얘기 듣다가 나가 버렸어. 종우 선배가 전화했는데 전화도 안 받는대. 우리 유라 선배 어떡해…….

"너 거기 어디야."

ㅡ 여기 청사초롱인데. 우리 유라 선배 어떡해…….

수연의 주정을 들을 시간이 없었다. 형찬은 전화를 끊고 유라에게 전화를 걸었지만 신호가 다 가도록 받지 않았다.

"하……."

자리에서 일어난 형찬은 코트를 집었다. 그때 손에 쥐고 있던 휴대폰이 울렸다. 발신자를 본 그가 급하게 전화를 받았다.

"한유라! 너 어디야?"

ㅡ ……데.

휴대폰 너머로 들리는 소음 때문에 그녀의 목소리가 잘 들리지 않았다.

"잘 안 들려, 유라야. 어디라고?"

– 형찬 씨.

고작 이름 한 번 불린 것뿐인데 마음이 급해진다. 집에서 나온 형찬은 초조한 얼굴로 엘리베이터 버튼을 눌렀다.

"술 많이 마신 거야?"

– 보고 싶어, 박형찬.

먹먹한 그녀의 한마디에 모든 사고가 정지했다.

– 지금 좀 이리로 와 줄래?

"……전화 끊지 말고 기다려."

형찬은 느려 터진 엘리베이터를 뒤로한 채 무작정 계단을 뛰어 내려가기 시작했다.

근처에서 열리는 타종행사로 대학로 일대 교통이 통제되는 바람에 시간이 지체됐다. 급한 대로 학교 안에 차를 세운 형찬은 익숙한 샛길을 가로질러 유라가 있다는 편의점으로 달려갔다.

"한유라 너 진짜……."

그녀는 편의점에서 내놓은 파라솔 의자에 덩그러니 앉아 있었다. 형찬은 뜨거워진 휴대폰을 귀에서 뗐다. 통화 시간 42분 11초. 추우니까 안에 들어가 있으라는 말을 열 번은 더한 것 같은데 진짜 말 안 듣는다.

"감기 걸리면 화낼 거야."

뒤에서 느껴진 인기척에 유라가 고개를 돌려 그를 바라보았다.

"진짜 와 줬네."

창백한 유라의 얼굴을 본 형찬은 코트를 벗어 그녀에게 덮어 주며 의자를 끌어와 옆에 앉았다.

전화할 때는 알아채지 못했는데, 기다리는 동안 혼자 맥주를 더 마신 모양이었다. 구겨진 맥주 캔들이 쌓여 있었다.

"얼마나 마신 거야?"

"오늘은 술이 술술 들어가네."

해맑게 웃어 보인 유라는 남아 있는 맥주를 흔들어 보였다. 말려야 하나 고민됐지만 속상함을 잊고 그 순간만이라도 편해지는 데는 술만 한 게 없다. 게다가 그녀는 술이 들어가면 견고하게 세워 둔 벽을 스스로 무너뜨린다.

"혼자 마시지 말고 같이 마셔."

형찬은 자리에서 일어나 편의점으로 들어갔다. 캔 맥주와 마른안주를 들고 온 그가 계산대 위에 올려 두었다.

"잠시만요."

- 5, 4, 3, 2, 1!

사장님이 휴대폰으로 틀어 놓은 실시간 방송에서 카운트다운이 시작되며 제야의 종소리가 울려 퍼졌다.

"새해 복 많이 받으세요."

"고맙습니다. 새해 복 많이 받으세요."

기분 좋게 새해 인사를 주고받은 형찬은 봉투를 들고 유라에게 다가갔다. 그녀 역시 휴대폰으로 제야의 종소리를 틀어 놓고 있었다. 은은한 울림을 듣고 있던 그녀가 조용히 감았던 눈을 떴다.

"제야의 종소리 들을 때 소원 빌면 이루어진다길래."

"내 소원은 하나야."

형찬은 차가운 유라의 손을 잡았다.

"지금처럼 네 옆에 있는 거."

말하는 사람도, 듣는 사람도 모두 예상하지 못했던 순간의
고백이었다.

"나는…… 여전해."

지나가는 차 한 대 없는 조용한 거리에서 형찬의 고백이 더
욱 또렷하게 울렸다.

"여전히 너를 사랑하고 있어."

손을 잡고 서로를 마주 보는 이 순간이 너무 꿈같이 아득해
서 금방이라도 사라질 것 같았다. 형찬은 두려운 마음에 그녀
에게서 눈을 뗄 수가 없었다.

오랜만의 과음 때문인지 속이 쓰려서 도저히 잠을 잘 수가
없었다. 유라는 느릿하게 눈을 떠서 깜빡깜빡, 감았다 떴다만
간신히 반복했다.

그런데 눈앞에 보이는 천장이 낯설었다. 일어나고 싶었지만
고개를 돌리기만 해도 머리가 깨질 것처럼 아파서 꼼짝도 할
수 없었다.

한참 동안 누워만 있던 유라는 관자놀이를 지그시 누르며

힘겹게 자리에서 일어났다. 몸을 포근히 덮어 주던 새하얀 이불, 침대 옆 테이블에 정갈하게 놓인 결혼사진.

눈에 보이는 것들을 찬찬히 살펴보던 그 순간, 어제 있었던 일들이 주마등처럼 머릿속을 스쳐 갔다.

'보고 싶어, 박형찬.'

차라리 모든 게 꿈이었으면 싶었다. 하지만 따뜻하게 몸을 덮어 주었던 그의 코트가 의자에 걸쳐 있는 게 꿈이 아니었음을 증명해 주고 있었다. 유라는 슬쩍 자신의 옷차림을 살펴보았다. 불행인지, 다행인지 옷은 그대로였다.

'지금 좀 이리로 와 줄래?'

자신이 한 말들을 떠올릴수록 어디 쥐구멍이라도 들어가 숨고 싶었다. 찬바람을 맞으며 혼자 술을 더 마신 게 화근이었다. 이런 실수를 할까 봐 그와 이혼하고 나서 완전히 술을 끊었던 건데. 기어이 일을 저지르고 말았다.

'여전히 너를 사랑하고 있어.'

게다가 대책 없는 그의 고백에 울음을 터뜨려 버렸다. 얼마나 울었으면 거울을 보지 않아도 눈이 퉁퉁 부어 있다는 게 느껴질 정도였다.

이불을 젖혀서 뒤적거리자 뭉개고 있던 휴대폰이 보였다. 유라는 일단 딸의 무단 외박에 걱정하고 있을 엄마에게 문자를 남겨 두었다.

"진짜 미쳤어, 한유라⋯⋯."

유라는 혼잣말로 중얼거렸다. 심지어 모든 일이 기억나는 것도 아니었다. 그의 품에 안겨서 흐느껴 울던 것, 그의 집에 들어가지 않으려고 발버둥 쳤던 것까지가 기억의 전부였다.

'우리⋯⋯ 이제 헤어지지 말자.'

하지만 잠결에 어렴풋이 들은 애틋했던 목소리만큼은 아직도 귓가에 선명하게 맴돌았다.

나갈까 말까 망설이던 유라는 조심스럽게 방문을 열어 보았다. 형찬은 문이 열리는 기척도 알아차리지 못하고 부엌에서 부지런히 아침 준비 중이었다.

거실 소파 위에는 여름에나 덮을 법한 얇은 이불이 흐트러진 채 널브러져 있었다. 잠자리가 바뀌면 쉽게 잠 못 드는 그의 예민함을 알기 때문에 미안한 마음부터 들었다.

유라는 문에 기댄 채로 형찬의 뒷모습을 물끄러미 바라보았다.

결혼하기 전, 지금 눈앞에 보이는 모습들을 꿈꿔 왔던 적이 있었다. 먼저 일어난 그가 아침을 차려 주면 늘어지게 늦잠을 잔 자신은 차려진 아침을 맛있게 먹는다.

식탁에 마주 앉아서 오늘 하루를 어떻게 보낼 예정인지 이야기하는, 똑같고 뻔한 일상이라고 해도 매일 기대되고 설레는 시간. 그런데 끝내 그런 시간은 보내지 못했다.

형찬이 보증금 핑계를 대면서 주변을 맴도는 이유를 안다. 하지만 그 마음을 모르는 척하는 이유는 하나였다.

또 그의 집으로 들어가 심장이 바싹 메마르는 외로운 기분을 감당할 자신이 없었다. 그를 마냥 기다려야만 한다는 게 얼마나 힘든 건지 겪어 봤기 때문에 더 두려웠다.

"어? 언제 일어났어?"

식탁에 반찬을 놓으러 돌아선 형찬이 뒤늦게 그녀를 발견했다. 유라는 어색한 걸음으로 그에게 다가갔다. 물기라고는 찾아볼 수 없는 부엌에서 차려진 근사한 밥상이 눈에 띄었다.

"마술이야?"

말하고자 하는 바를 알아차린 형찬이 멋쩍게 웃었다.

"어제 밖에 오래 있었는데 감기 걸린 것 같지는 않아?"

형찬은 유라의 이마에 손을 올려 보았다. 어제라는 말에 민망해진 유라는 작게 고개만 끄덕거렸다. 그녀의 표정 변화를 알아차린 형찬이 짓궂게 웃었다.

"기억은 나?"

"글쎄……."

일단은 대답을 얼버무리며 모른 척하고 싶었다. 하지만 기회를 잡은 형찬이 그냥 넘어갈 리 없었다.

"어제 나한테 고백했잖아. 사랑한다고."

"그건 내가 아니라……!"

형찬의 얕은 수에 넘어간 유라는 차마 말을 끝까지 잇지 못했다.

"맞다. 고백은 내가 했었지."

시치미를 뚝 떼며 뒤늦게 깨달은 척하는 그가 얄미워서 눈을 흘겼다. 하지만 형찬은 생긋 웃는 얼굴로 의자를 꺼내 주었다.

"요 앞에 콩나물국밥 잘하는 집 있어서 포장해 왔어."

밥을 먹을 수 있는 속이 아니었지만 아침 일찍 국밥집에 가서 포장까지 해 온 그의 노력을 생각해 마지못해 식탁에 앉았다.

식탁 위에는 포장해 온 국밥 말고도 익숙한 반찬통들이 놓여 있었다. 꽈리고추가 잔뜩 들어간 멸치볶음에 시선을 둔 그녀가 말했다.

"아주머니가 만드신 반찬들이네."

"어떻게 알았어?"

"당신이 꽈리고추 좋아한다고 멸치볶음에 늘 듬뿍 넣으시잖아."

유라는 멸치볶음을 먹어 보았다. 짜지 않고 고소한 멸치볶음은 쉽지 않은데. 요리 실력은 여전히 훌륭하셨다.

"맛있다."

입맛 까다로운 시어머니도 청주댁의 음식에는 토를 달지 않았다. 그래서 상대적으로 부족함이 많은 제 음식은 못마땅한 얼굴로 바라보기 일쑤였다. 추억이라고 하기엔 상처뿐이었던 기억이라 어느새 유라의 표정이 딱딱하게 굳어졌다.

"그런데 표정이 왜 그래?"

"아니야. 먹자."

유라는 조용히 국물을 떠먹었다.

"유라야."

형찬의 부름에 그녀가 고개를 들었다.

"나 회사 그만두려고."

어제 오늘 계속되는 그의 폭탄선언에 유라의 눈이 커다래졌다. 그러나 정작 폭탄을 떨어뜨린 형찬은 담담한 얼굴로 말을 이었다.

"네가 집에서 나갔을 때부터 다 관두려고 했어. 그런데 내가 그때 나오면 어머니가 모든 걸 네 탓으로 생각할까 봐 그러지 못했어. 지금 준비 중인 신제품이 있는데 마무리 단계야. 그 일만 끝나면 김 상무님께 자리 넘기고 나올 거야."

"너무 갑작스러운 결정 아니야?"

"어차피 내가 회사를 이어받겠다고 한 건 우리 미래를 위해서였지, 다른 이유는 없었어. 그래서 이제 그 자리는 나한테 아무 의미도 없고."

이미 모든 생각과 결정을 끝낸 형찬은 확고했다.

"그럼 당장 뭐 하려고?"

"일단 한유라한테 빌려준 돈 받을 때까지 빌붙어 볼 생각인데."

말도 안 되는 소리였다. 철없는 대답에 유라가 미간을 찡그리자 그가 풋, 웃음을 지었다.

"왜. 백수는 싫어?"

"백수도 싫고, 당신도 싫어. 그러니까 나 때문에 회사 관두는 거면 그러지 마."

"너 때문이 아니라 나 때문에."

형찬은 금세 장난기를 거두고 진지한 목소리를 냈다.

"알잖아. 사업은 내 적성에 안 맞아. 어머니가 본인 인생 거시면서 일궈 낸 회사인데 나보다 더 회사에 애정이 있고 잘할 수 있는 사람이 맡는 게 맞는 거고."

사장님이라는 소리를 들을 때마다 어울리지도, 맞지도 않는 불편한 옷을 입고 걸어 다니는 불편한 기분이었다. 형찬은 그저 최선을 다해 버틴 것뿐이었다.

"그래서 정말 백수로 지내겠다고?"

"한유라가 백수는 싫다니까 할 수 없네."

형찬은 여유 있는 미소를 지으며 말했다.

"변호사 일 다시 시작할 거야."

"정말?"

"마침 광호가 준섭이랑 로펌 나와서 사무실 알아보고 있다고 하더라고. 같이 시작해 보려고. 난 초짜나 다름없으니까 두 사람한테 도움도 많이 받을 수 있을 것 같아서."

새로운 시작을 앞둔 그의 눈빛이 눈부시게 반짝거렸다.

"당신이라면 잘할 수 있을 거야."

유라는 진심으로 바랐다. 사법연수원을 수료하고 곧장 변호사 사무실을 차릴 예정이었지만, 결혼 이야기가 나오면서 형찬은 세웠던 모든 계획을 접어야만 했다.

그는 결혼 때문에 약사 일을 포기하게 된 자신에게 미안해했지만, 미안한 건 유라도 마찬가지였다.

이혼하고 늘 꿈에 그렸던 약국을 차리게 됐을 때 주변에서 많은 축하를 받았지만, 가장 많이 축하해 주었던 건 그녀 자신이었다.

누군가를 위해서가 아닌 스스로를 만족시킨 것에서부터 시작된 기쁨. 누구도 해소시켜 줄 수 없던 꿈에 대한 갈증.

지금이라도 형찬이 그 갈증을 해소시키고 하고 싶은 일을 하고 살면서 행복해질 수 있다면 그걸로 충분했다.

"이제 하나하나 전부 제자리로 돌려놓으려고."

그저 돌려놓겠다는 말이었을 뿐인데 심장이 덜컹 내려앉았다. 유라가 동요하자 형찬은 들고 있던 수저를 내려놓으며 말했다.

"나도 알아. 네가 내 옆에서 얼마나 힘들었는지. 다시 시작하기 두렵겠지. 그것도 알아. 당장 널 내 옆으로 데려오겠다는 뜻이 아니야. 나와 어머니 사이가 해결되지 않으면 네가 또 힘들어질 거야. 그래서 나는 지금 당장 내 옆으로 와 달라는 말 너한테 못해. 염치없어서라도 못해."

"……."

형찬의 솔직한 말에 오히려 당황한 건 유라였다. 시선을 피하려고 해 봤지만 그럴수록 형찬은 더욱 집요하게 그녀를 바라보았다.

"결혼하기 전 약속처럼 행복하게 해 주겠다는 말도 못 하겠어. 상황은 언제든지 바뀔 수 있는 거니까. 근데 하나는 약속할 수 있어. 적어도 외로워서 상처받게 하는 일은 없도록 할게."

흔들렸다.

"그러니까 나 한 번만 다시 믿어 주라."

그의 올곧은 눈빛에 다시, 기대고 싶어졌다.

어디로 들어갔는지 모르는 아침을 다 먹은 유라가 뒷정리를 자처했다. 부엌을 정리하고 널브러진 이불을 챙겨 방으로 들어가자 옷장에서 셔츠를 고르던 형찬이 심각한 얼굴로 뒤를 돌아보았다.

"중요한 미팅이 있는데 뭐가 괜찮을지 모르겠어."

형찬은 본인이 고른 셔츠와 넥타이를 몸에 대 보였다. 셔츠와 넥타이가 모두 무난하다 못해 밋밋해 보였다. 유라는 들고 있던 이불을 침대 위에 내려놓고 옷장으로 다가갔다.

이혼하고 옷을 한 벌도 안 산 건지 옷장에는 낯익은 옷들만 가득했다. 한참을 뒤적거리던 유라는 자신이 좋아했던 체크무늬 타이를 골라 화이트 셔츠에 대 보였다. 거울을 바라보던 형찬이 속도 없이 히죽 웃었다.

"왜 웃어?"

"그리웠거든. 지금 이런 순간."

바보 같은 그의 웃음에 유라는 저도 모르게 따라 웃어 버리고 말았다.

"매 달라고 하면 화낼 거야?"

"화는 안 내도 매 주지는 않을 거야."

"야박하긴."

형찬은 셔츠와 넥타이를 받아 들며 또 한 번 웃었다.

"잠깐만 기다려. 금방 옷 갈아입고 약국까지 바래다줄게."

유라는 고개를 끄덕이며 코디에 어울릴 카키색 코트까지 꺼내 놓고 거실로 나왔다. 소파에 앉아 휴대폰으로 뉴스 기사를 읽고 있는데 누군가가 초인종을 눌렀다. 유라는 습관처럼 자리에서 일어나 인터폰으로 다가갔다.

"……!"

귀찮아 죽겠다는 표정으로 벨을 누르고 있는 사람은 영주였다. 그녀와 맞닥뜨린 것도 아닌데 얼굴을 본 순간 심장이 두근거리기 시작했다. 유라는 급히 형찬이 있는 방에 노크했다.

"형찬 씨."

"응?"

그사이 초인종이 한 번 더 울렸다. 방 안에 있던 형찬은 셔츠 단추도 다 채우지 못한 채로 방에서 나왔다.

"누구 왔어?"

"나 안에 들어가 있을게."

유라는 차마 대답하지 못하고 그의 방으로 몸을 숨겼다. 문을 닫고 얼마 후, 활기찬 영주의 목소리가 들렸다.

"그래도 하나뿐인 아들이라고 새해 첫날부터 아침 굶고 출근할까 봐 어찌나 전전긍긍하시던지."

"주고 가."

문 앞에 서서 두 사람의 대화를 초조하게 듣고 있던 유라는 혹시 모를 상황에 대비해 두 손으로 손잡이를 굳게 잡았다.

"아침부터 너 때문에 고생한 누나한테 물 한 잔도 안 주냐?"

"가는 길에 사 먹어."

"어우, 매정한 놈."

무뚝뚝한 그의 반응에 영주가 어떤 표정을 짓고 있을지 눈에 훤했다. 영주의 목소리가 점점 또렷하게 들리는 것 같았다.

유라는 저도 모르게 안방 문을 잠갔다. 똑딱. 문이 잠기는 소리가 새어 나갔을까 봐 겁이 난 나머지 손이 덜덜 떨렸다.

"그만 가. 나 출근 준비해야 돼."

"그래! 간다, 가!"

잠시 후 현관문이 쾅 닫히는 소리가 들렸다. 들키지 않았다는 안도의 숨을 내쉬던 유라는 손잡이를 잡고 있는 손을 물끄러미 바라보았다. 얼마나 힘을 주었는지 하얀 손등에 푸른 혈관이 도드라져 보였다.

"유라야."

당당히 나서지도 못하고, 죄인처럼 숨어 있는 모습이 그렇게 초라해 보일 수가 없었다.

"……괜찮아?"

걱정스러운 그의 물음에 마음이 울컥해 유라는 질끈 눈을 감았다.

처음부터 그에게 돈을 빌려서는 안 됐다. 아무리 선택의 여지가 없었다 해도, 박형찬은 아니었어야 했다.

사실은 아무렇지 않을 수 있다고 스스로를 속여 가면서 그의 도움을 받았다. 부정할 수 없는 사실을 깨닫고 뒤늦은 후회가 밀려왔다.

"유라야. 문 좀 열어 봐."

다정한 저 목소리에 착각해서 또 한 번 같은 실수를 반복할 뻔했다. 유라는 정신을 차리고 코트를 챙겨서 잠갔던 방문을

209

열었다.

"먼저 갈게."

얼굴도 쳐다보지 않고 스쳐 지나가려는데 형찬이 다급히 붙잡았다.

"바래다준다니까."

"괜찮아."

"한유라."

"당신한테 전화하는 게 아니었는데."

나는 더 이상 아프고 싶지 않다. 상처받고 싶지 않다. 울고 싶지 않다. 유라는 속으로 끝없이 되뇌었다.

"내 실수였어. 내가 잠깐 미쳤었나 봐."

"그럼 계속 미쳐 있어."

형찬은 잡고 있는 손목에 있는 힘껏 힘을 주었다.

"형님 얼굴을 보자마자 겁이 났어. 내가 여기 있었다는 걸 들키면 어쩌나. 무슨 거짓말로 형님을 납득을 시켜야 하나. 그런데 아무것도 감당할 수가 없더라. 그래서 나도 모르게 문을 잠가 버렸어."

아팠다. 그에게 잡힌 손목도, 내보여진 마음도.

"유라야. 내 말부터 들어……."

"나는 늘 당신을 믿었어. 그런데 이상하게 믿음이 커질수록 나는 더 힘들기만 했어. 믿음이 커질수록 자꾸 기대를 하고, 미리 시작한 기대에 혼자 실망하게 되고, 실망하면……."

그 마음은 불안이라는 싹을 틔워 머릿속에서 자라났다. 도대체 이 기다림의 끝은 언제일까, 기다리면 내가 꿈꾸고 원했던 시간이 오기는 하는 걸까, 온다면…… 그 시간이 영원할 수는 있는 걸까. 답이 보이지 않는 불확실함이 두려워졌다.

"오늘 이 모습이 우리 현실이야."

잡혀 있는 손목을 바라보던 유라가 살며시 형찬의 손을 잡았다. 그리고 더할 나위 없이 정중하게 그의 손을 뿌리쳤다. 평생 놓지 않을 것 같던 그의 손이 툭, 힘없이 제자리를 찾아갔다.

입술을 깨물어 가며 눈물이 터져 나오려는 걸 틀어막고 그가 쫓아올까 봐 서둘러 계단으로 내려갔다. 무언가에 쫓기는 사람처럼 앞만 보고 달려 1층으로 내려왔는데 낯익은 여자가 출입문 앞을 지키고 서 있었다. 거리를 두고 서서 눈이 마주친 두 사람에게서 무거운 정적이 감돌았다.

"설마 했는데."

또각거리는 구두 소리가 점점 줄어들었다. 시선을 내려 유라의 구두를 확인한 영주가 고개를 들었다.

"우리 서로한테 할 얘기 있겠다. 그치?"

뼈 있는 질문을 던진 영주가 먼저 아파트 밖으로 나갔다. 본의 아니게 영주를 속인 입장이 됐으니 입이 열 개라도 할 말이 없었다. 유라는 고개를 푹 숙인 채로 그녀를 따라나섰다.

영주는 지끈거리는 머리를 연신 문질렀다. 형찬과 유라가 다시 만난다는 걸 각자 집안에서 알게 됐을 때 벌어질 일들을 상상하니 철없을 때 피우던 담배 생각이 절실해졌다.

"언제부터 만났는지, 어떻게 이 지경까지 왔는지 나 안 궁금해할 거야."

사정을 알아 봤자 여전히 애틋한 두 사람이 안타까워져서 마음만 심란해질 뿐이다.

"나는 네가 형찬이 안 만났으면 좋겠어."

서늘한 그녀의 한마디에 유라의 고개가 더욱 숙여졌다. 차라리 그녀 성격대로 만나거나 말거나, 무관심하게 굴었다면 마음이 덜 아팠을 텐데.

누구보다도 이성적으로 상황을 바라보는 그녀가 중립을 포기하고 반대를 해 버리니 한 번 총을 맞은 자리에 또다시 총을 맞은 것처럼 아팠다.

"우리 이 여사님, 예전만큼은 아니더라도 기세 여전하셔. 너 감당 못 할 거야. 형찬이 믿고 의지하면서 살았던 게 전부인 엄마가, 몇 년 지났다고 달라질 것 같아?"

냉정하지만 사실이었다. 누구보다도 자신의 엄마를 잘 알고 있기 때문에 할 수 있는 말이었고, 두 사람의 전쟁 같은 사랑 때문에 양가가 피폐해지는 건 한 번으로 충분했다. 어렵게 찾은 평화를 깨뜨리고 싶지 않았다.

"힘들어도 너희가 각자 정리하고 잊어버리는 시간이 더 빠를 거야. 사랑? 잊으려고 노력만 해 봐. 왜 안 잊히겠어? 너희 둘, 내가 봤을 때 하나도 노력 안 하고 있어, 지금."

영주는 유라를 다그치듯 쏘아붙였다.

"너도 빨리 다른 사람 만나. 내가 더 좋은 놈 소개해 줄게. 형찬이도 곧 맞선 볼 거야."

"……어떤 여자예요?"

카페에 와서 아무 말도 하지 않던 유라는 처음으로 입을 열었다. 맞선이라면 분명 어머니가 주선한 자리일 텐데, 자신을 못마땅하게 여긴 어머니가 아들에게 보일 여자는 대체 어떤 여자일지 우습게도 이런 상황에서 궁금함을 참을 수 없었다.

"국회의원 딸이래."

"……대단한 집 딸이네요."

비꼬는 게 아니라 진심으로 놀란 마음에서 나온 말이었다. 이렇게 또다시 그와 좁힐 수 없는 환경의 차이를 느끼고 말았다. 언제나 그렇듯 유라가 웃음으로 감정을 숨기려고 하자 영주가 낮은 한숨을 내쉬었다.

"이제 잊을 때도 되지 않았어?"

한 번도 남자에게 얽매여 보지 않은 영주는 서로만 지고지순하게 바라보는 형찬과 유라가 답답했다.

"저는, 형찬 씨 평생 못 잊어요."

처음으로 손 내밀어 준 사람이었는데. 처음으로 믿고 의지하던 남자였고, 전부를 바쳐도 아깝지 않다고 생각할 만큼 나를 사랑해 주던 사람이었는데.

"그 사람은 저한테 처음이자 마지막이었고, 전부였던 사람이에요."

유라에게는 형찬이 첫사랑이었고, 끝사랑이었다.

"도저히 못 버티겠어서 친정으로 도망쳤을 때도, 그 사람이 제일 힘들었을 때 이혼하자면서 이기적으로 굴었을 때도, 지금처럼 무섭다고 비겁하게 도망만 치는데도, 형찬 씨는 제 손을 안 놔요."

"……."

"그런 사람을…… 제가 어떻게 잊어요."

이혼하고 나서 누군가에게 솔직히 마음을 드러낸 게 처음이었다. 힘들다고 끝을 낸 건 자신이었고, 그에 따른 결과를 오롯이 감당해 내야 하는 것도 자신이었다.

그래서 힘들다는 말을 누군가에게 섣불리 말할 수가 없었다. 마음 가는 대로 울지도 못한 채, 꾸역꾸역 아픔을 삼켜 냈다.

처음으로 솔직하게 털어놓은 상대가 전남편의 누나라는 것이 아이러니했지만, 한번 터뜨리니 갑갑했던 마음이 조금 후련해지는 것 같았다.

"그럼 이혼하지 말고 어떻게든 버텼…… 후."

영주는 말을 다 잇지 못하고 목소리를 낮췄다. 버티지 못하고 관계를 끝낸 그녀의 책임을 말하려다가도, 모친이 유라를 홀대했던 순간을 떠올리니 차마 따지고 들 염치가 없었다.

"정말 너희 둘을 어쩌면 좋냐."

"걱정하시는 일 같은 건 안 생길 거예요."

"어쩔 생각인데?"

"……제자리로 돌아가야죠."

다시 만난 그가 주는 설렘에 속도 없이 행복했었다. 고단하고 외로웠던 결혼 생활을 까마득하게 잊고 다시 시작해 버리고 싶을 만큼.

더 멀리 가 버리고 싶기 전에, 현실로 돌아갈 시간이었다.

9화

약속 장소에 도착한 유라는 초조한 얼굴로 머그잔을 만지작
거렸다. 이게 맞는 방법이라고 확신할 수는 없지만, 지금 당장
선택할 수 있는 게 이 방법밖에는 없었다.

"처형. 오래 기다리셨어요?"

갑작스럽게 만나자는 약속이었는데도 불구하고 진원은 곤란
한 기색 없이 곧장 카페로 와 주었다. 진원을 발견한 유라는
어색하게 웃어 보였다.

"바쁠 텐데 시간 내 줘서 고마워."

"처형이 여기까지 오셨는데 제가 당연히 나와 봐야죠."

"커피 뭐 마실래?"

"제가 시키고 올게요."

진원이 커피를 주문하러 간 사이, 유라는 허공을 응시하며

어디서부터 말을 꺼내야 하는지 정리하기 바빴다. 한겨울에 아이스 아메리카노를 들고 온 진원은 자리에 앉으며 살갑게 말을 붙였다.

"어머니께 얘기 들으셨어요?"

"무슨 얘기?"

"다다음주 날짜로 제주도 티켓 가격이 괜찮게 나온 게 있어서 우리가 바로 예매해 버렸거든요. 어머니는 괜찮다고 하시면서 처형한테 물어본다고 하셨다는데. 못 들으셨어요?"

"아, 들었어."

어제 엄마가 싱글벙글 웃으며 얘기하던 게 제주도 일정이었나 보다. 형찬 때문에 마음이 복잡해서 대화에 집중 못 하고 영혼 없이 대꾸만 했던 터라 이제야 알게 됐다.

"혹시 우리한테 나 만나러 온다는 얘기…… 했어?"

"아니요."

진원은 카페를 쭉 둘러보면서 웃었다.

"우리한테 말하면 안 되는 일이라서 여기까지 오신 거잖아요."

그가 일하는 하강백화점만 해도 프랜차이즈 카페가 차고 넘친다. 그럼에도 불구하고 유라는 백화점에서 멀리 떨어진 카페로 굳이 장소를 정했다.

그렇다고 약국과 가까운 곳도 아니었다. 장소 선정만으로도 상대방의 의중을 파악할 만큼 진원은 눈치가 빨랐다.

"바쁜 사람 오래 붙잡으면 안 되니까, 염치없지만 본론부터 말할게."

진원은 고개를 끄덕였다. 여기까지 찾아온 마당에 뻔뻔하게 부탁하자고 마음먹었는데 막상 상황이 닥치니까 생각처럼 뻔뻔하게 말이 나오지 않았다. 마른침만 삼키던 유라는 일단 식어 버린 커피 한 모금을 마셨다.

　"그게……."

　길게 뜸을 들이는데도 불구하고 진원은 단 한 번의 재촉도 없이 묵묵히 기다려 주었다. 유라는 잠시 숨을 고르고 대답했다.

　"나, 돈 좀…… 빌릴 수 있을까?"

　정말 가족끼리 돈거래 하는 일만큼은 만들고 싶지 않았다. 하지만 형찬에게 빌린 보증금을 빌려줄 수 있을 만한 형편이 되는 사람은 아무리 생각해 봐도 그녀 주변에는 진원뿐이었다.

　"얼마 필요하세요?"

　"2천……만 원."

　"네. 계좌번호 알려 주세요."

　순순히 고개를 끄덕이는 진원의 행동에 유라는 잠시 벙찐 얼굴이 됐다. 놀라지 않는다는 게 놀라웠다. 갑자기 찾아와서 부탁하기에는 지나치게 큰돈이었다. 그런데도 진원은 이 돈을 어디에 쓰는지도, 왜 필요한지도 묻지 않았다.

　이유를 궁금해하지 않는 게 고마우면서도 한편으로는 왜 궁금하지 않은지가 의문스러웠다. 유라가 빤히 바라보자 진원이 커피를 흔들면서 가볍게 웃었다.

　"지난번에 어머니 댁에서 처형 표정이 어둡길래 무슨 일 있으신 건가 내심 걱정했었어요. 오늘 여기 오면서는 무슨 일이 있으신 거다 확신했고요. 근데 제가 도와 드릴 수 있는 선에서 해결될 수 있는 일이면 일단 안심이네요."

진원의 넉살에 유라가 피식 웃었다.

"내 동생은 좋겠다. 이렇게 척척 다 알아주는 남편이 있어서."

"복 받은 여자죠."

진원은 다정하고 배려가 깊었다. 그래서 먼저 말해 주기 전까지는 절대로 돈을 빌렸다는 사실을 우리에게 말하지 않을 거고, 이유에 대해서도 묻지 않을 사람이었다.

아무것도 말하지 않고 돈만 빌리면서 넘어갈 수도 있었지만 유라는 솔직하게 털어놓았다.

"건물주가 갑자기 약국 보증금을 올려 버렸어. 그런데 내가 보증금이 없다는 걸 알고 형찬 씨가 그 돈을 내 버렸고. 그 뒤로 몇 번 만났는데……."

유라는 쓸쓸한 표정으로 커피 잔을 만지작거렸다. 그녀의 표정만으로도 진원은 어떤 상황인지 짐작할 수 있었다.

"나 진짜 한심하지?"

유라의 자조적인 웃음에 진원은 고개를 저었다.

"처음부터 불안하게 시작한 결혼이었어. 결국은 서로 힘들어했고, 그래서 헤어졌잖아. 다시 시작한다고 달라지지 않을 거야."

이혼하고 갑작스럽게 찾아온 시어머니에게 모진 소리를 듣고 주스 세례를 맞은 날, 진원과 처음 만났다. 그때는 그가 우리와 사귀기도 전이었는데, 처음 본 사람 앞에서 부끄러움도 모르고 주저앉아 흐느끼고 말았다.

그때 창피함을 다 내보여서인지 진원에게는 형찬에 대한 감정을 솔직하게 내보일 수 있었다. 오히려 무조건 제 편을 들면서 형찬을 미워하는 엄마나 우리보다도 더 말하기 편했다.

"가족은 항상 내 편이라는 말이 있잖아요."

유라는 커피를 마시다 말고 진원을 바라보았다.

"부모님들이 결혼을 반대하고 나서는 이유에는 내 자식을 위한 일이라는 생각이 전제돼 있더라고요. 제가 우리랑 만난다고 했을 때 사내 직원들이나 주주들한테 안 좋은 소리를 들을까 봐 걱정하셨던 저희 아버지 마음이 그러셨고, 막내딸이 기죽는 연애 할까 봐 걱정했던 장모님 마음이 그러셨죠. 그런데 자식 이기는 부모 없다고, 결국은 저희 믿고 다 넘어와 주시더라고요."

진원의 가족이 경영하는 백화점에서 처음 만난 동생 부부도 연애부터 결혼까지 순탄했던 것만은 아니었다. 돈 많은 집에 시집갔다가 지쳐서 나와 버린 자신을 가까이서 지켜보았던 우리는 진원에게 마음을 열기까지가 오래 걸렸고, 현숙이 반대하는 건 말할 것도 없었다.

사내 결혼을 좋아하지 않는 주주들의 원성으로 진원의 부친역시 처음에는 둘의 연애를 반대했었다. 하지만 앞만 보고 밀어붙이는 두 사람의 노력으로 결국 허락을 얻어 냈고, 지금은 누구보다 행복하게 잘 사는 중이었다.

"당장은 어떤 이유로 반대를 하더라도 가족은 결국 돌아오게 돼 있어요. 그게 가족이죠."

"……."

"그러니까 다른 생각 같은 건 하지 말고 처형 생각만 하세요."

오로지 내 생각.

형찬이 내밀어 주는 손을 잡아 볼까 용기를 내다가도, 머릿속을 헤집고 들어오는 생각 때문에 늘 주춤하고 물러서게 됐다.

떼려야 뗄 수 없는 현실적인 문제. 전쟁 같았던 이혼으로 상처받은 가족들을 또 한 번 설득하는 것, 아직도 모든 것을 탐탁지 않게 여기는 그의 어머니를 감당하는 것.

하루는 부딪쳐 볼 수 있을 것 같다가도, 하루는 벌어질 상황들을 떠올리는 것조차 막막함투성이였다.

진원과 헤어지고 약국으로 돌아가는 길. 코트 주머니에 있던 휴대폰 진동이 울렸다. 확인해 보니 진원의 입금 문자였다. 유라는 1일 한도로도 감히 다 뽑을 수 없는 무시무시한 금액이 적힌 문자를 한참 바라보았다.

무언가를 고민하고 있다는 건 결국 감당할 자신이 없다는 뜻이기도 했다. 유라는 여러 계좌를 통해 쪼개서 받은 돈을 모두 뽑았다. 내 것일 수 없는 것을 잠시라도 가지고 있고 싶지 않았다.

분에 넘치는 이 돈도, 박형찬이라는 남자도.

컴퓨터 앞에 앉아 있던 형찬은 톡톡, 규칙적으로 검지로 책상을 두드리며 울리지 않는 휴대폰을 바라보았다.

'오늘 이 모습이 우리 현실이야.'

그 말을 하는 유라의 얼굴이 떠오를 때마다 가슴이 저릿했다. 불안한 마음에 전화도 해 보고 문자도 남겨 봤지만 그녀에게서는 어떠한 연락도 없었다.

전에는 열 번을 끈질기게 굴면 한 번은 마지못해서라도 상대를 해 줬는데 그것마저도 없었다. 약국으로 찾아가 보기도 했지만, 그때마다 유라는 자리를 비우고 없었다. 의심스러운 눈으로 바라보며 무슨 일이 있는 거냐고 다그치는 수연에게는 당연히 아무 대답도 하지 못했다.

"……니까?"

"…….'"

"사장님?"

용현의 나직한 부름에 형찬은 뒤늦게 고개를 돌렸다.

"네?"

"시안이 마음에 안 드십니까?"

"아, 아니요."

형찬은 그제야 용현이 가져온 수정된 박스 시안을 살펴보았다. 깔끔한 하얀색 박스에 그려진 알록달록 컵케이크 일러스트와 카카베이크 제품명이 가운데 그려져 있어 한눈에 띄었다.

"투명 컵은 물량 확보됐나요?"

"네."

"그럼 이대로 진행하시죠."

이로써 카카베이크 런칭 준비가 모두 끝이 났다. 용현은 홀가분한 얼굴로 서류를 가져가며 말했다.

"고생하셨습니다, 사장님."

"김 상무님."

"네?"

"드릴 말씀이 있는데 잠깐 앉으시죠."

형찬은 책상 서랍에서 봉투 하나를 꺼내며 자리에서 일어났다. 기뻐서 조기퇴근을 해도 모자란데 깊게 가라앉은 분위기에 용현은 어리둥절한 얼굴로 그의 맞은편에 앉았다.

"무슨 일 있는 겁니까?"

형찬은 그에게 가져온 봉투를 내밀었다. 봉투를 본 용현이 입술을 늘여 웃었다.

"보너스였으면 좋겠는데요."

"비슷한 의미예요. 확인해 보세요."

애매한 그의 대답에 용현은 곧장 봉투 안을 들여다보았다. 정갈하게 접혀져 있는 종이 한 장을 발견한 용현의 표정이 돌처럼 굳어졌다.

회사 생활 25년째. 굳이 열어 보지 않아도 종이 안에 어떤 내용이 적혀 있을지 감이 왔다.

"사장님."

"승진해서 월급 오르면 사모님이 좋아하시겠죠?"

"이게 지금……. 갑자기 왜 이러십니까."

용현은 봉투를 접어 그대로 테이블에 올려놓았다.

"저는 못 본 걸로 하겠습니다."

"저 아니었으면 어차피 이 자리는 김 상무님 자리였을 겁니다."

"무슨 그런 말을…… 어머님께서 들으면 섭섭해하십니다."

처음 회사에 입사할 때 아무것도 모르는 형찬을 공장에 데리고 다니면서 일을 가르쳐 준 사람은 용현이었다.

나이도 어린 데다가 식품업에 대해 아무것도 모르면서 사장의 아들이라는 이유만으로 굴러 들어온 자신을 시기하고 경계할 법도 한데 용현은 그러지 않았다.

오히려 낙하산 인사로 사기가 떨어진 직원들을 다독이고, 회사 내에서 분란이 일어나지 않도록 가운데에서 힘을 써 준 고마운 사람이었다. 본인의 청춘을 다 바쳐 한샘식품에서 일한 용현이야말로 이 자리에 있어야 했다.

"이제 사장도 아닌데 형찬이라고 편하게 부르세요."

"……내가 딱 한 번만 이렇게 부를게. 형찬아, 얼른 도로 넣어 둬."

어렸을 적엔 아저씨라고 부르며 친근하게 안부를 주고받던 사이였는데, 사장으로 취임하고 나서는 용현에게 깍듯한 존댓말을 들어야 했다. 그게 늘 불편했었는데, 이제야 조금 편해진다.

"저 변호사 일 시작하려고요."

단호한 그의 말을 들은 용현은 쓰고 있던 안경을 벗으며 눈을 비비적거렸다. 생각이 많아질 때마다 하는 그의 버릇이었다.

"사장, 아니…… 어머니는 알고 계셔?"

"곧 아시겠죠. 김 상무님이 전화하실 거잖아요."

형찬의 독단적인 생각에 펄쩍 뛸 상희를 생각하면 말리는 것이 맞지만 선뜻 그럴 수가 없었다. 회사를 위해 많은 것들을 희생하고 이제야 제 꿈을 펼쳐 보겠다는데. 도리를 다하고 떠나겠다는 사람을 붙잡을 명분은 없었다.

"그리고…… 유라한테도 돌아갈 거고요."

한동안 금기시되던 이름을 들은 용현의 눈이 커다래졌다. 그 모습에 형찬이 옅게 웃었다.

"어머니에게도, 이 회사에도 할 만큼 한 것 같은데 정작 제 자신이랑 유라한테는 그만큼 못했어요. 늦었지만 이제라도 제 인생 찾아서 가려고요."

용현은 형찬이 이혼한 사정을 모두 알고 있었다. 이혼하고 나서 유라 때문에 힘들어서 방황하고 있을 때, 더 살아 본 인생 선배로서 그를 위로해 준 적도 있었다.

"어머니 아시면 한바탕 난리 날 텐데. 감당할 수 있겠어?"

"이제 어머니도 아셔야죠. 제가 당신 소유가 아니라는 걸."

상희가 형찬을 의지하는 것이 과하다고 생각할 때가 많았지만, 팔은 안으로 굽는다고 결국 용현은 상희의 사람이었다.

남편 없이 여자 혼자 경영하는 회사 하나 흠집 내 보려는 사람들 틈에서 그녀가 자존심도 버려 가며 이를 악물고 회사를 지켜 낼 수 있었던 건 순전히 자식들을 위해서였다.

그렇게 영주와 형찬을 위해 일생을 바치다시피 한 그녀에게 이제 와서 자식에게 의지하면 안 된다고 하는 건 맞는 말이라고 해도 그녀에겐 너무 잔인한 말이었다.

"그러니까 너도 영주처럼 적당히 반항도 하면서 지내지 그랬어."

"누나가 적당히 반항하진 않았죠."

용현은 훅 한숨을 내쉬었다. 늘 반항하고 나돌던 영주와는 반대로 형찬은 늘 효도만 하고 상희의 기대에 부응했다. 그래서 결혼 문제에 반기를 드는 아들에게 더 말 못 할 충격을 받았다.

아마 영주가 유부남을 만난다는 말을 해도 그만큼 충격받지 않았을 것이다. 그 정도로 영주와 형찬에 대한 상희의 기대는 확연히 달랐다.

"어머니께는 전화 안 드릴 거야. 다 준비되면 네가 직접 말씀드려."

"그럴게요."

"그때까지 이건……."

용현이 봉투를 밀어내려 하자 형찬은 그의 손을 막았다.

"이것저것 준비하고, 손에서 놨던 공부 시작하려면 회사랑 병행하기 힘들어질 거예요. 그리고 이건 허락 아니고 통보입니다."

"형찬아."

"갑자기 다 떠맡기고 가는 꼴이라 죄송해요. 그래도 김 상무님이시니까 믿고 가겠습니다. 회사, 잘 부탁드려요."

해외 출장을 결심한 순간부터 용현에게 일임할 계획을 하고 모든 일들을 진행해 왔으니 자리를 비운다고 문제가 생길 건 없었다. 그의 진심 어린 마지막 인사에 용현은 할 수 없이 봉투를 받아 들었다.

사무실에 얼마 없는 짐을 정리하고 혹시나 싶은 마음에 약국으로 향해 봤지만, 약국 문은 굳게 닫혀 있었다.

헛걸음을 하고 온 형찬은 힘없이 엘리베이터에서 내렸다. 그런데 그토록 보고 싶어 했던 여자가 제집의 문을 바라보며 복도 앞을 서성거리고 있었다.

벨을 누를지 말지 망설이는 눈치였다. 형찬은 뜨겁게 뛰는 심장을 진정시키지 못하고 유라에게 뛰어갔다.

"한유라!"

복도를 쟁쟁하게 울리는 그의 목소리에 유라가 뒤를 돌아보았다. 이제 막 도착한 건지 코와 볼이 발갛게 물들어 있었다. 형찬은 그대로 달려가 유라를 와락 끌어안았다.

"대체 전화를 왜 안 받아? 무슨 일 생긴 줄 알고 걱정했잖아."

"……."

"다신 안 볼 것처럼 가 버려서 불안해 죽는 줄 알았어."

아무 연락도 없이 불쑥 찾아와 준 그녀가 고맙고 반가우면서도, 한편으로는 평소라면 있을 수 없는 낯선 행동에 긴장이 됐다.

하지만 형찬은 불안한 마음을 내색하지 않았다. 그 대신 아무 말도 없이 품에 안겨 있는 유라를 온몸으로 끌어안았다.

"우리 볼일 남아 있잖아."

말을 아끼던 그녀의 차분한 대답에 날뛰던 심장이 착 가라 앉았다. 유라는 그의 품에서 벗어나 가방을 뒤적거리기 시작했다.

"입금을 시키면 서로 편했을 텐데."

설마, 아니겠지.

"내가 계좌번호 물어보면 당신이 대답하지 않을 거 아니까. 그래서 왔어."

"지금 뭐 하는 거야?"

유라가 손에 쥔 봉투를 바라본 형찬이 정색한 얼굴로 물었다.

"은행 이자까지 쳐서 넣었는데 요즘 금리가 낮아서 얼마 안 되더라. 아, 콘서트 티켓값도 같이 넣었어."

"뭐 하는 거냐고 묻잖아."

"고마워. 덕분에 잘 썼어."

끝까지 부정하고 외면하려던 순간이 현실이 되는 순간이었다. 희미한 미소까지 지어 보이며 봉투를 건네는 그녀의 얼굴에 그저 기가 막혔다. 형찬은 날카로워진 눈빛으로 봉투와 그녀를 번갈아 보았다.

"이 돈은 어디서 구했어?"

"제부한테 빌렸어."

"……하."

가족에게 부담 되는 일을 만드는 걸 죽기만큼 싫어하는 한유라가 어머니도, 동생도 아닌 동생의 남편에게 돈을 빌렸다. 자신의 돈을 갚기 위해. 아니, 자신과 끝을 내기 위해.

형찬은 두 주먹을 불끈 쥐었다.

"안 받아. 가져가."

이런 이유로 찾아온 거라면 오늘은 그만 보고 싶다. 형찬이 비밀번호를 누르고 집으로 들어가려고 하자 유라가 그의 손을 붙잡았다. 이혼하고 처음으로 그녀가 먼저 손을 내밀었다. 하지만 전혀 기쁘지 않았다.

"받아서 들어가."

"그만해, 한유라."

형찬은 짧은 심호흡을 하며 정면을 보고 대답했다. 차마 유라를 바라볼 수 없었다. 화를 내고 싶은데 그녀의 얼굴을 마주하게 되면 화를 낼 수가 없으니까. 지금은 그것조차도 화가 난다.

"받을 생각으로 빌려준 돈 아니야. 네가 더 잘 알잖아."

"당신이 이걸 받아야 정리가 돼."

"무슨 정리?"

"애매하게 다시 시작된 우리 관계."

형찬은 잡혀 있던 그녀의 손을 놓으며 뒤를 돌아보았다. 유라는 부탁하는 사람의 얼굴로 서 있었다. 아직 제대로 시작해 보지도 않았는데 정리를 하겠다는 이 여자의 마음을 어떻게 돌려야 하는 걸까.

"고마웠어. 이건 진심이야."

"다신 안 볼 사람처럼 인사하지 마."

"형찬 씨. 우리, 이제 다신 보……."

형찬은 유라의 말이 끝나기도 전에 서둘러 문을 열고 집으로 들어갔다. 쾅, 하는 요란한 소리와 함께 문이 닫혔다.

손잡이를 잡고 있던 손에 얼마나 힘을 줬으면 손등에 핏줄이 솟아올랐다. 그는 아랫입술을 질끈 깨물었다.

다신 보지 말자는 말만큼은 정말로 듣고 싶지 않았다. 들을 때마다 가슴에 가시처럼 박혀서 따끔거리는 그 말을, 두 번이나 들을 자신이 없었다.

유라와 헤어지고 나서 하루하루가 후회의 연속이었다. 무르기만 했던 마음을 다잡고 한국으로 돌아왔을 때, 예전과 다른 모습을 보여 주면 유라의 마음을 돌릴 수 있을 거라고 생각했다.

착각이고, 오만이고, 주제넘은 욕심이었을까. 시작도 전에 겁을 먹고 도망치게 만든 것도 결국은 뿌린 대로 거두는 꼴이라 유라를 원망할 수도 없었다.

한참 동안 제자리에 서 있던 형찬은 조용히 귀를 기울였다. 자신에게 아픈 말만 골라서 하는 한유라가 밉다가도, 이 추운 날 혼자 집으로 돌아갈 그녀가 걱정돼서 마음이 무거웠다. 이쯤 되니 더 많이 사랑하는 쪽이 약자라는 말이 절절히 와닿는다.

형찬은 결국 버티지 못하고 조심스럽게 문을 열었다. 하지만 금세 가 버린 유라는 어디에도 보이지 않았다.

속상함으로 무너지는 마음을 다잡고 다시 문을 닫으려는데, 문 밑에 하얀 봉투가 덩그러니 놓여 있었다. 형찬은 그대로 주저앉아서 기어이 놓고 간 봉투를 물끄러미 바라보았다.

"잔인하다, 한유라."

형찬이 허탈한 얼굴로 중얼거렸다.

"독해, 한유라."

마른 얼굴을 쓸어내리던 형찬은 바닥에 있던 봉투를 오른손에 쥐었다. 형편없이 구겨진 봉투는 어느새 형체를 잃어버렸다.

10화

상대가 바빠서 미루고 미뤘었던 맞선을 드디어 보게 되는 날이었다. 형찬 때문에 마음이 어지러워서 도저히 맞선 볼 상태는 아니었지만, 호기롭게 약속했던 게 있어서 이제 와 말을 바꿀 수가 없었다.

"다녀올게요."

"유라야! 잠깐만!"

현숙은 테이프 클리너를 가져와서 코트에 붙은 자잘한 먼지를 떼어 주었다.

"진작 백화점이라도 다녀올걸."

"이것도 괜찮은데 왜."

"대화 좀 해 보고 영 아니다 싶지만 않으면, 만난 김에 저녁도 먹고 술도 한잔해. 부담 갖지 말고 편하게. 응?"

"알았어."

못내 아쉬운 얼굴로 코트를 바라보는 현숙을 뒤로한 채 유라는 약속 장소로 향했다. 될 수 있으면 아무 연고 없는 장소이길 바랐는데, 남자는 굳이 집 근처로 오겠다고 했다.

카페에 들어가자 일행끼리 있는 사람들 틈에서 혼자 덩그러니 앉아 창밖을 보고 있는 남자가 있었다. 유라는 본능적으로 그가 맞선 상대라는 것을 알았다. 가까이 다가가자 멍하게 앉아 있던 남자가 고개를 들어 그녀를 바라보았다.

"공현기 씨?"

"아, 한유라 씨……?"

"네. 안녕하세요."

만나기 전에 사진을 보면 편견이 생길까 봐 일부러 사진도 보지 않았다. 그런데 한 번에 못 알아보는 것을 보아 상대방도 마찬가지였나 보다. 유라는 꾸벅 인사를 하고 그의 맞은편에 앉았다.

과한 꾸밈 없이 단정한 차림으로 나온 공현기라는 남자는 누가 봐도 선한 인상이었다. 쌍꺼풀이 없지만 크고 또렷한 눈이 인상적이었다. 앞머리를 내려서 그런지 엄마에게 들었던 서른여섯이라는 나이보다도 훨씬 동안이었다.

"생각보다 일찍 도착하는 바람에 먼저 커피를 시켰습니다."

"잘하셨어요."

현기는 손을 들어 아르바이트생을 불렀다. 커피를 주문하고 나니 한차례 정적이 흘렀다. 가만히 있는 입술을 한참 괴롭히던 그는 겸연쩍은 얼굴로 먼저 말을 걸었다.

"어색하시죠? 사실 제가 맞선이 처음이라서요."

"저도 처음이에요."

"아."

영혼 없는 반응에 유라가 어색하게 웃자 현기도 따라 웃었다.

"몇 번이나 약속을 번복해서 죄송했습니다. 제가 현장 근무를 하는 사람이라 시간 맞추는 게 제한이 많아서요."

"괜찮아요. 일이 더 중요하죠."

"혹시 저에 대해서 다 듣고 나오신 건가요?"

"아니요. 잘……."

"저는 자동차 공장에서 근무하고 있습니다."

"아, 저는 약국을 하고 있어요."

그 뒤로도 통상적인 물음과 대답들이 이어졌다. 현기는 대화 중간에 생기는 공백을 없애야 하는 강박이 있는 사람처럼 끊임없이 질문을 건넸다.

하지만 예의를 벗어나는 질문은 없었다. 유라는 그의 노력 때문에라도 최대한 나긋하게 대답하며 어색함을 풀어 보려고 했다.

"유라 씨."

"네?"

현기의 부름에 대화가 잠시 끊겼다. 이제껏 질문하던 것과는 다르게 망설이던 현기가 조심스럽게 물었다.

"혹시 저에게 딸이 있다는 것도…… 못 들으셨나요?"

"아이가 있다는 얘기는 들었어요."

"다행이네요."

유라의 대답에 안심이 됐는지 현기는 짧게 숨을 뱉어 냈다.

"아이는 엄마와 같이 살고 있습니다."

"아."

사라진 줄 알았던 어색한 침묵이 다시 빳빳하게 고개를 들었다. 분위기를 바꾸기 위해 이번에는 유라가 먼저 질문했다.

"아이가 몇 살인가요?"

"이제 네 살이에요."

"한참 애교 부릴 나이네요."

"애교만큼 고집도 부려서 문제예요."

"사진 보여 달라고 하면 실례가 될까요?"

"그럴 리가요."

현기는 휴대폰 바탕화면에 설정해 둔 아이의 사진을 보여 주었다. 딸 사진을 바라보는 흐뭇한 현기의 표정은 오늘 본 것 중에 가장 보기 좋은 표정이었다.

솔직히 아이의 얼굴이 궁금한 건 아니었지만, 딸 이야기가 나오자마자 얼굴에 미소를 감추지 못하는 현기를 보니 이쪽으로 화제를 돌리면 되겠다 싶었다.

"웃는 게 너무 예쁘네요."

"유치원에서 브이를 배우고 나서는 사진 찍을 때마다 브이를 하더라고요."

현기는 사진 속 아이만큼이나 들뜬 얼굴을 하고 본격적으로 사진을 보여 주었다. 그런데 그 들뜸 속에 아이에 대한 그리움이 묻어났다.

한창 서로가 서로를 필요로 할 시기인데, 보고 싶을 때 보지 못하는 사이가 된 것이 안타까웠다.

만약 형찬과 자신의 사이에도 아이가 있었다면······. 힘들었어도 아이를 보면서 어떻게든 버텼을 텐데.

넋이 나간 사람처럼 멍하게 아이의 사진을 바라볼 때였다. 휴대폰 액정 화면이 바뀌면서 전화가 걸려 왔다. '지은 엄마'라고 뜨는 화면을 본 현기가 빠르게 휴대폰을 감췄다.

"아, 저, 이게······."

"전 괜찮아요. 전화 받고 오셔도 돼요."

현기는 난감한 얼굴로 자리에서 일어났다.

"그럼 잠깐 실례 좀 하겠습니다."

유라는 고개를 끄덕였다. 현기가 시야에서 사라지고 나서야 그녀는 긴장을 풀고 커피를 마셨다.

주변 테이블에 놓인 드라이플라워들을 구경하고 있는데 문에 달린 종소리가 청아하게 울렸다. 아무 생각 없이 고개를 돌린 유라는 순간 제 눈을 의심했다. 형찬이 당당하게 이쪽으로 걸어오고 있었다.

그가 이 자리를 알고 올 리가 없다고 생각하며 눈을 감았다 떠 봤지만 그는 박형찬이 맞았다. 눈이 마주쳤는데도 그는 놀라지도, 당황하지도 않았다. 마치 이곳에 있을 줄 알았다는 사람처럼 덤덤한 얼굴이었다.

주변을 스윽 둘러보던 형찬은 말도 걸지 않고 유유히 그녀가 앉은 테이블의 대각선에 자리를 잡았다.

"카페 라테 한 잔요."

커피를 시킨 형찬은 들고 온 서류 가방에서 태연하게 노트북을 꺼냈다.

그는 노트북을 들고 굳이 이 근처 카페까지 올 이유가 없었다. 살고 있는 아파트와는 거리가 멀고, 회사와는 더더욱 먼 곳이었다.

표정 없는 얼굴로 무선마우스를 움직이는 형찬을 바라보던 유라는 불현듯 수연을 떠올렸다.

맞선이 잘 안 될 경우를 대비해서 엄마에게는 우리한테 이야기하지 말라고 했으니 오늘의 맞선을 아는 사람은 딱 두 사람뿐이다.

그제야 수연이 몇 주 전부터 맞선에 대해 유난히 꼬치꼬치 캐물었던 것이 이해가 갔다. 지난 번 서로가 약국에서 마주쳤다는 건 알고 있었지만, 수연은 여전히 형찬을 싫어하고 있었기 때문에 자신의 소식을 알려 주고 있을 거라고는 생각조차 안 해 본 일이었다.

"죄송합니다. 오래 기다리셨죠?"

눈길조차 안 주는 형찬을 뚫어지게 바라보던 사이 현기가 자리로 돌아왔다. 흠칫 놀란 유라는 긴장한 얼굴로 현기를 바라보았다.

"아니에요."

어쩌면 지금 죄송하다고 말해야 할 사람은 자신이었다. 유라는 일단 형찬에게서 완전히 시선을 거두었다.

"아이가 아프다고 연락이 와서요."

"가 보셔야 하는 거 아니에요?"

"감기에 걸렸나 봐요."

"아아. 요즘 감기 독한데…….."

현기는 복잡한 표정으로 미간을 문질렀다.

"아이 엄마랑은 최대한 연락을 안 하려고 하는데, 가끔 아이
한테 문제가 생기면 연락이 오더라고요."

유라의 굳은 표정이 본인 때문이라고 생각하는 건지 현기는
길게 변명을 늘어놓았다. 하지만 정작 유라는 대각선에 앉아
있는 형찬이 신경 쓰여서 사실 현기의 변명에 신경 쓸 겨를이
없었다.

"……유라 씨?"

"전 정말 괜찮아요."

버릇처럼 괜찮다고 말한 유라는 당장 주고받을 만한 말이
떠오르지 않아 그의 휴대폰에 시선을 주었다.

"아이가 현기 씨를 많이 닮았던데요."

"같이 다니면 그런 얘기 많이 들어요."

그때였다. 탁, 하고 신경질적으로 노트북을 닫는 소리가 들
렸다. 고개를 돌리지는 않았지만 곁눈질로 그가 자리에서 일어
나는 것이 보였다.

"그럼 자리를 옮겨서 저녁 먹으러 갈까요? 저녁은 제가 사겠
습니다."

행동이 빠른 현기가 먼저 자리에서 일어났다. 자칫하다간
형찬과 같이 카페를 나갈 상황이었다. 순간 당황한 유라가 일
어서지도, 앉지도 못하고 있는데 별 탈 없이 지나가는 듯했던
형찬이 유라의 테이블에 멈춰 섰다.

"어? 유라야."

이름이 불리는 순간, 유라는 죄를 지은 사람처럼 불안함에 심장이 두근두근 뛰었다. 기어이 알은척을 하고 말았다. 평정심을 찾고 싶었지만 표정 관리가 되지 않았다.

"아는 분이세요?"

현기가 불편한 유라의 표정을 살피며 묻자, 형찬이 대신 수더분한 웃음으로 그에게 손을 내밀며 대답했다.

"안녕하세요. 유라 전남편 되는 사람입니다. 맞선 보시나 봐요."

솔직하다 못해 과감하기까지 한 형찬의 자기소개에 놀란 건 유라뿐만이 아니었다. 그가 내민 손을 얼떨결에 잡으려던 현기는 당황한 얼굴로 유라와 형찬을 번갈아 보았다. 형찬은 애매하게 뻗친 현기의 손을 잡아 악수를 하고 그녀에게 시선을 옮겼다.

"오늘 예쁘네."

목소리만 들으면 순수한 칭찬이라 생각하겠지만, 그의 표정은 전혀 칭찬하는 사람의 표정이 아니었다.

"그리고 지난번에 집에 찾아와서 준 거 있잖아. 나 생각해서 준 거 아는데, 그거 필요 없어. 다시 돌려줄 테니까 받으러 와."

형찬은 현기가 오해하게끔 일부러 주어를 빼 놓고 애매하게 말을 이어 갔다.

"아니다, 내가 수요일에 약국으로 갈게. 그때 보자."

유라는 형찬을 원망스러운 눈으로 노려보았다. 하지만 그는 다시 만난 이래 가장 차분한 얼굴을 하고 있었다. 유라에게서 아무 대답이 없자 형찬은 가벼운 얼굴로 웃었다.

"전화할게."

현기를 기분 나쁘게 할 의도가 다분한 말들을 늘어놓았으면서 형찬은 그에게 정중하게 인사하고 돌아섰다.

"……정말 죄송해요."

불편한 삼자대면이 끝나자마자 유라는 곧장 사과했다. 현기는 형찬이 나간 곳을 바라보다가 다시 자리에 앉았다.

"혹시 유라 씨도 아이가……."

"아니요."

현기가 입을 달싹이고 있을 때 어딘가에서 웅웅, 하고 미미한 진동 소리가 울렸다. 발신자를 확인한 현기는 인상을 찡그렸다. 표정을 읽은 유라가 고개를 끄덕이며 괜찮다는 표현을 했지만, 그는 되레 고개를 저었다.

"아이가 있으니까 이혼을 했어도 한 게 아니네요. 같이 살다가는 싸우다 누구 하나가 말라 죽겠다 싶어서 이혼한 건데, 이렇게 다시 연락을 하고 있는 걸 보면요."

전해 듣기로는 현기 역시 2년 전에 이혼을 했다고 했다. 이혼한 이유를 물어볼 수는 없었지만, 이혼이라는 단어를 입에 올리자마자 선하게 웃던 그의 표정이 처참해지는 것만 봐도 그동안 얼마나 마음고생이 심했는지 충분히 짐작이 갔다.

"그 사람은 아이가 아프거나, 유치원에서 무슨 문제가 생겼다고 하면 꼭 저한테 전화를 해서 상의하자고 해요. 그런데 한 달에 한 번 볼까 말까 한 딸에 대해서 제가 알아 봤자 얼마나 잘 알겠어요. 다 허울 좋은 핑계죠."

"현기 씨와 다시 합치고 싶어 하시는 거 아닐까요?"

유라의 조심스러운 추측에 현기가 허무하게 웃었다.

"저라고 왜 모르겠어요. 근데 알면서도 모르는 척하게 되더라고요."

"……."

"자신이 없어서요."

마치 현기가 제 얘기를 하고 있는 것만 같았다.

"다시 만나도 같은 문제로 부딪칠 게 눈에 보이니까 시작하기가 망설여져요. 지금이야 떨어져 지내다 보니 괜히 애틋해져서 다시 만나면 잘 살 수 있을 것 같지만, 같은 문제가 반복돼서 또 전처럼 헤어지면 그땐……."

"처음보다 더 많이, 더 엉망진창으로 무너지겠죠. ……정말 모든 게 끝일 거예요."

중얼거리듯 내뱉던 유라는 놀란 얼굴로 자신을 쳐다보는 현기를 보며 민망한 나머지 머리를 만지작거렸다.

"제가 주제넘었죠?"

"아니요. 말씀해 주신 게 너무 제 마음 같아서……."

이혼을 했고, 다시 시작하기가 망설여지는 입장에서 동병상련의 감정을 느낀 두 사람은 약속이나 한 것처럼 동시에 웃어 버렸다.

"아내분이 현기 씨한테 매번 연락을 하기까지는 많은 용기가 필요했을 거예요. 그만큼 간절했을 거고요."

유라의 말에 현기는 방금 전까지 형찬이 앉아 있던 자리를 쳐다보며 말했다.

"그럼 아이라는 핑계조차 없는 유라 씨 남편분은, 여기 찾아오기까지 얼마나 많은 용기와 간절함이 있었던 걸까요?"

현기는 악수할 손을 내밀며 자신을 경계하던 형찬의 고요한 눈빛을 떠올렸다. 입은 웃고 있지만 얼굴에는 어떠한 표정도 없었다. 그것만으로도 그가 찾아온 이유가 충분히 설명이 됐다.

물론 이혼한 아내의 맞선 자리에서 만나 인사를 건넨다는 걸 우연이라고 믿을 만큼 어리지도 않았고.

"여전히 사랑하고 있기 때문이겠죠."

흔들리는 유라의 눈빛을 바라보던 현기가 웃었다.

"유라 씨도 그래 보이고요."

웃는 얼굴로 정곡을 찌르는 그의 말에 유라는 차마 아니라고 대답할 수 없었다.

이야기를 끝내고 카페에서 나온 두 사람은 서로를 바라보며 어색하게 웃었다.

"오늘은 저녁까지 먹은 걸로 말을 맞추고, 거절은 제 쪽에서 하는 걸로 하겠습니다. 유라 씨도 그게 편하실 거예요."

현기의 배려에 유라는 꾸벅 고개를 숙였다.

"감사합니다."

"그럼."

다신 볼 일 없을 그와 마지막 인사를 하고 돌아섰다. 습관처럼 집으로 향하는 버스정류장으로 가던 유라는 멈칫했다. 저녁까지 먹은 걸로 말을 맞췄는데 이렇게 일찍 집에 갈 순 없었다. 유라는 할 수 없이 발걸음을 돌려 약국으로 향했다.

일요일 저녁이라 병원들도 모두 문을 닫아 건물 안은 사방이 고요했다.

로비 회전문을 통과하자 불 꺼진 약국 앞에 서 있는 형찬이 보였다. 바닥을 보며 생각에 잠겨 있던 형찬이 구두 소리를 듣고 뒤를 돌아보았다.

맞선이 일찍 끝날 거라는 것도, 집으로 곧장 가지 않으리라는 것도 모두 염두에 두고 여기서 기다린 모양이었다.

이렇게까지 내 행동을 꿰뚫어 보는 사람이 결혼 생활 내내 힘들어하던 내 마음은 왜 알아차리지 못한 걸까. 원망스러운 마음이 들어 괴로웠다.

유라는 최대한 감정을 내보이지 않고 약국 앞으로 걸어갔다. 그리고 서 있는 형찬을 냉랭하게 무시하고 지나쳤다. 약국 문을 열고 들어가자 뒤쫓아 오는 그의 기척이 느껴졌다. 대체 이 사람은 왜 이렇게 나를 힘들게 하는 건지. 울컥 화가 났다.

"……요즘 심심한가 봐. 회사 그만둘 거라 일이 없어?"

어울리지 않게 이죽거린 유라가 형찬을 쏘아보았다.

"남의 맞선 자리까지 쫓아와서 훼방 놓으니까 재밌니?"

"아니. 재미없어."

그는 화를 내고 있었다. 지금 화를 내야 할 사람이 누군데.

"대체 무슨 생각으로 거길 온 거야? 그만하자고 했잖아! 내가 분명히 다신 보지 말자고……!"

"너는 끝이 참 쉽다."

그의 나지막한 목소리가 참담하게 흔들린다. 형찬은 아무것도 담지 않은 텅 빈 눈빛을 하고 유라에게 한 걸음 다가갔다.

"방법 좀 알려 주라. 어떻게 하면 그렇게 매번 쉽게 끝낼 수 있는지."

자신과 똑같은 방법으로 이죽대는 그를 보니 어이가 없어서 헛웃음이 나왔다.

"당신 눈에는…… 정말 내가 쉬워 보였니?"

쉽다. 그 한 마디가 유라의 인내심을 무너뜨렸다.

"박형찬을 만나고 나서부터 난 매 순간이 어려움투성이었어. 어떻게 하면 당신한테 더 어울리는 여자가 될 수 있을까, 어떻게 하면 어머니께 당신 아내로 인정받을 수 있을까. 매일매일 그 생각만 하면서 내가 얼마나 힘들었는데! 자존심 같은 건 미련스러울 정도로 다 버렸어. 당신 배려한다고 나는……!"

"그 배려로 내가 얻은 게 뭔데."

형찬은 지쳐 있는 눈으로 유라를 똑바로 응시했다.

"네가 하던 그 배려라는 것 때문에 난 널 잃었어. 그래서 미안한데 그깟 배려, 하나도 안 고마워. 차라리 화를 내지 그랬어. 나 때문에 외롭고 어머니 때문에 너무 힘들다고. 다른 여자들처럼 나냐, 어머니냐 선택하라고 떼를 쓰지! 참지만 말고 소리 치고 욕이라도 하지!"

"어떻게 그래!"

몰아붙이는 형찬의 말을 듣고 있던 유라는 결국 눈물을 터뜨렸다.

"나만큼 당신도 힘든 걸 아는데! 어머니가 당신한테 어떤 존재인지 내가 아는데! 매일 밤새우고 들어와서도 내가 걱정할까 봐 애써 웃는 당신한테, 내가 그 말들을 어떻게 해! 대체 어떻게!"

그에게 이만큼 목소리를 높여 화를 낸 적은 처음이었다. 눈물범벅이 된 얼굴을 한 그녀는 그대로 주저앉았다. 그리고 아픔을 참지 못하는 아이처럼 서럽게 울었다. 한번 터져 나온 눈물을 막을 방법은 없었다.

그런 생각을 한 적 있다. 형찬의 말대로 자신이 나냐, 어머니냐 하는 유치한 질문을 던지고 양자택일하라며 으름장을 놓을 수 있는 성격이었으면 좋겠다고.

아니면 그가 천하의 불효자가 돼서 이제껏 자식들 바라보며 살아온 어머니를 외면할 수 있는 성격이었으면 좋겠다고.

하지만 만약 형찬이 그런 성격이었다면 처음부터 사랑에 빠지지도 않았을 것이다. 형찬은 표현은 서툴러도 누구보다 가족을 사랑하는 남자였다. 설령 그가 자신을 선택한다 해도 그 선택에 기뻐할 뻔뻔함도 없었다.

"나 이제 그만 울고 싶어……."

점점 웃음을 잃어 가는 자신과 지쳐 가는 형찬을 볼 때마다 이렇게 서로를 힘들게 하는 사랑이 과연 사랑인 걸까 싶었다.

이런 식이라면 결국 어느 순간 서로가 서로를 미워하게 되면서 끝이 날까 봐. 지금처럼 서로 못 볼 꼴 보여 주면서 끝까지 가 버리게 될까 봐.

정말 그렇게 되고 싶진 않았는데…….

유라는 눈물로 얼룩진 얼굴을 하고 형찬을 올려다보았다.

그런데 울고 있는 자신보다 더 상처받은 얼굴을 하고 있는 그를 보니 차마 집 앞에서 끝맺지 못한 말이 나오지 않았다.

"부탁이야, 형찬 씨."

그래도 해야만 했다. 그래야 둘 다 덜 아프니까, 그것만 생각하자. 입가를 파르르 떨던 유라의 눈에 또 한 번 눈물이 솟아올랐다.

"다신……."

그런데 눈물로 시야가 흐릿해져서 그가 잘 보이지 않았다.

"보지 말자……."

어렵게 꺼낸 말처럼 지금부터 아예 보지 말자 싶어서 두 눈을 질끈 감아 버렸는데 고여 있던 눈물이 무릎으로 투두둑 떨어졌다.

이게 어딜 봐서 다신 보지 말자는 사람의 모습인지. 한심하고 바보 같다는 걸 알지만 이해해 주겠지. 당신이라면.

"후회 안 할 자신 있어?"

떨리는 목소리로 간신히 말을 꺼낸 그 역시 울고 있었다. 보지 않아도 알 수 있었다. 유라는 고개도 못 들고 고개만 끄덕거렸다.

"……알았어."

아슬아슬하게 잡고 있던 줄이 가위로 싹둑, 잘린 기분이었다. 형찬은 조용히 돌아섰다. 그의 구두가 점점 멀어지면서 약국 문이 열렸다 닫혔다.

이질적인 문 종소리가 희미해지고, 그의 발걸음 소리가 완전히 들리지 않을 즈음이 돼서야 유라는 고개를 들 수 있었다.

떠났다. 그가.

처음으로, 등을 보이며 가 버렸다.

약국에 홀로 남겨진 유라는 그대로 바닥에 주저앉은 채로 어깨를 들썩였다.

아주, 오랫동안.

11화

새벽 일찍 출근한 유라는 로비 앞에서 멈칫했다. 약국에서 소리치며 다투고 결국 형찬과 완전히 헤어진 어제의 기억이 생생하게 떠올랐기 때문이다.

당분간은 이렇게 출근길 내내 그의 생각을 하게 되겠지. 유라는 귀에 꽂았던 이어폰을 빼며 한숨을 쉬었다.

약국 문을 연 유라는 미처 치우지 못했던 박카스 박스들을 정리하기 시작했다. 건물 한 바퀴 순찰하고 자리로 돌아온 경비원은 일찌감치 박스를 정리하는 유라에게 알은체를 했다.

"한 약사님?"

"안녕하세요."

"왜 이렇게 일찍 나오셨어요?"

"오늘 할 일이 좀 많아서요."

247

유라의 공손한 대답에 함박웃음을 짓던 그가 가까이 다가오며 눈을 가늘게 떴다.

"근데 약사님 얼굴이……."

유라는 퉁퉁 부은 자신의 얼굴을 매만지며 일부러 더 밝게 웃었다.

"오늘따라 많이 부었죠?"

"그래도 한 약사님 미모 어디 가나요."

본인이 내뱉은 말을 수습하려 애쓰는 모습이 안쓰러웠다. 유라는 박스에서 꺼낸 박카스 한 병을 건네주었다.

"이거 드시고 하세요."

"아유, 뭘 또 이런 걸 다. 고맙습니다."

먼저 약국으로 들어온 유라는 부지런히 청소를 마저 했다.

3시간 쯤 지났을까. 마스크에 목도리까지 꽁꽁 둘러싸고 온 수연이 활짝 열린 약국으로 들어오며 활기차게 인사했다.

"왜 이렇게 일찍…… 어? 선배!"

"왔어?"

청소를 마치고 한숨 돌리고 있는 유라를 본 수연은 휘둥그레진 눈으로 마스크를 벗었다. 퉁퉁 부은 눈으로 희미하게 웃고 있는 그녀는 누가 봐도 어제 선을 봤다는 사람의 얼굴이 아니었다.

"얼굴이 왜 그래요? 무슨 일 있었어요?"

"아니."

하지만 아닌 얼굴이 아니었다. 혹시 어제 형찬에게 맞선 보는 장소를 알려 준 것이 뭔가 잘못된 건가. 수연은 차마 유라에게는 묻지 못하고 아랫입술을 잘근잘근 깨물며 그녀의 기분을 살폈다.

"수연아."

"네?"

"이제 형찬 씨한테 내 얘기 전하지 마."

유라는 수연의 약국 가운을 건네주며 말했다.

"부탁하자."

"선배, 난 그게……."

돌려 말하지 않는 유라의 말에 뜨끔한 수연이 다급하게 변명하려 했다.

"네가 어떤 마음으로 그랬는지 알아. 그런데 다음부터는 안 그랬으면 좋겠어. 나랑 형찬 씨한테 좋을 거 없는 일이야."

"내 생각이 짧았어요. 미안해요, 선배."

"오늘은 내가 약제실 들어갈게. 그래도 괜찮지?"

미안한 마음에 수연은 냉큼 고개를 끄덕였다. 어깨를 축 늘어뜨리고 약제실로 들어가는 그녀의 모습을 바라보니 죄책감이 들었다. 칼칼하게 잠긴 목소리를 들어 보니 울어도 보통 운 게 아닌 모양이다.

수연은 당장에라도 형찬에게 전화를 걸어 무슨 일이 있었던 거냐고 따지고 싶었지만 꾹 참았다. 아무리 화가 나도 지금 당장은 유라와의 약속이 우선이었다.

월요일은 공휴일 다음 날이라 병원과 약국에 손님이 몰리는 날 중 하나였다. 하지만 오늘따라 새마을약국은 고요하고 삭막했다.

손님이야 평소처럼 많았지만 대화를 주고받으며 인사를 해 주는 유라와 다르게 무뚝뚝한 수연이 계산을 도맡다 보니 주고받는 이야기 없이 약값 계산만 하고 가는 손님들이 대부분이었다. 흡사 약국 공장 같았다.

"오늘 그 예쁜 선생님은 없나 보네."

"예쁜 선생님은 약제실에 계세요."

나이 드신 어르신들에게만큼은 상냥한 수연은 약제실을 힐끔 쳐다보았다. 그 예쁜 선생님은 점심도 거르고 일을 하고 있었다.

일부러 김밥을 사 와서 하나라도 먹으면서 하라고 했지만, 억지로 먹으면 체할 것 같다는 대답에 더 권유할 수도 없었다. 분명 아침도 안 먹었을 텐데. 가뜩이나 체력도 약한 사람이 저러다가 쓰러지는 건 아닌가 걱정이 됐다.

"안녕히 가세요."

손님들이 모두 빠지고 마감 시간이 다 돼서야 약국이 한산해졌다. 계산대에 놓여 있던 물건들을 서랍 속에 넣던 수연은 유 사장이 주고 갔던 청첩장을 발견했다. 마침 약제실을 정리하고 나오던 유라를 본 수연이 청첩장을 흔들며 보여 주었다.

"유 사장님 아들 결혼식 다음 주네요?"

"벌써 날짜가 그렇게 됐나?"

유라는 수연에게 건네받은 청첩장 날짜를 확인했다. 수연이 발견하지 못했더라면 축의금도 못 내고 유 사장에게 미움을 살 뻔했다.

"근데 저 다음 주에 엄마 정기검진 받으시는 날인데."

"그럼 병원이 우선이지."

"아, 결혼식 안 가면 분명 뒤끝 작렬일 텐데. 아들이 애 낳아서 돌잔치 하기 전까지는 달달 볶아 댈 텐데!"

"이번엔 안 그러실 거야. 내가 잘 말해 놓을게."

사고 치고 급하게 하는 결혼인 데다가, 유 사장 성에 차지 않는 며느리를 보는 거라서 사람들도 많이 초대하지 않는다고 들었다.

하지만 건물 사람들을 나름 친한 지인이라고 생각하고 초대한 건데 둘 다 가지 않으면 섭섭해할 게 뻔했다. 유 사장이 갑질을 하는 타입은 아니었지만, 뒤끝은 매우 긴 편이었다.

"선배는 가려고요?"

"난 가서 봉투 전해야지."

"괜찮겠어요?"

유라는 고개를 끄덕였다. 이혼하고 나서 조심스러워진 것 중에 하나가 바로 남의 결혼식에 가는 일이었다. 왠지 잘 살기를 축복해야 하는 결혼식에 초를 치러 가는 기분이랄까.

친하게 지냈던 고등학교 동창이 자신이 이혼했다는 소식을 듣고 본인 결혼식에는 초대하지 않겠다는 이야기를 건너 들은 후로 더 그런 마음이 들었다.

"가서 얼굴만 비추고 오면 되지, 뭐."

수연은 청첩장을 가방에 넣는 유라를 붙잡았다.

"선배. 우리 오늘 술 한잔할래요?"

"아니. 안 할래."

유라는 옷걸이에 가운을 걸어 놓으며 말했다.

"당분간 술 안 마시려고."

동창회에서 불필요한 과음을 하고 형찬에게 주정 부렸던 일을 생각하면 아직도 아찔했다. 게다가 지금 같은 울적한 기분으로 술을 마셨다가는 또 취해서 그에게 연락할지도 모를 일이다.

무의식이라는 것이 그렇게 무섭다. 당분간, 아니 아예 술을 끊어야 하지 않을까. 수연이 아쉬운 얼굴을 하자 유라가 피식 웃었다.

"수연아, 나 정말 괜찮아."

"내가 괜히 오지랖을 부려 가지고 선배 더 힘들게 한 것 같아서 미안해서 그래요."

종일 자신의 눈치를 보느라 안절부절못했던 수연이 미안하다고 하니 도리어 더 미안해졌다.

"이제 다신 안 그러면 돼."

"진짜 약속해요. 다신, 절대, 네버! 형찬 선배한테 암말 안 할게요."

"알겠어. 나 먼저 가 볼 테니까 마무리 정리 좀 부탁해."

"네, 선배. 들어가서 푹 쉬어요."

"수연이 너도 수고했어."

먼저 약국을 나와서 집으로 향하던 유라는 형찬이 매번 주차해 두는 빈자리를 바라보았다.

알았다는 대답을 하고 돌아섰던 그는 그 이후로 어떤 연락도 없었다. 당연한 거고, 이게 맞는 거고, 서운해해서는 안 되는 건데.

사람들과 섞여 지내는 시간에는 괜찮다가도 문득 이렇게 혼자 남게 되면 알 수 없는 허전함이 밀려온다. 이제 다시 적응해야 할 감정이었다.

유라는 휴대폰에 남아 있던 그의 흔적을 모두 삭제했다. 잊을 수 있을 것이다, 분명히. 불과 몇 달 전만 해도 형찬 없는 하루를 잘 지내 왔으면서 이제 와서 새삼스럽게 힘들어할 필요는 없다. 예전처럼 평범하게. 그저 시간이 흘러가는 대로 하루를 보내며 살면 되는 거였다.

"다시 잘 살아 보자, 한유라."

다짐하듯 혼잣말을 중얼거린 유라가 씩씩한 얼굴로 집에 들어갔다. 일찌감치 세탁소 문을 닫고 들어온 모친은 저녁을 준비하고 있었다.

"다녀왔습니다."

유라의 목소리를 들은 현숙은 찌개를 젓던 숟가락을 들고 나왔다.

"왔어?"

"응. 오늘은 일찍 들어왔네?"

"급하다던 옷들만 하고 들어와 버렸어."

"잘했어. 그런 날도 있어야지."

신발을 벗고 부엌으로 들어가니 맛있는 김치찌개 냄새가 코를 자극했다.

"아, 배고프다."

"밥 다 됐어. 들어가서 옷만 갈아입고 나와."

"응."

방에서 편한 옷으로 갈아입고 나왔더니 엄마는 그새 밥을
다 차려 놓고 앉아서 기다리고 있었다.

"먼저 먹고 있지."

"같이 먹어야 맛있지."

"맛있게 잘 먹겠습니다."

오랜만에 엄마와 둘이서 먹는 저녁이었다. 유라는 평소보다
더 밝은 목소리로 대답하고 밥을 한 술 떠먹었다.

"근데 오늘 왜 그렇게 일찍 나갔어?"

눈치를 보던 현숙이 은근슬쩍 말을 꺼냈다.

"새벽에 들어올 약품이 있었던 걸 깜빡했어."

맞선 결과만 기다리고 있을 엄마의 앞에 차마 울다 지친 얼
굴을 보일 순 없었다. 할 수 없이 새벽이 다 돼서야 집으로 들
어왔고, 아침에 일어나서도 눈이 너무 부은 걸 보고 엄마가 산
에 간 사이 몰래 집을 나왔다.

"어제 충온슈퍼 아줌마한테 전화 왔었어."

현숙이 헛기침을 하며 말했다.

"아유, 차라리 잘됐어. 우리 딸이 뭐가 아쉬워서……. 내가
얘기 들어 보니까 전부인하고도 애 때문에 계속 연락하고 지낸
다던데. 괜히 그런 사람들이랑 엮이면 골치 아프기나 하지. 잘
된 거야."

현기는 약속을 지나치게 잘 지킨 것도 모자라서 자신은 차
마 내지 못한 용기까지 낸 모양이다. 문득 그의 용기가 부러웠
다.

"반찬이 없어서 그래? 영 먹는 게 시원찮네."

"오늘 약국에서 군것질을 많이 해서 그런가. 입맛이 없네."

"밥 생각 없으면 고기 구워 줄까? 냉동실에 고기 있던데."

현숙이 자리에서 일어나려고 하자 유라가 손을 붙들었다.

"괜찮아, 엄마."

"그럼 밥 조금 먹고 귤 먹어. 아까 충온슈퍼에서 귤 사 왔어."

"응."

조금이라도 기운이 없어 보이면 걱정부터 시작하는 엄마 때문에라도 처져 있어서는 안 됐다. 유라는 수저를 들고 현숙이 퍼 준 밥에 김치찌개를 자박하게 비벼서 간신히 식사를 끝냈다.

설거지를 끝내고 거실로 온 유라는 현숙이 틀어 놓은 드라마를 함께 보기 시작했다.

"이건 무슨 내용이야?"

"지금 나오는 둘이 주인공이고, 한 명 못된 계집애가…… 쟤! 쟤가 주인공 엄마를 죽였어."

분명 54회나 진행된 드라마였는데 짧은 설명으로 신기하게도 모든 줄거리가 이해됐다. 엄마는 새로운 등장인물이 나올 때마다 친절하게 설명해 주었다.

"요즘 왜 이렇게 졸리나 몰라."

드라마가 끝나자마자 엄마는 늘어지게 하품을 했다.

"등산하느라 새벽에 일어나니까 그렇지. 일찍 주무세요."

"그래야겠다. 내일도 일찍 나가?"

"아니. 내일은 평소대로."

"알았어. 유라 너도 일찍 자."

"응."

현숙이 먼저 안방으로 들어갔다. TV를 끈 유라도 양치를 하고 방으로 들어갔다. 시간을 한 번 확인하고 침대에 누운 유라는 탁자에 방치해 두었던 휴대폰을 확인했다. 부재중 전화도, 문자도, 아무것도 와 있지 않았다.

연락 올 곳도 없는데 무슨 생각으로 확인하는 걸까. 자조적인 웃음을 짓던 유라는 불을 끄고 눈을 감았다.

오늘 하루도, 잘 버텼다.

무심한 시간은 빠르게 흘러서 어느덧 유 사장 막내아들의 결혼식 날이었다.

청첩장에 적힌 호텔 로비에 들어서자 사람들의 웅성거리는 목소리들이 섞여 정신이 하나도 없었다. 유라는 1층에서 수연의 몫까지 축의금을 내고 2층으로 올라갔다.

"와······."

분명히 사고 쳐서 번갯불에 콩 구워 먹듯 치르는 결혼식이라 최대한 조용히, 간소하게 할 예정이라고 들었던 것 같은데. 눈앞에 보이는 결혼식장은 화려함 그 자체였다.

2층 식장 앞에는 1층 로비보다 더 많은 사람들이 서성이고 있었다. 유 사장 근처에만 사람들이 몰려 있는 걸 보아 대부분 그녀의 지인인 듯했다.

유라는 어수선한 틈을 타서 화려한 꽃 장식들이 놓인 포토 테이블로 다가갔다. 웨딩 사진 속에 환하게 웃고 있는 신랑 신부의 모습은 선남선녀가 따로 없을 만큼 잘 어울렸다. 서로를 바라보는 눈빛에 애정이 가득하다는 게 사진에서조차 고스란히 느껴졌다.

우리도 이렇게 행복했었는데.

이렇게 불쑥불쑥 떠오르는 기억들은 어찌할 도리가 없다. 그냥 견뎌 내는 수밖에. 사진을 바라보던 유라는 자연스럽게 형찬을 떠올린 스스로의 한심함에 한숨을 쉬었다. 축복만 해도 모자란 남의 결혼식장에서 청승을 부리는 건 실례였다.

그때 양쪽 벽면을 빼곡하게 채운 화환들 사이에서 하객들에게 인사를 하고 있는 유 사장과 눈이 마주쳤다.

"한 약사!"

유 사장이 반가운 기색을 하며 손을 흔들었다. 차분히 머리를 올리고 연보라색 한복을 입은 유 사장은 오늘따라 더 고와 보였다. 유라는 그녀에게 다가갔다.

"축하드려요."

그리고 옆에 서 있는 신랑에게도 고개를 숙여 인사했다.

"와 줘서 고마워. 그런데 은 약사가 안 보이네?"

"집에 일이 있어서 못 왔어요. 대신 축하드린다는 말은 꼭 전해 달라고 했어요."

"그으래?"

말을 늘이는 투에서 섭섭함이 역력히 묻어났다. 입바른 소리만 하는 수연의 성격을 늘 못마땅해하던 유 사장인데, 그녀의 부재를 진심으로 아쉬워하는 모습에 유라의 고개가 살짝 돌아갔다.

"한 약사, 오늘 끝까지 있다가 갈 거지?"

"네?"

유라는 속으로 뜨끔했다. 얼굴 보고 인사도 했겠다, 하객들도 많아서 적당히 결혼식을 보다가 갈 생각이었는데 유 사장이 귀신같이 알아차린 모양이다.

당황한 유라의 표정을 본 유 사장은 옆에 선 아들의 눈치를 슬쩍 보더니 장갑 낀 손으로 유라의 손을 덥석 붙잡고 화환 뒤로 걸어갔다.

"나도 오늘 아침에 알았는데, 여자애가 친구가 별로 없는 모양이야. 오늘 올 수 있는 친구가 셋밖에 안 된다나. 사진 찍을 때 보기 흉할 거 아니야. 나 참, 이제 와서 아르바이트를 부를 수도 없고."

"아……."

누구보다 남들 눈을 중요하게 생각하는 유 사장은 하객들에게 신부 쪽이 친구가 많지 않다는 것을 알리는 게 싫었던 것이다.

"그래서 말인데, 이따가 사진 촬영할 때 신부 친구인 척 같이 좀 올라가서 찍어 줘. 응?"

"그럴게요."

"역시 우리 한 약사밖에 없다. 그 애도 참. 진작 얘기했으면 아르바이트를 불렀을 거 아니야. 아무튼 끝까지 속을 썩인다니까."

아무리 마음에 안 들어도 이제 곧 있으면 식구가 될 사람인데. 아직까지도 신부를 못마땅하게 여기는 유 사장의 모습을 보니 형찬의 어머니가 떠올랐다.

그의 어머니도 어쩌면 다른 사람에게 아무렇지 않게 제 흉을 봤을지도 모른다고 생각하니 기분이 썩 좋지 않았다. 유라는 유 사장의 부탁 때문이 아니라 신부를 위해서라도 꼭 사진을 찍고 가기로 마음먹었다.

"그럼 가 볼게요."

신부 입장에 감정이 이입된 유라는 굳은 얼굴을 하고 돌아섰다.

홀 안으로 들어오니 북적거렸던 바깥과는 전혀 다른 격식 있는 분위기였다. 은은한 조명 사이로 배치된 꽃들에 잔잔한 클래식까지 더해져서 자연스럽게 마음이 차분해졌다.

원탁으로 된 테이블에는 화려한 꽃꽂이와 양초가 장식되어 있었다. 초대받은 사람들의 이름표는 물론이고, 2부 식사 때 나오는 메뉴판과 식기류들이 가지런히 정리되어 있는 게 유 사장이 알게 모르게 결혼식에 신경을 쓴 티가 역력했다.

서성이는 유라를 본 직원은 배치도를 들고 다가와 친절하게 자리를 안내해 주었다. 그곳에는 미리 온 2층 이비인후과 김영민 원장, 3층 피부과 양원준 원장, 5층 안과 오민우 원장이 앉아 있었다.

"어? 한 약사님 오셨네."

"다들 일찍 오셨네요."

"차 막힐까 봐 일찍 출발했거든요."

하필이면 유라의 이름표가 영민의 옆에 있었다. 유라는 어색한 미소를 띠며 그의 옆에 앉았다.

자신이 이혼녀라는 이야기를 들은 영민은 그날 이후로 약국에 발길을 딱 끊었다. 수연은 포기가 쉬운 남자라며 혀를 끌끌 찼지만, 오히려 유라는 잘된 일이라고 생각했다.

"한 약사님, 신부 보셨어요? 예쁘던데."

"사진으로만 봤는데도 미인이더라고요."

"신부 친구들도 예뻤으면 좋겠는데."

원준은 주변을 두리번거리며 음흉하게 웃었다.

"근데 유 사장은 신부를 별로 마음에 안 들어 하는 눈치죠?"

"그래요?"

유라가 모르는 척 굴자 민우가 의기양양한 목소리로 끼어들었다.

"저번에 청첩장 줄 때 분위기가 그랬어요. 게다가 신부 이름을 안 부르고 계속 여자애라고만 하더라고요. 딱 보니 입에 밴 것 같던데."

그러고 보니 정말 유 사장에게서 신부의 이름을 들어 본 적이 없었다. 심지어 아까 대화를 했을 때도 '여자애'라고 불렀던 것 같다.

"곧 예식이 진행될 예정이오니 귀빈분들은 자리에 앉아 주시길 바랍니다."

사회자의 방송에 사람들이 하나둘 홀 안으로 들어오기 시작했다. 아예 몸을 틀어서 하객들을 구경하던 원준이 말했다.

"확실히 하객 차이가 좀 나네."

원준의 말에 세 사람 모두 고개를 돌렸다. 속속 채워지는 신랑 측 자리에 비해 신부 측 자리는 군데군데 빈자리가 눈에 띄었다.

"나는 옷차림만 봐도 신랑 측인지 신부 측인지 알겠더라."

킥킥대며 웃는 민우와 원준을 보니 평생 장가를 가긴 글렀다 싶다. 유라는 두 사람의 대화를 무시하고 사회자 쪽으로 눈을 돌렸다.

"그럼 지금부터 신랑 주성현 군과 신부 오한별 양의 결혼식을 시작하도록 하겠습니다."

양가 어머니들의 화촉 점화를 시작으로 본격적인 결혼식이 시작됐다. 유라는 버진로드 앞에 선 신랑 신부를 바라보았다. 팔짱을 끼기 전 다부지게 손을 꼭 잡고 있는 두 사람의 모습이 흐뭇했다.

하얀 꽃으로 장식된 버진로드처럼 두 사람은 영원히 꽃길만 걷기를. 유라는 진심으로 기도했다.

"한 약사님은 결혼 안 해요?"

"네?"

결혼식을 지켜보던 중에 갑작스럽게 날아온 민우의 질문에 유라가 당황했다. 그러자 민우는 옆에 있던 영민의 어깨를 붙들었다.

"그러지 말고, 우리 김 원장 어때요? 이만하면 못생긴 편도 아니고, 착하고, 돈까지 잘 벌고. 완전 일등 신랑감인데."

"형."

"넌 인마, 아까부터 왜 묵언수행이야? 여기가 절이냐?"

유라는 난감한 얼굴로 영민을 바라보았다. 웃는 상인 그에게서 좀처럼 보기 힘든 찡그린 얼굴이었다.

"김 원장님은 저보다 더 좋은 분 만나셔야죠."

"영민아. 한 약사님 선 제대로 그으신다. 너 지금 차인 거야."

"오늘 영민이 술 한잔 해야겠네."

원준과 민우가 기다렸다는 듯 짓궂게 영민을 놀렸다.

"형들 그만해요."

"그러니까 너무 착하기만 하면 재미없다니까. 너도 민우처럼 나쁜 남자로 컨셉을 좀 바꿔 봐."

"아, 좀!"

영민은 눈을 흘기며 노려보았지만 그 모습이 딱히 위협적으로 느껴지지 않았는지 두 사람의 놀림은 멈출 기미를 보이지 않았다. 유라는 여러모로 불편한 이 자리에서 빨리 벗어나고 싶은 마음뿐이었다.

그사이 성대하게 치러지던 결혼식 1부가 끝나고 사진 촬영이 시작됐다. 원준과 민우가 담배를 피우러 나간 틈을 타 유라는 아까부터 조용히 있던 영민에게 말을 걸었다.

"김 원장님."

"네?"

"감사합니다."

영문을 모르는 사과에 영민이 어리둥절한 얼굴이 됐다.

"다른 분들한테 아무 말 안 해 주신 거요."

유라의 아무 말이 '이혼했다는 사실'을 뜻한다는 걸 알아차린 영민이 희미하게 웃었다.

"아까는 당황하셨죠? 다들 나이 먹고 주책이네요. 제가 형들 대신 사과할게요."

"아니에요."

유라는 영민을 물끄러미 바라보았다.

"김 원장님, 이제 저한테 말 안 더듬으시네요."

"어? 아."

영민은 머리를 긁적이며 웃었다.

약국 개업을 하고 떡을 돌리러 처음 이비인후과에 갔던 날 첫 인사를 나눈 영민은 심하게 말을 더듬었다. 그땐 조금 특이하다 생각하고 말았는데, 수연과 대화를 할 때나 환자들과 대화를 할 땐 영민이 전혀 그러지 않는다는 사실을 알았다. 그는 유독 제 앞에서만 심하다 싶을 정도로 말을 더듬었다.

유라는 그때 영민의 마음을 어렴풋이 눈치챘다. 그런데 이제 자신에게 말을 더듬지 않고도 편하게 이야기를 하는 그를 보니 한결 마음이 편해졌다.

"연애는 잘되세요?"

영민의 물음에 유라가 고개를 갸웃거렸다.

"연애요?"

"지난번에 제 고백 거절하셨던 날요. 우연히 봤어요. 약사님이 다른 남자랑 우산 쓰고 걸어가시는 거."

비 오는 날이라면 형찬이 찾아와서 막걸리를 마시러 갔던 날을 이야기하는 듯했다. 큰 우산 하나를 쓰고 나란히 걸어갔으니 오해할 법도 했다.

"아, 그런 거 아니에요."

"그래요? 전 당연히 한 약사님 애인인 줄 알았는데."

영민은 잊지 못할 그날을 어렴풋이 떠올렸다.

"손님들이나 저한테 짓던 친절한 웃음이 아니라, 진짜 좋아하는 사람 옆에서만 나올 수 있는 편안한 웃음이었어요. 저 한 약사님 그렇게 웃으시는 거 처음 봤어요."

"아…….."

"행복해 보이셨어요. 그래서 그날 한 약사님 포기했던 거예요. 이혼했다는 얘기 때문이 아니라, 그분께 제가 상대가 안 될 것 같더라고요."

이제 유라가 편해진 영민은 너스레도 떨며 자연스럽게 웃을 줄도 알았다.

"마지막으로 신랑 신부 직장 동료분들 사진 촬영하겠습니다. 모두 나오세요."

"이 형들은 담배를 몇 개나 피우는 거야."

사진 기사의 이야기에 신랑 측 하객들이 우르르 몰려나왔다. 영민과 유라도 자리에서 일어났다. 유 사장의 말처럼 신부 측 하객이 눈에 띄게 적었다. 유라까지 보탠다고 해도 여자는 고작 다섯 명이었다.

지나치게 차이 나는 성별을 보고 사진 기사도 당황했는지 무대 중앙에 서서 머리를 긁적였다.

"일단 여자분들 다 내려오실게요."

다른 네 명보다 상대적으로 키가 작았던 유라가 신부 옆으로 자리를 이동했다.

앞줄에 서니 사진 촬영을 구경하며 2부 식사를 기다리는 하객들 표정이 한눈에 보였다. 대부분 어리둥절한 표정으로 신부 쪽을 바라보며 수군대고 있었다. 아무 사이도 아닌 저조차도 이렇게 신경이 쓰이는데 당사자는 오죽할까 싶어 유라는 곁눈질로 신부를 바라보았다.

결혼식 내내 긴장된 얼굴을 하고 있던 신부는 금방이라도 울 것 같은 얼굴이었다. 유라는 조심스레 신부의 등을 토닥였다. 그러자 그녀가 옆을 바라보았다.

"사진은 평생 남는 거니까 예쁘게 웃어요."

"신부! 앞에 보세요."

조막만한 입술을 앙다물고 있던 신부는 까딱 고개를 끄덕이고는 앞을 보고 최대한 활짝 웃었다. 한층 안정된 신부의 표정을 바라본 유라도 밝게 웃었다.

사진 촬영을 무사히 끝내고 장내가 정리되자 곧장 2부가 시작됐다. 한복으로 갈아입은 신랑 신부가 케이크 커팅을 위해 다시 입장했다.

그사이 하객들 자리에도 코스 요리가 차례대로 나왔다. 애피타이저로 나온 연어를 먹어 본 원준이 고개를 끄덕였다.

"여기 음식 괜찮은데?"

"당연하지. 돈이 얼만데."

연어를 다 먹을 때쯤에는 수프와 와인이 동시에 나왔다. 원준은 와인 잔을 들었다.

"한 약사님."

와인을 권하는 원준을 본 유라가 와인을 들었다. 와인 한 모금 정도야 괜찮겠지. 유라는 분위기를 맞출 겸 가볍게 와인을 마시고 내려놓았다. 그때 유라 뒤에 앉아 있던 여자가 툭툭 등을 쳤다.

"저기, 코트……."

뒤돌아보니 의자에 걸쳐 놓은 코트가 떨어져 있었다. 유라는 허리를 숙여 코트를 주웠다. 그때 신랑 신부의 케이크 커팅과 동시에 축하 폭죽이 펑펑 터졌다. 요란한 폭죽 소리에 깜짝 놀란 영민은 민우와 대화를 하다가 몸을 움찔하며 들고 있던 와인 잔을 손에서 놓쳐 버렸다.

"한 약사님!"

그런데 하필이면 영민의 와인 잔이 옆자리에 앉은 유라의 방향으로 떨어졌다. 입고 있던 블라우스와 치마는 물론, 유라의 머리카락에까지 와인을 흥건히 쏟아 버린 영민은 사색이 된 얼굴로 냅킨을 건넸다.

"괘, 괜찮으세요?"

전혀 괜찮지 않았다. 하객석 조명이 어두운 것이 그나마 다행이었다. 영민의 외침에 주변에 있던 하객들만 힐끔 눈을 돌렸다.

"영민이 넌 남자 새끼가 폭죽 소리가 뭐가 무섭다고."

와인 자국으로 얼룩덜룩 더럽혀진 유라의 블라우스를 본 원준은 영민을 타박했다.

"한 약사님, 진짜 죄송해요. 제가 나가서 옷을……."

"아니에요. 코트 입으면 가려질 거예요."

남의 결혼식에서 이목을 끌며 부산스럽게 굴기 싫었다. 급한 대로 유라는 코트를 입었다. 하지만 코트에까지 군데군데 와인이 튄 흔적이 있었다. 스멀스멀 코끝으로 올라오는 와인 냄새에 유라는 슬쩍 미간을 좁혔다.

코스 요리는 흠잡을 데 없이 일품이었지만, 엉망이 된 옷 때문에 음식이 어디로 들어가는지도 몰랐다. 먼저 가겠다고 하면 밥도 안 먹고 따라 일어설 것 같은 영민 때문에 중간에 나오지도 못하고 자리를 지켜야 했다.

결국 유라는 후식까지 다 먹고 세 사람과 함께 결혼식장에서 나왔다.

"우린 선약 때문에 먼저 가 볼게요."

"들어가세요."

"영민이 너, 한 약사님 잘 모셔다 드려."

원준과 민우는 짧게 인사하고 먼저 엘리베이터를 탔다. 영민은 유라를 따라 에스컬레이터로 내려갔다.

"와인이 머리카락에도…… 아…….."

유라의 뒤에 서 있던 영민이 혼잣말로 중얼거렸다. 밝은 곳으로 나오니 얼룩진 옷이 더욱 시선을 끄는 건 말할 것도 없었고, 엉켜진 머리카락은 아예 수습 불가였다.

유라는 비상용으로 가방에 넣고 다니는 노란 머리끈으로 대충 머리를 묶었다.

로비로 내려갈수록 지나다니는 사람들의 노골적인 시선이 느껴졌다. 호텔에서 보기 드문 엉망이 된 꼴을 하고 있으니 그럴 만도 했다.

그 시선을 의식한 영민이 미안한 얼굴을 했지만 이미 엎어진 와인이었다. 유라는 에스컬레이터에서 내려오며 말했다.

"김 원장님. 먼저 가 볼게요."

"한 약사님! 그러지 마시고 여기서 잠깐만 기다리세요."

"네?"

한시라도 빨리 이곳을 벗어나고 싶었던 유라는 반대 방향으로 걸음을 돌리는 영민을 붙잡았다.

"어디 가시는데요?"

"아무래도 안 되겠어요. 여기 호텔 체크인해서 머리라도 감으시고, 팁 줘서 세탁 서비스 부탁하면 바로……."

"아니요, 김 원장님. 아니에요. 택시 타면 돼요."

"택시 타려면 입구까지 한참 걸어가야 되잖아요."

"올 때도 금방 걸어왔어요."

미안한 마음에서 비롯된 호의라는 걸 알지만 호텔 체크인까지는 부담스러웠다. 어차피 스쳐 지나가고 말 사람들일 텐데 한 번 창피하면 그만이었다.

"김 원장님!"

이렇게 융통성이 없어서야. 유라는 긴 다리로 휘적휘적 걸어가는 영민을 말리기 위해 부지런히 쫓아갔다.

"저 정말 괜찮다니까요."

"제가 너무 죄송해서 그래요. 돈으로 드리면 안 받으실 거잖아요."

"그럼 차라리 택시비를 주세요. 그건 받을게요."

영민을 설득하는 사이 체크인 카운터로 올라가는 엘리베이터 문이 열렸다.

"어⋯⋯?"

영민은 엘리베이터에서 내리려는 낯익은 남자를 보고 얼음이 됐다. 남자가 봐도 멋있다고 생각했던 얼굴이라 한눈에 알아볼 수 있었다. 그와 눈이 마주친 영민은 곧장 유라를 바라보았다. 유라 역시 놀란 눈으로 그를 바라보고 있었다.

"안녕하세요."

형찬은 꾸벅 인사를 건네는 영민에게서 유라가 잡고 있는 영민의 손목으로 시선을 돌렸다. 그의 눈빛이 순식간에 복잡하게 바뀌었다.

"아, 이건⋯⋯."

혹시라도 유라가 곤란한 상황에 빠질까 봐 걱정된 영민은 서둘러 상황을 설명하려 했다.

"안 내릴 거야?"

그때 예상치 못했던 목소리가 튀어나왔다. 영민은 당황한 얼굴로 유라를 바라보았다. 방금 전까지만 해도 놀란 얼굴을 하고 있던 그녀는 어느새 덤덤하게 형찬을 바라보고 있었다. 그제야 형찬도 손목에서 시선을 떼고 고개를 들어 유라를 바라보았다.

형찬은 느린 걸음으로 엘리베이터에서 내렸다. 일부러 제 앞에 선 형찬을 피한 유라는 잡고 있던 영민의 손목을 놓고 엘리베이터에 타려고 했다. 그러자 이번에는 형찬이 그녀를 붙잡았다.

"⋯⋯이러지 마, 제발."

형찬의 목소리가 위태롭게 흔들리고 있었다. 유라는 어금니

269

를 악물었다. 여기서 흔들리는 모습을 보여서는 안 됐다. 연습했던 대로 잔인하고 냉정하게 끊어 내야 했다. 그래야만 형찬이 미련한 기대를 갖고 살지 않을 테니까.

그의 손을 매정하게 뿌리친 유라는 닫히려는 엘리베이터를 잡아탔다. 상황을 지켜보며 서 있던 영민은 눈치를 보다 그녀를 뒤따라 엘리베이터에 탔다.

도망치듯 닫힘 버튼을 여러 번 누르는 사이 형찬이 뒤를 돌아보았다. 유라는 무미건조한 얼굴로 그를 마주 보았다.

문이 완전히 닫힐 때까지 그는 꼿꼿하게 서서 잡지도 않고 바라보기만 했다. 먼저 엘리베이터에서 내려 주길 바라는 눈빛이었다.

알겠다고 돌아섰으면서 그렇게 아픈 얼굴을 하고 있으면 대체 어떻게 하라는 거야.

잘 지내고 있을 거라는 믿음을 무너뜨려 버리면, 나는 뭘 믿고 버텨 내라고.

여러 감정이 뒤엉킨 눈빛을 주고받는 사이 엘리베이터 문이 닫혔다. 영민은 조용히 20층 버튼을 눌렀다. 숫자가 올라가는 모습을 확인한 유라는 그제야 토해 내듯 숨을 쉬었다.

영민은 바들바들 떨리는 입술을 짓이기고 있는 그녀를 측은한 얼굴로 바라보았다.

"한 약사님."

"……원장님, 죄송해요."

"아니요. 저는 괜찮은데……."

한 약사님이 하나도 안 괜찮아 보여요.

영민은 목까지 차오른 말을 삼켜서 감추었다.

한 번도 멈추지 않은 엘리베이터는 곧장 20층에 도착했다. 문이 열리자 정면에 있는 체크인 카운터에서 직원들이 고개 숙여 인사했다. 유라는 영민을 보며 말했다.

"안 따라오셨어도 됐는데요."

"아까 제가 한 약사님께 실수한 거 같은 거라고 생각하세요."

쭈뼛거리던 영민은 넌지시 물었다.

"그때 우산 그분…… 맞죠?"

"아…… 네."

"혹시……."

"맞아요. 전남편."

유라의 대답을 들은 영민은 이해한 듯 고개를 끄덕였다. 유라를 빨리 포기한 것이 새삼 잘한 일이다 싶었다.

두 사람에게는 누구도 쉽게 끼어들 수 없는 둘만의 공간이 존재했다. 그건 서로를 바라보는 두 사람의 절절한 눈빛만 봐도 바보가 아닌 이상 알아차릴 수 있었다.

기어코 본인의 돈으로 체크인을 시켜 준 영민은 곧장 타고 온 엘리베이터로 내려갔다. 혼자 남게 된 유라는 카운터에서 키를 받아 호텔 방으로 올라갔다.

깔끔하게 정리 정돈된 방에 들어온 유라는 가운을 챙겨서 욕실에 들어갔다. 아무 생각도 하고 싶지 않았다. 그저 뜨거운 물속으로 들어가서 지친 몸을 쉬게 해 주고 싶었다.

물 받은 욕조에 몸을 담근 유라는 스르르 눈을 감았다. 찰박이던 물소리도 어느새 사그라지고 사방이 고요해졌다.

'저 한 약사님 그렇게 웃으시는 거 처음 봤어요.'
'행복해 보이셨어요.'

그와 다시 만나고 나서부터 알게 모르게 조금씩 변하고 있었다. 아침에 일어나 눈뜨는 순간이 더는 무의미하지 않았고, 늘 제자리걸음이었던 몸무게도 조금씩 늘어나면서 보기 좋은 얼굴이 됐다.

오랜만에 약국에 들른 손님들은 못 본 새 얼굴이 좋아졌다면서 연애하는 거냐는 질문을 던지며 안부를 묻기도 했었다.

하지만 그와 다시 한 번 헤어진 지금. 아이러니하게도 무기력했던 예전의 모습으로 돌아가고 있었다. 행복이라는 것 자체를 아예 잊고 살았던, 그저 아무 일도 일어나지 않기를 바라는 마음으로 하루하루를 버텨 내던 그때. 그리고 그런 하루에 만족한다고 믿고 살던 그 시절로.

'후회 안 할 자신 있어?'

형찬의 목소리가 환청처럼 메아리치며 따라붙었다.
"아니."

무언가에 홀린 사람처럼 유라가 대답했다.

"당신한테 상처 줬던 모든 순간들을 후회해. 도망치지 말걸. 아직도 너무 사랑한다고……. 그런데 내가 또 마주하고 감당해야 될 현실들이 너무 캄캄해서 겁이 난다고. 그러니까 나 좀 잡아 달라고…….”

그렇게 말했다면 당신은 온 힘을 다해 날 붙잡아 줬을 텐데.

머릿속에서만 떠올린 채로 차마 내뱉지 못한 말들을 중얼거리던 유라는 뜨거워진 눈가를 꾹꾹 눌렀다. 이번에는 누구의 탓도 아니었다. 여기까지가 자신의 한계였고, 스스로 결정한 일이었다.

청승맞게 우는 건 이제 그만해야 했다.

여전히 옷은 엉망이지만 헝클어진 머리를 감고 나오니 못 봐 줄 정도는 아니었다. 고작 샤워 한 번 하자고 호텔 체크인을 한 것이 아까워서 하룻밤 자고 갈까 고민해 봤지만, 오늘은 왠지 혼자 있고 싶지 않았다.

호텔에서 나온 유라는 택시도 타지 않고 무턱대고 한참을 걷기 시작했다. 일부러 사람들로 북적이는 시내를 지나쳐 자동차 소리로 더 시끄러운 강변북로를 찾아 건넜다. 혼란스러운 머릿속을 누를 수 있는 소음이 필요했다.

아무 말도 하지 않고 묵묵히 발길 닿는 대로 걷다 보니 어느새 집 근처였다. 2시간 넘게 한 번도 멈추지 않고 걸었던 유라는 익숙한 길 앞에서 심란하게 굳어 있던 표정을 말끔히 지워 냈다.

아무 일도 없는 사람처럼 태연한 얼굴로 언덕을 올라가려는데 갑자기 찌릿, 하는 통증이 느껴졌다. 발목을 타고 전해지는 통증에 유라가 한쪽 발로 서서 구두를 벗었다.

오랜만에 신은 하이힐에 혹사당한 발에는 물집이 잡혔고, 영문도 모른 채로 거리를 헤맨 종아리는 땅땅하게 부어 있었다.

쉬지 않고 걸었을 때는 미처 몰랐는데 한 번 멈췄다가 다시 걸으려고 하니까 통증이 고스란히 느껴졌다. 다시 구두를 신으려던 유라는 인상을 팍 찡그렸다. 발에 잡힌 물집 때문에 구두를 다시 신는 것조차 고통스러웠다.

결국 유라는 집 앞까지 구두를 질질 끌며 걷기 시작했다. 불편한 걸음으로 어기적어기적 언덕을 오르던 유라는 우뚝 걸음을 멈췄다. 대문 옆 벽면에 비스듬히 서서 땅바닥만 보고 있는 형찬이 보였다.

이럴 줄 알았으면 그냥 호텔에서 하루 지낼걸. 후회스러웠다. 그나마 마주치기 전에 먼저 그를 알아본 것이 지금으로써는 다행이었다. 유라는 억지로 구두에 발을 욱여넣고 흐트러짐 없는 걸음으로 천천히 걸어갔다.

"누가 보기라도 하면 어쩌려고 여기 있어?"

냉랭한 유라의 목소리에 형찬이 고개를 들었다.

"너 기다렸지."

"……."

"불안했어. 네가 안 올까 봐."

벽에 기대 있던 형찬이 힘없이 대꾸했다.

"왔으니까 됐다."

바보 같은 그는 다른 남자의 손을 잡고 사라졌던 자신에게 아무것도 묻지 않았다. 화를 내기는커녕, 안도하고 있었다.

"다리는 왜 그래?"

최대한 티 내지 않으려고 노력했는데 엉거주춤 서 있는 모습이 이상해 보였나 보다. 다리를 보던 형찬은 한숨을 내쉬더니 입고 있던 코트를 벗었다. 그리고 말릴 새도 없이 코트를 바닥에 깔고 주저앉았다.

"왜 이렇게 바보 같아."

누가 누구한테 할 소리인지 모르겠다. 구두를 바라보던 형찬이 발목을 붙잡았다. 거부하는 뜻으로 피해 봤지만 그의 손이 더 빨랐다.

조심스럽게 구두까지 벗긴 형찬은 코트 위에 발을 내려놓고 코트 팔 부분을 꾸깃하게 접어 시린 발을 감싸 주었다.

"발이 이 지경이 되도록 걸으면 어떻게 해? 날씨도 이렇게 추운데 감기라도 걸리면 어쩌려고. 가뜩이나 한 번 아프면 오래가서 걱정인데."

따뜻하게 해 줄 생각이었는지 형찬은 코트로 폭 감싸진 발을 꾹꾹 눌렀다. 그때 유라의 눈에 형찬의 손등이 보였다. 대체 차는 어디에 두고 밖에서 기다린 건지. 추위로 벌게져서 아파 보이기까지 하는 그의 손등이 유라를 울컥하게 만들었다.

"······아파."

"응?"

나지막하게 웅얼거리는 유라의 목소리에 형찬이 위를 올려다보았다.

"나······ 아프다고."

발이 아픈 게 형찬의 탓이 아닌데 애꿎은 그를 원망했다.

"정말 아파 죽겠는데, 당신이 더 아파하면 내가, 나보고 대체 어떻게 하라고……."

기어이 터져 나온 유라의 눈물 한 방울이 코트 아래로 툭, 떨어졌다. 미련했다. 끝까지 이 관계를 놓지 못하는 그도, 끝까지 그를 밀어내지 못하는 나 자신도.

유라의 눈물을 지켜보던 형찬이 자리에서 일어났다. 손을 잡으려는 형찬을 뿌리치며 밀어내려고 해 봤지만 그는 꼿꼿하게 서서 밀리지 않았다. 그저 유라의 아프지 않은 손짓을 묵묵히 받아 냈다.

"난 헤어져서까지도 널 아프게만 하네."

형찬은 흐느끼는 그녀의 눈물을 닦아 주며 뺨을 쓰다듬었다.

"근데 너도 똑같아."

"……."

"그러니까 우리 서로한테 못할 짓 그만하고, 그냥 사랑하자, 유라야."

동의를 구하던 형찬은 유라의 손짓이 잦아들자 조심스럽게 그녀를 품에 안았다. 내내 그리워했던 품에 안긴 유라는 울음을 터뜨렸다.

이제 더는 물러설 곳이 없었다. 인정해야 했다. 이 남자를 너무 사랑해서, 이 남자가 아니면 안 된다는 사실을. 아무리 힘들어도 그의 옆에 있어야 사는 게 사는 것 같았다. 유라는 차가운 그의 몸을 있는 힘껏 끌어안았다.

"내 모든 행동엔 항상 네 행복이 1순위였어. 네 행복은 내 행복이기도 하니까. 그래서 네가 이혼하자고 했을 때도 어떻게 해서든 붙잡고 싶었는데 그럴 수가 없었어. 네가 내 옆에서 힘들다니까. 네가 아프고 힘들면 나도 똑같이 아프고 힘드니까. 그래서 그날도, 다신 보지 말자고 하면서 펑펑 우는 널 보고 이제 정말 끝내야겠다고 생각했어."

감정을 남긴 채로 끝내는 것이 서로에게 얼마나 독이 되는지 헤어져 있는 동안 뼈저리게 느꼈다. 끊어 내기 힘들었고, 그래서 더 아팠기 때문에 유라는 형찬과의 이별에서 악역을 자처했다.

"그런데 널 안 보고 살면 내가 사는 이유가 없더라. 널 봐야 내가 숨이라도 쉬고 살 수 있을 것 같아. 그래서 왔어. 내가 죽을 것 같아서."

형찬의 담담한 말투가 마음을 쿡쿡 찔렀다. 이별은 두 사람이 하는 건데, 왜 자신만 더 힘들고 아플 거라고 생각했던 걸까. 유라는 형찬에게 미안해서 고개를 들 수가 없었다.

"다른 건 다 들어줄 수 있는데, 다신 보지 말자는 말만큼은 못 들어주겠어."

여린 어깨를 들썩이는 유라를 다독이던 형찬은 잠시 그녀를 품에서 떨어뜨리며 눈을 마주했다.

"이기적이라고 욕해도 돼."

유라는 눈물범벅이 된 얼굴로 고개를 저었다.

"……사랑해."

늘 숨기기만 했던 마음을 고백하는 건 처음이었다. 아무 기대 없던 형찬도 놀란 표정으로 그녀를 바라보았다.

"나는 한 번도 당신을 사랑하지 않은 적이 없어. 후회하지 않겠냐는 판사님 질문에 대답했을 때도, 어머니가 찾아와서 모진 소리 하셨을 때도, 당신한테 다신 보지 말자고 했을 때도 나는…… 나도 당신처럼, 여전히 사랑하고 있었어."

유라는 나머지 한 손으로 잡고 있던 그의 손등을 감싸 쥐었다.

"늘 참아야 한다고만 생각했어. 내가 서운해한다고 당장 뭔가가 바뀔 수 있는 상황이 아니었잖아. 그런데 매번 참았던 감정들이 쌓이다 보니까 나중에는 걷잡을 수가 없었어. 어느 날 정신을 차리고 보니까 내가 벼랑 끝에 가 있더라."

지친 마음에 모든 걸 놔 버리고 싶었던 그때는 이혼 말고 도저히 다른 방법이 생각나지 않았다. 그에게 나인지, 어머니인지 선택하라고 말하는 비참한 모습까지는 차마 보이고 싶지 않았다.

오랜 시간 묵혀 두기만 했던 속마음이 기다렸다는 듯 터져 나왔다. 형찬은 하고 싶은 말이 끝날 때까지 묵묵히 기다려 주었다.

"우린 너무 많은 상처를 받았고, 너무 많은 사람들한테 상처를 줬잖아. 아무리 사랑해서 다시 만난다고 해도 그때처럼 똑같은 일들이 되풀이될까 봐. 그럼 그땐 정말 내가 벼랑 끝에서 뛰어내릴까 봐……. 무서웠어."

먼저 끝냈기 때문에 차마 다가갈 엄두를 낼 수 없었던 못난 자존심. 또 한 번 상처받고 싶지 않았던 불안함. 그래서 손을 내밀어 주는 형찬에게 점점 거리를 두었다.

"나야말로 이기적이라고 욕해도 돼."

했던 말을 그대로 따라 하는 유라 때문에 형찬이 피식 웃었다.

"응. 엄청 이기적이었네."

"……뭐?"

"그래도 사랑해, 한유라."

이어지는 그의 고백에 주책없이 또 눈물이 난다.

"우리 이제 다신 헤어지지 말자."

목이 멘 유라는 그저 고개만 끄덕거렸다. 흐른 눈물이 메마른 볼을 쓰다듬던 형찬은 고개를 숙이며 유라에게 키스했다.

그와 키스를 하는 이 순간이 믿기지 않았다. 마음이 벅차올랐다. 유라는 팔을 뻗어서 형찬의 목을 끌어안았다. 코끝에 스치는 익숙한 형찬의 향에 심장이 요동쳤다.

그동안 참아 온 만큼 두 사람은 집 앞이라는 것도 까맣게 잊은 채로 누가 먼저랄 것도 없이 진한 키스를 나누었다. 맞잡고 있던 손은 어느새 따뜻해져 있었다. 그래서인지 불어오는 바람에도 하나도 춥지 않았다.

12화

암막 커튼으로 가려져 짙은 어둠이 깔린 고요한 방 안에 진동 소리가 울렸다. 설핏 잠에서 깬 유라는 눈을 뜨지 않은 채로 진동 소리가 나는 곳으로 손을 뻗었다.

"여보세요……."

– 자?

속삭이듯 묻는 나긋나긋한 목소리에 유라가 무거운 눈꺼풀을 들었다. 발신자를 확인한 그녀의 입꼬리가 저절로 올라갔다.

"응. 자."

수화기 너머로 형찬의 낮은 웃음소리가 들렸다.

– 이따가 저녁에 집 앞으로 갈게.

"왜?"

– 데이트해야지.

잠결이라 그런지 데이트를 하자는 그의 말이 아득하게 들려왔다. 유라는 휴대폰을 귀에서 뗐다. 액정에 통화 시간이 부지런히 넘어가는 것을 보면 분명 꿈은 아니다.

다시 그와 만나기 시작했다는 게 실감이 났다. 유라는 희미하게 미소 지었다.

– 여보세요? 유라야?

대답이 돌아오지 않자 애타는 형찬의 목소리가 다시 들려왔다.

"알았어. 그럼 6시에 봐."

– 응. 좀 더 자.

부드럽게 다독이는 목소리를 마지막으로 전화가 끊겼다.

기분 좋은 느낌 그대로 휴대폰을 손에서 내려놓고 한참을 잔 것 같다. 형찬을 만난 이후로는 여러 생각과 걱정 때문에 잠을 설치는 경우가 많았는데, 오랜만에 아무 근심 걱정 없이 푹 잔 하루였다.

허리가 뻐근한 느낌에 잠에서 깬 유라는 베개 밑에 깔려 있는 휴대폰을 꺼냈다.

오후 2시.

자리에서 일어난 유라는 암막 커튼을 젖히고 거실로 나갔다. 엄마는 사우나를 다녀오겠다는 메시지와 함께 나가고 집에 없었다.

차려진 아침을 먹고 여유롭게 커피까지 마신 유라는 가벼운 마음으로 눈에 보이는 집안일을 시작했다.

밀린 빨래를 돌리는 사이, 설거지와 방청소를 끝내 놓으니 어느덧 4시가 넘어가고 있었다. 뒤늦게 시간을 확인한 유라는 부지런히 샤워를 하고 나왔다.

그리고 화장대에 앉아 평소 쓰지 않았던 화장품들을 쭉 늘어놓았다. 약국에서는 거의 화장기 없는 얼굴이라 공들이는 화장은 퍽 오랜만이었다.

"유라 나갔니?"

화장을 마치고 입고 나갈 옷을 고르고 있을 때였다. 현관문 열리는 소리와 함께 현숙의 활기찬 목소리가 들렸다. 유라는 들고 있던 옷을 내려놓고 거실로 나갔다.

"아니, 나 여기 있어."

사우나에서 발갛게 달아오른 얼굴로 돌아온 현숙은 오랜만에 멋을 부리는 딸의 모습에 열려져 있던 방을 슬쩍 곁눈질했다.

"어디 나가려고?"

"아, 응. 저녁 약속 있어서."

저녁 약속이란 말에 현숙의 입꼬리가 씩 올라갔다. 유라는 좋아하는 티가 역력한 엄마의 표정 변화에 어색하게 웃었다.

"남자?"

"근데 왜 불렀어? 무슨 일 있어요?"

남자라고 순순히 말하면 질문 세례가 쏟아질 게 뻔했고, 그렇다고 형찬을 만난다고 솔직하게 말하기는 아직 일렀다. 일부러 티 나게 말을 돌리는 딸의 행동에 현숙은 손을 저었다.

"그래, 알겠어. 안 물어볼 테니까 부담 갖지 말고 그냥 만나기라도 해. 알았지?"

유라가 멋쩍은 웃음으로 대답하자 현숙이 속으로 또 한 번 놀랐다. 정말 남자가 있긴 한 거구나! 그녀의 눈빛이 기대감으로 가득 찼다.

옷을 갈아입고 나온 유라는 거실에서 TV를 보고 있는 현숙에게 다가갔다. 집에 엄마만 혼자 두고 나가는 것이 아무래도 마음에 걸렸다.

"엄마. 오늘 저녁 혼자 드시지 말고……."

"쓸데없는 걱정 하지 말고 얼른 나가 봐. 엄마 혼자 밥 먹는 것도 좋아해."

얼른 나가 보라며 재촉하는 현숙 때문에 약속 시간보다 일찍 나와야 했다. 유라는 형찬이 올 방향으로 천천히 걸어 내려갔다. 큰길로 나가게 되면 엇갈리게 될까 봐 집으로 들어오는 골목 초입에서 그를 기다렸다.

정확히 저녁 6시가 되자마자 골목으로 차 한 대가 들어왔다. 골목을 서성거리는 유라를 발견한 형찬은 그녀 앞에 차를 세웠다. 유라가 조수석에 타자 그가 어리둥절한 얼굴로 물었다.

"왜 여기서 기다리고 있어?"

"이쪽으로 올 것 같아서."

형찬은 차가운 유라의 손을 잡았다.

"기다리는 거 하지 마. 앞으로는 전화해. 빨리 오라고 짜증 내고, 닦달도 해."

"오늘은 좋았어."

어스름하게 저무는 그림 같은 석양을 바라보면서 형찬과 어디서 무엇을 할지 상상하는 재미에 기다리는 시간이 하나도 지루하지 않았다.

"이제 우리 어디 가?"

"글쎄."

능청을 떨며 장소를 감추는 형찬의 행동에 유라는 웃으며 더는 묻지 않았다. 아무것도 모르고 그가 이끄는 대로 따라가는 데이트는 그것대로 설레니까.

"배고프지? 밥 먹고 갈까?"

"난 점심 늦게 먹어서 괜찮은데. 당신은?"

"나도 괜찮아. 그럼 휴게소 들러서 군것질거리 사 가자."

"좋아!"

유라의 목소리가 밝게 올라갔다. 그와 함께 놀러 가는 게 제주도 신혼여행 이후로 처음이라서 마음이 들뜨기 시작했다.

주말 저녁 휴게소에는 차와 사람들로 정신이 하나도 없었다. 형찬이 주차할 자리를 찾는 동안 차에서 먼저 내린 유라가 간식 코너로 향했다.

"소시지, 핫도그, 통감자, 버터구이 오징어⋯⋯."

메뉴들을 읊어 보며 살피던 유라의 눈이 방황하기 시작했다. 먹고 싶은 간식이 많아서 결정이 쉽지 않았다.

분명 아까까지만 해도 배가 안 고팠는데 막상 구경하기 시작하니까 배에서 꼬르륵 소리가 나는 것도 같다. 일단 유라는 형찬이 먹을 소시지 하나를 골랐다.

"호두과자도 맛있겠는데."

소시지에 케첩을 뿌리며 심각하게 고민하고 있을 때였다.

주차 전쟁을 끝내고 온 형찬이 다가와 허리를 감싸 안았다.

"샀어?"

유라는 흘끔 형찬을 올려다보았다.

"나 먹고 싶은 게 너무 많아."

진지한 그녀의 말에 형찬이 웃음을 터뜨렸다.

"뭐 먹고 싶은데? 다 말해 봐."

"호두과자랑 통감자, 버터구이 오징어도 먹고 싶고…… 만두도! 아, 찾아보니까 여기 휴게소 튀김우동도 그렇게 맛있대."

"욕심쟁이네. 소화도 잘 못 시키면서."

틀린 말이 아니라 딱히 반박할 수가 없었다.

"사고 남으면 남편이 다 먹어 주면 되겠네. 뭘 그런 걸로 고민을 해?"

유라가 시무룩한 표정을 짓자 호두과자를 포장하던 아주머니가 대화를 듣고 한마디 툭 흘렸다.

"남편으로 보여요?"

"아니야?"

유라는 형찬을 힐끔 쳐다보며 짓궂은 미소를 지었다.

"아직은 아니에요."

"남자는 그놈이 그놈이야."

오지랖 넓은 아주머니는 갓 구운 호두과자 하나를 시식용으로 건네주었다. 넙죽 받아서 반쪽을 먹어 본 유라가 남은 반쪽을 형찬에게 먹여 주었다. 바삭하고 고소한 호두와 적당히 달달한 팥이 어우러져 맛있었다.

"맛있다."

맛을 본 형찬이 망설임 없이 지갑을 꺼내자 아주머니가 방 긋 웃었다.

"사람 괜찮네."

"감사합니다."

의도가 훤히 보이는 칭찬이었지만 기분은 좋았다. 계산을 한 형찬이 통감자 코너를 가리키며 말했다.

"먹고 싶은 거 다 사."

"진짜?"

"응."

하지만 아무리 잘 먹는 형찬이라도 말했던 음식을 다 먹을 순 없었다. 고민하던 유라는 고개를 저었다.

"아니야. 나머지는 다음에 놀러 갈 때 사 먹자."

"아쉽지 않겠어?"

유라는 웃으며 고개를 끄덕거렸다. 앞으로 함께할 시간은 많고, 이게 끝이 아니라고 생각하니 전혀 아쉽지 않았다.

형찬이 데리고 온 곳은 서울 근교에서 겨울마다 열리는 별 빛축제였다. 축제를 시작한 지 얼마 안 돼서 사람은 생각보다 많지 않았다.

오색찬란한 LED 조명으로 꾸며진 넓은 잔디 광장은 온통 빛 물결로 찬란하게 넘실거렸다. 야경을 좋아하는 유라는 희미 하게 보이는 광장에서 눈을 떼지 못했다.

"예쁘다."

창가에 달라붙어 있는 유라를 보니 형찬은 마음이 뿌듯했 다. 라디오에서 나오는 별빛축제 홍보를 듣자마자 유라를 떠올렸다. 별빛축제를 보며 아이같이 좋아할 그녀의 표정을 상상하니 무조건 보여 줘야겠다는 생각뿐이었다.

"빨리 가서 구경하자."

광장 앞 주차장에서 내린 두 사람은 입구까지 천천히 걷기로 했다. 걸어가는 내내 유라는 주변을 두리번거리며 감탄했다.

"우와, 형찬 씨. 저기 좀 봐!"

광장 안으로 들어가자마자 유라가 그를 끌어당겼다. 불빛이 가득한 광장 뒤로 보이는 산은 며칠 전에 왔던 눈이 녹지 않아서 그야말로 백색의 설원이었다.

게다가 바닥에 평평히 깔린 눈길에 알록달록한 빛이 더해지니 훨씬 운치 있어 보였다. 유라는 곧장 휴대폰을 꺼내 이곳저곳을 사진으로 담기 시작했다.

"유라야."

"응?"

유라가 살짝 몸을 틀어 고개를 돌리자 어느새 휴대폰을 꺼낸 형찬이 그녀의 모습을 찍었다. 유라는 수줍은 듯 웃으며 다가갔다.

"잘 나왔어?"

"응."

하지만 사진을 확인한 유라는 실소를 터뜨렸다.

"이게 뭐야. 흔들려서 완전 이상하잖아!"

"아닌데. 예쁘기만 한데."

다시 한 번 사진을 보던 형찬이 환한 미소를 지었다. 유라는 어떻게 사진을 찍어도 예뻤다.

"저기서 사진을 제일 많이 찍나 봐."

형찬은 사람들이 모여 있는 곳을 가리켰다. 동화 속 한 장면을 연상시키는 그곳에는 다양한 나무들이 알록달록한 조명을 달고 사람들을 유혹하고 있었다.

"우리도 가서 사진 찍을까?"

"응!"

사진 찍는 걸 어색해하지만 이왕 온 김에 둘이서 찍은 제대로 된 사진 한 장 정도는 남기고 싶었다. 형찬과 손을 잡고 걷던 유라는 다른 연인들이 찍는 모습들을 바라보며 말했다.

"여기 올 줄 알았으면 셀카봉 챙겨 올걸."

"셀카봉보다 더 좋은 거 있잖아."

형찬은 자신의 팔뚝을 툭툭 치더니 최대한 길게 뻗어 올렸다. 그의 자신만만한 태도에 유라가 웃음을 터뜨렸다.

"저희 사진 한 장만 찍어 주시면 안 돼요?"

그때 나무 옆에 서 있던 남자가 뛰어와 휴대폰을 주며 부탁을 해 왔다. 형찬은 흔쾌히 휴대폰을 건네받아 사진을 여러 장 찍어 주었다.

"두 분도 찍어 드릴까요?"

휴대폰을 건네받은 남자가 묻자, 멀찌감치 서 있던 유라가 눈을 깜빡거리며 긍정의 눈빛을 보냈다.

"그럼 저희도 부탁드릴게요."

형찬은 휴대폰을 건네주었다.

"남자분 조금만 더 왼쪽으로요."

사진을 찍어 주겠다는 어린 커플은 열정적이었다. 카메라를 여러 각도로 들어서 찍더니 급기야 조명이 어둡다면서 자신들의 휴대폰으로 플래시를 켜서 찍어 주기까지 했다.

"고맙습니다."

"두 분 진짜 잘 어울려요!"

남자 친구 옆에서 내내 사진 찍는 걸 코치해 주던 여자가 두 사람을 향해 엄지를 치켜세워 주었다. 형찬과 유라는 서로를 바라보며 미소를 지었다.

"그쪽도 잘 어울려요. 예쁜 사랑 해요. 싸우지 말고."

"네!"

여자의 해맑은 대답이 민망했는지 남자 친구가 도망치듯 먼저 뛰어가기 시작했다. 두 커플의 추격전을 바라보던 유라가 피식 웃었다.

"귀여운 커플이네."

"그러게."

형찬과 유라는 두 사람이 찍어 준 사진을 확인해 보았다. 나란히 서 있는 모습만 찍었던 형찬에 비해 어린 커플은 두 사람이 서로를 바라보고 있거나, 형찬이 유라의 머리를 쓰다듬어 주는 자연스러운 모습들을 전부 찍어 주었다.

그 자리에서 한참 더 사진을 찍은 두 사람은 별빛축제의 가장 끄트머리에 있는 한적한 빛담길을 걸었다. 곳곳에 설치되어 있는 LED 조명 장미가 아름다웠다.

"오늘 사무실 자리 구했어."

"벌써? 어디로?"

"강남. 광호가 알아봤는데 근처에 사무실도 많고 가격도 괜찮아서 곧장 계약했대."

"그럼 사무실은 언제 여는 거야?"

"음. 사람은 이미 다 구했고, 인테리어 마무리되면 2주 뒤?"

예상보다 사무실을 빨리 구하는 바람에 오픈 준비 역시 빨라졌다. 여러모로 빠듯한 시간이었다.

"일 시작하면 한동안은 다시 바빠질 거야."

오래전에 손에서 놨던 일을 다시 시작하는 입장이었기 때문에 형찬은 더욱 긴장이 됐다. 유라는 그의 손을 꼭 잡아 주었다.

"그럼 지금 많이 봐 둬야겠다."

"2주 동안 맘껏 부려 먹어."

"당신 부려 먹을 일이……."

짧게 고민하던 유라가 피식 웃으며 대답했다.

"우리 약국 와서 아르바이트할래?"

"그래도 돼?"

농담으로 던진 말에 진심으로 되묻는 형찬 때문에 유라는 오히려 당황했다.

"뭐야, 진심으로 받아치지 마."

"왜? 난 좋아. 2주 아르바이트 써 주는 데는 흔치 않거든. 내 애인이 백수는 싫어서 놀지 말고 일해야 된단 말이야."

자신과 수연 틈에서 계산을 하며 영수증을 챙기고 있을 그를 떠올리니 웃음이 나올 것 같았다. 상상한 유라가 입술에 힘을 주며 웃음을 참고 있자 형찬이 고개를 갸웃댔다.

"왜 웃어?"

"당신은 왜 웃는데?"

"네가 웃으니까."

"약국에 있는 당신 모습 상상하니까 웃겨서."

"근데 나 진심인데."

형찬은 걸음을 멈추고 유라를 바라보았다.

"계산 같은 보조 일은 나도 할 수 있어. 손힘도 좋아서 카드도 한 번에 잘 긁을 수 있고, 처방전 정리도 깔끔하게 잘할 수 있어. 또⋯⋯."

"또?"

"월급도 안 받을 수 있어."

그의 달콤한 제안에 유라의 귀가 잠시 솔깃해졌다.

"와, 마지막 제안에 넘어갈 뻔했다."

"그냥 넘어오지?"

"당신 수연이한테 구박받아."

"구박받으면 어때. 한유라를 매일 볼 수 있는데."

넉살 좋게 받아치는 그의 말에 유라는 고개를 흔들었다. 형찬과 수연이 티격태격하는 모습은 상상만으로도 피곤했다. 그런데 희한하게 그 모습이 싫지가 않았다.

"그럼 회사는 다 정리한 거야?"

"응. 김 상무님께 말씀드렸어."

"어머니는?"

"아직. 조만간 본가 가려고."

"많이 놀라실 것 같은데⋯⋯."

어머니의 노기를 그가 감당할 수 있을까. 유라가 웃음기를 거두고 심각해지자 형찬이 그녀의 볼을 꾹 눌렀다.

"놀라셔야 할 일이라면 놀라셔야지. 그러다 보면 하나씩 받아들이시겠지."

형찬의 말에 유라의 고개가 저절로 끄덕여졌다.

"김 상무님이 힘드시겠다."

"애인 힘든 것부터 생각해 주면 안 될까? 요즘 완전 수험생 된 기분인데."

"엿 사 줄까?"

"나 엿 먹으라고?"

일부러 욕처럼 들리게끔 말하는 형찬 때문에 유라가 빵 웃음을 터뜨렸다.

"아니, 그런 뜻이 아니잖아!"

"아닌데. 분명 의도가 불순해 보였는데."

"아니거든요."

"변했다, 한유라. 나한테 엿 먹으라는 말까지 하고."

"에이. 왜 그래."

유라는 한숨을 푹푹 내쉬는 형찬의 기분을 애교로 풀어 줘야 했다. 사실 기분이 가라앉지 않았다는 걸 서로 알고 있었지만 누구도 먼저 내색하지 않았다. 그저 우연히 시작된 이 상황극을 즐겼다.

"형찬 씨."

"응?"

"고마워."

빛담길 끝자락에 다다른 유라가 그를 지그시 올려다보았다.

"뭐가?"

"그냥…… 다."

이렇게 멋진 공간 속에 데려와 줘서 고맙고,

이 공간 속에 함께하고 있는 사람이 당신이라서 또 고마워.

부끄러운 마음에 싱거운 대답으로 대신한 유라는 그에게 팔짱을 끼며 왔던 길로 다시 돌아 걸었다. 모든 것이 완벽한 겨울밤의 데이트였다.

유라를 데려다주고 아파트에 도착한 형찬이 우편물을 가지러 1층으로 올라갔다. 마침 자리에 있던 경비원이 그를 알아보고 자리에서 일어났다.

"1204호 맞으시죠? 물건 가져가세요."

"물건이요?"

최근에 택배 시킨 적이 없는데. 형찬이 의아한 얼굴로 서 있자 경비원은 CCTV 구석에 두었던 짐을 끙끙거리며 꺼냈다.

"요즘 어머니가 뜸하시다 했는데 오랜만에 오셨더라고요."

익숙한 쇼핑백들이 눈에 띄었다. 어머니가 두고 간 것은 한의원에서 새로 지은 듯한 보약과 여전히 한가득 챙겨 준 반찬들이었다. 형찬은 경비원에게 인사를 하고 물건을 받아 엘리베이터를 탔다.

집으로 들어온 그는 곧장 냉장고를 열어 생수를 꺼냈다. 뚜껑을 따서 물을 마시려는데, 냉장고에 있는 남은 한약들과 먹지 않은 반찬이 그대로 있을 반찬통들이 눈에 띄었다.

곤란한 표정으로 눈썹을 매만지던 형찬은 마시려던 생수를 내려놓고 식탁에 놓았던 새 보약과 반찬들을 물끄러미 바라보았다.

뒷목 잡게 만드는 자식이 뭐가 걱정이 돼서 이렇게까지 하시는지. 감사하기도 하고, 죄송하기도 하고, 이렇게까지 자식을 사랑하는 어머니가 왜 자식이 사랑하는 여자는 인정하지 않으셨는지 원망스럽기도 하고.

아들을 생각하는 모친의 마음에 복합적인 감정들이 머릿속을 어지럽혔다.

휴대폰을 꺼내 어머니에게 연락을 할까, 말까 망설이던 형찬은 한참을 고민 끝에 그만두기로 했다. 지금 전화해서 감사하다는 마음을 내비치는 순간 모친은 또다시 선을 넘고 자신의 문제에 개입하려고 들 것이다.

이제 그래서는 안 됐다. 유라와 다시 만난 이상, 어머니에게 제대로 선을 그어야만 했다. 형찬은 약해지려는 마음을 다잡았다.

옷을 갈아입고 씻고 나온 사이에 유라에게 전화가 와 있었다. 부재중 전화 표시를 본 형찬은 머리를 다 말리기도 전에 전화를 걸었다.

– 여보세요?

헤어진 지 몇 시간 지나지도 않았는데 목소리를 들으니 대책 없이 또 보고 싶다. 형찬은 수건을 내려놓고 그대로 소파에 앉았다.

"미안. 씻느라 전화 못 받았어."

– 그럴 것 같았어. 그냥, 잘 도착했는지 궁금해서.

"보고 싶어, 유라야."

훅 들어온 고백에 할 말을 잃은 건지 그녀에게서 대답이 없었다. 쥐 죽은 듯 조용한 반응에 형찬은 괜스레 긴장했다.

– 나만큼은 아닐걸.

"⋯⋯."

– 나도 많이 보고 싶어.

방금 전까지 침묵으로 사람 심장을 내려앉히더니 이번에는 담담한 고백으로 사람 심장을 내려앉힌다. 제 마음을 들었다 놨다 하는 유라 때문에 수명이 줄어들 것 같지만 그래도 좋다. 형찬은 나른한 웃음을 지으며 아예 소파에 기대 버렸다.

"뭐 하고 있어?"

– 나도 씻고 나와서 이제 좀 쉬려⋯⋯. 응? 엄마?

유라의 목소리 너머로 그녀를 부르는 다른 목소리가 가까이서 들렸다. 유라를 부르는 현숙의 목소리였다. 부석거리며 소음을 내던 전화는 이렇다 할 상황 설명 없이 뚝 끊겨 버렸다. 형찬은 끊어진 전화를 보며 아쉬움을 삼켜야 했다.

자리에서 일어나 머리를 다 말리고 침대에 앉아 읽기 시작한 책이 중반에 들어설 때쯤에야 유라에게서 문자 한 통이 도착했다.

[미안해. 엄마가 갑자기 방에 들어오셔서.]

문자를 본 형찬은 보고 있던 책을 덮었다. 갑작스러운 어머니의 등장에 휴대폰을 붙잡고 당황했을 유라의 얼굴이 눈에 선했다. 짐작은 하고 있었지만, 유라의 메시지를 받으니 마음이 착잡했다.

[괜찮아.]

집에서 연락을 할 때는 같이 사는 어머니의 눈치를 봐야 하기 때문에 아무래도 유라가 불편할 것이다. 눈치 보면서 지냈던 건 제집에서 살던 2년으로도 차고 넘치는데, 그녀에게 또다시 눈치 봐야 하는 상황을 마주하게 한 것이 오히려 미안했다.

한참 뒤 침대 위에 있던 휴대폰이 시끄러운 진동을 울려 댔다.

"여보세요."

형찬이 태연한 목소리로 전화를 받았다.

– 거짓말. 하나도 안 괜찮으면서.

다 알고 있다는 듯, 전화를 받자마자 유라가 놀리는 투로 물었다. 형찬은 순순히 시인했다.

"안 괜찮은데, 괜찮아."

– 어? 나 그 기분, 어떤 건지 아는데.

남들은 이해하지 못하는 이상한 말을 해도 공감해 주는 그녀 하나만 있으면 충분했다.

유라는 현숙에게 들었던 세탁소 진상 손님 이야기를 해 주었다. 그런데 말하는 사이에 가끔씩 숨을 죽이고 눈치를 보는 것이 느껴졌다.

불편함을 감수하며 통화하는 유라에게 미안했던 형찬은 일찍 전화를 끊었다.

통화 종료를 누르자 차마 바꾸지 못했던 '♥와이프♥'라는 이름과 함께 웃고 있는 그녀의 사진이 액정에 떴다 사라졌다.

13화

몸과 마음의 긴장이 풀린 탓인지 지독한 겨울 감기에 걸렸
다. 마음 같아서는 버틸 수 있는 만큼 버텨 보고 싶었는데 유
라에게 옮기면 안 되기 때문에 병원에 가서 제대로 진찰받고
빨리 나아야 했다.

사무실 근처에 있는 병원으로 가려던 형찬은 유라도 볼 겸
성신타워 1차로 향했다. 주차장에 있는 엘리베이터 앞에서 건
물에 있는 병원들을 확인하던 그는 곧장 2층 이비인후과로 올
라갔다.

"어서 오세요."

일부러 점심시간 끝나는 때에 맞춰서 왔는데 병원 안에는
열 명이 넘는 사람들이 진료를 기다리고 있었다. 안 되겠다 싶
어서 다시 나오려는데 문 옆에 자랑스럽게 걸어져 있는 의사의

사진이 낯이 익었다. 그놈이었다.

"이비인후과 원장이었어?"

형찬은 영민의 사진을 뚫어져라 바라보았다.

"저기…… 진료받으시려면 접수하셔야 되는데요."

"아, 네."

간호사의 수줍은 목소리에 형찬은 우선 접수를 했다. 그리고 본격적으로 병원 안을 둘러보기 시작했다. 깔끔하게 인테리어된 병원 내부 곳곳에는 영민이 TV에 출연했던 모습들과 유명 연예인들과 찍은 사진들의 액자가 걸려 있었다.

"그렇게 안 보였는데 자기애가 뛰어나시네."

형찬은 걸그룹 사이에서 해맑게 웃고 있는 영민의 사진을 보며 중얼거렸다. 접수처에 앉아 있던 간호사들이 힐끔힐끔 쳐다보는 게 느껴졌지만, 그는 아랑곳하지 않고 부지런히 돌아다니며 영민의 이력을 살폈다. 적을 파악해야 공략을 세울 수 있으니까.

"박형찬 님. 1번 진료실로 들어오세요."

30분 넘게 기다리고 나서야 진료실 앞 모니터에서 이름이 호명됐다. 진료실 안으로 들어가자 웃는 얼굴로 돌아서던 영민이 얼굴을 확인하고 화들짝 놀랐다.

"여, 여기 어떻게……."

"진료받으러 왔는데요."

형찬이 태연하게 자리에 앉았다. 영민은 바짝 경계하며 그를 바라보았다.

"여기 제 병원인 거 알고 오셨나요?"

"아니요. 와서 알았습니다."

"하긴. 알았으면 여기로 안 오셨겠죠."

"당연하죠."

총만 없다 뿐이지, 팽팽한 긴장감이 감도는 게 흡사 전쟁을 앞둔 군인들 같았다.

"어디가 불편하셔서 오셨어요?"

"감기에 걸려서 목이 좀 칼칼하고, 열도 나는 것 같네요. 유라랑 주말에 데이트를 오래 해서 그런가."

스스로 생각해도 유치했지만, 유치한 것만큼 잘 통하는 것도 없다. 아니나 다를까, 영민의 얼굴이 뾰로통해졌다.

"약사님이랑 화해하셨나 봐요."

"사랑싸움은 칼로 물 베기라잖아요."

그러니까 함부로 끼어들 생각 하지 마. 형찬은 웃는 얼굴이었지만 살벌한 눈빛으로 그에게 경고했다.

"이, 일단 열부터 재 보죠."

그 눈빛에 압도당한 영민은 그의 귀에 체온계를 댔다. 38도. 독감 정도는 아니었지만 그래도 미열이 있는 편이었다.

"아— 해 보세요."

"아."

영민은 막대기로 혀를 고정시키고 목 안을 자세히 확인했다. 일부러 더 꾹 누르는 것 같은 건 기분 탓일까. 형찬은 헛구역질이 나오려는 걸 간신히 참아 냈다.

"편도가 많이 부으셨네요. 일단 약 3일 치 지어 드릴게요."

빠른 손놀림으로 키보드를 두드리던 영민이 모니터에 시선을 고정한 채 말했다.

"아, 엉덩이 주사도 한 대 맞고 가시죠."

"네?"

영민은 당황한 얼굴의 형찬을 향해 씩 웃었다.

"한 약사님이랑 데이트하시려면 빨리 나으셔야죠."

혈관 주사로 해도 될 것을 엉덩이 주사로 놓다니. 이건 명백
한 복수다. 하지만 영민에게 아쉬운 소리를 하기는 더 싫었다.
형찬은 일단 주사실로 향했다.

"저기요. 간호사님."

"네?"

"이 주사, 팔뚝에 맞으면 안 되나요?"

둘만 있는 은밀한 장소에서 그윽한 목소리로 부탁하는 형찬
때문에 간호사의 얼굴이 화르륵 붉어졌다. 다행히 그가 맞을
주사는 성분이 같아서 팔뚝이나 엉덩이, 어느 부위든 상관없었
다.

"팔 좀…… 걷어 주세요."

"고맙습니다."

위기를 벗어난 형찬은 팔을 문지르며 의기양양하게 주사실
에서 나왔다. 처방전을 받기 위해 잠시 자리에서 기다리는데
접수처에 앉아 있던 간호사들이 눈치를 보며 수군거렸다.

"그럼 진짜 차인 거야?"

"그런 것 같아. 요즘 통 약국에 안 내려가시잖아."

"그러고 보니까 은 약사님이 안 올라오신 지도 꽤 됐네."

"차인 거 확실하다니까."

형찬은 굳게 닫혀 있는 진료실을 노려보았다.

대체 얼마나 티를 내고 다녔길래 온 동네방네 소문이 난 거야?

"박형찬 씨. 처방전 나왔습니다."

영민의 실연을 확신하던 간호사의 부름에 형찬은 접수처 앞으로 다가갔다. 진료비를 받은 그녀는 친절한 미소를 지으며 처방전을 건네주었다.

"약국은 1층에 있습니다."

"네, 알죠. 제 애인이 하는 곳인데요."

형찬은 일부러 무심한 목소리로 툭 흘리듯 말했다. 아니나 다를까, 그의 말을 들은 간호사가 호기심 가득한 눈으로 위를 올려다보았다.

"애인요?"

"1층 약국에 약사님 두 분인데. 어느 약사님요?"

"왠지 한 약사님이실 것 같아. 맞죠!"

형찬은 멋쩍은 웃음을 지으며 고개만 끄덕였다.

"대박!"

"어머머머. 그럼 언제부터 만나신 거예요?"

그의 말이 철저한 계산 아래 던져진 미끼라는 것도 모른 채 간호사들은 본인들이 모시는 원장의 연적에게 완전히 현혹되어 버렸다.

"캠퍼스 커플이었어요."

생각보다 훨씬 오래된 두 사람의 관계에 간호사들 모두 놀란 표정이 됐다.

"어쩜⋯⋯. 울 원장님 닭 쫓던 개⋯⋯."

그때였다. 환자가 들어오지 않는 걸 의아하게 여긴 영민이 진료실 문을 빠끔히 열고 나왔다. 그는 왜 아직도 거기 있냐는 눈빛으로 형찬을 바라보았다.

"어머. 내 정신 좀 봐."

영민을 본 간호사는 그제야 모니터 화면에 다음 환자 이름을 띄웠다. 소기의 목적을 달성한 형찬은 처방전을 챙겼다.

"그럼 1층 약국 홍보 잘 부탁드려요."

마지막으로 영민을 향해 싱긋 웃어 준 형찬은 유유히 이비인후과를 나왔다. 빼곡하게 적힌 처방전을 확인하던 그는 에스컬레이터를 바라보았다. 그리고 결심한 얼굴로 1층이 아닌, 3층으로 올라갔다.

"요즘 젊은 약사님이 자주 나와 계시네."

"제가 더 젊은 걸 알아봐 주신 유일한 손님이세요."

"내가 보는 눈이 좀 있어. 그래서 암만 골골대도 안과는 가 본 적이 없다니까."

"어쩐지. 눈이 초롱초롱하시더라."

한동안 유라와 번갈아 가며 카운터를 봤던 수연의 넉살이 부쩍 늘어 가고 있었다.

추워진 날씨 때문에 A형 독감이 급속도로 유행하면서 약국이 분주해졌지만, 손님들과 이런저런 이야기를 주고받으며 즐겁게 수다를 떨다 보면 힘든 줄을 몰랐다.

"안녕히 가세요."

"은 약사! 나 이것 좀!"

"어? 유 사장님."

유 사장은 몸보다 큰 박스 하나를 끙끙대며 들고 왔다. 카운터에 있던 수연은 잽싸게 다가가 문을 열어 주었다. 박스까지 대신 받아 주기를 기대했던 유 사장은 수연이 문만 열고 돌아서자 입술을 삐죽거리며 테이블에 내려놓았다.

"어유, 이게 누구야. 우리 은 약사, 요즘 얼굴 보기가 아주 하늘에 별 따기네. 많이 바쁜가 봐?"

"바쁜 건 아니고 집에 좀 일이 있어서요."

"그랬구나. 근데 뭐, 집에 일 하나 없는 사람 있나. 그치?"

"아…… 하하하."

예상대로 유 사장은 아들 결혼식에 오지 않은 것에 뒤끝을 보이고 있었다. 수연은 억지로 입꼬리를 늘리며 방금 약제실에서 나온 유라에게 도움의 눈빛을 보냈다.

"유 사장님, 오셨어요?"

"응, 한 약사."

"그 박스는 뭐예요?"

"아, 이거."

유 사장은 가져온 박스에서 결혼 답례떡을 꺼냈다.

"원래 아침에 돌렸어야 됐는데 생각보다 너무 늦게 나왔어. 그래도 이제 막 찾아온 거라 따끈따끈해."

유 사장은 보란 듯이 하나를 꺼내서 유라에게만 건네주었다. 하지만 축의금을 낸 수연도 당당히 먹을 권리가 있었다. 수연은 냉큼 박스에 손을 뻗어 떡을 집었다.

"잘 먹을게요. 마침 저녁 시간이라 배고팠는데."

냉큼 포장을 뜯어 떡을 먹는 수연을 못마땅하게 바라보던 유 사장은 유라에게 시선을 돌렸다.

"그나저나 한 약사, 애인 있다며?"

"네?"

당황한 유라가 되묻자, 수연은 꿀떡을 입에 넣으려다 말고 그녀를 바라보았다.

"선배. 나 몰래 애인 생겼어요?"

아직 수연에게는 형찬에 대한 이야기를 하지 못했다. 오늘 그가 약국으로 오면 정식으로 말할 생각이었는데 이런 식으로 전해 듣게 만들다니 난처했다.

"어떻게…… 아셨어요?"

"은 약사도 몰랐어? 지금 간호사들이 난리도 아니야. 여자인 자기네들보다 피부가 더 하얗다고, 아주 연예인같이 생겼대."

"피부가 하얗고 연예인……."

유 사장의 말을 곱씹던 수연의 표정이 점점 굳어졌다.

"어쩐지. 내가 그렇게 한 약사한테 김 원장 들이댈 때도 웃으면서 모른 척하더니. 하긴, 김 원장이 착하긴 해도 인물은 좀 없지?"

유 사장이 영민의 흉을 보며 웃고 있을 때였다. 청아한 종소리와 함께 약국 문이 열렸다.

"어서 오세……요."

하필이면 약국에 들어선 사람이 형찬이었다. 그를 보자마자 눈을 부릅뜨는 수연에 비해, 유 사장은 초롱초롱한 눈빛으로 그를 위에서 아래로 훑어보았다.

"혹시 한 약사 애인?"

"네. 안녕하세요."

형찬의 살가운 인사에 유 사장은 연예인이라도 본 사람처럼 손뼉을 쳤다.

"어머, 세상에. 반가워요. 나는 이 건물 주인이에요."

"아. 말씀 많이 들었습니다."

"진짜 간호사들 말이 맞았네. 어쩜 이렇게 피부가 하얘요? 남자가 모공도 하나도 안 보이네. 입술도 여자 입술보다 빨갛고."

구체적으로 이어지는 외모 칭찬에 형찬은 민망했는지 하하 하 웃기만 했다. 대놓고 그의 얼굴을 뚫어져라 바라보던 유 사장은 갑자기 서둘러 박스를 챙겼다.

"떡 돌려야 되는데 여기서 너무 시간을 보냈네. 그럼 다음에 또 봐요. 한 약사, 은 약사, 수고해."

"조심히 가세요."

입이 깃털처럼 가벼운 유 사장은 분명 지금 당장 2층으로 올라가 형찬의 얼굴을 보고 왔다며 이야기를 할 것이다. 소문의 근원지를 추리해 보던 유라는 그를 의심의 눈초리로 바라보았다.

"어떻게 된 거야?"

"뭐가?"

"지금 그 질문은 내가 두 사람한테 해야 될 것 같은데."

한바탕 휘몰아치고 사라진 유 사장 때문에 가장 중요한 사람을 잊고 있었다. 유라는 수연을 바라보았다. 배신감에 찬 그녀의 눈에서 불꽃이 튀고 있었다.

"언제부터예요?"

"……유 사장님 아들 결혼식 날."

"허."

수연은 허탈한 얼굴을 했다. 어쩐지 며칠 전부터 유라가 부쩍 밝아졌다. 저렇게 괜찮은 척하다 보면 언젠가는 진짜 괜찮아지는 순간이 오겠지. 상황을 몰랐을 땐 그렇게 생각했었다.

"퉁퉁 부은 얼굴로 다신 형찬 오빠 안 보겠다고 할 땐 언제고……!"

"유라 얼굴이 퉁퉁 부었었어?"

"부었기만 했겠어? 아주…….."

세상 다 산 사람 얼굴 같았단 말이야!

미안한 마음에 혼자 마음 졸였던 게 억울해서 한마디 쏘아붙이려는데 유라가 입을 막았다.

"수연아, 진짜 미안해. 요즘 정신없었잖아. 그래도 오늘은 무조건 말해 주려고 했어."

유라의 말대로 요즘 여러모로 정신없었던 건 맞다. 약국이 바빠서 점심 챙겨 먹을 여유조차 없었고, 심지어 자신은 병원에 입원한 엄마 때문에 마감도 못 하고 먼저 퇴근을 하기 일쑤였다. 하지만 수연은 흘긴 눈을 풀지 않았다.

"내가 진짜…… 동갑만 됐어도 한 대씩 때렸을 거예요."

"지금 새삼 내 나이에 감사한 마음이 드네."

"어우, 이 오빠 진짜 얄미워!"

형찬의 말에 결국 수연의 손이 등짝을 향해 날아갔다. 그녀의 분이 풀릴 때까지 한참을 맞아 주던 형찬은 수연의 어깨를 안마하듯 지그시 붙잡았다.

"고마워, 진짜로."

자신 때문에 내내 힘들었던 유라의 옆을 지켜 주었던 수연에게 건네는 말이었다. 형찬의 진심 어린 목소리에 수연이 샐쭉한 표정을 지었다.

"진짜 고마우면 엄청 비싼 밥 사 줘."

"알았어. 카드 한도 늘려 놓고 기다릴게."

섭섭한 마음에 투덜거리긴 했지만 두 사람이 함께 있는 모습을 보니 예나 지금이나 부정할 수 없을 만큼 잘 어울리는 커플이었다.

"오늘 마무리는 한 약사님이 다 하고 가세요."

"알겠어. 일찍 퇴근해."

"후…… 남자 친구도 없는 내 코가 석 자인데 누가 누굴 걱정하겠다고. 이래서 남의 연애는 죽이 되든 밥이 되든 끼어드는 게 아니라고 하는 거구나…….."

혼잣말로 신세 한탄하던 수연은 벗은 가운을 보란 듯이 카운터 위에 올려 두고 홱 퇴근해 버렸다. 그녀의 소심한 반항을 지켜보던 형찬이 피식 웃었다.

"말 나온 김에 이번 주에 수연이랑 밥 먹자."

"응. 그래야 풀릴 것 같아."

형찬은 가방에 넣어 두었던 처방전을 유라에게 건네주었다.

"처방 부탁드립니다, 약사님."

"처방?"

유라는 의아한 얼굴로 그가 준 처방전을 받았다. 그런데 처방전이 한 장이 아니었다.

"이게 다 뭐야?"

"성신타워 투어 좀 했지."

이비인후과에 피부과, 심지어 안과까지. 건물 안에 있는 병원을 모조리 다녀온 그를 보며 유라가 미간을 좁혔다.

"진짜 당신이 소문냈어?"

"내 여자 내 거라고 내가 소문낸 건데, 왜. 뭐 어때서."

그의 뻔뻔한 맞대응에 할 말을 잃은 유라는 다시 처방전을 살펴보았다. 피부과나 안과는 단순 진료로 연고나 눈물약 처방인 반면, 이비인후과는 심한 편도선염 처방이었다.

"감기 걸린 거야?"

"심하지는 않아. 근데 너한테 옮기면 안 되니까."

분명 주말에 집 앞에 기다리고 서 있었던 게 결정적인 원인이었을 것이다. 잔소리를 하고 싶었지만 그가 감기 걸린 이유에 일조를 했으니 할 말이 없었다.

"잠깐 기다려."

유라는 그가 받아 온 대로 약을 지어 나왔다.

"별빛축제 갔던 날도 감기였던 거지?"

"음……."

거짓말은 안 하는 형찬이 어깨를 으쓱거리며 대답을 피했다. 하지만 그 침묵이 수긍을 의미한다는 걸 모르지 않았다.

"말하면 일찍부터 걱정하니까. 좀 더 늦게 걱정하라고."

하나도 고맙지 않은 배려였다. 유라는 속상한 눈빛으로 그의 이마에 손을 얹어 보았다. 다행히 열은 없었다. 그녀의 손이 이번에는 형찬의 목울대로 향했다.

"처방전 보니까 편도 많이 부었던데."

"괜찮아."

예전부터 그는 감기에 걸리거나 면역력이 약해지면 항상 편도선이 먼저 부었다. 목이 아프면 물도 못 삼킬 만큼 아파하는 걸 알기 때문에 더 걱정이었다.

"정리 다 했으면 나가자. 나 배고파."

"응. 가자."

약국을 나와 차에 탄 형찬과 유라는 일단 목적지 없이 출발했다.

"뭐 먹을까? 파스타?"

좋아하는 음식이었지만 유라는 고개를 저었다. 단호한 그녀의 반응에 형찬이 잠시 생각하다 물었다.

"그럼 부대찌개 먹으러 갈까?"

"집으로 가자."

"어?"

절묘한 타이밍에 신호가 초록불로 바뀌었다. 클랙슨을 울리는 뒤차 때문에 정신을 차린 형찬은 핸들을 꺾으면서 유라를 힐끔 바라보았다.

"우리 집 말하는 거야?"

"그때 보니까 냉장고에 반찬 많더라. 안 먹고 그대로 두면 다 상해서 버려야 되는데 아깝잖아. 당신이 먹을 거라고 아주머니가 신경 많이 쓰셨을 텐데."

얼마 못 가고 또 신호가 걸렸다. 이번에는 신호가 긴 교차로였다. 형찬은 이때다 싶어 아예 몸을 돌려 유라를 바라보았다.

"유라야, 애쓰지 마. 노력할 필요도 없어. 이제 안 그래도 돼."

형찬이 무슨 말을 하는 건지 알고 있다. 그 집에서 현실을 깨닫고 싸웠던 게 갈등의 불씨였기 때문에 기억이 좋지 않은 장소인 건 맞다. 하지만 다시 만나기로 마음을 먹었다면, 이제는 설령 그 집에서 다시 영주를 맞닥뜨린다 해도 아무렇지 않게 상황을 넘길 배짱을 가져야 했다.

"당신 편도선염이라 자극적인 음식 안 좋아. 내가 집에 가서 죽 끓여 줄게. 반찬이랑 같이 먹자."

"정말 가자고?"

"응."

두 번을 물어봐도 유라의 대답은 변함이 없었다. 형찬은 할 수 없이 집으로 방향을 돌렸다.

집에 들어서자마자 형찬의 향수 냄새가 집 안 곳곳에서 풍겼다. 그것만으로도 묘한 안정감이 느껴졌다. 그가 보일러 온도를 높이러 간 사이, 유라는 코트를 벗고 냉장고부터 확인했다.

"후……."

냉장고를 열자마자 한숨이 새어 나왔다. 회사도 관두고 집에 있는 시간이 대부분이었을 텐데 지난번 왔을 때 넣어 뒀던 반찬통의 위치들이 바뀐 것 없이 모두 그대로였다. 심지어는 못 봤던 반찬통까지 더 늘어나 있었다.

"집에서 밥 안 먹…… 읍."

발걸음 소리를 들은 유라가 뒤를 돌아보며 잔소리를 시작하려고 했다. 하지만 얼굴을 감싸 쥐고 입술을 내리누른 그의 민첩한 행동에 아무 말도 할 수 없었다.

갑작스럽게 시작된 키스에 움찔함도 잠시, 유라는 우선 본능이 이끄는 대로 델 것처럼 뜨거워진 그의 입술을 고스란히 받아들였다.

형찬의 손이 자연스럽게 유라의 허리를 감싸 안았다. 그러자 간지럼을 참지 못한 유라가 풋 웃음을 터뜨리며 맞붙어 있던 입술이 잠시 떨어졌다.

"당신 배고프다며."

"응. 그래서 지금 네가 필요해."

형찬은 다시 그녀의 허리를 끌어당겨 입을 맞춰 왔다. 그런데 혀로 입술을 간질이면서 짧게 입맞춤만 하는 그의 짓궂은 행동에 애가 탔다. 약이 오른 유라는 형찬이 방심하는 틈을 타서 까치발을 들고 목을 감싸 안았다. 그리고 눈을 깜빡거리며 그를 올려다보았다.

"키스해 줘."

꾹꾹 참고 있던 형찬의 마음에 기어이 불을 지폈다. 나른한 목소리로 키스를 원하는 유라에게 무너진 형찬은 다시 입술을 내리눌렀다.

장난치듯 키스하던 그는 온데간데없이 사라졌다. 연한 입술 사이로 그의 혀가 깊숙이 밀고 들어왔다. 점점 격렬하게 밀어붙이는 키스에 정신이 아득해지는 것 같았다. 유라는 본능적으로 그의 가슴을 살짝 밀었다.

"……하."

아쉬움이 가득한 형찬의 한숨을 들은 유라가 웃음을 터뜨렸다.

"땅 꺼지겠어."

"차라리 꺼져서 둘이 갇혀 버렸으면 좋겠다."

농담이 아니라 진심으로 하는 말이었다. 유라는 형찬을 달래기 위해 그의 볼에 가볍게 입을 맞추었다.

"옷 갈아입고 와."

"알았어."

큰 키에 넓은 어깨를 가진 남자가 풀 죽은 뒷모습으로 옷방에 들어가는 모습이 귀여워 보였다. 유라는 피식 웃으며 저녁을 준비했다.

냉동실에 있던 밥을 해동시켜 뭉근하게 오래 끓이는 동안, 죽과 함께 먹을 만한 반찬들을 꺼내 놓으니 한정식 식당 부럽지 않은 저녁이 차려졌다.

"나머지는 내가 할게."

형찬은 유라가 그릇에 담은 죽을 식탁으로 옮겼다. 목이 까끌거리는 느낌이 거슬려서 내내 끼니를 걸렀더니 고소한 죽 냄새에 금방 허기가 졌다.

"잘 먹겠습니다."

"죽 뜨거우니까 천천히 먹어."

"응."

형찬은 대답과 함께 감자조림을 유라의 밥에 얹어 주었다. 그런데 정작 자신에게 주의를 줬던 유라가 누가 쫓아오기라도 하는 것처럼 급하게 밥을 먹었다. 그녀의 모습을 물끄러미 바라보던 형찬은 물을 떠 주며 말했다.

"유라야. 너도 천천히 먹어. 그러다 체하겠다."

그제야 유라도 먹는 속도를 낮췄다.

"약국에서 급하게 밥 먹다 보니까 습관이 됐나 봐."

"그러지 말고 사람 한 명 뽑지 그래."

"안 그래도 구하려고 생각 중이야. 이제 둘에서는 버거워서 안 되겠어."

은행 빚을 지고 시작한 약국이었기 때문에 초반에는 인건비라도 줄여 보자는 생각으로 점심도 교대로 먹어 가며 수연과 아등바등 일했었다.

그런데 1년 전부터 근처에 회사 건물들이 우후죽순 들어서면서 손님이 많아지고 나서는 둘만으로 버거운 날들이 점점 늘어났다. 이제 약국 재계약도 했겠다, 매출도 어느 정도 안정되었으니 일할 사람을 뽑는 것이 낫겠다고 판단을 했다.

"약사?"

"아니. 약사는 수연이랑 나로도 충분할 것 같고, 일단 계산 도와줄 아르바이트생 한 명 구해 보게."

"흠."

무언가 생각에 빠진 듯 턱을 매만지던 그가 자신을 가리켰다.

"그럼 내가 딱이잖아."

"당신 수학 못하잖아."

형찬이 억울한 목소리로 항의했다.

"와, 이거 왜 이래. 나 마트 아르바이트했던 남자야."

"한 달 못 버티고 잘렸다고 하지 않았어?"

유라의 정확한 기억력에 형찬의 눈동자가 잠시 갈 길을 잃고 방황했다. 하지만 포기하지 않았다.

"그땐 손이 느려서 그랬던 거지."

"에이."

유라는 못 믿겠다는 얼굴로 형찬을 바라보았다.

"아르바이트생이 언제 구해질지도 모르고, 밥도 급하게 먹을 정도로 바쁜 거면 급한 대로 나 부려 먹어. 진짜 월급 안 받겠다니까?"

"조만간 일 시작한다면서."

"광호한테 개업을 늦추자고……."

유라는 당장이라도 광호에게 전화를 걸 기세인 그의 입에 가장 큰 계란말이를 넣어 주며 입을 막았다. 오물거리며 다시 한 번 말을 꺼내려던 형찬은 가느다란 그녀의 눈초리에 꼼짝도 못 하고 물러서야 했다.

식탁을 치우는 건 형찬의 몫이었다. 아픈 사람을 부려 먹는 것 같아서 극구 말렸지만, 안 비키면 내일 당장 약국으로 출근하겠다는 엄포에 자리를 넘겨주고 말았다.

그가 설거지를 하는 동안 유라는 거실에 앉아서 여유롭게 TV를 보았다. 형찬과 마음을 나누고 함께 있어서인지 TV를 보는 게 전보다 편하고 즐거웠다.

"뭔데 그렇게 재밌게 봐?"

설거지를 끝내고 온 형찬은 곧장 허벅지에 머리를 대고 누워 자세를 잡았다. 유라는 그의 머리카락을 만져 주었다.

"밥 먹고 바로 누우면 소화 안 되는데."

"그럼 운동 좀 해 볼까?"

윗몸일으키기 하듯 상체를 일으킨 형찬이 유라에게 입을 맞추고 다시 누웠다.

"이거 진짜 운동 되겠는데."

형찬이 또 한 번 일어나려고 했지만, 이번에는 유라가 그의 어깨를 살며시 누르며 막았다.

"그러다 허리 다쳐."

대신 자신이 고개를 숙여 형찬에게 입술을 내주었다.

쪽, 하고 가볍게 입만 맞추고 넘어가려고 했지만, 기회를 놓칠 형찬이 아니었다. 그는 유라의 얼굴을 붙잡은 채로 벌떡 몸을 일으켰다. 돌발 행동에 놀란 유라가 뒤로 물러서자 형찬이 중심을 잃은 그녀를 능숙하게 번쩍 안아 올렸다.

"뭐, 뭐 해!"

당황한 유라가 허공에 발을 뻗으며 목소리를 높였다. 그렇지만 형찬은 여유롭게 웃으며 리모컨을 잡아 TV를 껐다.

317

"글쎄. 뭐 하는 걸까?"

형찬은 리모컨을 소파 위에 던져 버렸다. 이미 운동을 하기로 마음먹은 그를 말리는 건 불가능해 보였다. 유라는 형찬의 목을 감싸 안고 그에게 먼저 키스했다.

달콤했다. 아무 생각도 나지 않을 만큼.

형찬은 그대로 유라를 안고 침실로 향했다. 침실로 가는 동안에도 맞붙은 입술은 떨어질 줄 몰랐다. 오랜 시간 그리워하며 돌아온 만큼 서로를 원하는 두 사람의 손길이 조급했다.

입안을 가르고 들어온 부드러운 혀가 연한 살을 훑는 동안, 유라는 그가 입고 있던 셔츠 단추를 하나씩 풀었다. 단추가 툭, 툭, 풀어져 나갈 때마다 형찬의 아랫도리는 더욱 팽팽해졌다.

푹신한 침대에 내려진 유라는 곧장 니트를 벗었다. 조급해진 형찬은 그녀가 하나씩 풀던 셔츠 단추를 아예 뜯듯이 벗어 버렸다.

침대 밑으로 투두둑 떨어지는 단추 소리에 당황한 그녀의 눈이 동그래졌다. 하지만 정작 셔츠 주인은 신경 쓰지 않고 그녀를 덮쳤다.

"사람 속도 모르고 이렇게 느긋해서야."

어느새 옷을 다 벗은 형찬이 그녀의 니트를 단번에 벗겨 내던졌다. 니트 속에 가려져 있던 목선이 드러나자 형찬이 기다렸다는 듯 얼굴을 묻었다.

"하아……."

그의 숨결이 귓가에 닿자 몸이 저절로 반응했다. 유라는 자신도 모르게 나른한 숨을 토해 냈다. 귓불을 핥는 그의 장난에 유라가 어깨를 움츠리며 웃었다.

"간지러워."

"좀 더 분발해야겠네."

간지러움을 느끼지 못할 만큼 그녀를 절정으로 이끌어야 했다. 형찬은 사명감을 가지고 유라의 청바지 버클을 풀어 다리를 자유롭게 했다. 허벅지 안쪽 은밀한 중심 부분으로 형찬의 손길이 닿자마자 유라의 숨소리가 흐트러졌다.

형찬은 기다릴 것 없이 몸을 움직여 유라의 위로 올라왔다. 욕망이 가득한 그의 묵직한 남성이 보이자 긴장감에 몸이 뻣뻣하게 굳어 버렸다. 이를 알아차린 형찬이 그녀의 코를 살짝 건드리며 웃었다.

"왜 그런 표정이야?"

형찬과 관계는 수도 없이 가져 봤다. 어디가 몸이 달아오르는 약점이 되는지, 어디를 만지면 신음을 내는지, 어떤 자세를 하면 절정에 더 쉽게 다다르는지. 서로가 서로에 대해 모르는 것이 없었다.

그런데 이상하게 긴장이 됐다. 마치 그와 처음 사랑을 나누는 것처럼. 심장이 두근거리다 못해 울렁거리는 정도였다.

"너무 오랜만이라 그런가 봐. 떨려."

그와 관계를 가진 적은 많았지만 언제가 마지막이었는지는 기억이 나질 않는다. 그만큼 오래전이었다. 회사 일로 바빠서 집에 올 시간조차 없던 사람이었으니까. 어쩌면, 그래서 더 외로웠는지도 모르겠다.

형찬은 한 팔로 유라를 가두고 다른 팔로 그녀의 손을 들어 제 가슴에 얹었다.

"나야말로 지금 심장이 터져 버리겠다."

쿵쿵. 빠르게 뛰는 형찬의 심장 소리에 웃음이 새어 나왔다. 그녀의 미소에 안심한 형찬은 다시 고개를 숙이고 그녀의 젖가 슴을 움켜쥐며 정점을 빨아들였다.

흥분으로 딱딱해진 가슴이 희롱당하자 그녀가 몸을 뒤틀며 신음을 터뜨렸다. 뜨거운 혀로 정점을 집요하게 굴리며 약 올 리는 형찬 때문에 정신을 차릴 수가 없었다. 하얀 젖가슴이 흥 분에 들썩일수록 그의 애무도 진해졌다.

하지만 간헐적으로 새어 나오는 유라의 신음은 형찬을 자극 시킬 뿐이었다. 형찬은 손으로 정점을 문지르며 점점 더 아래 로 내려갔다.

그의 종착지가 어디인지 안다. 유라는 시트를 세게 쥐었다. 그의 손바닥이 느긋하게 허리선을 타고 아래로 내려올 때마다 몸이 찌릿찌릿 떨렸다.

"대체 저녁 먹은 게 어디로 다 간 거야?"

형찬이 아랫배를 쓰다듬으며 못마땅한 투로 말했다. 하지만 유라는 그의 말에 대꾸할 여력이 없었다. 형찬도 딱히 대답을 바란 건 아니었는지 그대로 허벅지 안쪽에 자잘한 입맞춤을 시 작했다.

허벅지 안쪽만 집요하게 고집하는 형찬 때문에 유라는 저도 모르게 그의 머리카락 속에 손을 집어넣었다. 아직 벗지 않은 팬티가 젖어 가는 것이 고스란히 느껴졌다.

"형찬 씨⋯⋯."

유라의 부름에 형찬은 알겠다는 듯 팬티를 벗겨 버렸다. 그리고 곧장 그녀의 은밀한 곳으로 머리를 숙였다. 혀로 속살을 부드럽게 핥기도 하다가, 거침없이 빨아 당기며 헤집는 형찬 때문에 유라는 본능적으로 허리를 튕기며 몸을 일으켰다.

하지만 허벅지가 단단히 붙잡혀 있어서 오히려 그의 모습을 적나라하게 보는 꼴이 되어 버렸다. 유라는 결국 다시 침대에 누워 버렸다.

"달다."

잠시 후 고개를 든 형찬이 다가와 입술을 핥으며 만족스럽게 웃었다.

"안 한 사이에 더 야해진 것 같아."

민망해진 유라가 일부러 툴툴거렸다.

"유혹하고 있는 사람이 할 소리는 아닌 것 같은데."

관계가 없는 동안 몸이 훨씬 예민해진 느낌이다. 형찬의 정성스러운 애무에 아래는 이미 시트를 적실 만큼 젖어 있었다. 형찬은 지체하지 않고 남성을 깊이 밀어 넣었다.

"하으⋯⋯."

오랜만이었음에도 불구하고 아프지는 않았다. 다만 오랜만에 그를 받아들인 몸이 점점 달아오르기 시작했다. 유라는 다리를 들어 그의 허리를 잡아당겨 감았다. 빠듯하게 조이는 것도 모자라서 허리를 움직이기 시작한 그녀를 보는 형찬의 눈빛이 쾌감에 사로잡혀 있었다.

"너 진짜⋯⋯."

형찬은 곧장 그녀를 안아 올렸다. 힘을 빼고 그의 뜻대로 올라온 유라가 형찬의 다리에 앉았다. 그가 가장 좋아하는 자세였다.

뺨을 쓰다듬으며 농밀한 키스를 이어 가던 형찬이 그녀의 엉덩이를 움켜쥐었다. 깊은 곳까지 맞물리며 몰아치는 남성에 저절로 앓는 신음이 터져 나왔다. 곳곳에서 터지는 쾌감에 유라는 익숙하게 엉덩이를 위아래로 움직였다. 몸이 지난날들을 선명히 기억하고 있었다.

"사랑해."

"……다시."

"사랑해, 형찬 씨."

숨기고 감춰 왔던 만큼 마음껏 사랑을 표현하고 싶었다. 형찬보다 더 많이, 더 자주. 유라의 고백에 형찬은 고개를 숙여 가슴을 움켜쥐고 한입에 머금었다. 이제 간지러움도, 아픈 것도 하나도 느껴지지 않았다. 그저 지금 이 순간이 황홀했다.

절정에 다다른 유라가 파르르 몸을 떨자, 허리를 움직이는 그의 움직임도 더욱 격렬해졌다. 곧 깊게 맞물린 아래에서 뜨거운 감촉이 느껴졌다. 아득한 절정을 맛보며 숨을 고르던 형찬은 그대로 유라를 꽉 끌어안으며 봉긋한 가슴에 얼굴을 묻었다.

"운동을 게으르게 한 티가 이렇게 나네."

웃음 섞인 말에 아무런 대꾸가 없었다. 형찬은 잠시 유라를 품에서 떼어 냈다. 그녀의 눈가가 촉촉이 젖어 있었다.

"왜 울어? 아팠어?"

당황한 형찬의 표정을 본 유라는 작게 웃으며 고개를 저었
다.

"이런 순간…… 꿈같아서."

얼마 전까지만 해도 형찬을 다시 만나서 사랑하는 일은 그
저 이루어질 수 없는 헛된 기대였고 부질없는 꿈이었다. 그런
데 절망적이기만 했던 그 꿈속에서 형찬이 다시 손을 내밀어
주었다.

"정말 끝인 줄 알았으니까."

유라의 눈가를 어루만지던 형찬은 그녀의 머리를 쓰다듬어
주었다.

"너무 좋았다는 표현을 이렇게 벅차게 해 주면."

그러고는 동그란 이마에 입을 맞췄다.

"멈출 수가 없잖아."

씩 웃어 보인 형찬이 유라를 그대로 침대에 다시 눕혔다.

두 사람의 진하고 깊은 밤은, 이제 시작이었다.

유라가 잠든 사이 형찬은 탁상시계로 시간을 확인했다. 어
느덧 밤 12시가 넘어 1시를 향해 가고 있었다. 그녀가 좀 더 깊
이 잠들기 전에 깨우는 게 맞지만, 제 침대에서 세상모르고 잠
든 그녀를 깨우고 싶지가 않았다. 마음 같아서는 이대로 하루
를 보내고 싶었다.

"딱 30분만이다."

스스로에게 다그치듯 중얼거린 형찬은 조심스럽게 침대에서
나왔다. 옷방으로 간 그는 코트에 넣어 두곤 까맣게 잊고 있었

던 휴대폰을 찾았다.

그사이 영주에게서 다섯 통의 부재중 전화가 와 있었다. 어머니의 닦달 때문에 안부 전화를 한 거라면 부재중 전화로 끝났을 텐데 어디냐는 짤막한 문자까지 남겨져 있었다.

형찬은 조용히 답장 버튼을 눌렀다.

[무슨 일 있어?]

마치 답장이 오기만을 기다리고 있었던 사람처럼 곧장 영주에게 전화가 걸려 왔다. 형찬은 목소리가 새어 나가지 않게 문을 굳게 닫고 전화를 받았다.

"응. 왜……."

- 너 진짜 회사 관뒀어?

통화 버튼을 누르자마자 카랑카랑한 영주의 목소리가 옷방을 울렸다. 이런 피곤한 질문일 줄 알았으면 무시해 버렸을 텐데.

"누구한테 들었어?"

- 아까 엄마랑 너 보러 회사 갔었단 말이야. 엄마 노발대발 난리도 아니었어. 당장 네 집에 찾아가겠다는 걸 내가 말렸다. 대체 전화는 왜 안 받는데?

"전화 온 줄 몰랐어."

- 혹시 유라랑 같이 있니?

어느 정도 심증을 가지고 묻는 목소리에 형찬의 표정이 딱딱하게 굳었다.

"왜 이 상황에서 유라 이름이 나와?"

- 같이 있구나.

"묻고 있잖아."

형찬의 목소리가 일순간 사나워졌다.

– 예나 지금이나 쓸데없이 입 무거운 건 여전하다니까.

"유라 만났어?"

질문을 던진 순간, 불현듯 유라와 영주가 마주칠 뻔했던 그
날이 떠올랐다. 그날이 아니고서야 남 일에 관심 없는 영주가
갑자기 그녀를 찾아갔을 리 없다. 휴대폰을 붙잡고 있는 형찬
의 손에 힘이 들어갔다.

– 그래! 만났다! 어쩔래!

"쓸데없는 소리 한 건 아니지?"

– 내 입장에선 아니었어. 아무튼 넌 이번 주에 집에 좀 와. 각오 단
단히 하고 와야 될 거야.

"알았어."

통화를 끝낸 형찬은 휴대폰을 아예 꺼 버렸다. 침대로 다가
가자 여전히 단잠에 빠져 있는 유라가 보였다.

영주가 듣기 좋은 소리를 했을 리는 없다. 워낙 현실주의자
고 시끄러운 분란이 생기는 걸 싫어하는 사람이라 이 만남을
찬성하는 편이 되진 않았을 것이다.

제대로 시작도 하기 전에 반대에 부딪쳤던 그녀는 또 모든
걸 혼자 감당하려고 했던 걸까. 바보 같은 그녀의 선택에 속상
한 한숨이 터져 나왔다.

"이러면 내가 또 못난 남자가 돼 버리잖아, 한유라."

침대에 걸터앉은 형찬은 잠든 그녀의 잔 머리카락을 넘겨
주며 투덜거렸다. 그러자 잠귀 밝은 유라가 뒤척이며 슬며시

눈을 떴다.

"언제 일어났어?"

"아까."

다시 이불 속으로 들어온 형찬은 유라의 옆에 자리를 잡았다. 그러자 그녀가 품 안으로 폭 들어와 안겼다.

"어쩐지 허전하더라."

"네가 날 밀어냈어."

"뜨거운 걸 어떻게 해."

"그래도 참아. 네가 내 옆에 있는 한 그건 필수불가결한 일이야."

유라는 그의 뺨에 입을 맞추었다.

"참아 볼게."

"유라야."

"응?"

"누나 만났던 거, 왜 나한테 말 안 했어?"

고저 없는 목소리에 유라가 고개를 들었다. 그제야 형찬의 어두운 표정이 한눈에 들어왔다. 몸을 일으킨 유라는 차분히 대답했다.

"실은 지난번에 당신이 궁금해했던 그 선물, 형님이 사 주신 거야."

"그날 만났던 거야?"

"그날도 뵀고, 지난번 이 집에서 나오면서도 뵀고."

한 번이 아니었다는 사실에 형찬의 얼굴이 아까보다 더 구겨졌다.

"근데 어떻게 나한테 말 한 마디 안 할 수가 있어?"

"나한테 당신 같은 남자는 다 잊고 더 좋은 남자 만나라고 하셨어. 남자가 없으면 소개해 주겠다고. 그 말을 어떻게 당신한테 해."

"어울리지도 않게 오지랖은."

빈정거리는 그의 말투에 유라가 조용히 웃었다.

"나 예전이랑은 달라, 형찬 씨. 이제 바보처럼 안 참아."

형찬과 헤어지고 깨달은 게 하나 있다면, 사랑한다고 모든 것을 참고 억누르는 것이 전부가 아니라는 것이었다. 이 순간만 참고 넘어가면 괜찮아질 거라고 생각했던 것부터가 실수였다.

그래서 그와 다시 시작할 때도 다짐했다. 예전처럼 내 자신을 병들게 하고, 그런 나를 바라보는 상대방까지 병들게 하는 사랑은 하지 않겠다고.

"너랑 오래 같이 있고 싶어서 빨리 결혼하고 싶다는 생각에 미쳐 있었을 때, 앞뒤 생각 안 하고 무작정 너한테 프러포즈했던 걸 두고두고 후회했어. 적어도 어머니랑 내 사이에 있던 문제들을 해결하는 게 순서였는데. 내가 그걸 어겼어."

"누굴 탓하겠어. 그 프러포즈에 홀딱 넘어간 내 탓이지."

형찬의 미안한 마음을 덜어 주려고 유라는 일부러 가볍게 대답했다.

"그리고 순서는 나도 어겼어. 어머니랑 있던 문제들은 어머니랑 풀었어야 했는데, 그 원망을 고스란히 당신한테 쏟아 내고 끝냈잖아. 그땐 왜 그렇게 자신감이 없었는지 몰라. 너무 좋아해서 그랬나?"

"미안해. 그렇게 만들어서."

유라는 형찬의 눈을 바라보며 다정하게 웃었다.

"우리 서로한테 미안하다는 말 하다 보면 끝도 없는 거 알지?"

형찬이 웃으며 고개를 끄덕였다.

"이제 서로한테 미안할 짓 하지 말자, 우리."

"약속."

유라가 새끼손가락을 펴서 보여 주었다. 가늘고 긴 그녀의 손가락에 약속을 한 형찬이 가까이 다가왔다. 그녀의 이마에 입술 도장을 찍었다.

"이번에는 순서 제대로 지켜서 시작할 거야. 그러니까 앞으로 무슨 일이 됐든 나한테 다 말해. 아무것도 몰라서 그저 넣놓고 후회만 하는 짓, 두 번은 싫다."

"응."

흔쾌히 대답한 유라가 그를 안아 주려 했다. 하지만 형찬은 포옹 대신 키스를 선택했다. 입술을 가르고 들어오는 부드러운 혀에 다정한 손길까지 더해지니 저절로 눈이 감겼다.

"미리 말하지 않은 벌이야."

잠시 입술을 뗀 그가 낮은 목소리로 속삭였다.

이런 벌이라면 얼마든지.

"더 받을래, 벌."

마치 그 대답만 기다렸다는 듯 형찬의 입술이 다시 겹쳐 왔다. 거추장스러운 이불을 걷어 내고 그가 유라의 위로 올라타는 순간이었다. 분위기와 어울리지 않는 이질적인 진동 소리가 들렸다. 제 전화였다면 무시했겠지만 꺼 둔 휴대폰이 진동을 울릴 일은 없으니 분명 유라의 것이었다.

"내 거야?"

형찬은 고개를 끄덕이며 자리에서 일어났다. 유라의 휴대폰은 거실 유리테이블에 놓여 있었다. 발신자는 그녀의 어머니였다.

형찬이 휴대폰을 보여 주자 유라는 긴장한 얼굴로 전화를 받았다.

"응, 엄마."

– 유라야, 어디야?

방 안이 고요해서 휴대폰 밖으로 현숙의 목소리가 또렷하게 들렸다. 여자가 새벽에 다니기엔 불안한 세상이다 보니 연락도 없이 늦는 딸이 걱정이 된 모양이셨다.

"아, 친구 좀 만났어. 전화한다는 걸 깜박했네."

거짓말을 하고 있는 그녀의 눈빛이 미안하다고 말하고 있었다. 형찬은 나직한 미소로 대답을 대신했다.

– 난 또 무슨 일 있는 줄 알고. 많이 늦어?

"아니. 금방 갈 거야."

– 그래. 조심해서 와. 엄마 먼저 잘게.

"응. 얼른 주무세요."

짧게 전화를 끝낸 유라는 휴대폰을 내려놓으며 형찬의 눈치를 살폈다.

"벌은 나중에 한꺼번에 몰아서 받을게. 그래도 되지?"

아쉬웠지만 붙잡을 순 없는 상황이었다. 대신 형찬은 미리 찾아 두었던 그녀의 브래지어를 들어 보였다.

"채워 줄게. 이리 와."

유라는 순순히 그에게 다가가 등을 돌렸다. 하지만 곧장 훅을 채워 줄 거라는 건 그녀의 착각이었다. 형찬은 뒤에서 끌어안으며 가슴을 움켜쥐었다. 예상치 못한 손길이었지만 헤어짐이 아쉬웠던 유라도 그의 손에 자신의 손을 포개며 편하게 기대었다.

"어머니가 회사 관둔 걸 아셨어."

길고 단단한 손가락을 찬찬히 구경하던 유라가 놀란 얼굴로 고개를 돌렸다.

"어떻게?"

"오늘 회사에 가셨었나 봐. 아무래도 내일 집에 다녀와야 될 것 같아."

형찬의 말을 듣고 생각에 잠겼던 유라가 대답했다.

"그럼 우리 만나고 있다는 것도 말씀드려."

의외의 대답이었다. 유라는 형찬의 손을 잡으며 아예 몸을 돌렸다.

"한 번은 다시 부딪쳐야 할 일이잖아."

회사 관뒀다는 사실만으로도 서슬이 퍼레져 있을 모친에게 유라의 이야기를 꺼낸다면 분명 그녀의 탓을 하며 모든 원망을 자신이 아닌 유라에게 쏟아부을 것이다. 그녀의 말대로 한 번은 부딪쳐야겠지만 적어도 당장은 아니다.

"나중에."

형찬은 단호하게 말했다.

"매번 거짓말해야 하는 거 그만하고 싶어."

"유라야."

"지켜 줄 거잖아, 당신이."

유라는 확신에 찬 목소리로 말했다.

"지켜 줄 수 있지?"

형찬은 유라에게 바짝 다가가 품에 꼭 끌어안았다. 숨이 막힌다는 유라의 투정도 듣지 못한 건지 그는 여전히 팔에 힘을 주고 있었다.

"지킬 거야. 그러니까 믿어."

"믿을게. 이번엔 도망가지 않고 당신 믿고 기다릴게."

혼자가 아닌 '함께'라는 사실 하나만으로 그 어떤 것도 두렵지 않았다. 유라는 있는 힘을 다해 그를 안아 주었다.

지금, 여기, 이곳에 가장 큰 행복이 있었다.

형찬은 밤늦게 본가에 도착했다. 평소였다면 아들을 보자마 자 꽃처럼 활짝 핀 얼굴로 반겼겠지만 상희는 입을 꾹 다문 채 로 원망이 가득한 표정을 하고 TV에 시선을 고정시키고 있었 다.

"이 시간에 웬일이야?"

두 다리를 끌어 모은 자세로 TV를 보던 영주가 먼저 그에게 알은체를 했다. 그녀는 아무것도 모른다는 얼굴로 슬쩍 두 사 람의 눈치를 살폈다.

"저녁은 먹었어?"

가까이 다가온 형찬을 본 상희가 툭 던지듯 물었다. 멋대로 회사를 관둬 버린 아들이 미웠지만 끼니 걱정은 별개였다. 저 녁이라는 소리에 청주댁이 부엌에서 나오자 형찬이 고개를 저었다.

"먹고 왔어요. 저 신경 쓰지 마세요."

"그럼 과일이라도……."

"괜찮습니다."

남의 집에 온 사람처럼 지나치게 예의를 갖추는 형찬의 태도가 못내 섭섭했다. 상희의 표정이 또 한 번 굳어지자 영주는 조용히 리모컨을 들어 TV를 껐다.

"아주머니, 오늘은 일찍 들어가서 쉬세요."

영주는 청주댁을 향해 고개를 저었다. 분위기가 심상치 않으니 방으로 들어가라는 뜻이었다. 찬물을 끼얹은 듯 냉랭한 분위기를 감지한 청주댁도 고개를 끄덕이며 본인의 방으로 들어갔다.

"자, 이제 말해 봐."

문 닫히는 소리가 들리고 한참 만에 상희가 입을 열었다.

"대체 어떻게 된 거야? 네 회사를 누구한테 맡기고 사표를 내? 그런 중요한 결정을 하면서 어떻게 어미한테 말 한 마디 안 할 수가 있어?"

"……."

"내가 그 회사를 어떻게 키웠는지 네가 더 잘 알잖아! 이제 막 안정돼서 커질 일만 남은 회사를, 대체 왜……!"

속사포처럼 말을 잇던 상희는 본인이 하는 말을 귀로 되새겨 듣고 분이 차오르는지 얼굴에 부채질을 시작했다.

"힘들게 여기까지 왔으면서……."

"어머니가 바라시던 상장조건 충분히 만들어 냈고, 이 정도면 어머니에게도 회사에도 할 만큼 했다고 생각합니다. 그리고 회사는 저보다 김 상무님이 더 잘 이끌어 가실 거예요. 어머니도 아시잖아요."

단호하게 흘러나오는 형찬의 말에 오히려 상희가 당황했다. 김 상무는 직원들과 다른 주주들에게도 두터운 신임을 받고 있었고, 그를 신임하는 건 상희도 마찬가지였다.

하지만 따지고 보면 엄연히 남인 사람이었다. 일생을 바쳐서 일궈 낸 회사를 남에게 맡기고 싶지 않았다.

"변호사 사무실 구했어요."

변호사라는 말에 건성으로 듣고 있던 영주도 몸을 일으켜 그를 바라보았다.

"제가 놓치고 있던 것들 이제 하나둘 다시 찾아올 거예요."

"형찬아, 그러지 말고……."

"저, 유라 다시 만나요."

"뭐?"

차분하게 형찬을 설득하려던 상희의 눈이 번뜩였다.

"누, 누구?"

"들으셨잖아요. 누군지."

"크흠."

영주의 헛기침에 상희가 매서운 눈초리로 그녀를 쏘아보았다. 알고 있었느냐고 추궁하는 눈빛이었다. 영주는 슬며시 시선을 피하며 애꿎은 리모컨 건전지를 뺐다, 꼈다 반복하며 딴청을 부렸다.

"이 말씀 드리면 어머니가 유라 찾아가서 전처럼 해코지하실까 봐 말씀 안 드리려고 했어요. 그런데 마지막으로 한 번 더 어머니를 믿어 보려고요."

"해코지라니! 너……!"

"저 유라 없이는 살 이유가 없어요, 어머니."

낳아 주고 길러 준 부모 앞에서 살 이유가 없다니. 상희는 결국 버럭 소리쳤다.

"그 애가 널 만날 자격이나 있니? 결혼 생활 좀 힘들었다고 혼자 친정으로 도망가서 대뜸 이혼 서류 내민 애야, 걔가. 그런데 이제 와서 무슨 자격으로……."

"자격은 제가 없죠."

형찬은 무언가를 참아 내는 얼굴로 잠시 말을 끊고 나서야 대답했다.

"제가 외롭게 만들어서 떠난 사람이에요. 그러니까 자격을 운운하는 건 유라가 저한테 하는 게 맞아요."

노골적으로 유라의 편을 드는 형찬 때문에 상희는 또 한 번 충격을 받았다. 단호하게 제 말을 자르는 아들의 모습이 낯설긴 했지만 이 모습이 처음은 아니었다.

"이것 봐. 너 걔 만나더니 또 변했잖아! 예전에는……."

"어머니를 존경했어요."

형찬은 안타까운 얼굴로 모친을 바라보았다.

"존경했기 때문에 어머니가 원하는 대로 살아 보려고 최선을 다했어요. 가끔 저에 대한 기대가 너무 커서 숨 막힐 때도 많았지만, 못 버틸 정도는 아니었어요."

적막한 공기가 거실에 흘러내렸다. 처음 듣는 그의 진심에 상희는 물론, 딴짓을 하던 영주도 멍한 얼굴로 형찬을 바라보기만 했다.

"그런데 이젠 못 버티겠어요."

형찬이 힘없이 말했다. 더는 어머니의 욕심을 감당할 수가 없었다. 언젠가 한 번쯤은 포기만 하고 지내 왔던 제 편을 들어 줄 거라고 믿었다.

"내가 괜히 그랬겠어?"

아들에게 미움을 받고 있다는 것이 억울했는지 상희의 목소리가 높이 올라갔다.

"다 너 위해서였어. 없이 배우고 없는 집에 시집와서 뼈가 닳도록 고생했던 나처럼 살게 하기 싫어서! 돈, 돈 하는 이 나라에서 좋은 대학 나오고 남부럽지 않은 집에 장가가면 얼마나 세상 살기가 쉬워지는데!"

"제가 원하는 건 그런 게 아니었어요."

가족보다 술을 더 좋아했던 아버지와는 아예 추억할 만한 기억조차 없다. 자식들을 먹여 살리기 위해서 가장 노릇을 하느라 바빴던 어머니에게 투정을 부릴 수도 없었고, 철이 없던 누나는 동생을 챙기기는커녕 집에 있는 모습조차 보기 힘들었다.

시간이 지날수록 혼자 남겨진 것에 익숙해지긴 했지만, 익숙해지기까지 외로움이라는 진득한 그림자와 치열하게 싸워야 했다.

그래서 늘 단란한 가족을 이루는 것을 꿈꿨다. 행복이라는 게 별거인가, 사랑하는 여자와 가정을 이루고 아이를 낳아서 먹고 싶은 음식을 먹으며 건강하게 살 수 있다면 그것만으로도 충분하다고 생각했다. 있다가도 없고, 없다가도 있는 돈에 얽매여 소중한 것을 놓치면서 살고 싶지 않았다.

"남들 사는 것처럼 소박하고, 평범하게. 유라랑 그렇게 살고 싶었어요. 저한테는 그게 행복이었고요."

"그래서! 가족들 다 버리고 기어이 그 애한테 가겠다, 이거야?"

"결혼한 그 순간부터 제가 지켜야 할 가족은 유라였어요. 지금이라도 지킬 겁니다. 다신 놓치고 싶지 않아요."

상희는 자리에서 벌떡 일어나 형찬의 팔을 붙잡아 때렸다.

"이놈아! 그럼 나는! 일평생 너만 바라보면서 살았던 나는 어쩌라고!"

"엄마!"

보다 못한 영주가 모친을 말렸다. 유일한 삶의 낙이자, 희망이었던 아들의 배신을 감당할 수 없던 상희가 주저앉듯 소파에 앉았다.

"네가 어떻게 나한테 이럴 수가 있어!"

원망 어린 눈초리로 바라보는 모친을 보면서, 그동안 유라가 겪었을 마음고생에 괴로워지는 자신은 불효자 중의 불효자였다. 형찬은 자리에서 일어나 모친에게 고개를 숙였다.

"죄송해요, 어머니."

"……."

"하나도 죄송하지가 않아서, 죄송합니다."

답답한 가슴을 두드리던 상희가 기막히다는 얼굴로 형찬을 바라보았다.

"내가 끝까지 둘이 만나는 꼴은 못 보겠다면 어쩔래? 그깟 여자 하나 때문에 네 어미랑 연이라도 끊을래?"

"제가 행복해지길 바라지 않는 어머니를 어떻게 뵐 수 있겠어요."

"너 끝까지······!"

"저 출장 갔던 동안에도 유라 찾아가셨다면서요. 다시는 유라 찾아가지 마세요. 만약에 이번에도 저 몰래 유라 만나서 또 괴롭히시면······ 그땐 정말로 어머니 뵙고 지낼 자신이 없어요."

아들의 말에 일말의 기대를 품었던 상희가 끝내 무너져 내렸다. 상희는 가슴팍을 쥐어뜯듯이 붙잡으며 앓는 소리로 통곡하기 시작했다. 그 모습에 영주가 미간을 찌푸렸다.

"엄마, 이러다가 또 혈압 올라. 그만 들어가자."

영주는 상희를 부축해서 안방으로 들어갔다. 문이 닫히는 순간까지 상희의 곡소리는 멈출 기미를 보이지 않았다. 그 상황을 제자리에서 지켜볼 수밖에 없는 형찬도 괴로운 얼굴로 고개를 푹 숙였다.

잠시 후 영주가 조용히 안방 문을 닫고 나왔다. 집에 가지 않고 소파에 앉아 기다리고 있는 형찬을 본 영주는 아랫입술을 깨물었다.

줄곧 모친의 기대를 감당해야 했던 동생의 버거움 따위 생각해 본 적 없었다. 그만큼 이기적으로 살았다. 그런데 더는 버틸 수 없다는 형찬의 진심을 듣는 순간 얼굴이 화끈거렸다.

부끄러웠다. 바보 같고 미련하다고 생각했던 동생이, 사실은 부족한 장녀인 제 몫까지 모든 것을 감당하고 있었다는 걸 너무 늦게 깨달은 것이다.

"피곤할 텐데 안 가고 뭐 해?"

영주는 착잡한 마음을 숨기고 평소처럼 가벼운 목소리로 말을 걸었다. 그러자 형찬이 고개를 들었다.

"어머니는?"

"아까 천장을 찌를 듯한 곡소리 들었잖아. 우리 이 여사 그렇게 쉽게 안 쓰러져. 신경 쓰지 말고 얼른 가."

영주가 고갯짓으로 문을 가리켰다. 하지만 마음이 무거운 형찬의 시선은 안방에서 떨어지지 못했다.

"너 여기서 이러고 있는 거 알면 엄마 무조건 버티고 들 거야."

정확한 영주의 지적에 형찬은 결국 자리에서 일어났다.

"유라한테 얘기 들었어. 누나도……."

영주는 손을 휘휘 저으며 말을 막았다. 안타까운 두 사람을 위해 이제라도 해 줄 수 있는 것은 굳이 나서서 반대하지 않는 것뿐이었다.

"그래, 알아들었어. 엄마는 내가 잘 막고 있을 테니까 걱정하지 말고."

"고마워."

"너도 참 속없다. 당연한 일에 고맙다고나 하고."

퉁명스러운 영주의 말에 형찬이 씁쓸하게 웃었다.

"당분간 집에는 없을 거야."

"어디서 지내려고?"

궁금함에 자연스럽게 질문을 던졌던 영주는 금방 고개를 흔들었다.

"아니다. 말하지 마. 모르고 있는 게 낫겠다. 엄마 등쌀에 못 이겨서 내가 말할지도 모르니까 그냥 나 믿지 마."

영주는 아예 귀를 막으며 자신의 방으로 들어가 버렸다.

무거운 걸음으로 집을 나선 형찬이 숨을 들이마셨다. 볼에 닿는 차가운 밤공기가 시원했지만 이상하게 마음은 시리게 만들었다.

차에 시동을 걸고 출발한 형찬은 집과 반대 방향으로 핸들을 꺾었다. 어디를 가고 있는지는 그조차도 몰랐다. 그저 마음 가는 대로 아무 생각 없이 운전을 했다.

넓고 반듯한 큰길과 동네를 통하는 좁은 길을 한참 달리다 보니 익숙한 동네가 눈에 보였다. 결코 의도한 게 아닌데, 결국 형찬이 달려온 곳은 유라의 집이었다.

그녀의 집 근처에 차를 세운 형찬은 시간을 확인했다. 밤 11시가 다 돼 가는 늦은 시간이라서 나오라고 말할 수가 없었다.

휴대폰을 내려놓은 형찬은 유라의 방 창문을 물끄러미 바라보기만 했다. 불이 꺼질 때까지 지켜보다가 가는 것도 나쁘지 않을 것 같았다.

차에서 편한 자세로 기대서 유라와 찍었던 사진들을 보며 웃고 있을 때였다. 갑자기 조수석 창문에서 똑똑, 노크 소리가 들렸다.

형찬이 고개를 돌리자 선팅된 창문에 얼굴을 가까이 대고 있는 유라가 보였다. 예상하지 못했던 그녀의 등장에 놀란 형찬이 잠갔던 문을 열었다.

"어떻게 된 거야?"

유라는 웃으며 조수석에 탔다.

"왜 왔으면서 연락 안 했어?"

"늦어서 못 나올 거 아니까. 근데 어떻게 알았어?"

"커튼 치고 자려는데 당신 차가 보이더라고."

"아."

형찬은 뒤늦게 불이 꺼진 유라의 창문을 발견했다.

"내가 너무 티 나게 있었나?"

그의 웃음을 빤히 바라보던 유라가 조심스럽게 물었다.

"……오늘 어머니 뵙고 왔어?"

어딘가 모르게 어색한 웃음이 티가 났나 보다. 그녀에게 거짓말을 할 순 없어서 형찬은 고개만 끄덕였다.

"유라야."

"응?"

"어떻게 2년을 아무 말도 안 하고 버텼어."

본가에서 어머니와 대화하는 내내 온통 그 생각뿐이었다. 화가 나면 자신에게조차 이만큼 다그치는 어머니가 유라에게는 오죽했을까 싶었다.

분명 속상했던 적이 한두 번도 아니었을 텐데 왜 단 한 번도 아무 말을 하지 않았을까. 한편으로는 한두 번도 아니었던 그 상황을 진작 알아차리지 못했던 스스로가 한심했다.

"당신은 36년을 버텼잖아."

농담 반 진담 반으로 받아친 유라는 형찬에게 다가가 살며시 안아 주었다.

"뭐야?"

"위로."

피식, 하고 형찬이 웃었다.

"위로는 내가 해 줘야 하는 건데."

형찬은 유라의 머리를 쓰다듬어 주었다.

"어머니, 충격 많이 받으셨지?"

"응. 그런데 이제 알 건 아셔야지."

아들이 소유물이 아니라는 것을, 이제 모친도 이해하고 받아들여야 했다. 그러기 위해서는 자신이 흔들리지 않고 냉정해져야 한다는 것을 그 역시 잘 알고 있었다.

"어머니께 단단히 말씀드렸어. 그런데도 혹시라도, 아주 혹시라도 어머니가 당신 찾아오시면, 그땐……."

"당신한테 안 숨기고 바로 말할게."

"잘한다."

똑 부러지는 대답에 형찬이 만족스러운 미소를 지었다.

"집에서 뭐 하고 있었어?"

"엄마랑 우리네랑 제주도 가기로 했거든. 이것저것 알아보면서 일정 짜고 있었어."

"좋겠다, 제주도."

제주도는 언젠가 그녀와 다시 한 번 가고 싶은 여행지였다. 신혼여행 때처럼 시간에 쫓겨서 서두르지 않고 여유롭게 즐기다 돌아오고 싶었다.

"우리도 나중에 다시 가자."

"3월에 갈까? 그쯤이면 제주도에 유채꽃이 예쁘게 핀다던데."

"당신만 되면 언제든지."

"나도 언제든지 좋아."

유라와 다시 제주도를 갈 생각에 들뜬 형찬의 목소리가 아까보다 더 밝아졌다.

"나 약국에 싸 갈 과일 사 온다고 하고 나왔어."

"내가 사 줄게. 가자."

몸을 돌린 형찬이 시동을 걸려고 했다. 그러자 유라가 그의 팔뚝을 붙잡았다.

"요 밑에 조금만 걸으면 마트 있잖아."

"동네사람들 마주치면 어쩌려고."

"그럼 일찍 들켜야 할 운명인 거지."

늘 주변 눈치를 보며 이웃들에게 들킬까 봐 조마조마해하던 유라가 경계를 풀고 자신을 전적으로 믿고 있었다.

어느새 조수석에서 내린 유라가 빨리 내리라고 손짓했다. 형찬은 그녀를 따라 차에서 내렸다. 그리고 유라의 손을 잡아 깍지를 꼈다. 서로를 바라보며 환하게 웃는 두 사람의 발걸음이 무척 가벼웠다.

"선배?"

오후 늦게 약국으로 갑자기 들이닥친 형찬 때문에 수연은 물론, 약제실에 있던 유라까지 빼꼼히 고개를 내밀어 눈을 동그랗게 떴다.

"이 시간에 웬일이에요?"

형찬은 들고 온 초밥 종이백을 보여 주었다.

"점심 배달 왔지."

"초밥이다!"

형찬은 연이어 들어오는 손님들을 보고 카운터 안으로 들어갔다. 약제실 옆 구석에 있던 접이식 테이블을 가져와 초밥을 꺼내 두는 그를 본 유라가 제조를 마치고 다가갔다.

"점심 안 먹은 거 어떻게 알았어?"

"아침부터 지금까지 연락 한 통 없었잖아. 휴대폰도 못 볼 만큼 바쁘구나. 그럼 오늘도 점심을 못 먹었겠구나, 생각했지."

약국은 수시로 손님들이 드나들기 때문에 제대로 된 점심시간이 없었다. 점심을 먹다가도 손님이 오면 약을 제조해야 하기 때문에 차라리 마음 편하게 수연과 교대로 나가서 밥을 먹고 오는 편이었다.

여러모로 불편한 점이 많았지만, 다음 주부터 새로운 아르바이트생이 출근하면 조금 여유가 생길 것이다.

"왜 그렇게 봐?"

간장과 젓가락을 꺼내던 형찬은 자신을 빤히 바라보는 유라에게 물었다.

"백수 애인 좋아서."

해맑게 웃는 유라의 말에 뿌듯해진 형찬이 그녀의 볼을 툭, 건드리며 따라 웃었다.

"일주일 남았어. 야무지게 부려 먹어."

"응."

"수연아, 너도 얼른 와."

형찬의 부름에 수연도 냉큼 테이블로 다가왔다. 일어선 채로 먹음직스러운 광어 초밥을 한입에 쏙 넣은 수연이 오물거리며 말했다.

"이걸로 저녁 사 주는 거 퉁칠 생각 하지 마요."

"은수연 여전히 눈치가 빠른데."

"아, 진짜! 이럴 줄 알았어!"

애초에 그럴 생각도 없었지만 수연의 반응은 놀리는 재미가 있었다. 펄쩍 뛰며 초밥을 뱉는 시늉을 하는 수연에게 어깨를 으쓱한 형찬은 간장에 와사비를 풀어 유라의 앞에 놓아 주었다. 그사이 초밥을 먹은 유라는 눈을 크게 뜨며 물었다.

"진짜 맛있다. 어디 거야?"

"김기태 초밥. 맛집이라고 하길래 사 봤는데. 맛있어?"

"어? 이거 김기태 초밥이구나. 이 셰프 요즘 유명하잖아요."

어느새 흥분을 가라앉힌 수연이 뒤늦게 포장 용기를 보고 아는 체를 했다. TV 프로그램들을 꿰뚫고 있는 그녀는 아무것도 모르는 형찬과 유라에게 신나게 설명을 해 주었다.

잠시 한가해진 틈을 타 화기애애하게 이야기를 하던 중에 종소리가 들리며 약국 문이 열렸다. 들어온 손님은 입구 근처에 있던 마스크를 망설임 없이 집었다. 손님의 등장에 젓가락을 놓으려는 유라를 말린 형찬이 대신 일어났다.

"저거 얼마?"

"3천 원. 그냥 내가……."

형찬은 유라의 어깨를 토닥거리며 카운터로 가서 계산을 했다. 아르바이트를 해 본 경력이 있어서 그런지 손님에게 카드를 받고 계산하는 모습이 제법 능숙했다. 형찬을 지켜보던 수연이 의자를 끌어당겨 와 유라에게 속삭였다.

"형찬 오빠 회사 관뒀어요?"

유라는 고개를 끄덕였다.

"변호사 다시 시작할 거야."

"진짜요?"

수연은 영수증을 건네는 형찬을 빤히 바라보았다.

"하긴. 형찬 오빠는 사장님보다 변호사가 더 잘 어울리긴 해요."

웃을 때 은근히 개구쟁이 같은 얼굴도 가지고 있는 형찬은 얼굴로 보나 성격으로 보나 진중하고 카리스마 넘치는 사장님보다는 사람들을 도와주는 변호사가 훨씬 더 잘 어울렸다.

"에이. 근데 백수인 줄 알았으면 아르바이트생 뽑지 말고 형찬 오빠 부려 먹을걸."

"안 그래도 그 말 했었어. 본인이 아르바이트생 하겠다고."

"허얼, 진짜요?"

"근데 면접에서 떨어졌지."

계산을 끝낸 형찬이 자리로 돌아와 두 사람의 말에 끼어들었다. 수연은 곧장 유라를 다그쳤다.

"왜 떨어뜨렸어요! 무급으로 부려 먹을 수도 있었는데!"

"내 말이. 한 약사님이 저렇게 손익 계산을 못한다."

수연의 음흉한 속내에 형찬은 물색없이 맞장구를 쳤다. 평소에는 앙숙이다가도 이런 순간에는 기가 막히게 호흡이 척척 맞았다.

"지금도 안 늦었으니까 잘 생각해 봐."

그때 처방전을 손에 든 손님이 연달아 들어왔다. 수연은 냉큼 일어나 인사를 하며 처방전을 받아 들었다. 형찬은 다 먹은 초밥을 치우려는 유라의 손을 저지했다.

"내가 치워서 버릴 테니까 손님 받아."

"그럼 부탁 좀 할게."

"부탁까지 할 필요도 없어. 이제부터 내가 다 해 줄 거니까 넌 받기만 해."

형찬은 한쪽 눈을 찡긋거리며 웃었다. 그가 함께 있어 주는 것만으로도 충분한 외조였다. 유라의 마음이 든든해졌다.

사무실 퇴근 시간이 지나자 병원을 들른 처방전 손님들이 또 한차례 몰려왔다. 형찬은 유라와 수연을 모두 약제실로 보내고 본격적으로 일을 도왔다.

약국에서 흔히 볼 수 없는 잘생긴 남자의 등장에 여자 손님들의 눈빛이 반짝거리는 것은 말할 것도 없었다. 간간이 여자 손님들과 형찬의 웃음소리가 겹쳐 들릴 때마다 약제실 안에 있는 유라의 심기가 은근히 불편해지고 있었다. 유라의 표정을 구경하던 수연이 쿡쿡 웃었다.

"잘생긴 사람이 친절하기까지 하면 피곤한데."

예나 지금이나 형찬은 타인에게 관대하고 친절한 편이었다. 간혹 그 친절의 의미를 착각하고 다가오는 여자들도 많았지만 그런 경우에는 냉정하게 철벽을 쳤다. 하지만 여자들은 쉬운 남자보다 다루기 어려운 남자에게 더 매력을 느끼는 법이었다.

"난 절대 잘생긴 남자 만나지 말아야지."

수연이 말투에 음계를 붙여 가며 슬슬 약을 올렸다. 유라는 입을 샐쭉 내밀며 약 봉투를 들고 밖으로 나왔다.

"임선미 씨."

"네."

"눈에 다래끼가 심하신가 봐요. 약은 3일 치인데 여기……."

약 봉지를 가리키며 설명하던 유라가 고개를 들었다. 그런데 손님은 설명을 듣고 있기는커녕 처방전을 입력하고 있는 형찬의 얼굴을 힐끔힐끔 구경하느라 바빴다.

"임선미 씨?"

"아, 네."

"여기 이 파란색 알약은 졸음이 올 수도 있으니까, 아침이나 점심에는 빼고 드셔도 괜찮으세요."

"네."

"5천6백 원입니다."

손님은 잔뜩 기대하는 얼굴로 형찬에게 카드를 건넸다. 그런데 유라가 기다렸다는 듯 카드를 받아 리더기에 긁었다.

"감사합니다."

영수증과 함께 카드를 돌려준 유라가 형찬을 지그시 바라보며 말했다.

"우리도 이제 정리하고 집에 갈까?"

평소보다 더 다정한 그녀의 말투에 형찬이 꽤 당황한 듯 눈을 깜빡였다. 하지만 바깥 날씨처럼 표정이 차갑게 식은 앞의 손님을 보니 상황이 이해가 갔다.

무슨 질투를 이렇게 귀엽게 해.

"그럴까, 자기야? 오늘 저녁은 뭐 해 줄 거야?"

그는 서글서글한 미소를 지으며 맞장구를 쳐 주었다. 두 사람의 대화를 들은 여자는 유라에게 받았던 영수증을 구겨 쓰레기통에 던지듯 버리곤 약국을 나갔다.

손님이 나가자마자 형찬은 그녀의 뺨에 입을 맞췄다.

"사랑해."

"나도 알아."

형찬은 일부러 심드렁한 척을 하는 유라의 어깨를 감싸 안았다.

"이런 대답에는 나도 사랑해, 해야지. 방금 전까지 콧소리 내던 여자 어디 갔어?"

유라는 웃고 있는 형찬을 향해 돌아서며 말했다.

"나도 사랑해. 그러니까 이제 약국 오지 마."

유라의 말에 결국 형찬이 웃음을 터뜨렸다.

"정말 너무들 하시네. 지금 이 약국에 저도 있거든요?"

약제실 칸막이에 비스듬히 서서 팔짱을 낀 수연이 유치한 다툼에 혀를 내둘렀다. 수연의 등장에 민망해진 유라는 어깨를 긁적이며 그의 팔을 내려놓았다.

"내일 제주도 갈 준비는 다 해 놨어?"

"응. 집에 가서 옷만 넣으면 돼."

"그럼 약국은 수연이 혼자 보는 거야?"

"아니. 수연이 동기가 잠깐 와서 도와주기로 했어."

"다행이네."

말과는 다르게 그는 떨떠름한 표정을 숨기지 못했다.

"표정은 전혀 아닌데?"

"우리가 이틀씩이나 못 보잖아."

다시 만난 뒤로 하루에 한 번씩은 어떻게든 얼굴을 봤다. 피곤하거나 바빠서 못 보는 날에는 영상통화라도 해서 마음을 달래곤 했다. 그런데 가족들과 함께 가는 여행, 게다가 엄마와 한방을 쓰게 될 테니 자주 연락하기는 힘들 것이다.

"어우! 내가 집에 가고 말지!"

"은수연. 아직도 눈치 없이 거기 있던 거야?"

"오빠 담부터는 약국 나오지 마요! 애인 없는 사람 어디 서러워서 일하겠나."

수연이 가운을 벗으며 외로움에 몸서리치고 있을 때였다.

"언니이!"

수연 못지않은 우렁찬 목소리가 들려왔다. 세 사람의 시선이 동시에 약국 문으로 향했다.

"처제."

약국 문을 활짝 열었던 우리는 유라 옆에 서 있는 형찬을 발견하고 우뚝 걸음을 멈췄다.

"형부가 왜 여기……."

쾌활한 목소리는 공기 속으로 사라지고 답답한 침묵이 그들을 옭아맸다. 우리는 어쩔 줄 모르는 얼굴로 뒤를 돌아보았다. 우리의 등 뒤에는 진원과 사색이 된 현숙이 서 있었다.

15화

핸들을 붙잡고 있는 형찬의 얼굴은 어느 때보다 어둡게 가
라앉아 있었다.

'설마…… 아니지?'

눈앞에 보이는 상황을 믿고 싶지 않았을 것이다. 그것만은
아니길 바라는 희망을 품은 현숙의 절절한 마음이 형찬에게도
느껴졌다.

'아닌 거지?'

현숙은 고개를 이리저리 돌리며 재차 물었지만 그도, 그녀

도, 우리네 부부도, 수연까지도 모두 아무 말을 하지 못했다.

현숙을 제외한 모든 이들은 어렴풋이 둘의 만남을 알고 있었기 때문에 어찌 보면 공범인 셈이었다. 고개를 숙인 모두의 침묵을 긍정의 대답으로 여긴 현숙은 충격으로 그 자리에 주저 앉았다.

"형찬 씨."

유라의 부름에 형찬이 상념에서 빠져나왔다. 빵— 하고 신경 질적인 클랙슨이 울린 후에야 빨간불이 초록불로 바뀐 것을 확인했다. 그는 천천히 속력을 높였다.

"무슨 생각 해?"

"왜 하필 오늘일까 하는."

제주도를 갈 생각에 들떠 있던 그녀의 가족들에게 찬물을 끼얹은 셈이 되어 버렸다.

어떤 방법으로 만남을 고백했든 어머니의 충격은 필수불가 결한 일이었겠지만, 이렇게 갑작스럽게 밝히고 싶지는 않았다. 지금은 그저 이런 우연을 만든 신이 원망스러울 뿐.

그녀의 집 앞에 도착한 두 사람은 차에서 내렸다. 현숙을 태운 진원의 차는 이미 도착해 있었다.

형찬은 숨을 내쉬었다. 상투적이고 비겁한 변명을 할 생각은 없다. 비난과 원망을 받을 마음의 준비는 충분히 되어 있었다.

집으로 들어가기 전, 형찬은 유라의 팔을 붙잡았다.

"어머니께는 내가 전부 말씀드릴 거야. 욕하시면 하시는 대로 다 들을 거고, 때리시면 때리시는 대로 다 맞을 거야. 다 내

몫이니까 너는…….”

염치가 없어서 감히 흔들리지만 말아 달라는 말도 차마 할
수 없었다. 불안하게 흔들리는 눈동자를 지그시 바라보던 유라
는 그의 손을 잡아 다부지게 깍지를 끼는 것으로 대답을 대신
했다.

집 안으로 들어가자 현숙과 우리네 부부가 조용히 거실에
앉아 있었다. 그 고요함은 불안함을 넘어 두려움을 자아냈다.

싸늘한 현숙의 표정만 봐도 이 만남을 허락할 마음이 전혀
없다는 것이 느껴졌다. 형찬은 곧장 무릎을 꿇고 앉았다. 떨어
진 시선 끝에 현숙의 물컵과 알약 봉투가 보였다.

“죄송합니다.”

가만히 서서 형찬을 지켜보던 유라는 그의 옆에 따라 앉아
무릎을 꿇고 고개를 숙였다. 절대로 쳐다보지 않을 것처럼 벽
을 향한 채로 꼿꼿했던 현숙이 고개를 돌렸다.

무릎을 꿇고 나란히 앉아 있는 모습을 보니 기가 막힐 노릇
이었다. 서로가 서로를 완벽하게 잊지 못했다는 것을 어렴풋이
알고는 있었지만, 다시 만날 줄은 꿈에도 몰랐었기 때문에 더
욱 충격이 컸다.

현숙은 답답한 가슴을 연신 두드렸다. 아무리 생각해도 이
건 아니었다.

“헤어져.”

현숙답지 않은 단호한 말투에 형찬과 유라가 동시에 고개를
들었다.

“유라 너, 대답해.”

"어머니."

"죄송해요. 엄마."

결국 유라는 모친의 가슴에 또 한 번 못을 박았다.

"너…… 대체 어쩌려고…… 어쩌려고 다시 만나!"

애지중지 키웠던 맏딸의 이혼이 모두 못난 자신의 탓이라는 죄책감이 완전히 사라진 건 아니었다.

형찬과 이혼하고 나서 매일 방 안에 틀어박혀 울고만 지내던 딸이 안 좋은 생각을 하면 어쩌나 늘 노심초사했다. 자다가도 한 번씩 벌떡 일어나 유라의 방을 확인하는 것이 아직까지 버릇으로 남았을 정도였다.

시간이 지나면서 약국을 차리고 사람들을 만나며 점점 나아지는 유라를 보며 다행이라고 안도했지만, 형찬의 옆에서 아무스스럼없이 웃던 딸을 생각하면 왜 젊은 시절에 악착같이 돈을 벌지 못했을까 하는 후회가 들었다.

가진 게 많았더라면 유라가 시댁으로부터 무시당하지도 않고, 형찬도 부모를 설득하는 데 바빠 제 딸을 방치하지 않았을 텐데.

"엄만 너 울면서 집에 찾아왔던 날만 생각하면 아직도 가슴이 미어져. 내가 팔 걷어붙이고 반대만 했어도 네가 그 정도로 힘들진 않았겠지 싶고, 결국 다 못난 내 탓 같고……."

끊임없이 이어지는 현숙의 자책을 듣고 있던 유라의 눈시울이 붉어졌다. 자신 때문에 자괴감을 끌어안고 사는 엄마에게 죄송해서 고개를 들 수가 없었다.

"제가 죽일 놈입니다, 어머니."

"누가 자네 어머니야? 왜 나를 그렇게 불러!"

어머니라는 그의 호칭에 현숙이 언성을 높였다. 북받치는 감정을 추스르려 억세게 깨문 입술이 아프다. 철석같이 믿었던 형찬에 대한 배신감과 실망은 이루 말할 수가 없었다.

처음부터 두 팔 걷어붙이고 반대했어야 할 결혼이었다. 그럼에도 불구하고 반기를 들지 못했던 건 믿음직스러운 아들 같은 형찬 때문이었다.

진원처럼 붙임성 있는 살가운 성격은 못 됐지만, 맏딸인 유라처럼 가벼운 부분 없이 묵직한 구석이 있어서 늘 믿음직스러웠다. 그래서 유라는 물론, 현숙과 우리도 형찬을 의지하는 부분이 있었다.

그런데 그 믿음이 독이었다. 자신이 제일 믿어 의심치 않았던, 딸을 가장 행복하게 만들겠노라 제 눈을 보며 굳게 약속했었던 형찬이 유라를 가장 아프고 괴롭게 했으니까.

"대체 유라한테 어떻게 했길래 애가 그렇게 집을 뛰쳐나왔느냐고! 참을성 많은 애가 얼마나 못 참겠으면……!"

분하고, 억울하고, 원통한 마음을 주체하지 못한 현숙이 방바닥을 치며 흐느꼈다. 멀찌감치 떨어져 앉아 상황을 지켜보고 있던 우리도 모친의 울음에 고개를 돌리고 눈물만 뚝뚝 흘렸다.

"제가 잘못했어요, 어머니."

잡지 못할 바닥을 부여잡으려는 현숙의 손이 애처롭게 떨리고 있었다. 형찬은 현숙의 손을 붙잡으며 말했다.

"한 번만…… 저 한 번만 용서해 주세요."

용서를 구하는 형찬의 말에 현숙의 어깨가 격하게 들썩였다. 차라리 뻔뻔하게 굴면서 유라를 다시 만나겠다고 한다면 무시하기 더 쉬웠을 것이다.

그런데 울 자격조차 없다고 생각하는 건지 꾸역꾸역 울음을 삼키며 처절하게 반성을 하는 형찬과 그 옆에서 하염없이 눈물만 흘리는 딸을 보니 가슴이 무너져 내린다.

"나는 너네 허락할 생각 눈곱만큼도 없어. 그러니까 꿈도 꾸지 말고 내 집에서 나가."

절절한 둘의 모습에 마음이 약해질까 봐 두려워진 현숙은 일부러 더 잔인한 말들을 쏟아 내고 방으로 들어가 버렸다.

쾅 닫히다 못해 달각 잠기는 문소리가 유난히 크고 또렷하게 들렸다. 형찬은 눈물범벅이 된 유라의 손을 잡아 주었다.

"오늘은 그만 가시는 게 좋겠어요."

우리의 목소리에도 뜨거운 울음이 가득 고여 있었다. 형찬은 고개를 끄덕이며 자리에서 일어났다. 안쓰러운 시선으로 유라를 번갈아 보는 그의 눈빛에 우리는 알겠다는 듯 작게 고개만 끄덕거렸다.

둘만 남겨 놓고 집에 가는 것이 마음에 걸렸는지 우리는 진원을 보내고 친정집에 남았다. 엄마에게도, 동생 부부에게도, 형찬에게도, 그저 모두에게 미안하기만 한 밤이었다.

새벽 1시 10분. 창가 앞에서 시간을 확인한 유라는 다시 창밖으로 시선을 돌렸다. 여전히 그의 차는 집 앞에 꿋꿋하게 서 있었다. 이 시간까지 잠들지 못하고 집 앞을 지키는 형찬의 마음의 무게가 고스란히 느껴졌다.

똑똑똑.

느리게 들리는 세 번의 노크 소리가 조심스럽다. 유라가 몸을 돌리자 우리가 눈치를 보며 방 안으로 들어왔다.

"안 자고 있었네?"

"너야말로 왜 여태 안 자고 있어."

"낮에 커피를 많이 마셨나 봐."

방에 들어와 한참을 쭈뼛거리던 우리가 어렵게 입을 열었다.

"내일 나랑 진원 씨가 엄마 모시고 근처에 바람이라도 쐬다 올게."

계획대로라면 새벽에 일어나 진원의 차를 타고 도란도란 웃음꽃을 피우며 김포공항을 가야 했지만, 이런 상황에서 제주도 가족여행은 꿈도 꿀 수 없었다. 그렇다고 이번 여행을 누구보다도 기대하고 있었던 엄마를 2박 3일 내내 집에 있게 할 수는 없었다.

"미안해. 우리야."

"언니가 뭐가 미안해."

"나만 아니었으면 제주도 가서 신나게 놀았을 텐데."

"제주도야 나중에 다시 가면 되지."

진원과 어렵게 맞춘 휴가였을 텐데 대수롭지 않다는 듯이 말해 줘서 고마웠다.

"……그땐 형부도 같이 가자."

형찬을 가리키는 호칭에 차분했던 유라의 표정이 흔들렸다.

"운전 대신해 줄 사람 있으니까 그이도 한결 편해지겠다."

"너 형찬 씨 싫어하잖아."

"원래 미운 정이 더 무서운 법이지."

우리는 어깨를 으쓱하며 환한 표정으로 웃었다.

"보증금 내 준 핑계로 찾아와서 언니 마음 흔들었던 얘기 들었을 때는 진짜 싫어질 뻔했지만."

유라는 진원과 대화했던 내용들을 떠올리고 눈이 커다래졌다.

"제부가 너한테 다 얘기했어?"

"내가 어쩌다 알게 됐어. 아예 말이 안 나왔으면 모를까, 진원 씨는 내가 묻는 말에 거짓말은 못 하거든."

"우리야, 사실은 그게……."

"고마웠어."

고맙다고 말해야 할 사람은 돈을 빌린 제 쪽이었다. 그런데 돈을 빌려준 동생이 되레 고맙다고 하니 얼떨떨했다.

"언니가 나한테 부탁한 게 아니라 그이한테 부탁을 했다는 걸 듣는데 나는 그게 고맙더라고. 그이도 그랬어. 언니가 어려운 순간에 자길 생각하고 찾아와 줘서 고마웠다고."

"뭘 그런 일을 고마워해. 암튼 둘이 똑같아."

"생각해 보면 엄마가 형부를 참 많이 좋아했어. 우리한테도 말 안 해 주던 세탁소에서 있었던 일들을 형부만 오면 앉혀 두고 하소연하기 바빴잖아. 더군다나 그때는 언니 결혼 전이었는데. 난 엄마가 우리 그이한테도 그럴 줄 알았는데 안 그러더라."

형찬에게 배신 아닌 배신을 당하고 마음의 상처를 받아서인지 엄마는 진원을 좋아하고 잘 챙겨 주기는 했지만, 형찬 때처럼 진원에게 모든 것을 터놓으며 의지하지는 않았다.

　그건 또다시 상처받고 싶지 않은 엄마의 본능이었다. 진원은 그럴 수 있다며 이해했지만, 우리는 사위에게 내외하는 엄마를 보며 내심 섭섭할 때가 있었다.

　"엄마가 형부랑 관계를 풀어야 우리 진원 씨한테도 마음을 다 열어 줄 것 같아. 그래서 이제 언니랑 형부 적극 응원하려고."

　유라는 우리에게 다가가 그녀를 안아 주었다.

　"……미안해. 그리고 고마워."

　"그나저나 울 엄마 안쓰러워서 어쩌나. 여기저기 다 언니 편뿐이네."

　"엄마 좀 부탁할게."

　"엄마 걱정하지 말고 언니 얼굴이나 걱정해. 몇 시간 사이에 다크서클이 얼마나 내려와 있는지 모르지? 저승사자가 친구 하자고 하기 딱 좋은 얼굴이야, 지금."

　장난스러운 우리의 말에 유라가 피식 웃었다. 무겁게 가라앉아 있던 자신을 일으켜 세워 주는 동생의 응원에 조금 힘이 났다.

　무작정 베개를 들고 방에서 나온 유라는 조심스럽게 안방 문손잡이를 돌려 보았다. 아까까지만 해도 굳게 잠겼던 방문은 어느새 열려 있었다.

문을 열고 들어가자 창문을 통해 들어오는 새벽빛으로 누워 있는 현숙의 모습이 어슴푸레하게 보였다.

유라는 엄마의 등 뒤에 다가가 베개를 놓고 그대로 누웠다. 가까이에 있는 것만으로도 따뜻한 엄마의 품이 느껴졌다. 그런데 예전에는 넓고 포근해 보이기만 했던 엄마의 등이 오늘따라 유난히 작고 왜소해 보인다.

이불 밖으로 드러난 어깨가 마음이 쓰여 흐트러진 이불을 잡자, 엄마의 어깨가 잘게 들썩거리기 시작했다. 아무 말 없이 이불을 끌어당기는 현숙의 모습을 물끄러미 바라보던 유라는 살며시 다가가 뒤에서 끌어안았다.

"미안해요, 엄마."

"……"

"내가 참…… 엄마 가슴에 못 여러 번 박는다. 그치?"

어떤 대답도 들을 수 없었지만 유라는 잠들지 않은 엄마의 등을 보며 담담히 말을 이어 갔다.

"잊어 보려고 도망도 쳐 봤고, 피해 보기도 했고, 마주칠 때마다 외면도 해 봤어. 정말 다 잊고 잘 살아 보려고 했는데…… 그게 내 마음대로 안 되더라."

"……"

"나 그 사람이 너무 그리웠어, 엄마."

현숙이 코를 훌쩍거리며 뒤를 돌았다. 눈물을 흘리지 않으려고 눈에 힘을 잔뜩 준 것이 애처로웠다.

"그렇게 당했는데도 좋아?"

유라는 입술을 깨문 채로 고개만 수없이 끄덕였다.

"형찬이한테 다시 가고 싶어?"

이번에도 바보처럼 고개를 끄덕이는 것밖에 할 수 있는 게 없다. 바보 천치 같은 딸의 대답에 현숙에게서 긴 탄식이 흘러나왔다.

"이혼하고 나서도 그 집에서 너 종종 찾아왔던 거, 엄마가 몰랐을 것 같아? 그런 적이 한두 번도 아니었잖아."

몰라서 모른 척했던 게 아니다. 다만 유라가 숨기고 싶어 하는 일을 굳이 캐내는 것이 딸의 상처를 헤집는 일이 될까 봐 이를 악물고 참았을 뿐이다.

마음속으로는 몇 번이고 찾아가서 왜 내 딸을 괴롭히느냐고 머리끄덩이를 붙잡고 싸웠다. 그런데 자신이 나서서 달려드는 모습을 보여 주는 것이 딸에게는 또 다른 상처가 될 거라는 걸 알기 때문에 현숙은 문드러지는 가슴을 애써 다스리며 아무것도 모른 척해야 했다.

"내 옆에 있을 때도 그렇게 힘들어했는데, 그 집에서 있을 때는 혼자 얼마나 힘들었을 거야. 내가 그 상상만 하면 정말⋯⋯."

현숙은 양손으로 유라의 뺨을 어루만져 주었다.

"엄마. 내가 형찬 씨를 못 믿었어. 너무 혼자 감당하려고만 했었어. 내가 스스로 힘든 생활을 자처했던 거야."

"형찬이가 못 미더웠어?"

유라는 고개를 저었다.

"그 사람한테 짐이 되는 게 싫었어. 엄마도 알잖아. 형찬 씨가 나랑 결혼하려고 얼마나 노력했는지."

"노력했으면 뭐해? 행복하다는 사람이 하나도 없는데."

"그러게 말이야."

비꼼이 다분한 말투에 장단을 맞추며 유라가 현숙을 꽉 끌어안았다.

"우리 둘 다 아플 만큼 아파 봤잖아. 같은 실수 반복 안 할게요."

"……."

"나 한번만 더 믿어 주면 안 돼?"

이번에도 현숙은 아무 말도 하지 않았다. 하지만 이불 밖으로 나온 차가운 그녀의 손등을 감싸 주었다. 당장은 이 대답만으로 충분했다. 유라는 엄마의 등에 얼굴을 묻었다.

요즘 들어 해가 부쩍 일찍 떠올랐다. 건조하고 춥기만 했던 겨울이 지나고 따스한 봄이 오고 있다는 증거였다.

잠에서 깬 유라는 휴대폰을 바라보았다. 3월 8일. 오늘은 그녀의 생일이자 형찬과 이별을 결심하고 시댁에서 나온 날이었다.

1년 365일 중 행복하게 지내기만 해도 모자랄 날이지만 동시에 가장 불행했던 기억을 떠올리게 하는 날. 그래서 생일이 돌아올 때마다 기쁘지도, 슬프지도 않은 복잡 미묘한 감정들을 느껴야 했다.

방에서 나오자 부엌에서 달그락거리는 소리가 났다. 부모 속을 까맣게 태운 딸이 뭐가 예쁘다고 현숙은 새벽부터 일어나서 아침을 준비하고 있었다.

분위기는 여전히 냉랭했지만, 딸의 생일을 모른 척하고 넘어갈 만큼 독하지는 못했다.

미역국을 끓이던 현숙은 인기척을 느끼고 힐끔 돌아보며 말했다.

"더 자지, 왜 나왔어."

"약국 나가려고."

방 안에서 혼자 우울하게 있는 것보다 차라리 사람들이 북적거리는 약국에 나가서 바쁘게 일을 하는 편이 나았다.

"엄마야말로 좀 더 주무시지."

자신과 동생의 생일마다 미역국을 끓이는 건 늘 유라의 몫이었다. 자식의 생일에 미역국을 먹어야 할 사람은 누가 뭐래도 엄마였다.

"잠도 안 오더라."

한숨이 섞인 현숙의 말에 유라의 표정이 한층 더 어두워졌다. 입이 열 개여도 할 말이 없는 유라는 그저 묵묵히 아침 차리는 것을 도왔다.

손 빠른 현숙은 마지막으로 만든 잡채를 들고 먼저 식탁에 앉았다. 잡채와 불고기, 심지어 생선구이까지. 둘만 먹기에는 너무 아쉬울 정도로 거하게 차려진 잔칫상이었다. 뒤따라 앉은 유라는 생일상과 엄마를 번갈아 바라보았다.

"엄마."

"아무 소리 말고 먹어."

퉁명스럽게 말한 현숙이 미역국을 한 술 뜨려던 찰나였다.

"낳아 주셔서 감사해요."

유라가 나지막하게 말했다. 적어도 이 말은 하고 넘어가야 했다.

"내년에는 아무 걱정 없이 늦잠 주무실 수 있게…… 잘할게요."

"……."

"잘 먹겠습니다."

유라는 보란 듯이 미역국에 밥을 말아 크게 한 술 퍼서 먹었다. 언제 먹어도 맛있는 엄마표 밥상이 오늘따라 더 맛있었다. 밥을 먹는 동안 힐끔거리는 시선이 느껴졌지만 그때마다 유라는 고개를 들어 환하게 웃어 보였다.

"오늘 늦어?"

"아니. 일찍 와야지."

약국이 끝나면 형찬을 만날 건지 은근슬쩍 떠보는 말이었다. 듣고 싶었던 대답이었지만 현숙의 눈이 가늘어졌다. 거짓말까지 하면서 형찬을 만날 딸이 아닌 것을 알면서도 미심쩍은 표정을 감추지 못했다.

"끝나고 곧장 올게요."

유라에게서 한 번 더 확답이 들려오고 나서야 현숙은 다시 수저를 들었다. 달달하게 간이 잘 밴 불고기를 먹는데도, 희한하게 입안이 쓰기만 했다.

목도리를 두르고 약국에 나타난 유라를 보자마자 수연은 절로 터져 나올 뻔했던 한숨을 삼키고 최대한 덤덤하게 말했다.

"그냥 쉬지, 왜 나왔어요."

"일하는 게 편해."

그때 마침 유라의 대타로 약국에 와 있던 후배 지인이 약제실에서 나왔다. 유라를 본 지인은 귀신이라도 본 것처럼 깜짝 놀란 표정을 지었다.

"어? 선배님?"

"지인이 왔네."

"오늘 제주도 간다고 하지 않으셨어요?"

"사정이 생겨서 취소됐어. 그래도 오늘 하루 아르바이트는 좀 부탁할게."

"아, 그럼요."

수연은 지인에게 처방전을 건넸다. 지인이 다시 약제실로 들어가자 수연이 걱정스러운 얼굴로 그녀를 바라보았다.

"어머니는 좀 괜찮으세요?"

"아니."

괜한 질문이었다. 서슬이 퍼레진 현숙의 얼굴을 떠올릴 때마다 제 심장이 쪼그라드는 기분이었는데 당연히 괜찮을 리 없다. 수연은 그녀의 안색을 살폈다.

"선배 감기 걸렸나 봐. 얼굴이 발개요."

"형찬 씨한테 옮았나."

수척한 볼을 만지는 유라를 보는데 이번에는 한숨이 숨겨지지 않았다.

"이제 어쩔 생각이에요?"

"부딪쳐야지. 최선을 다해서."

수연은 빼곡히 진열된 약들을 가리켰다.

"부딪쳐서 다쳐도 걱정하지 마요. 약 많으니까."

"내가 이럴 줄 알고 약국을 차렸나 보다."

유라는 수연의 걱정을 덜어 주기 위해 일부러 가볍게 농담을 던졌다. 그 농담이 먹힌 건지 그제야 수연도 미미하게 웃었다.

약국이 잠시 한산해진 틈을 타서 세 사람은 느긋하게 커피를 마시기로 했다. 지인이 커피를 사러 간 사이 갑자기 벌컥 약국 문이 열렸다.

"한유라 씨 계세요?"

유라는 저도 모르게 엉거주춤 손을 들었다.

"전데요."

"퀵입니다."

퀵 배달원은 들고 온 꽃다발과 네모난 상자를 테이블에 무심하게 툭 내려놓았다.

"사인요."

척 봐도 바빠 보이는 배달원은 유라에게 휴대폰을 던지듯 건네주고는 주머니에서 두 대의 휴대폰을 번갈아 확인하기 시작했다.

"이거 누가 보낸 건가요?"

"이름은 저도 모르겠고…… 아, 한샘플라워에서 보냈네요."

그때 사인을 한 휴대폰에서 시끄러운 벨소리가 울렸다. 깜짝 놀란 유라는 폭탄 넘기듯이 배달원에게 재빨리 휴대폰을 건네주었다. 콜을 받은 배달원은 인사도 없이 부리나케 약국을 나갔다.

"선배도 참. 딱 봐도 형찬 오빠가 보낸 거구만."

"약국 나온 거 모르고 있을 텐데."

유라는 고개를 갸웃대며 배달원이 놓고 간 꽃다발을 들어 보았다. 드라이플라워와 함께 포장된 보송보송 핀 목화솜 꽃다발은 보기만 해도 따뜻해 보였다.

"일단 이거부터 빨리 풀어 봐요. 궁금하다."

수연의 재촉에 유라는 꽃다발을 내려놓고 같이 온 상자를 열어 보았다. 상자 안에는 진주 목걸이 세트와 카드, 그리고 작은 상자 하나가 더 들어 있었다. 유라는 먼저 카드를 꺼냈다.

「내 옆에 있어 줘서 고마워.
늘 사랑한다, 한유라.
생일 축하해.」

카드 속 편지가 자연스럽게 형찬의 목소리로 음성지원이 됐다. 유라는 작은 상자도 열어 보았다. 상자 안에는 그녀가 이혼을 결심하고 집에 놓고 갔던 결혼반지가 들어 있었다.

"아, 부러우면 지는 건데."

유라 어깨 너머로 편지를 읽어 본 수연이 중얼거렸다. 유라는 픗 웃었다.

"나 전화 좀 하고 올게."

"네."

유라는 아예 건물 밖으로 나왔다. 바쁘게 거리를 오고 가는 사람들 사이로 감쪽같이 섞여 버린 그녀는 형찬에게 전화를 걸었다.

신호가 두 번도 채 울리기 전에 기다렸다는 듯 딸깍, 소리가 났다.

– 크흠.

"여보세요?"

– 생일 축하합니다. 생일 축하합니다.

전화를 받자마자 불러 주는 그의 생일 축하 노래에 유라는 미소를 감추지 못했다.

– 사랑하는 한유라의 생일 축하합니다.

노래가 끝나 갈 즈음 유라는 마음속으로 조용히 소원을 빌었다.

모두가 행복해지게 해 주세요.

예나 지금이나 유라의 소원은 행복이었다.

"약국 출근한 건 어떻게 알았어?"

– 박형찬이 한유라를 모르면 누가 아나.

말을 하면서도 알아맞힌 것이 내심 뿌듯했는지 그의 목소리에 잔뜩 힘이 들어가 있었다.

"역시 당신밖에 없네."

유라는 약국 앞 사거리 횡단보도 앞에 섰다.

– 괜찮아?

"그럼."

그 대답을 끝으로 두 사람은 잠시 아무 말도 하지 않았다.

그렇지만 말이 없어도, 다른 장소에 떨어져 있어도 같은 생각을 하고 있다는 것이 느껴졌다.

　— 보고 싶다.

　이렇게 우린 통하고 있으니까.

　"나도."

　이렇게 소중하고, 간절하니까.

　— 사랑해.

　이걸로 충분히 안심이 됐다.

　우리는 지금, 함께 있는 것이나 다름없었다.

16화

두 사람의 만남이 양가에 알려졌지만 아무 일도 일어나지 않았다. 하지만 줄 위를 걷고 있는 것처럼 늘 아슬아슬한 일상이었다.

"누나, 피곤하죠? 여기 앉아요."

새로 온 아르바이트생 재성이 생긋 웃으며 수연에게 의자를 가져다주었다. 하지만 수연은 그 의자를 유라에게 양보했다.

"선배가 앉아요."

"난 괜찮아."

"와, 진짜 너무하신다."

호의를 거절당한 재성이 중얼거렸다.

"너 사회생활을 그렇게 못해서 어떻게 할래? 이 약국의 모든 우선순위는 한 약사님이랬지!"

"내 우선순위는 누나…… 읍!"

"너 제발 쫌!"

특유의 순수한 표정으로 본인의 마음을 거리낌 없이 표현하는 재성의 입을 틀어막았다. 면접을 보러 온 순간부터 첫눈에 반했다며 수연에게 적극적으로 들이대기 시작한 재성은 스물다섯이라는 젊은 나이답게 패기가 넘쳤다.

"쓸데없는 소리 할 거면 밖에 박스나 정리해!"

"넵. 알겠습니다."

재성은 배시시 웃으며 약국을 나갔다. 문이 닫히자마자 수연은 좌절하는 얼굴로 유라를 바라보았다.

"선배. 우리 아르바이트생 바꿔요, 제발."

"왜? 재성이가 일도 잘하고 손님들한테 얼마나 인기가 좋은데."

남자치고 지나치게 하얀 피부에 보호 본능을 자극하는 재성의 미소는 남녀노소 나이 구분 없이 손님들을 무장해제시켰다.

사람 보는 눈이 까다로운 유 사장조차 재성에게는 관대했다. 게다가 일 배우는 속도도 기가 막히게 빨라서 이젠 자기가 할 일을 스스로 찾아서 하기도 했다. 덕분에 유라와 수연도 한결 수월해졌다.

"이러다가 내가 여기 관둘 것 같아서 그래요. 첫눈에 반하긴 개뿔."

"너 김 원장님이 나한테 첫눈에 반했다고 했을 땐 로맨틱하다고 했잖아. 너도 그런 사랑 받아 보고 싶다며."

"아, 그땐……!"

수연이 아무 말도 못 하자 유라가 쿡쿡 웃었다.

"너 재성이랑 잘 어울려."

"말도 안 돼."

"진짜야."

"선배! 쟤랑 나랑 몇 살 차이인 줄 알아요?"

"네 살 차이는 궁합도 안 본다잖아."

"돌겠다, 진짜."

수연은 고개를 절레절레 저으며 약제실로 들어갔다. 수연의 뒷모습만 봐도 그녀의 복잡한 심정이 고스란히 느껴졌다. 유라는 박스를 치우고 들어오는 재성에게 조그맣게 중얼거렸다.

"좀 천천히 다가가. 그러다 수연이 도망갈라."

"저 지금 최대한 자제하고 있는 건데."

재성이 시무룩한 표정을 지었다.

"애가 잔뜩 경계 태세잖아."

"근데 수연이 누나는 이렇게라도 굴어야 그나마 절 신경 써요. 남 일에는 눈치 빠르면서 자기 일에는 눈치 없는 스타일이에요. 딱."

정확한 재성의 지적에 유라가 피식 웃었다. 요즘 두 사람의 밀고 당기기를 지켜보는 재미가 쏠쏠했다. 재성을 볼 때마다 형찬이 자신에게 거침없이 다가왔던 모습이 겹쳐 보여 예전 생각도 많이 났다.

형찬을 떠올리던 유라는 가운에 넣어 둔 휴대폰을 꺼내 보았다. 아침에 출근한다는 문자를 남겼지만 점심시간이 지나도록 그에게서는 답장이 없었다.

개업한 변호사 사무실로 출근을 시작한 형찬은 부쩍 바빠졌다. 그동안 손 놓고 있던 공부를 따라잡느라 새벽 출퇴근은 일상이었고, 서로 시간이 안 맞을 때는 통화조차 하지 못하고 지나가는 날도 있었다.

하지만 예전처럼 불안하거나 서운하지 않았다. 오히려 지금 같은 상황에서는 그에게 잦은 연락이 오는 것도 그것대로 눈치가 보였을 것이다.

"어서 오세요."

재성의 인사 소리에 유라는 휴대폰으로 보고 있던 형찬의 사진을 닫고 다시 일을 시작했다. 아까보다 훨씬 더 힘이 났다.

급한 일이 생겼다는 용현의 연락을 받은 형찬은 법원에서 곧장 회사로 찾아갔다. 대회의실 문을 열자 용현을 포함한 임원들이 심란한 얼굴로 그가 오기만을 기다리고 있었다.

"어떻게 된 겁니까?"

"일이 좀 커졌어."

용현은 준비한 서류 봉투를 그에게 건넸다.

"단순한 블랙컨슈머인 줄 알았는데 느낌이 싸해서 조사를 좀 해 봤더니 전부 삼영식품 제품들만 올리는 서포터들이더라고."

최근 들어 인터넷에는 신제품인 카카베이크에 대한 악의적인 불만 글들이 상습적으로 쏟아져 나왔다. 그런데 특이하게 전화 불만 접수는 유난히 조용했다. 오히려 이런 글들이 사실

이냐고 문의하는 전화가 쇄도했다.

봉투 속에는 최근 삼영식품이 인수한 베이커리 사업에 대한 기사와 카카베이크 블랙컨슈머들이 올린 삼영식품 제품의 마케팅 글들이 묵직한 두께로 들어 있었다.

우연이라고 하기에는 모든 글들이 지나치게 작위적이었고, 블랙컨슈머들의 인터넷 ID도 교묘하게 비슷했다.

"돈이 목적인 것 같지는 않아. 본사 측으로 연락을 달라고 메시지를 남겼는데도 연락 온 사람이 한 명도 없으니까."

블랙컨슈머의 활동 이유의 1순위는 돈이나 대가를 받기 위해서인데 그것조차 무시한다는 것이 말이 안 됐다.

"지난번에 내용증명 보냈던 사람들은요?"

"몇몇은 아예 SNS 자체를 삭제했더라고. 기가 막혔다니까."

용현의 대답에 잠시 생각하던 형찬은 휴대폰을 꺼내 어딘가로 전화를 걸었다.

"어, 이 변. 난데. 삼영식품 법무팀에 누가 있는지 좀 알아봐 줘."

같이 일하는 준섭은 이혼 전문 변호사이긴 하지만 워낙 발이 넓어서 여기저기 알고 지내는 사람들이 많았다.

형찬은 준섭 외에도 곳곳에 전화를 걸었다. 하루에 몇 건씩 꾸준히 인터넷에 불만 글이 올라오고 있었고 더 많은 사람들에게 알려지기 전에 일을 처리해야 했다.

"하강백화점에서는 뭐라고 해요?"

"그쪽에서는 오히려 노이즈마케팅을 할 기회로 삼으라고 하더라고. 오히려 우리보다 문의 전화를 더 많이 받는 모양이야."

"매출은요?"

"아직 눈에 띄게 떨어지지는 않았어."

"다행이네요. 일단 새로 활동 시작한 사람들한테 1차 내용증명 보내고, 삼영식품을 좀 알아보죠."

형찬의 제안에 모두 고개를 끄덕였다.

사장실로 자리를 옮긴 형찬과 용현은 오랜만에 마주 앉아 차를 마셨다.

"많이 놀라셨죠?"

"너…… 아니지. 이제 박 변이라고 불러야지. 박 변호사 아니었으면 정말이지 눈 뜨고 코 베였을 거야."

"그러니까 제가 진작 법무팀 필요하다고 말씀드렸잖아요."

"우리한테 이런 일이 생길 줄 알았나."

여태까지는 아이들 간식을 만들어 내는 중소기업이었던 한샘식품을 경계하는 업체가 없었기 때문에 법무팀을 따로 꾸리지 않고 경영팀에서 자문을 받아 처리하곤 했다.

또 회사에 변호사 공부를 했던 형찬이 있었기 때문에 용현이나 임원들은 법무팀의 필요성에 대해 안일하게 생각해 왔다.

"그래도 이제 명인 법무법인 있으니까 마음이 놓여."

"저한테 맡기니까 마음이 놓인다고 하셔야죠."

"열심히 경력 쌓아서 다시 회사로 와. 법무팀 팀장 자리 내 줄 테니까."

"스카우트하시는 거예요?"

"그래. 월급 두둑하게 줄게."

형찬은 서류 봉투를 챙기며 씩 웃었다.

"수임료가 만만치 않을 텐데."

"아직 네 사표 수리 안 했어."

"빨리 수리 안 해 주시면 이번 달 월급 청구할 거예요."

용현과 대화를 주고받고 사무실에서 나온 형찬은 차에 타고 나서야 유라의 출근 메시지를 확인했다.

아침부터 밀려들었던 상담 때문에 정신이 없어서 답장을 한다는 걸 깜빡 잊은 것이다. 반나절을 훌쩍 넘긴 부재중 시간을 확인하고 아차 싶어 전화를 걸어 봤지만 이번에는 그녀가 받지 않았다.

"정신 차리자, 박형찬."

또다시 우선순위를 잊어버려서는 안 된다. 스스로를 향해 읊조리던 형찬은 바뀐 신호를 잠시 바라보다가 유라의 집 방향으로 차를 돌렸다. 딱 5분만 보고 올 생각이었다.

어머니의 심기를 거스르지 않기 위해 한동안 집 앞으로는 찾아가지 않았다. 그런데 일을 시작하면서 서로 연락할 수 있는 시간이 다르다 보니 지금처럼 집으로 찾아가지 않으면 좀처럼 그녀를 보기가 힘들었다.

일부러 유라의 집에서 멀찌감치 떨어진 주차장에 차를 세운 형찬은 천천히 걸어가기로 했다. 골목 초입에 있는 사거리 횡단보도 앞에 선 그는 유라에게 다시 전화를 걸며 신호가 바뀌기만을 기다렸다.

그런데 그때 문득 먼저 바뀐 반대편 신호가 눈에 띄었다. 저 길로 가다 보면 유라네 세탁소가 있는 골목이 나온다.

형찬은 무언가에 홀린 사람처럼 집이 아닌 세탁소가 있는 반대 방향으로 횡단보도를 건넜다. 걸어오는 동안 불 꺼진 세탁소 간판을 봤으면서도 기어이 가게 앞까지 걸어간 그는 유리문 너머로 보이는 이질적인 꽃병에 시선을 고정시켰다.

꽃병에는 유라의 생일에 그가 세탁소로 보낸 수국으로 가득 채워져 있었다. 대충이 아닌 정성스럽게 꽂은 티가 역력했다.

"버리셨을 줄 알았는데……."

처음 어머니에게 꽃 선물을 했었던 날, 남자에게 꽃을 받아본 게 얼마 만인지 모르겠다며 소녀처럼 좋아하셨던 생각이 나서 보낸 선물이었다.

감사하고 있다는 마음만이라도 알아주셨으면 하는 욕심으로 보낸 선물인데 이렇게까지 세탁소에 두고 있는 걸 보니 마음이 찡하게 아팠다.

그런데 가게 안에서 희미한 불빛이 새어 나오고 있었다. 꽃병에서 시선을 뗀 형찬은 세탁소 안을 뚫어져라 쳐다보았다. 그리고 혹시나 싶은 마음에 조심스럽게 문을 열어 보았다. 놀랍게도 세탁소는 열려 있었다.

세탁소 안쪽에는 앉아서 쉴 수 있는 작은 방이 하나 딸려 있었다. 현숙은 방문턱 앞에 혼자 앉아서 소주를 마시고 있었다. 인기척을 들은 현숙이 고개를 돌렸다.

"네가 왜……."

갑작스러운 형찬의 등장에 당황한 현숙이 정색할 틈도 없이 당황한 얼굴로 그를 바라보았다. 안주로 칠 만한 거라고는 이미 말끔히 비워진 소주 한 병 옆에 있는 생수가 고작이었다. 형찬은 속상한 얼굴로 맞은편에 엉덩이를 붙이고 앉았다.

"왜 혼자 마시고 계세요."

"이 동네에는 왜 또 왔어?"

현숙이 자작을 하려고 하자 형찬이 냉큼 소주병을 뺏어 잔을 채워 주었다. 그 모습을 물끄러미 바라보던 현숙이 물었다.

"유라 보러 왔어?"

"……네."

솔직한 그의 대답에 현숙은 혀를 찼다. 그리고 가득 채워진 소주를 단번에 목으로 넘겼다.

"내 허락 없이도 기어이 만나겠다, 이거지?"

"죄송합니다."

"듣기 싫어, 그 소리."

현숙이 벌떡 자리에서 일어났다. 하지만 취기가 올라 중심을 잃고 비틀거리자 형찬이 재빠르게 양팔을 붙들어 자리에 도로 앉혔다.

"여기 잠깐 계세요. 제가 금방 차 가지고 올게요."

"네가 유라한테 그러면 안 됐어."

현숙은 뒤돌아선 형찬의 등 뒤에 대고 나지막이 대답했다.

"돈 벌기 바쁜 엄마 대신해서 지 앞가림 스스로 다 하고, 친구들이랑 한창 놀고 싶을 때는 동생 뒷바라지한다고 고생하고. 그런 애가 너 만나서 행복하다고 하니까. 걱정은 됐지만 나는 내 딸도 믿고, 너도 믿었으니까. 그래서 허락했던 거야."

술기운이 섞여 발음이 정확하지 않았지만 현숙의 말은 그 어느 때보다 형찬의 가슴에 콕콕 박혀 들어왔다. 그는 돌아서서 현숙을 바라보았다.

"형찬아."

제대로 이름을 불러 준 게 이혼하고 처음이었다. 그 부드럽고 따뜻한 목소리에 눈물이 날 정도였다.

"네, 어머니."

"나는 너 허락 못 해."

하지만 들려온 대답은 더할 나위 없이 차가웠다.

"바보같이 너밖에 모르는 우리 유라……. 속도 없이 그렇게 힘들어 놓고도 아직 네가 좋다는 내 딸 자존심은 내가 지킬 거야. 유라가 겪은 수모 생각해서라도 너 절대 쉽게 허락 안 할 거야."

현숙은 잔에 남아 있던 소주를 쓸쓸히 삼켰다.

"엄마!"

연락도 없이 집으로 들이닥친 형찬도 모자라서, 그의 등에 업혀 있는 엄마를 본 유라의 눈이 휘둥그레졌다.

"무슨 일이야?"

소주 냄새를 맡은 유라가 미간을 좁혔다.

"엄마 술 드셨어?"

"응. 안방에 어머니 자리 좀 깔아 드려."

유라가 현숙의 잠자리를 챙기는 동안 형찬은 익숙한 부엌에서 꿀물을 타 와 머리맡에 내려 두었다.

"형찬 씨도 같이 마셨어?"

"아니. 세탁소 갔었는데 혼자 드시고 계시더라고."

현숙은 술과 잠에 제대로 취해 있었다. 오랜만에 아무 걱정

근심 없이 편안한 얼굴로 잠을 자고 있는 엄마의 얼굴. 그 모습이 더욱 속상했다.

"나가자."

속상해하는 그녀의 얼굴을 본 형찬은 유라의 손을 붙잡고 조용히 안방을 나왔다.

"엄마가 별말씀 안 하셨어?"

"응."

"거짓말."

유라가 눈을 흘겼지만 형찬은 웃기만 할 뿐이었다.

"오늘 연락 못 해서 미안."

"많이 바빴어?"

"응. 오전에는 상담하느라 바빴고, 오후에는 법원에 들어갔다가 회사도 다녀왔거든. 아무래도 카카베이크는 일이 커질 것 같아."

덩달아 심각해진 유라도 고개를 끄덕였다.

"그럼 점심도 거르고 일한 거야?"

"아니. 점심은 박 변이랑……."

유라는 잡고 있던 형찬의 손을 놓고 팔짱을 꼈다. 계속 말해 보라는 듯 침묵을 유지하고 선 그녀의 표정에 아차 싶은 그는 두 손을 들고 항복 시늉을 했다.

"무심했던 거 인정."

약국이 정신없이 바쁠 때는 형찬에게 연락한다고 했던 걸 깜빡하는 경우가 많았다. 그래서 오늘 같은 날도 충분히 이해하고 넘어갈 수 있는 상황이지만, 왠지 섭섭한 마음을 한 번쯤은 드러내고 싶었다. 유라는 그의 손을 내려 주며 일부러 입술을 샐쭉 내밀었다.

"요즘 수연이랑 재성이가 얼마나 사람 부럽게 만드는데."

"둘이 만나기로 했어?"

"아니, 아직. 근데 재성이가 수연이를 엄청 챙겨. 수연이가 받아 주기만 하면 아주 업고 다닐 기세야."

형찬은 피식 웃으며 유라의 손을 잡아끌어 품에 안았다.

"좋은데."

"뭐가 좋아?"

"네가 이런 일로 나한테 잔소리하는 거."

"매일 잔소리하면 하나도 안 좋을걸?"

"매일 잔소리하게 안 만들 거거든."

유라는 형찬을 가만히 올려다보았다. 자신을 내려다보는 그의 눈빛이 사랑하고 있다고 고백하고 있었다. 그래서일까. 이렇게 마주 보고 서 있는 것만으로도 가슴이 뭉클했다.

"더 좋아하는 사람이 지는 거라더니. 특별히 봐줬다."

"감사합니다."

장난스럽게 꾸벅 인사를 하는 형찬 때문에 유라는 저도 모르게 따라 웃고 말았다.

웃을 일이 많아지는 하루하루였다.

"후……."

유라는 긴장한 얼굴로 과일 바구니를 들고 형찬의 본가 대문 앞에 섰다. 쿵쾅거리는 심장을 다스리기 위해 숨을 길게 내쉬었다. 굳게 마음먹고 왔는데 막상 집 앞에 서니 떨리는 건 어쩔 수 없었다.

"사람이 아프니까 더 까칠해져서는."

용기 내서 대문으로 한 걸음 다가서는 순간이었다. 익숙한 목소리와 함께 굳게 닫혀 있던 문이 벌컥 열렸다.

"아이고, 이게 누구야?"

유라를 본 청주댁은 들고 있던 장바구니도 내려놓고 그녀의 손을 덥석 잡아 주었다.

"아주머니. 잘 지내셨죠?"

"나야 잘 지냈지. 그때 그렇게 나가 버려서 내가 얼마나 마음이 안 좋았는지 알아?"

"그땐 죄송했어요."

"아니야. 오죽하면 그랬을까 싶었던 게…… 이해는 됐어."

청주댁은 시집간 제 딸과 비슷한 또래인 유라가 구박받는 모습을 볼 때마다 마치 제 딸이 구박을 받는 것 같아서 마음이 안 좋았다. 그런데도 상희의 눈치를 보느라 그녀를 챙겨 주지 못한 게 늘 마음에 걸렸었다.

연신 유라의 손을 다독거리던 청주댁은 혹시나 상희가 볼까 싶어 뒤를 돌아보며 눈치를 살폈다.

"그런데 여긴 어쩐 일이야?"

"어머니 뵈러 왔어요. 지금 집에 계세요?"

"계시긴 한데……."

청주댁은 고개를 가로저었다.

"오늘은 날이 아닌 것 같으니까, 다음에 와."

"집에 무슨 일 있어요?"

"사모님이 좀 편찮으셔."

"네? 어디가 얼마나요?"

"엊그제 반신욕 하고 나오다가 미끄러지는 바람에 허리를 삐긋하셨지 뭐야. 내가 방에 있다가 얼마나 깜짝 놀랐는지."

시어머니는 고질적인 무릎과 허리 통증이 있었다. 가뜩이나 관절이 약해서 더더욱 조심하셔야 했는데 미끄러져 넘어지셨다니 걱정부터 앞섰다.

"많이 다치신 거예요? 병원은 다녀오셨고요?"

"말도 마. 내가 119 불러서 가자는데도 도저히 병원에는 못 가겠다고 하셔서 그 밤늦게 오 선생님 오시고 난리도 아니었어. 당분간 물리치료 받으셔야 한대."

"형님은요? 형찬 씨한테라도 전화하시죠."

이름을 듣자마자 청주댁은 고개를 절레절레 흔들었다.

"영주 지난주에 영국 갔어. 시차 때문인지 전화도 안 받지, 형찬이한테 전화하려고 했더니 하지 말라고 버럭거리시지, 간병인은 싫다고 하시지……. 요즘 내가 아주 죽겠어."

약국에서 일하는 동안 느꼈던 일이지만, 몸이 아프면 신경이 곤두서 있기 때문에 사람들은 더 민감해지고 날카로워진다.

가뜩이나 그의 모친은 예민한 성격인데 아무리 서글서글한 청주댁이라도 그 예민함을 혼자 감당하기에는 무리가 있었다.

"일단 마트 다녀오세요."

"혼자 들어가려고?"

"네."

형찬이 집 안을 한바탕 뒤집고 간 후로 상희의 기분은 내내 저기압이다. 게다가 몸도 아파서 신경질적인 상태에서 유라가 들어간다면 크게 사달이 날 것이다. 청주댁의 불안한 표정을 읽은 유라는 편안한 미소를 지었다.

"저 많이 단단해졌어요. 괜찮아요."

"정말 괜찮겠어?"

"그럼요."

유라의 대답은 똑 부러졌다.

"아유, 그래도 불안해서 안 돼. 같이 들어가자."

어쩌면 정정할 때 찾아오는 것보다 아파서 힘이 빠졌을 때 보는 게 나을지도 모른다. 생각을 바꾼 청주댁은 빈 장바구니를 들고 집으로 앞장섰다. 아무리 그래도 유라를 혼자 집에 들여보낼 순 없었다.

안방 천장만 보고 누워 있는 게 답답했던 상희는 엉거주춤한 걸음으로 힘겹게 거실로 나왔다.

한 발씩 옮길 때마다 찌릿하는 통증이 기분 나빴지만, 방 안에 꼼짝없이 틀어박혀 있는 것보다 사방이 트인 거실에 있는 것이 그나마 좀 나았다.

상희는 소파에 앉자마자 테이블에 놓여 있는 오래된 청자들을 검지로 스윽 문질러 보았다.

"이거 요즘 청소를 하는 거야, 마는 거야."

그때 마침 현관문 열리는 소리가 들렸다.

"왜 이렇게 금방 들어와?"

청주댁이 마트에 다녀온다고 하면서 나간 지 10분도 안 됐다. 의아해하던 상희는 오만상을 찌푸리며 간신히 몸을 돌려 현관을 바라보았다.

벨도 안 누르고 들어올 사람은 장 보러 간 청주댁과 놀러 간 영주를 빼면, 형찬뿐이었다. 그녀의 얼굴이 내심 기대감으로 물들었다.

"아마 방에 계실 거야."

청주댁의 목소리에 실망해서 몸을 돌리려는데, 또 하나의 발자국 소리가 들렸다. 상희는 귀를 바짝 세웠다.

"사모님…… 어이고, 깜짝이야. 왜 또 혼자 나와 계셨어요!"

안방 문을 열려던 청주댁은 소파에 앉아 있는 상희를 보고 귀신을 본 사람처럼 소스라치게 놀랐다. 하지만 청주댁만큼이나 놀란 사람은 또 있었다.

"너……."

청주댁을 뒤따라 들어온 유라를 본 상희의 표정이 삽시간에 굳었다.

"어머니. 괜찮으세요?"

뻔뻔하게 안부를 묻는 유라의 말에 상희는 기가 찼다.

"여기가 어디라고…… 너 우리 집이 만만하니?"

"유라야. 일단 가서 앉아."

"청주댁! 누굴 지금 내 집에 앉…… 아악!"

소리를 지르느라 몸에 힘을 줬더니 허리에 무리가 왔다. 상희가 앓는 소리를 내며 허리를 부여잡자 유라가 냉큼 계단을 내려와 그녀 앞에 몸을 숙였다.

"힘 들어가면 더 아프세요. 그리고 당분간 이렇게 앉아 계시면 안 돼요."

"청주댁! 청주댁!"

상희의 무시무시한 부름이 들렸지만, 청주댁은 못 들은 척 까치발을 들고 부엌으로 몸을 피했다. 그 모습을 어이없이 바라보던 상희가 유라를 바라보았다.

"너 못 본 사이 사람도 홀릴 줄 알고 아주 영악해졌다?"

"칭찬 감사합니다."

"뭐, 뭐라고?"

천진한 얼굴을 하고선 듣고 싶은 대로 말을 바꾸는 유라 때문에 상희의 얼굴이 더욱 일그러졌다.

"지금은 안정 취하셔야 돼요. 잠깐만 앉아 계세요."

유라는 자리에서 일어나 안방에서 이불과 베개, 전기장판까지 바리바리 들고 나왔다. 무슨 짓이냐고 당장 말리고 싶어도 몸이 따라 주질 않으니 그것도 힘들었다.

뼈밖에 없는 손으로 소파를 한쪽으로 밀어내고, 그 자리에 푹신하도록 겹겹이 겨울 이불을 깐 그녀가 말했다.

"방 안이 답답하시면 낮에는 여기서 쉬세요. 대신 오래 계시는 건 안 돼요."

쓸데없이 눈치가 빠른 것도 저 아이의 문제라면 문제였다.

"잡아 드릴 테니까 천천히 내려오세요."

상희는 제 앞으로 뻗친 유라의 손을 바라보며 고민했다. 오기를 부리면서 이곳에 계속 앉아 있자니 허리가 끊어질 것 같았고, 저 손을 잡자니 자존심이 상했다.

"청주댁!"

마지막으로 온 힘을 쥐어짜 청주댁을 불러 보았지만, 주방에서 달그락거리는 소리만 들릴 뿐, 나와서 쳐다보는 시늉조차 없었다. 씩씩거리던 상희는 결국 유라의 부축을 받으며 바닥으로 내려와 몸을 눕혔다.

"아휴……."

눕자마자 저도 모르게 안도의 숨이 새어 나왔다. 순간 민망한 마음이 들어 옆을 바라보았지만 유라는 듣지 못한 건지 전기장판 온도를 조절하고 있었다.

"찜질할 것 좀 가져올게요."

상희는 부엌을 향하는 유라의 뒷모습을 복잡한 눈빛으로 바라보며 헛웃음을 지었다. 저렇게 속이 없을 수가 있나.

잠시 후 유라는 물에 적신 여러 장의 수건을 가지고 머리맡에 앉았다.

"돌아누울 수 있으시죠?"

"필요 없으니까 가 봐."

"도와 드릴게요."

"너 내 말이 우습니?"

"수건 식어요, 어머니."

유라는 전혀 양보할 기색이 없었다. 이럴 때는 자존심을 부려 봐야 아픈 사람이 손해였다. 상희는 할 수 없이 시키는 대로 돌아누웠다.

"따뜻하실 거예요."

차분한 목소리와 함께 무리했던 허리에 뜨끈한 수건이 올라오니 이제야 좀 살 것 같았다. 마사지 받듯이 고개를 옆으로 돌리고 있던 상희는 점점 통증이 사그라드는 것을 느꼈다. 약사라서 그런가, 확실히 청주댁의 손길보다 섬세하고 전문적이었다.

유라는 수건이 식어 갈 때마다 미리 준비해 뒀던 수건으로 번갈아 가며 따뜻한 온기를 유지했다. 부지런한 그녀의 손길을 받고 있던 상희가 먼저 입을 열었다.

"어디 무슨 대단한 얘기를 하러 왔는지 들어나 보자."

이쯤 되니 저 배짱으로 무슨 말을 하고 갈지 궁금해지기까지 했다.

"들으시면 다시 허리 아프실 텐데요."

"뜸 들이지 말고 말해."

성질 급한 상희의 재촉에 유라가 피식 웃었다.

"저, 형찬 씨 다시 만나고 있어요."

역시나 예상했던 얘기였다. 상희는 수건을 올려 둔 것도 잊고 몸을 돌려 유라를 바라보았다.

"그래. 들었다. 근데 네가 무슨 자격으로 우리 형찬이를 다시 만나니? 형찬이도, 나도, 이 집도 전부 싫다고 네가 네 발로 직접 나가 놓고."

"네. 그랬죠."

손이 발이 되도록 싹싹 빌면서 받아 달라고 해도 마음이 돌아설까 말까인데, 지난 일을 순순히 인정하는 유라의 말들이 묘하게 신경을 긁었다.

"저 사실 아직도 어머니가 편하지는 않아요. 이제껏 어머니가 저한테 모질게 말씀하셨던 거, 잊히지도 않을 것 같고요."

"너 지금 나랑 싸우자고 온 거니?"

상희의 호통에도 유라는 준비해 온 말들을 이어 나갔다.

"어머니께 인정받고 싶었어요. 제가 좋아하는 사람의 어머니시고, 형찬 씨가 얼마나 어머니를 존경하고 사랑하는지 아니까요. 그래서 어머니께 어떻게든 잘 보여야겠다는 생각에 의욕만 앞섰어요."

솔직한 그녀의 고백에 상희는 벙찐 얼굴을 했다.

"제 욕심이었다는 거 알아요. 어머니가 저 싫어하는 거 알면서도 저는 안 그런 척, 어머니 좋아하는 척 연기했어요. 제 행동이 진심 아니었던 거에 못마땅해하신 것도 이젠 다 알아요."

넉넉지 않은 유라의 집안도, 형찬이 자기 아내만 끼고 도는 것도 불만이었지만 유라를 미워하게 된 가장 결정적인 이유는 바로 진심이 보이지 않아서였다.

본인을 대놓고 싫어하는 티를 내는데도 유라는 내색 한 번 하지 않았다. 오히려 그럴 때마다 더욱 살갑게 다가와 말을 붙이며 자신과 친해지려고 했다.

상희는 그 모습을 도무지 이해할 수 없었다. 이해할 수 없어서 언짢았고, 그래서 더 마음에 들지 않았다.

"그래서 앞으로는 욕심 안 부리려고요. 어머니 기준에서 전 여전히 형찬 씨한테 부족한 사람이고, 그러니까 어머니는 내가 충분히 싫을 수 있다, 그렇게 인정하고 나니까 마음이 편해졌어요."

"그래서 뭐 어쩌겠다는 거야? 난 너희들 재결합 절대……."

"재결합 안 해요, 어머니."

유라는 상희를 바라보며 싱긋 웃었다.

"형찬 씨, 이제야 하고 싶은 일 하면서 본인의 자리에서 최선을 다하고 있어요. 저도 그렇고요. 그래서 저희는 지금이 좋아요. 헤어지지도 않을 거예요. 둘 다 연애하는 거 허락받을 나이 지났잖아요. 그래서 어머니가 반대하셔도, 저희 둘 계속 만날 거예요. 이 말씀 드리려고 왔어요."

유라의 선전포고에 한바탕 폭풍이 불어닥친 쑥대밭처럼 머릿속이 정신없이 헤집어졌다. 고분고분 네네거리기만 하던 모습도 마음에 안 들었지만, 이렇게 당차게 구는 모습도 썩 마음에 들지 않았다.

"식사까지만 도와 드리고 갈게요."

"됐으니까 그냥 가."

"아주머니 나이도 있으시고, 가뜩이나 밀린 집안일도 많으신데 어머니 간호까지는 무리예요."

"그럼 형찬이라도 부르든가."

"형찬 씨 요즘 사무실 개업한 지 얼마 안 돼서 정신없을 거예요."

"허……."

뒷목을 잡고 쓰러지는 모습을 보였는데도 매정한 아들에게선 형식적인 안부 연락조차 없었다. 그것도 약이 오르는 마당에 자신이 제일 미워하는 사람에게 아들의 안부를 듣게 되니 애지중지 키운 자식에게 참을 수 없는 배신감과 괘씸함이 느껴졌다.

"식사하실 때 형찬 씨 얘기 해 드릴게요."

독립한 후로 연락이 뜸해졌을 때는 회사 일로 바쁘겠거니 생각했는데, 회사도 관뒀다는 아들이 대체 무엇을 하고 지내는지가 궁금하긴 했다.

변호사 사무실을 구했다는데 위치는 어디인지, 일은 언제부터 시작한 건지 등등. 한바탕 싸운 바람에 연락을 할 수 있는 입장이 아니라 더욱 애가 탔다.

그런데 이제 하다 하다 조건까지 건다니. 상희가 정신을 차리고 황당한 얼굴로 유라를 바라보자 그녀는 해사하게 미소를 지었다.

"오늘 저녁은 수제비래요."

유라는 다 식은 수건을 챙겨 자리에서 일어났다. 진짜 이러다가 저녁 먹는 것까지 꼼짝없이 도움을 받아야 할 판이었다. 상희는 답답한 마음에 가슴을 팍팍 두드렸다.

"……이러니까 나이 먹어서 아프면 안 된다는 거야."

화를 내지도 못하고, 낸다고 한들 무서워하지도 않고.

"진짜 옛말 틀린 거 하나 없어. 남편 복 없는 년은 자식 복도 없다더니."

하나라고 있는 맏딸은 노느라 정신없어서 모친이 아픈 줄도 모르고 연락두절에, 전부라고 믿었던 아들은 사랑 때문에 뒤늦은 반항까지 한다. 그런데 이럴 때 옆에 남아 있는 사람은 자신이 미워하는 데 온 힘을 쏟은 며느리라니. 삶이란 게 이렇게나 얄궂다.

"에휴, 나도 모르겠다."

혼잣말을 중얼거리던 그녀는 유라가 들고 온 선물을 못 본 척 눈 감아 버렸다.

시간이 안 맞아서 몇 번이나 방문을 미뤄야 했던 그의 사무실에 드디어 오게 됐다. 창문 밖 한강의 아름다운 야경은 사무실 안에서 보기엔 너무 근사했다.

유라는 들고 온 작은 화분을 책상 위에 내려놓으며 형찬의 명패를 만지작거렸다.

"변호사 박형찬."

그가 한샘식품에 사장으로 있었을 때도 회사에 가 본 적이 없었다. 형찬의 취임과 동시에 그는 회사 일에, 유라는 집안일이라는 새로운 환경에 적응하느라 한창 정신없었기 때문이다.

이혼하고 나서는 더더욱 찾아갈 일이 없었기 때문에 그의 이름이 적힌 명패가 새삼 신기하고 대단하게 느껴졌다.

"이런 건 TV에서나 보던 건데."

유라가 그를 향해 엄지를 치켜세우자, 멀찌감치 서 있던 형찬이 어깨를 으쓱이며 다가왔다.

"TV에서나 보던 거, 한번 해 볼래?"

"뭔데?"

호기심 어린 질문이 튀어나오자마자 형찬은 기다렸다는 듯 유라를 책상으로 몰아붙였다. 그리고 두 팔로 옴짝달싹 못 하게 가뒀다.

"왜 이래?"

"알면서 묻네."

음흉한 형찬의 웃음에 유라가 문을 힐끔 쳐다보며 그의 가슴을 밀어냈다.

"대체 무슨 채널을 본 거야?"

"104번."

주저 없는 대답과 동시에 형찬의 손이 유라의 등을 타고 능숙하게 브래지어 끈을 풀었다. 그는 유라를 번쩍 들어 책상 위에 앉혔다.

"여기서 이래도 되는 거야?"

"약국에서 이럴 순 없잖아."

"미쳤어!"

유라의 펄쩍 뛰는 반응에는 아랑곳없이 그의 손이 그녀의 스커트 안으로 은밀하게 들어왔다. 거추장스러운 스타킹이 감싸고 있는 허벅지를 더듬는 손이 점점 위로 올라올수록 유라의 뺨이 붉어졌다.

"하……."

본능적으로 새어 나온 달뜬 신음은 스스로가 들었을 때도 자극적이었다. 자신이 내 놓고도 당황한 유라가 손으로 입을 가리자 형찬은 작게 웃으며 그녀의 손을 내렸다.

"이미 사람들은 3시간 전에 다 퇴근했고, 누구도 이 시간에 사무실 올 일 없고, 방음도 끝내주게 잘 돼. 그러니까 걱정하지 마."

"그래도……."

"지금 당신이 걱정해야 할 건 딱 하나야."

형찬은 붙잡고 있는 그녀의 손을 자신의 바지에 가져다 댔다. 그의 뜨거워진 분신이 더는 물러설 수 없다고 말해 주고 있었다. 유라도 이제 물러서고 싶지는 않았다. 그의 손가락이 스타킹 안으로 들어온 순간, 그 이상을 원하는 자신을 느꼈으니까.

바지 버클을 풀어 주자 형찬은 유라를 번쩍 안아 들어 깔끔하게 치워져 있던 책상 위로 앉혔다. 엉덩이만 살짝 걸치듯 앉은 유라는 그에게 입술을 맞대었다.

부들부들하고 말랑한 감촉이 좋아서 떨어지고 싶지가 않았다. 잡고 있던 그의 셔츠를 살짝 잡아당기자 형찬이 입꼬리를 올리며 한 발 가까이 다가섰다.

"책상 치운 보람이 있네."

그는 진심으로 뿌듯해하고 있었다. 형찬의 아이 같은 모습에 유라는 부지런히 셔츠를 풀어 칭찬하듯 단단한 가슴을 쓰다듬었다.

그녀의 적극적인 행동에 동화된 형찬도 거추장스러운 스커트를 젖히고 스타킹을 밑으로 내려 버렸다. 그리고 유라의 무릎을 잡아 젖혔다.

적나라한 그의 시선이 한곳에 머무르자 차츰 이성이 돌아온 유라가 다리를 움츠렸다. 하지만 그대로 둘 형찬이 아니었다.

"어허. 가만히 있어야지."

어울리지 않는 으름장을 놓은 그는 벌어진 다리 사이에 얼굴을 묻었다. 속옷 위에 닿은 촉촉한 입술을 내린 그가 혀끝으로 살점을 내리눌렀다.

"아응……."

지금 이 장소도, 상황도, 자세도, 모든 것이 참기 힘들 만큼 자극적이었다. 유라의 아득한 숨소리에 형찬은 고개를 들었다. 그리고 다급히 바지를 내려 몸을 겹쳐 왔다.

"하아."

그의 팽창한 분신으로 빠듯하게 채워지자마자 탄성 같은 신음이 터져 나왔다. 유라는 한쪽 팔로 책상을 짚고 조금씩 허리를 움직이기 시작했다.

매일 앉아서 업무를 보는 책상 위에서, 관능적으로 허리를 움직이는 그녀의 모습이 형찬의 이성을 날아가게 부추겼다. 그는 유라의 허리를 끌어안으며 더욱 깊게 몸을 밀어 넣었다.

"아…… 아앙……!"

쉴 틈 없이 무자비하게 파고들던 형찬이 한 손으로 흔들리는 그녀의 가슴을 가득 움켜쥐었다. 꼿꼿이 선 정점을 검지로 쓸어 누르다가, 이내 비틀어 자극하는 그의 손길에 유라가 벌을 주듯 다리로 그의 허리를 포박하듯 휘감았다. 다리 사이가 좁혀 들자마자 그녀의 안도 더욱 쫀쫀하게 분신을 조여 왔다.

"하으……."

참을 수 없이 강하게 밀려든 쾌감이 이미 한계치에 다다랐다. 유라의 흐느낌에 형찬은 그녀의 허벅지를 붙잡고 몸을 파르르 떨었다.

처음 겪어 본 짜릿한 경험에 혼이 쏙 빠진 유라가 가빠진 호흡으로 숨을 몰아 뱉자 형찬이 피식 웃으며 그녀의 이마에 입을 맞추었다.

"회사 자주 놀러 와."

"당신 야근할 때?"

"출근했을 때도 좋지. 원래 모닝 섹스가 더 좋으니까."

"어우, 정말!"

점점 부끄러운 줄 모르고 과감해지는 그의 발언에 유라는 눈을 흘기다 말고 이내 피식 웃어 버렸다. 핀잔을 주었지만 저도 모르게 그의 출근 시간이 언제인지 떠올리고 말았으니까.

사무실 한편에 둔 형찬의 책장을 구경하던 유라는 불현듯 떠오른 생각에 뒤돌아서 그를 바라보았다.

"지난주에 어머니께 연락받은 거 없었어?"

"응. 왜?"

"어머니, 다치셨어."

"어머니가? 어딜?"

"화장실 가려다 넘어지셨나 봐. 허리 삐긋하셔서 당분간 물리치료 받으셔야 한대. 형님도 영국 가셔서 집에 안 계시더라."

아무것도 모르고 있었던 형찬의 얼굴이 어두워졌다. 영주의 부재로 이것저것 불편한 일들이 많았을 텐데도 자신에게 단 한 번의 연락이 없었다는 것은 그만큼 모친의 화가 깊다는 뜻이었다.

"내일 본가 다녀와야겠다. 누나한테 전화 좀 하고 올게."

"형님께는 내가 연락드렸어. 바로 비행기 타신댔어. 당신은 일단 내일 가서 어머니 모시고 병원부터 다녀와."

유라의 말에 형찬이 고개를 끄덕거렸다.

"근데 어머니 다치신 건 어떻게 알았어?"

"내가 한남동에 갔었어."

"왜 나한테 말도 없이……."

"나도 어머니랑 풀어야 할 갈등이 있어. 그건 당신과 어머니 사이의 문제에 내가 쉽게 끼어들지 못하는 거랑 같은 이치고."

형찬은 걱정스러운 얼굴로 그녀의 손을 잡았다.

"무슨 얘기 했어?"

"어머니께 선전포고 하고 왔어."

"뭐라고."

"당신이랑 절대 안 헤어질 거라고. 아무리 반대하셔도 우린 계속 만날 거라고."

남에게 싫은 소리 못하는 유라가 정말 그렇게 말했을까. 형찬이 의심스러운 눈초리로 바라보자 유라가 억울했는지 그의 오른손을 가슴에 올렸다.

"진짜야. 오히려 내가 어머니께 너무 버릇없이 굴었다 싶은 정도였어."

"어머니는 뭐라고 하셔?"

"못 본 사이에 영악해졌다고 하시더라."

대답을 전해 들은 형찬의 굳은 표정을 본 유라는 덤덤히 웃었다.

"나는 괜찮아. 근데 어머니가 많이 늙으셨더라. 예전만큼 소리도 못 지르시고."

유라는 힘없이 거실 바닥에 누워 있던 상희를 떠올렸다. 부모님들의 시간은 유난히 빨리 가는 것 같은 기분이다. 차라리 몇 년 전처럼 정정한 기세로 고함을 치며 화를 내셨다면 당당하게 대꾸하는 것이 그렇게까지 죄송한 마음이 들지는 않았을 텐데.

그래서였는지 본가에 갔던 그 하루는 마음이 좋지 않았다.

"나 있잖아."

주저하는 형찬의 목소리에 딴생각을 하던 유라가 그를 바라보았다.

"다시 본가로 들어가려고."

"정말?"

"뭐든 피하기만 한다고 상황이 달라지는 건 아니니까. 차라리 어머니 더 자주 뵙고, 부딪쳐서 헤쳐 나가는 게 맞는 것 같아."

오랜 시간 고민하고 결정했을 그의 의견을 존중했다. 유라는 그의 손을 꼭 잡아 주었다.

"잘 생각했어, 형찬 씨."

"본가에 들어가면 아무래도 지금보다 더 눈치 봐야 할 거야."

절대 헤어지지 않을 거라고 양가에 단단히 못을 박아 두었으니 연락하는 거야 문제 될 건 없었지만, 제대로 허락받지 못한 상황에서 어머니들의 심기를 건드려서 좋을 건 없었다.

"난 괜찮아. 요즘 당신 야근 자주 하니까 이리로 오면 돼."

장난스러운 그녀의 대답에 형찬이 동의한다는 눈빛으로 웃었다.

"주말에 가까운 데로 바람 쐬고 오자."

"그럼 수연이랑 재성이도 데리고 가자."

"굳이?"

불청객들의 이름에 형찬이 인상을 찌푸렸다.

"그래야 핑계 대기 좋단 말이야."

오랜만에 오붓하게 단둘이서만 1박 2일 여행을 가고 싶었지만, 어머니의 의심을 사지 않으려면 두 사람을 데려가는 것이 최선의 선택이었다. 형찬은 자연스럽게 마른 머리를 흐트러뜨리며 한숨을 쉬었다.

"일일이 허락 맡고 가는 게 꼭 고등학생 돼서 연애하는 기분이야."

"고등학생 때 이런 핑계 대면서 연애했었나 봐?"

"어쭈."

"어? 당황하는 것 봐. 딱 걸렸어!"

놀림거리를 발견하고 추궁하려는 유라의 말은 형찬의 입술에 의해 허공으로 흩어졌다. 그 대신 사무실은 눈이 맞은 두 사람이 또 한 번 사랑을 나누는 소리들로 가득 채워지기 시작했다.

형찬이 본가에 들어가기 전, 마지막으로 집에서 저녁을 만들어 먹기로 한 두 사람은 마트에 장을 보러 갔다. 유라는 시식용으로 만들어져 있는 스파게티를 형찬에게 먹여 주었다. 야무지게 받아먹은 그의 눈이 커다래졌다.

"맛있다."

로제소스 맛에 푹 빠진 형찬과 다르게 옆에 선 유라가 고민하는 표정을 짓자 판매원 아주머니는 금방 나온 스파게티를 한 접시 더 담아 주었다.

"이거 면 삶아서 소스 붓기만 하면 금방이에요. 간단하고 맛도 좋고 얼마나 좋아."

"파스타 괜찮지?"

의사를 묻고 있었지만 형찬은 이미 '1+1'이라고 써져 있는 소스 두 개를 집어 들어 카트에 담고 있었다. 그의 적극적인 행동에 아주머니가 웃음소리를 내며 말했다.

"남편이 잘생겨 가지고 물건 고르는 눈도 좋네."

"남편 아니고 애인이에요."

옆에 있던 유라가 정정하자 아주머니는 크게 실수한 사람처럼 미안한 표정을 지었다.

"어머, 내가 실수했네."

"아니에요. 그런 얘기 많이 들어요."

"그죠? 난 너무 잘 어울려서 당연히 부부인 줄 알았지."

잘 어울린다는 말은 언제 들어도 듣기 좋은 말이었다. 유라는 감사 인사로 고개를 까딱이고 돌아섰다.

마저 쇼핑을 하고, 산 물건들을 잔뜩 실은 카트를 끌고 야외 주차장으로 가는 길이었다. 아까까지만 해도 잔뜩 들떠 있던 형찬은 어느 순간 축 가라앉아 있었다.

서먹해진 분위기를 느낀 유라는 발길을 멈추고 형찬을 바라보았다. 그제야 그가 고개를 돌렸다.

"형찬 씨, 나한테 화났어?"

"아니."

묻자마자 들려오는 목소리에 힘이 잔뜩 들어가 있었다. 유라는 확신했다.

"거짓말."

"화가 난 건 아니고…… 좀 섭섭해서."

"내가 섭섭하게 했어?"

고개를 끄덕이던 그는 말하기 살짝 머쓱했는지 카트 손잡이를 만지작거렸다.

"아니, 우리가 잘 어울리니까 다들 부부로 봐 주는 거잖아. 그런데 일일이 아니라고 설명할 필요 있나 싶어서. 지난번 휴게소에서도 그랬고."

형찬은 아무렇지 않은 척 무심한 표정으로 툭 던지듯 말했지만, 대답에 망설임이 없는 것을 보니 꽤 마음이 상한 모양이었다. 눈치 빠른 유라는 곧장 형찬에게 팔짱을 끼며 배시시 웃었다.

"내가 그렇게 좋아?"

평소 단아하고 차분한 유라가 이렇게까지 애교를 부리는 일은 흔치 않기 때문에 형찬은 표정 관리가 안 됐다. 그는 유라의 발그레한 볼을 다정하게 쓰다듬었다.

"그래. 좋아 죽겠어."

"미안해. 서운해할 줄 몰랐어."

"네가 해명하는 거 옆에서 들을 때마다, 선 긋는 것 같아서 기분이 묘했어."

"난 애인이란 말이 더 좋아서 그런 건데."

"왜?"

"풋풋해 보이잖아."

서운해했던 게 민망할 만큼 정말 시시하고 단순한 이유라 형찬은 어이없는 웃음을 터뜨렸다.

"난 지금이 좋아, 형찬 씨."

"알아."

유라는 카트를 끄는 그의 손을 꼭 붙잡았다.

"그렇다고 당신이랑 결혼했던 때를 후회한다는 건 아니야."

405

비록 힘들고, 아프고, 외로운 순간이 있었지만 그 순간들이 있었기 때문에 지금이 얼마나 소중하고 행복한지도 알게 됐으니까. 형찬과 함께한 매 순간들은 의미 있는 시간이었다.

"그것도 알지."

"그러니까 서운해하지 마."

"이렇게 가끔 서운해하면 한유라가 애교 부려 줘서 좋은데, 난."

유라가 눈을 가늘게 뜨고 흘겨보았다.

"그렇다고 서운한 척하기 없기."

"생각해 보고."

그와 어울리지 않는 새침한 대답에 웃음이 터져 나왔다.

"오늘 보름달 예쁘다."

형찬의 말에 유라가 고개를 들어 하늘을 바라보았다. 백열등처럼 빛나는 둥근 보름달이 하늘에 활짝 펴 있었다.

"그러게."

문득, 달무리 진 보름달을 바라보며 행복해지고 싶다고 빌었던 게 생각이 났다. 그때 빌었던 소원이 정말로 이루어진 걸까.

"행복하다, 형찬 씨."

누가 뭐래도 지금이 좋다. 사소하지만 함께 있다는 것만으로도, 특별하지 않은 순간을 특별하게 만들어 주는 사람과 보내는 지금 이 시간 행복했다.

"나도."

유라는 싱긋 미소 지으며 듬직한 그의 팔에 더욱 단단히 팔짱을 꼈다. 문제투성이였던 결혼은 잠시 묻어 둔 채, 처음부터 새롭게 만들어 갈 두 사람의 연애는 지금부터 시작이었다.

"엄마, 유라 왔어."

안마 의자에 몸을 기댄 채 쉬고 있던 상희가 눈을 번쩍 떴다. 가뜩이나 한 번 도움받았던 일로 마주치기 껄끄러운데, 이렇게 두 번이나 불쑥 찾아오다니 불편했다.

"어머니, 저 왔어요."

유라의 목소리에 상희는 안 들리는 척 아예 눈을 감아 버렸다. 유라가 당당히 계단을 내려와 소파에 앉는 소리가 들렸다.

"우리 엄마 연기자 다 됐네."

영주는 상희의 속도 모르고 불난 가슴에 냅다 기름을 끼얹었다. 때리는 시어머니보다 말리는 시누이가 더 밉다더니, 지금은 유라보다 딸인 영주가 몇 배는 더 미웠다. 마음 같아서는 머리라도 쥐어박고 싶었지만 그럴 수도 없었다.

"근데 뭘 이렇게 가져왔어?"

"어머니한테 잘 어울릴 것 같아서 사 왔어요."

부스럭거리는 쇼핑백 소리가 귀에 거슬린다. 궁금함을 못 참는 상희는 이를 악물고 버텨 보려 했다.

"와, 예쁘다."

영주의 호들갑스러운 감탄에 상희는 못 이기는 척 슬그머니 눈을 떠 보았다. 제 선물도 아니면서 포장까지 뜯어본 영주는 유라가 사 온 스카프를 매 보고 있었다.

"엄마! 이거 봐. 엄마한테 딱이다."

상희와 눈이 마주친 영주는 들고 있던 스카프를 가까이 가져와 보여 주었다. 요즘 같은 간절기에 하고 다니면 딱 좋을 것 같았다. 하지만 그런 마음을 내색할 수는 없었다.

"됐다. 필요 없으니까 도로 가져가."

"필요 없으시면 어머니가 버리세요."

"뭐?"

"제가 어머니 드린 선물이니까 이제 어머니 물건이잖아요."

유라는 웃으며 다른 쇼핑백에 담아 온 약들을 꺼냈다.

"그리고 약국에서 관절영양제 챙겨 왔어요. 아주머니께 말씀드릴 테니까 꾸준히 챙겨 드세요."

할 말을 마친 유라가 자리에서 일어났다.

"어머니 괜찮으신 거 뵀으니까 그만 가 볼게요."

"벌써 가려고?"

"약국 한가할 때 잠깐 나온 거라 다시 들어가 봐야 돼요."

약국에서 이곳까지는 차로 1시간은 족히 걸리는 거리였다. 무슨 이유에서였든 어려운 걸음을 한 건 확실했다.

끝까지 뻣뻣하게 구는 상희를 대신해서 유라를 마중하고 온 영주는 슬리퍼를 찍찍 끌며 걸어왔다.

"엄마 선물까지 들고 온 애한테 그렇게 야박하게 굴어야 속이 후련해?"

"아직 어림도 없어."

"그렇게 생각하는 게 엄마 무너진 자존심 회복에 도움이 되면 할 수 없고."

상희는 안마 의자에서 일어나 영주의 등짝을 있는 힘껏 내리쳤다.

"악! 아파!"

"이건 대체 딸인지 웬수인지."

"이렇게 시집 안 가고 평생 엄마 옆에서 살겠다는 약속 지키는 기특한 웬수가 어디 있어?"

"그 약속 안 지켜도 되니까 시집이나 좀 가란 말이야!"

"내가 우리 이 여사님을 두고 어딜 가."

영주는 상희에게 다가가 애교를 부렸다.

"우리 몸도, 기분도 풀 겸 나가서 마사지나 받고 오자."

"됐어. 귀찮아."

"왜 또 튕기실까? 오랜만에 딸이 풀코스로 쏠게. 응?"

못 이기는 척 자리에서 일어난 상희는 영주를 흘겨보면서 쇼핑백들을 챙겨 안방으로 휙 들어가 버렸다.

"그 와중에 또 선물은 가지고 들어가셨네."

예전 같으면 엄마의 이런 행동이 속물스럽다고 느꼈을 텐데, 다르게 생각하니 유라가 고심해서 사 온 선물을 버리는 것보다야 낫다 싶기도 하다. 언젠가는 저 스카프를 매고 다닐 날도 있겠지. 영주는 속으로 생각하며 피식 웃어 버렸다.

  여전히 잘 가꿔져 있는 정원을 지나쳐 나무 그늘이 우거진 계단으로 올라서자 시원한 바람이 머리카락을 스치고 지나갔다.

  새벽 5시. 오랜만에 보는 본가의 이른 아침 전경이 반갑기도, 낯설기도 했다.

  "형찬이니?"

  첫 계단에 서서 정원을 내려다보며 잠시 마음의 준비를 하고 있을 때였다. 익숙한 목소리에 뒤를 돌아보자 청주댁이 쓰레기봉투를 들고 나오고 있었다. 형찬은 길쭉한 다리로 계단을 올라가 쓰레기봉투를 대신 들어 주었다.

  "제가 할게요."

  "아이고, 괜찮은데."

411

속수무책으로 봉투를 **빼앗긴** 청주댁은 계단 아래에 덩그러니 놓인 캐리어에 시선을 돌렸다.

"저 캐리어는 뭐야?"

"아."

형찬은 말없이 미소로 대답을 대신했다. 그의 표정을 읽은 청주댁이 반색했다.

"다시 들어오기로 한 거야?"

"네."

"어머, 세상에! 사모님 모르시지?"

"말씀 안 드렸어요."

"지금 쓰레기봉투가 중요한 게 아니네."

아팠을 때 유라가 왔다 간 후로 부쩍 심기가 불편해진 상희의 기분을 풀어 줄 수 있는 사람은 아무리 밉다 해도 오직 아들인 형찬뿐이었다. 청주댁은 호들갑을 떨며 계단으로 내려가 캐리어를 들고 오려고 했다.

"무거워요. 제가 할게요."

"그럼 쓰레기는 내가 버릴 테니까 얼른 들어가 봐. 사모님 일어나셨어."

"벌써요?"

청주댁은 대답 없이 고개만 여러 번 끄덕였다. 얼른 들어가 보라는 그녀의 재촉 때문에 형찬은 하는 수 없이 먼저 집으로 들어갔다. 현관을 지나 기다란 복도 앞에 들어선 그가 익숙하게 슬리퍼로 갈아 신고 거실로 향했다.

"아침부터 왜 이렇게 정신 사납게……."

걸어오는 작은 소리에도 예민한 상희가 신문을 턱 내려놓으며 뒤를 돌아보았다. 형찬과 눈이 마주치자 당황한 상희는 소파에서 일어났다.

"네가 아침 일찍 어쩐 일이야?"

"왜 이렇게 일찍 일어나셨어요."

그때 상희의 시선이 캐리어로 향했다. 시선을 따라가던 형찬은 계단을 내려오며 말했다.

"일단 필요한 것만 챙겨서 들어왔어요. 나머지는 주말에 옮기려고요."

"뭐?"

"저 집으로 들어올게요."

갑작스러운 이야기에 상희는 어안이 벙벙한 표정을 지었다.

"……진심이야?"

"네."

"확실해? 정말 들어오는 거야?"

"네."

아들의 단호한 대답이 반가울 날이 있을 줄이야. 그간 서운했던 마음은 온데간데없이 사라진 상희의 표정이 환하게 빛이 났다.

"그래. 잘 생각했어. 이제라도 잘 들어온 거야."

방금 전과 다르게 아이같이 즐거운 표정을 짓고 있는 어머니를 보니 죄송스러웠다. 이렇게 좋아하실 일을 질색하며 거부했던 자신의 행동이 떠올라서였다. 형찬은 눈에 띄게 밝아진 모친을 조용히 안아 주었다.

"방에 짐 풀고 나올게요."

"그래그래."

형찬은 2층으로 올라갔다. 간단하게나마 짐을 풀기 위해 제일 먼저 유라와 찍은 사진이 담긴 액자를 방 안 곳곳에 두었다. 미소 짓고 있는 사진 속 유라의 얼굴을 보는 것만으로 아침 일찍부터 고단했던 피로가 싹 달아나는 기분이었다.

옷까지 걸어 두고 내려오니 아침은 이미 다 차려져 있었다. 일찍이 자리에 앉아서는 식사도 안 하고 기다리는 상희를 본 그가 옆자리에 앉으며 말했다.

"누나는요?"

"슬슬 내려올 때 됐어."

상희는 본인 앞에 있던 삼치를 형찬의 앞으로 놓았다. 모든 반찬들이 전체적으로 제 앞에 쏠려 있었다. 자식을 챙기는 일이 어머니에게는 큰 기쁨이라는 걸 알게 된 후로 형찬도 더는 부담스럽다며 말리지 않았다.

"시작한 일은 할 만해?"

"네. 재미있어요."

여전히 형찬의 변호사 일은 못마땅했지만 그나마 마음의 문을 열고 집으로 들어와 준 아들에게 첫날부터 싫은 소리를 할 순 없었다. 상희는 하고 싶은 말을 아끼기로 했다.

"든든히 먹고 출근해."

"네."

"왜 이렇게 시끄럽나 했더니."

그때 눈을 비비적거리며 걸어온 영주가 털썩 형찬의 옆에 앉았다.

"아침부터 웬일이야?"

"영주야, 형찬이가 집으로 아예 들어온대."

들뜬 상희가 대신 대답했다. 수저를 들던 영주는 의심스러운 눈초리로 그를 바라보았다.

"갑자기 무슨 바람이 불어서?"

"어유. 저, 저 말하는…… 형찬아. 얼른 먹고 출근 준비해."

온화하게 웃던 상희는 영주와 눈이 마주치자마자 표정을 굳혔다. 아무 잘못 없는 그녀는 눈을 동그랗게 뜨며 억울한 표정을 지었지만, 상희는 검지를 입에 갖다 대며 눈빛으로 경고했다.

"유라가 본가로 들어가서 지내는 게 좋겠다고 해서."

형찬의 늦은 대답에 일순 식탁이 고요해졌다. 영주는 그럼 그렇지, 라는 표정으로 고개를 저었다.

"유라, 집에 왔었다면서요."

"아줌마, 나 물 좀 줘요."

상희는 형찬의 대답을 아예 못 들은 척 굴었다. 치사했지만 형찬과 다투지 않으려면 이게 최선이었다. 찬물을 들이켜는 모친을 본 영주가 화제를 돌렸다.

"짐은?"

"주말에 한 번 더 옮기려고. 물건이랑 옷 몇 벌 남았어."

"천천히 해."

"형찬이도 왔으니까 오늘 저녁은 잡채랑 불고기 좀 해야겠다."

415

상희가 혼잣말처럼 중얼거렸지만 결국은 청주댁 들으라고 하는 이야기였다. 아들의 일에는 청소, 빨래, 심지어 반찬 하나하나 깐깐하게 확인하려 드는 상희를 처음부터 말리지 않으면 한도 끝도 없을 것이다.

　"전 신경 쓰지 마세요."

　형찬은 고개를 돌려 청주댁을 바라보며 손을 저었다.

　"아침에는 일찍 나갈 거고, 저녁은 바빠서 늦게 퇴근하니까 거의 저녁 먹고 들어올 거예요."

　"그렇게 바빠?"

　"당분간은요."

　"그럼 오늘도 늦니?"

　"오늘은 유라랑 저녁 먹고 들어올 거예요."

　"얘!"

　계속되는 유라 언급에 너그럽던 상희가 결국 폭발했다. 하지만 형찬은 눈 하나 깜짝하지 않고 대답했다.

　"어머니도 이제 적응하셔야 돼요. 제 일상에서 유라는 빠질 수 없는 존재고, 유라 얘기 듣기 싫으시면 제가 어머니께 할 수 있는 이야기도 그만큼 줄어요. 그건 싫으시잖아요."

　"레벨 업 돼서 들어왔네, 박형찬."

　오징어포를 오물대던 영주가 피식 웃었다. 마음 같아서는 적응하기 싫다고 우겨 보고 싶었지만, 몇 년 사이 변해 버린 아들의 단호함을 알기에 쉽게 그럴 수도 없었다.

　"우선 출근 준비부터 해."

　"네. 먼저 일어날게요."

416

형찬이 씻으러 2층으로 올라갔다. 위풍당당한 그의 뒷모습을 본 영주는 상희에게 고개를 돌렸다.

"형찬이 와서 좋아?"

"그걸 말이라고 해? 당연히 좋지."

"유라 말 듣고 온 거라는데도?"

불리한 질문에 묵비권을 행사하는 모친의 모습에 영주가 킥킥 웃었다.

"엄마, 유라 미워하려면 더 분발해야겠다."

"왜?"

"지난번부터 유라 덕 톡톡히 보고 있잖아. 허리 다쳤을 때부터 형찬이 다시 들어오게 된 것까지."

잊고 있던 기억을 떠올리게 하는 영주의 말에 속이 뜨거워졌지만, 유라 덕을 본 게 사실이긴 한지라 반박할 수도 없었다. 상희는 일단 한발 물러서기로 했다.

간만에 생긴 평온한 여유 시간이었다. 현숙은 작업대에 있던 화병과 꽃다발을 가져와 방문턱에 앉았다. 꽃꽂이는 배운 적도 없었지만 매번 꽃다발을 정리하다 보니 나름대로의 노하우가 생겨 솜씨가 늘었다.

"요즘 꽃 비싸다던데……."

주섬주섬 가위를 챙겨 시든 잎사귀를 정리하던 현숙이 한숨처럼 말을 뱉었다.

벌써 몇 달째 형찬이 주기적으로 세탁소에 꽃을 보내고 있었다. 꽃을 받아 본 게 언제 적인가 싶었는데, 생각해 보니 아이러니하게도 마지막으로 제게 꽃을 준 사람도 형찬이었다.

현숙은 꽃다발과 함께 온 편지를 뜯지도 않고 서랍 속에 그대로 넣어 버렸다. 읽어 보자니 마음이 약해질까 봐 선뜻 읽지도 못하겠고, 그렇다고 버릴 수는 없었으니까. 정말이지 마음껏 미워하려야 미워할 수가 없다.

"김 사장!"

그때 연경이 오른팔에 세탁물을 가득 얹고 들어왔다. 현숙은 재빨리 슬리퍼를 신고 나왔다.

"오늘은 옷이 왜 이렇게 많아?"

"수영이 계집애가 꼭 드라이클리닝으로 해야 된다고 난리친 옷들이야."

현숙이 안경을 끼고 옷 상태를 확인하는 동안, 연경은 그녀가 하고 있던 꽃꽂이로 힐끔 시선을 돌렸다.

"김 사장."

"응."

"남자 친구 생겼어?"

슬쩍 떠보는 연경의 말에 못 들을 걸 들은 사람처럼 현숙의 미간이 저절로 찌푸려졌다.

"뭐?"

"아니. 요즘 내가 올 때마다 꽃꽂이하고 있잖아. 김 사장 성격에 직접 돈 주고 샀을 리는 없고."

동네에서 허튼 돈 안 쓰기로 소문난 현숙이 꽃꽂이라는 취미를 뒀을 리 없다고 확신한 연경은 의미심장한 미소를 지었다.

"누군데. 나한테만 말해 봐."

현숙은 미처 정리하지 못한 화병을 바라보며 난감한 듯 고개를 저었다.

"아유, 그런 거 아니야."

"아니긴."

선뜻 대답을 못 하자 연경은 아예 확신을 가진 듯했다.

"그냥 누구한테 선물 받았어."

"이것 봐. 남자 생긴 거 맞네!"

대충 둘러댄다는 말이 애매하게 흘러나와 연경의 궁금증을 더 유발시키고 말았다. 하지만 솔직하게 형찬이 줬다는 말은 할 수 없었다.

동네 사람들 모두가 형찬을 알고 있었고, 유라와 다시 만나고 있다는 얘기가 돌기라도 하면 이러쿵저러쿵 남 말 하기 좋아하는 동네 사람들의 입방아에 오르내리기만 할 것이다.

"진짜 아니니까 어디 가서 쓸데없는 소리 하지 마!"

연경은 끝까지 말을 아끼는 현숙에게 입을 샐쭉 내밀었다.

"오늘 저녁에 미자네랑 삼겹살 먹을 건데 가게 끝나고 와."

"오늘은 약속 있어서 못 갈 것 같은데."

"이봐. 수상하다니까."

현숙은 적극적으로 손을 내저었다.

"이 나이에 무슨 남자를 만난다고. 진짜 그런 거 아니야. 내가 요즘 사정이 있어서 그래."

사정이란 말에 연경의 표정이 진지해졌다.

"뭐 심각한 일은 아니지?"

"그런 거 아니야."

"그럼 다행이고."

슈퍼를 오래 비워 둘 수 없어서 연경은 금방 돌아갔다. 현숙도 연경이 맡긴 옷들을 세탁하고 평소보다 일찍 집으로 향했다.

현관문을 열자마자 고소한 기름 냄새가 솔솔 풍겼다. 문 열리는 소리가 들리자마자 거실로 나온 사람은 형찬이었다.

"오셨어요?"

형찬은 꽃을 배달한 다음 날, 집으로 찾아와 저녁을 먹고 돌아갔다. 처음 찾아온 날은 보는 앞에서 받았던 꽃을 내팽개치며 포악하게 굴었지만 그는 꿈쩍도 하지 않았다. 오히려 그 후로 더욱 성실하게 찾아왔다.

"유라는?"

"저녁 준비하고 있어요."

약속이 있다며 거짓말도 해 보고, 말을 걸어도 묵묵부답으로 무시도 해 봤지만 그럴수록 불편한 건 현숙뿐이었다.

상황이 반복되다 보니 매번 쓰레기통에 버려지는 꽃은 무슨 죄며, 홀대당하면서도 웃는 얼굴로 설거지까지 하고 돌아가는 눈물겨운 그의 노력에 지쳐서 두 손 두 발 든 것이다.

"엄마, 다 됐으니까 바로 밥 먹자."

유라의 부름에 현숙은 곧장 식탁으로 가서 앉았다. 그리고 수저통을 열어 익숙하게 유라와 형찬이 앉을 자리에 수저를 두

었다. 2주 간격으로 꾸준히 찾아오는 형찬 때문에 몇 달이 지
난 지금, 셋이 밥 먹는 상황이 익숙해져 버린 것이다.

"오늘은 제가 만들어 보겠다고 했는데 유라가 제 솜씨는 못
믿겠대요."

요리도 해 봐야 느는 건데.

자연스럽게 나오려던 대답을 꾹 누르며 현숙은 못 들은 척
했다. 그래도 형찬은 앞에서 계속 말을 걸었다.

"어머니, 꼬막 좋아하시죠?"

형찬은 손수 꼬막 살만 발라서 현숙의 밥 위에 얹어 주었다.
안 먹고 내버려 두면 먹을 때까지 끝나지 않을 거라는 걸 몇 번
의 경험을 통해 알았기 때문에 현숙은 꼬막을 입에 넣었다.

먹는 모습을 본 형찬은 그제야 유라에게도 꼬막을 발라 주
었다. 예나 지금이나 참 번듯하고, 자상한 성격이었다.

"형찬 씨, 밥 더 먹을래?"

"아냐. 괜찮아."

유라가 밥을 먹다 말고 자리에서 일어나 밥통을 열었다.

"더 먹으려고?"

"응. 두 숟갈만."

"아까 약국에서 떡볶이 먹었다고 하지 않았어?"

"요즘 이상하게 먹어도 먹어도 배고파."

두 숟갈이라더니 밥 반 공기를 듬뿍 푼 유라가 다시 자리에
앉았다.

"체할라. 천천히 먹어."

현숙은 자리에서 처음으로 입을 열었다. 좀처럼 듣기 힘든

421

모친의 목소리에 유라가 방긋 웃었다.

"응. 꼭꼭 씹어 먹고 있어."

유라는 형찬이 발라 준 꼬막 살들을 넣고 아예 비빔밥을 만들어 먹기 시작했다. 천천히 먹는 습관 때문에 평소에는 반 공기도 다 못 먹고 배부르다며 일어났는데, 요즘 유라는 잘 먹어서 그런지 볼살이 올라왔다. 그런데 적당히 살 오른 모습이 더 보기 좋았다.

맨 마지막으로 저녁을 다 먹은 유라가 자리에서 일어나 치우려고 하자 형찬이 손을 막았다.

"내가 할게."

"진짜?"

유라가 거절하지 않자 현숙이 두 사람을 말렸다.

"내가 치울 테니까 놔둬."

"그럼 저녁 준비한 사람은 일단 쉬겠습니다."

유라는 일부러 두 사람만 남겨 두고 슬쩍 자리를 피했다. 현숙은 고무장갑을 끼는 형찬을 바라보았다.

"내가 한대도."

"제가 할게요. 그래야 어머니가 저한테 더 마음 쓰시죠."

형찬은 넉살 좋게 웃으며 설거지를 시작했다. 사위는 백년손님이라는 말이 있는데, 심지어 이젠 사위조차도 아닌 형찬에게 설거지를 맡긴다는 것이 영 마음에 걸렸다.

입장 바꿔서 유라가 형찬의 집에 가서 설거지를 하고 있다는 생각을 하면 기분 나쁠 일이었다. 현숙이 싱크대로 다가오자 형찬이 아예 앞을 가로막고 섰다.

"그럼 어머니, 저 과일 좀 깎아 주세요."

"집에 과일이 있어?"

"네. 제가 사과 사 왔어요."

뒤에서 서성거리던 현숙은 냉장고에서 사과와 복숭아를 꺼냈다.

"어머니, 〈아내의 조건〉 보세요?"

"……어."

"지금 할 시간 됐을 텐데. 먼저 보고 계세요. 저 금방 설거지하고 거실로 갈게요."

형찬은 어느새 현숙이 챙겨 보는 드라마까지 꿰고 있었다. 부엌에서 할 일 없던 현숙은 결국 거실로 나와 과일을 깎았다.

드라마 광고가 끝나고 연령 고지가 나오자, 설거지를 끝낸 형찬도 포크를 들고 거실 바닥에 앉았다. 형찬은 반듯하게 깎인 사과를 포크로 찍어 현숙에게 먼저 주었다.

"유라도 나와서 먹으라고 하지."

"아마 안 나올 거예요."

형찬의 확신에 현숙도 남몰래 수긍했다. 과일과 드라마. 둘 다 유라가 썩 좋아하지 않는 것들이었다.

취향으로만 보자면 딸들인 유라나 우리보다도 오히려 형찬과 더 잘 맞았다. 그래서였을까. 형찬이 인사 왔던 날 첫 만남이었는데도 이상하게 마음이 갔다.

낯을 가리는 성격임에도 편하게 대해 달라는 형찬의 한마디에 냉큼 말을 놓은 것도, 지금 생각해 보면 신기한 일이었다.

TV에서 나오는 드라마 대사를 배경음악 삼아 딴생각을 하다 보니 30분이 훌쩍 지나갔다. 예고편을 보던 형찬이 놀라서 옆을 바라보며 말했다.

"내일이면 본부장인 거 밝혀지겠는데요."

"예고는 믿으면 안 돼."

자연스럽게 흘러나온 대꾸에 아차 싶었지만 이미 늦었다. 형찬은 뿌듯한 미소를 지으며 자리에서 일어나 유라의 방으로 들어갔다. 그런데 얼마 지나지 않아 곧장 다시 거실로 나왔다.

"유라는 안에서 뭐 해?"

"잠들었어요."

현숙은 벽에 걸린 시계를 바라보았다. 밤 9시가 넘어가고 있었지만, 잠들기엔 이른 시간이었다.

"어디 아픈가?"

"요즘 부쩍 피곤해했거든요. 푹 자고 나면 괜찮을 거예요."

괜한 걱정을 사서 하다가도 형찬의 말을 들으니 안심하고 차분해짐을 느꼈다. 현숙을 안심시킨 형찬은 외투를 챙겼다.

"저 가 볼게요."

간다는 말에 현숙이 바닥을 짚으며 자리에서 일어났다.

"나오지 마세요, 어머니."

그래도 사람 마음이 그게 아니었다. 유라가 있었으면 모를까, 혼자 가게 두는 것이 영 마음이 쓰여 배웅을 안 할 수가 없었다.

한바탕 비가 쏟아질 것처럼 잔뜩 웅크리고 있던 우중충한 하늘이 기어이 비를 쏟아 냈다.

형찬이 신발을 신는 동안 현숙은 신발장 옆에 있는 장우산을 챙겼다. 말없이 우산을 건네주자, 바깥을 향해 손을 뻗어 본 형찬이 씩 웃었다.

"우산 돌려 드리러 또 와야겠네요."

굳이 우산이 아니더라도 또 올 형찬을 모르지 않았다.

"언제까지 이렇게 찾아올 거야?"

"이제 적응하실 때도 됐는데……. 일주일에 한 번씩 와야 되나."

중얼거리는 형찬의 말을 들은 현숙은 고개를 절레절레 흔들며 그의 등을 떠밀었다.

"비 더 오기 전에 얼른 가."

형찬의 만류에도 불구하고 기어이 밖으로 나온 현숙은 그의 차가 골목에서 사라질 때까지 한참 서 있었다.

사방이 고요해지고 나서야 집에 들어온 현숙은 유라의 방문을 열어 보았다.

형찬의 말대로 유라는 세상모르고 곤히 잠들어 있었다. 얼마나 피곤했으면 형찬이 가는 줄도 모르고 잠이 들었을까. 형찬을 만나면서 늘 제 눈치를 보며 긴장 상태로 지내고 있을 딸을 생각하니 마음이 편치 않았다.

비가 들이칠지 모를 창문을 닫아 주고 조용히 방에서 나온 현숙은 안방으로 들어왔다. 침묵이 흐르는 공간 속에서 아까보다 더욱 거세진 빗소리가 선명하게 들렸다.

잘 가고 있으려나.

형찬을 걱정하는 자신을 자각한 현숙은 창문을 때리는 빗소리를 들으며 화장대에 놓인 영정사진을 바라보았다.

"여보. 어쩜 좋을지 모르겠어."

정답을 알고 있으면서 왜 모르는 척하느냐는 남편의 목소리가 들리는 듯했다. 현숙은 줄지 않을 한숨을 내쉬며 이불 속으로 몸을 누였다.

소리 없이 수시로 번쩍거리는 번개 때문에 잠에서 깰 수밖에 없었다. 추적추적 들리는 빗소리를 들은 유라는 부스럭거리며 자리에서 일어났다.

요즘따라 유난히 몸은 무겁고, 기운 없이 축 처지고 졸리기만 했다. 아까도 형찬이 엄마와 드라마를 보는 동안 잠깐 눈만 붙이려고 한 거였는데 깜빡 잠이 들어 버린 것이다.

밖은 이미 어두컴컴해져 몇 시인지 감이 오지도 않았다. 유라는 불을 켜는 대신, 책상 위에 올려 둔 휴대폰을 찾아왔다.

새벽 2시. 형찬에게서 온 연락은 없었다. 아마 자고 있는 걸 보고 갔으니 굳이 깨우려 들지 않았을 거다.

유라는 힘겹게 자리에서 일어나 화장실을 갔다. 저녁을 먹고 바로 잠들어서 그런가. 거울 속에 비친 얼굴은 퉁퉁 부어 있었고, 얹힌 것 같은 느낌이었다.

다 써 가는 치약을 꺼내려고 화장실 수납장을 열었는데 잔뜩 쌓여 있는 생리대가 문득 눈에 걸렸다. 최근 느꼈던 몸의 변화들이 언제부터였더라. 날짜를 계산하던 유라는 순간, 등골이 서늘해짐을 느꼈다.

칫솔을 든 채로 급하게 화장실에서 나온 유라는 방으로 돌아와 달력을 확인했다. 형찬과의 관계를 알리기 시작할 즈음

멈춘 시기.

미뤄지는 것을 알고 있었지만, 스트레스 때문일지 모른다고 판단하고 일부러 신경을 쓰지 않았다. 신경을 쓰면 그것 또한 스트레스니까. 그런데 스트레스 때문이 아니라면⋯⋯.

"설마⋯⋯."

갑자기 알 수 없는 초조함과 불안함이 밀려들었다. 유라는 입술을 꾹 깨물었다. 다시 잠들 수 없는, 비 내리는 밤이었다.

카페에 먼저 도착한 유라는 불안한 얼굴로 빨대를 이리저리 휘휘 돌렸다. 투명한 유리잔에는 그녀가 좋아하는 아메리카노 대신 임산부에게 좋다는 루이보스차가 들어 있었다.

'임신이시네요.'

5주 차라고 덧붙여 말한 의사는 작은 아기집을 가리키며 말했다. 약국에서 몰래 가져와서 시도해 본 테스트기에 두 줄이 나오긴 했지만 설마 했다.

믿고 싶지 않았다기보단, 신기하면서도 한편으로는 불량일 수 있다는 생각이 들어서 완전히 신뢰할 수 없었다. 그런데 의사 말을 듣는 순간 심장이 쿵. 머릿속이 멍. 그저 어안이 벙벙했다.

정신을 못 차리고 그저 들리는 말에 기계처럼 네네, 대답만

하느라 궁금한 걸 아무것도 묻지 못했다. 결국 진료실을 나오고 나서 간호사에게 일일이 되물어야 했다.

아이를 갖고 싶어서 열심히 노력해도 뜻대로 갖지 못하는 부부들을 주변에서 많이 봐 왔기 때문에, 자신들에게 찾아온 아이가 얼마나 축복인 건지 알고 있었다. 그런데 너무 예상하지 못한 일들이라 그런 걸까. 덜컥 겁이 났다.

내가 엄마가 된다니.

좋은 엄마가 될 수 있을까.

"무슨 생각 해!"

"깜짝이야."

유라가 생각에 잠긴 사이, 카페에 도착한 형찬이 뒤에서 그녀의 어깨를 붙잡으며 놀래켰다. 놀랐어도 금방 반가워할 줄 알았던 유라가 보기 드물게 정색하는 모습에 형찬이 몹시 당황한 얼굴을 했다.

"미안. 많이 놀랐어?"

"어…… 좀…….."

몸도 예민한 데다가 아이를 생각하니 저도 모르게 화를 내 버렸다. 형찬은 어색한 미소를 띠며 자리에 앉았다.

"……화났어?"

"형찬 씨."

"응?"

며칠 동안 마음의 준비를 하고 있던 자신도 놀랐는데, 아무 것도 예상하지 못하고 있는 그는 얼마나 놀랄까. 겁이 나면서도 한편으로는 형찬만큼은 마냥 기뻐해 줬으면 하는 이기적인

428

마음이 들었다.

"요즘 많이 바쁘지?"

무슨 말을 어떻게 시작해야 할지 감이 잡히지 않아서 머릿속에 생각나는 대로 말을 해 버렸다. 그러자 형찬은 갑자기 두 손을 모았다.

"그것도 미안. 내가 요즘 신경을 못 썼지."

대화가 엉뚱한 방향으로 흘러갔다. 형찬은 눈치를 보며 요즘 야근을 하는 이유에 대해 구구절절 설명하기 시작했다. 사실 마음이 복잡해서 형찬이 말하는 재판 과정은 하나도 머릿속에 들어오지 않았다.

"서운하다고 말하는 거 아니야."

"……아니야?"

유라는 고개를 끄덕이며 병원에서 받은 초음파 사진을 뒤집어서 테이블에 올려놓았다. 영문을 모르는 형찬은 어리둥절한 얼굴로 사진을 가져와 확인했다. 사진을 보고 눈이 커진 형찬을 보며 유라가 떨리는 목소리로 말했다.

"당신, 아빠 됐어."

뭐가 뭔지 아무것도 모를 텐데도 형찬은 사진에서 눈을 떼지 못했다. 한참 만에 고개를 든 형찬이 물었다.

"병원 갔다 온 거야?"

"응."

"언제?"

"오늘."

"바보야. 그런 건 나랑 같이 갔어야지."

형찬은 아차 싶은 얼굴로 그녀의 배를 바라보았다.

"아까 많이 놀랐지? 괜찮아?"

"좀 놀랐어."

인정하는 대답에 그는 금방이라도 울 것 같은 얼굴이 됐다. 유라는 피식 웃음이 터져 나왔다.

"어머니는? 어머니께 말씀드렸어?"

"아직. 당신한테 제일 처음 말하는 거야."

"그…… 그러니까 그게, 몇 주? 얼마나 된 거야?"

"5주 차래."

질문 세례를 퍼붓던 형찬은 아까 병원에서의 자신처럼 정신이 하나도 없어 보였다. 유라는 그를 진정시키는 의미로 손을 꼭 잡았다.

"형찬 씨."

"응."

"……나, 배고파."

오늘 병원 갈 생각에 심란해서 밥을 제대로 못 먹었는데 긴장이 풀리고 나니 배가 고프기 시작했다. 형찬은 이글거리는 눈빛으로 물었다.

"뭐 먹고 싶어? 말만 해. 다 사 줄게."

"청국장!"

"청국장?"

유라는 크게 고개를 끄덕였다. 청국장을 먹어 본 적은 있지만, 먹고 싶어서 제 돈 주고 사 먹은 적은 없었다. 게다가 형찬과는 아예 청국장을 먹어 본 적이 없었다. 그만큼 두 사람 사이에서는 생소한 메뉴였다.

"가자."

그는 당장 청국장집을 인수할 기세로 벌떡 자리에서 일어났
다.

마침 멀지 않은 곳에 맛집으로 유명한 청국장집이 있었다.
두 사람은 선선한 바람을 맞으며 조금 걷기로 했다.

"병원은 언제 또 가?"

"2주 뒤에 심장 소리 들으러 오래."

"그땐 꼭 나랑 같이 가."

유라는 수줍은 듯 고개를 끄덕였다.

"부모님들께는 안정 좀 되면 말씀드리자."

"응. 유라 네가 하자는 대로 할게."

"……좋아하실까?"

"앞에서 내색은 못 하셔도, 두 분 다 속으로는 엄청 좋아하
실걸."

"정말?"

"당연하지. 부모님들 일은 나한테 맡겨."

형찬의 확신하는 대답을 들으니 그제야 안심이 됐다. 유라
는 이제 제법 해가 길어진 저녁 하늘을 바라보았다.

"아이 태명, 햇살이 어때?"

유라의 물음에 형찬이 흠칫 놀라며 고개를 돌렸다.

"나도 방금 그거 생각하고 있었는데."

"진짜?"

"응. 진짜."

형찬은 유라의 허리를 감싸 안았다. 피곤함에 줄곧 어둡게만 느껴졌던 세상이 이제 와 새삼 밝아 보인다.

"햇살은 왠지 밝으면서도, 따뜻한 느낌이야."

"그런 아이가 됐으면 좋겠다."

"분명 그럴 거야."

서로를 바라보는 두 사람의 얼굴 위로 햇살이라는 태명처럼 밝고, 따뜻한 미소가 감돌고 있었다.

19화

　무료한 토요일 오후였다. 상희는 팔짱을 낀 채 소파에 앉아 심사위원이라도 된 것처럼 드라마를 보고 있었다.

　"엄마, 좀 끝까지 보면 안 될까?"

　옆에 앉아 있던 영주에게서 볼멘소리가 흘러나왔다. 상희는 뭐가 마음에 안 드는 건지 5분에 한 번씩 리모컨으로 채널을 돌리고 있었다.

　"요즘 드라마들은 같은 작가가 쓰나, 왜 이렇게 다 비슷비슷한 거야?"

　또 시작이다. 종로에서 뺨 맞고 한강에다 화풀이하기 전법. 직설적인 성격임에도 불구하고 자존심 때문에 콕 집어 말할 수 없는 불만이 있을 때마다 모친은 엄한 곳에 화풀이를 했다. 이럴 때 집에 있으면 괜히 화만 돋운다.

"청주댁!"

"아까 마트 간다고 나가셨잖아."

"여기 또 청소 안 한 것 좀 봐."

상희는 불퉁한 얼굴로 청자를 검지로 쓸었다. 하지만 영주의 눈에는 돋보기로 봐도 보일까 말까 한 초미세먼지 수준이었다.

게다가 집 안에 둔 청자들은 워낙 고가라서 청주댁에게는 손도 대지 말라고 엄포를 놓았던 게 바로 모친이었다. 그걸 아는 영주는 아예 대꾸도 않고 매니큐어 색을 고르기 바빴다. 상희는 영주를 못마땅한 눈으로 쳐다보며 소파에 앉았다.

"가뜩이나 머리 아파 죽겠는데 왜 여기서 이걸 발라! 네 방가서 바르든가, 나가서 관리를 받고 오든가!"

영주는 미간을 좁히며 상희를 바라보았다.

"엄마."

"왜!"

"슬슬 심심하시지?"

"뭐?"

심기를 건드리는 발언에 버럭 화를 내자, 정곡을 찌른 영주가 쿡쿡 웃었다.

"오늘 모임 있는 날이잖아. 안 나가려고?"

"나가서 뭐해. 모이기만 하면 맨날 똑같은 얘기들만 하는데."

점점 나이를 먹다 보니 모임의 주제는 어느 순간부터 자연스럽게 자식 자랑에서 손자, 손녀 자랑으로 이어졌다. 간혹 며느리 자랑을 하는 사모들도 있었는데 그 사이에서 상희는 아무것도 자랑거리가 없었다.

눈앞에 있는 미운 우리 새끼는 평생 독신주의자로 살겠다고 선언했고, 형찬에게 이혼이라는 꼬리표가 붙은 뒤로는 무슨 자랑을 해도 부모 가슴에 대못 박은 아들이라는 메아리만 돌아왔다.

그렇다고 가만히 자리에 앉아서 남의 집안 자랑만 듣고 있자니 속이 쓰렸다. 차라리 안 보고, 안 듣는 게 상책이었다.

"그럼 쇼핑이라도 나갈까?"

"다 귀찮으니까 말 시키지 마."

상희는 버럭 짜증을 내며 손부채질을 했다. 잠잠했던 갱년기가 다시 오려나. 날씨가 따뜻해지면서 몸에 부쩍 열이 올라와 덥고 짜증만 늘었다.

평소 같으면 같이 짜증을 냈을 영주는 잠자코 일어나 부엌으로 향했다. 이제 마흔 다 돼 가는 다 큰 딸에게 짜증을 부린 것이 좀 미안해졌지만, 불같은 감정 기복을 내색할 수 없어서 그저 애꿎은 리모컨을 꾹꾹 누르며 채널을 돌렸다.

"다녀왔습니다."

그때 형찬이 집으로 들어왔다. 아침 일찍 말 한 마디 없이 나갔길래 은근히 괘씸해하고 있었는데 생각보다 일찍 들어온 것이다.

"왔어?"

부엌에서 시원한 오미자차를 타 온 영주가 알은체를 했다.

"잠깐 앉아. 할 얘기 있어."

시시한 이야기를 주고받는 성격은 아니니 그가 이야기를 하자는 건 뭔가 특별한 일이 있다는 것이다. 영주는 상희에게 오미자차를 내주며 자리에 앉았다. 그녀가 앉자마자 형찬은 말없이 사진 한 장을 건넸다.

"이게…… 뭐니?"

상희는 얼떨떨한 얼굴로 초음파 사진을 바라보았다.

"초음파 사진요."

"누가 그걸 몰라?"

형찬이 왜 이 사진을 자신들에게 보여 주고 있는지 묻고 있는 것이었다.

"유라 임신했어?"

머릿속에서만 맴돌고 차마 입 밖으로 떨어지지 않던 말을 영주가 대신했다. 상희가 고개를 돌려 바라보자, 형찬은 주머니에서 종이 한 장을 꺼내 보여 주었다.

임신확인서였다.

"병원 다녀오는 길이에요."

상희는 들고 있던 초음파 사진을 내려놓고 그가 준 임신확인서를 살펴보았다. 임신확인일부터 분만예정일까지 고스란히 적혀 있는 것을 본 상희는 앞에 놓인 오미자차를 벌컥벌컥 마셨다.

"몇 주나 된 거니?"

"이제 7주요."

7주라면 진작 알고도 남았을 시간이다.

"근데 왜 지금에서야 말을 해?"

"좀 더 안정돼서 말씀드리고 싶었어요. 방금 심장 소리 듣고 오는 길이에요."

"대박! 그럼 나 고모 되는 거야?"

이 상황을 티 없이 맑게 기뻐하는 사람은 오직 영주뿐이었다.

"유라 몸은 좀 어떻고?"

"처음엔 입덧이 하나도 없다가 요즘 들어 심해졌어요. 과일 말고는 입에도 잘 못 대요."

"큰일이네."

예전 같았으면 유라의 임신 소식을 듣자마자 펄쩍 뛰었을 텐데, 이상하게도 기분이 나쁘지 않았다. 오히려 걱정이었다. 마지막으로 봤을 때도 툭 치면 픽 쓰러질 것 같은 앙상한 몸이었는데, 입덧하느라 음식까지 못 먹으면 그만한 고생도 없다.

상희는 담담한 얼굴을 하고 있는 형찬을 가만히 바라보았다. 오히려 담담한 아들을 보자니 더 안달이 나는 기분이었다. 제 배 아파 낳은 자식이지만, 표정으로만 봐서는 대체 무슨 심경인지 알 수가 없었다.

"그래서 앞으로 어쩔 셈이야?"

"뭐가요?"

되돌아온 형찬의 물음에 상희는 황당한 얼굴을 했다.

"임신도 한 마당에…… 무슨 대책이라도 세웠을 거 아니야."

예를 들면 결혼식을 다시 올리겠다든가, 혼인신고만 하겠다든가, 같이 살 집을 구할 거라든가, 여러 방면으로 생각해 보고 결정해서 형찬이 뭔가를 통보하리라고 생각했다. 그럼 자식

이기는 부모 없다는 말을 내세워 못 이기는 척, 받아 줄 생각
도 있었다.

"달라지는 거 없어요, 어머니."

"뭐?"

"어머니도 아직 유라 인정 못 하시고, 저도 유라 어머니께
완전히 인정 못 받았어요. 이런 상황에서 아이 핑계 대면서 유
라한테 저랑 다시 결혼해 달라고 할 순 없어요. 어물쩍 넘어가
고 싶지 않아요."

아이를 가졌는데도 재결합을 안 하겠다니. 도무지 이해할
수 없는 말이었다. 상희가 혼란스러운 얼굴로 영주를 바라보았
지만, 편들지는 못할망정 형찬의 말에 고개를 끄덕거리고 있었
다.

"그, 그 집에선 뭐라는데?"

"아마 어머니도 이제 아셨을 거예요."

형찬은 주머니에서 울리는 휴대폰을 꺼내며 자리에서 일어
났다.

"저 다음 주 재판 때문에 출근해야 돼서요. 옷 갈아입고 내
려올게요."

형찬은 전화를 받으며 2층으로 올라갔다. 계단을 올라가는
아들의 뒷모습을 바라보던 상희는 기가 찬 표정으로 초음파 사
진과 임신확인서로 시선을 돌렸다.

"아니, 쟤는…… 허락해 달라는 말을 해야 허락을 해 줄 거
아니야……."

유라를 다시 만날 때 형찬은 애초부터 허락을 구하지 않았

다. 허락해 달라고 하지도 않은 애들에게 내가 만남을 허락해 주겠노라고 먼저 말하는 것도 퍽 우스운 일이라 모른 척했을 뿐이다. 하지만 이제 상황이 달라졌다.

"다 엄마가 초래한 일이지. 자업자득이야."

"뭐?"

"지금 손자 못 보고 살까 봐 그러는 거잖아. 우리 이 여사님 속은 어쩜 이렇게 투명하실까."

이죽거리는 영주를 노려보던 상희는 이마를 부여잡고 고민하기 시작했다.

"그러지 말고 일단 세탁소부터 찾아가 봐."

"사돈댁을 보고 오라고……?"

상희가 망설이자 영주가 탁자를 톡톡 두드렸다.

"막말로 이제껏 엄마가 유라한테 했던 행동들, 사돈댁이 모르시겠어? 그거 다 아시면 절대로 형찬이한테 유라 다시 안 보내지. 나 같아도 안 보내겠다."

얄밉지만 따박따박 맞는 말만 하는 바람에 말문이 턱 막혔다. 초음파 사진을 힐끔 쳐다본 상희는 결심을 한 듯 자리에서 일어섰다. 쇠뿔도 단김에 빼랬다고, 더는 지체할 시간이 없다.

무작정 세탁소 앞까지 오긴 했지만 막상 오고 나니 마음이 무거워서 상희는 선뜻 차에서 내리지 못했다.

"손님이 제법 오네."

앞서 오는 길에 24시간 셀프 세탁방도 여럿 보였는데, 오히려 유라네 세탁소에 사람들이 더 많이 드나들었다. 현숙이 혼자 남기까지 기다리던 상희는 손님이 나가자마자 주변을 살피며 차에서 내렸다.

"어서 오세······."

다리미질을 하며 인사를 하던 현숙이 고개를 들다 멈칫했다. 아이들 결혼식장에서 보고 이번이 두 번째 보는 얼굴이었지만 단숨에 알아봤다.

"사부인."

현숙은 냉큼 다리미를 내려놓았다. 비록 남남이 된 사이였지만 입에 붙은 사부인이라는 호칭이 저절로 흘러나왔다. 상희도 고개를 꾸벅 숙였다.

"그간 안녕하셨어요."

"네."

혹시나 마주치게 되면 유라가 당했던 것처럼 똑같이 물이라도 끼얹었을까, 내 딸이 어디가 모자라서 그렇게 미워한 거냐고 원망을 쏟아 내려고 했었는데.

시간이 약이라는 말처럼 막상 저만큼이나 세월을 맞은 사부인을 보니 선뜻 마음속에 담아 둔 말이 나오질 않았다.

"바쁘실 텐데 갑자기 찾아와서 죄송해요. 근데 아시겠지만 꼭 드릴 말씀이 있어서요."

이미 오전에 유라에게 이야기를 전해 들은지라, 현숙도 상희가 찾아온 이유를 알고 있었다.

"그런데 어쩌죠. 제가 가게를 닫을 수는 없어서······."

밀린 빨래들도 많은 데다가 주말이라 옷을 맡기고 간 손님들도 많이 올 거라 가게를 마음대로 닫을 수도 없었다.

"아니면 제 차에서……."

"저기서 잠깐 얘기 나누시죠."

현숙은 빼곡하게 걸린 빨랫감을 치워 보이며 안에 있는 방 하나를 가리켰다. 누추한 곳이라 굳이 얘기하지 않으려고 했는데, 차에서 나란히 앉아 얘기할 바에야 저곳이 나았다.

"그러시죠."

상희는 마음에 안 드는 눈치였지만 일단 한발 양보했다. 현숙은 집에서 타 온 커피를 따라 상희에게 건넸다.

"유라, 임신했다는 얘기 듣고 오신 거죠?"

어색한 침묵을 깨고 먼저 입을 연 사람은 현숙이었다.

"네. 축하드려요, 사부인."

"아, 예. 감사합니다."

축하받을 일인지, 축하해야 할 일인지 서로가 듣고 말하면서도 아이러니했다. 두 사람 사이에서 또 한 차례 정적이 감돌았다. 상희는 숨을 깊게 들이마시고 말했다.

"……죄송합니다."

상희는 들릴 듯 말 듯 한 목소리로 어렵게 입술을 뗐다.

'이러쿵저러쿵 가타부타 변명하지 말고 그냥 죄송하다는 한 마디면 돼.'

평생 제 속을 긁는 딸이지만, 상황 판단력이나 눈치가 기막

히게 빨라서 영주가 말하는 대로 하면 어디 가서 싫은 소리 듣
는 법은 없었다. 그래서 이번에도 믿어 보기로 했다.

아니나 다를까, 사과를 들은 현숙은 믿을 수 없다는 눈을 하
고 있었다. 상희는 다시 한 번 고개를 숙였다.

"제가 생각이 짧았어요."

이어지는 상희의 사과에 현숙도 서둘러 고개를 숙였다.

"아닙니다. 저도 잘한 거 없는데요."

제 자식 아프게 당한 만큼, 형찬에게도 모질게 굴며 똑같이
상처를 줬으니 현숙도 사과받을 입장은 아니었다. 두 사람은
서로의 사과에 대해 깊게 파고들지 않았다. 말하지 않아도 알
수 있었다.

"유라가 입덧이 심하다고 들었어요."

"네. 요즘은 밥 짓는 냄새만 맡아도 울렁거린다고 하더라고
요."

"저…… 그래서 말인데요."

눈치를 보던 상희가 조심스럽게 말했다.

"사부인은 가게도 하시는 데다가 늦게 들어오시잖아요. 그
런데 저희 집에는 저도 있고, 제 딸도 있고, 일하는 아줌마도
있고, 또 형찬이도 있잖아요. 유라가 이제 나이도 있어서 한창
조심해야 하는데……."

말끝을 흐렸지만 원하는 바가 무엇인지는 충분히 설명이 됐
다.

"유라가 받아들일지 모르겠어요."

의외로 부정적이지 않은 현숙의 반응에 상희가 자세를 고쳐

앉았다.

"그럼 유라만 괜찮다고 하면, 사부인도 받아들이시는 건가요?"

"네, 뭐……."

당사자가 괜찮다면야 현숙도 말릴 도리는 없었다. 현숙의 대답에 상희는 냅다 그녀의 손을 잡았다.

"감사합니다, 사부인."

"우리 유라, 잘 좀 부탁드릴게요."

두 사람은 서로에게 진심을 다해 부탁했다. 한 번의 실수로 뼈아픈 시간들을 보냈으니, 두 번의 실수는 없을 것이다.

세탁소에서 나온 상희는 곧장 유라의 약국으로 차를 돌렸다. 기사를 대기시키고 약국으로 들어가자 수연과 제일 처음 눈이 마주쳤다.

"어?"

상희를 알아본 수연은 곧장 미간을 좁히며 유라를 바라보았다. 수연과 재성의 배려로 의자에 앉아 업무를 보고 있던 유라도 뒤늦게 상희를 보고 자리에서 일어났다.

"어머니."

"잠깐 시간 되니?"

"네."

유라가 나가려고 하자 수연이 그녀의 손목을 붙잡았다.

"선배. 나도 같이 갈까요?"

수연은 일부러 상희 들으라는 듯 큰 소리로 물었다. 적대하

443

는 기색이 역력히 느껴졌다.

이혼하고 나서 몇 번 약국으로 찾아왔을 때 수연과도 실랑이를 벌인 적이 있으니 감정이 좋지 않은 건 당연했다. 상황을 모르는 재성만이 수연의 옆구리를 쿡쿡 찌르며 눈치를 주었다.

"잠깐 나갔다 올게."

유라는 상희와 함께 약국을 나왔다. 유라가 1층에 있는 카페로 들어가려고 하자, 상희가 그녀를 붙잡았다.

"오다 보니까 지하에 찻집 하나 있는 것 같던데."

"아. 그럼 거기로 가실래요?"

"그러자."

찻집에 들어가자마자 카운터로 향한 상희는 메뉴판을 바라보며 물었다.

"여기 임산부한테 좋은 차가 뭐예요?"

상희의 질문에 옆에 서 있던 유라의 얼굴이 발갛게 물들었다. 종업원이 추천해 준 차를 주문한 두 사람은 창가 자리에 앉았다.

"점심은 드셨어요?"

"너는 뭘 좀 먹었어?"

"집에서 싸 온 거 먹었어요."

"과일?"

"네."

"입덧 때문에 아무것도 못 먹는다더니. 얼굴이 반쪽이 됐네."

자신을 걱정하는 상희의 모습에 유라는 볼을 만지며 멋쩍게 웃었다.

"너도 참……."

독하다는 말을 하려던 상희는 꾹 참았다. 혹시라도 배 속의
아가가 들으면 좋을 게 없었다. 하고 싶은 말도 제대로 못 하
고 조심스러워하는 상희를 본 유라가 조용히 웃었다.

"딸이든 아들이든, 인물 걱정은 없겠다."

상희는 퉁명스럽게 대답했다. 여기까지가 지금 당장 상희가
표현해 줄 수 있는 한계였다. 유라도 그 사실을 모르지 않았
다.

"그런데 여기까지 어쩐 일이세요?"

"방금 사부인 만나 뵙고 오는 길이다."

"저희 엄마요?"

"그래."

상희의 침착한 태도를 봐선 별일은 없었겠다 싶었지만, 혹
시나 싶은 불안함이 고개를 들었다.

"내가 너 우리 집으로 데려가면 안 되겠느냐고 여쭙고 왔
어."

"네?"

"너만 괜찮다고 하면 그래도 된다고 하시더라."

두 사람이 만나서 그런 이야기를 나눴다는 것만으로도 놀라
운데, 엄마가 심지어 긍정적으로 대답을 했다는 것은 아예 믿
기지가 않았다.

"너, 우니……?"

호르몬 변화 때문에 임신하고 부쩍 심해진 감정 기복 탓일

까. 상희의 말에 눈물이 더욱 쏟아져 내렸다. 마침 차를 가져오던 종업원은 경계하는 눈빛으로 상희를 바라보았다.

하지만 당황한 건 상희도 마찬가지였다. 졸지에 임산부를 울린 못된 시어머니가 된 상희는 급히 가방에서 손수건을 꺼냈다.

"아니…… 내가 무슨 말을 했다고…….."

그러나 한번 터진 눈물은 쉽게 멈춰지지 않았다. 상희는 종업원이 가져다준 시원한 물 한 잔을 건넸다.

"너 입덧도 심하다며. 약국 관두라고 해도 분명히 말 안 들을 텐데. 그럴 바에야 가깝기라도 한 우리 집이 낫겠다 싶었지. 친정이 편한 줄은 아는데, 그래도 옆에서 너 신경 써 줄 사람이 있어야 할 거 아냐. 우리 집엔 나도 있고 영주도 있고, 우리가 불편하면 청주댁도 있고…….."

"……."

"아니면 형찬이랑 같이 살 집을 하나 얻어 줄까? 그게 편하겠어?"

상희가 누군가에게 이렇게까지 쩔쩔매는 모습을 본 적이 없었다. 간신히 마음을 진정시키고 나니 새삼 이 상황이 신기하고, 제법 좋기까지 했다.

코를 훌쩍이던 유라가 피식 웃어 버리자 상희가 어이없다는 듯 헛웃음을 지었다.

"얘가 왜 이렇게 사람 헷갈리게."

"어머니."

"그래. 말해 봐."

뭐든지 다 들을 준비가 돼 있는 자세였다.

"저 방금처럼 기분도 막 왔다 갔다 할 거고, 그러다 보면 어머니한테 짜증도 낼 수 있는데…… 그런데도 저랑 지내는 거 괜찮으시겠어요?"

"네가 뭔가 착각을 하고 있는 모양인데."

말할까 말까, 잠시 고민하는 듯싶더니 상희가 큰 결심 한 얼굴로 말했다.

"너 나한테 착한 며느리 아니었어."

"에이. 처음에는 착했죠."

"그거 다 가식이었잖아. 난 적어도 너한테 가식적이지는 않았다."

"가식 아니고 노력요, 어머니."

"뭐, 어쨌든."

상희는 황급히 말을 돌렸다. 대화하는 내내 상희는 작은 몸짓에도 예민하게 반응하며 그녀의 몸을 챙겼다. 비록 다정하게 듣기 좋은 말은 못할지라도, 이렇게 약국까지 찾아와서 먼저 안부를 묻고 다가오기까지 얼마나 어려운 결심을 한 것인지 알기 때문에 감동이 컸다.

이 모든 게 결국은 진심으로 마음의 문을 열었다는 신호였으니까.

"잘 부탁드려요, 어머니."

그래서 이젠, 어머니를 진심으로 대할 수 있을 것 같다.

"그래. 나도 잘 부탁한다."

다 잊을 수 있을 것 같다.

에필로그 1

　저녁에 먹었던 김치찌개가 너무 짰는지 한밤중에 시원한 물 생각이 간절했다. 뒤척이던 상희는 결국 침대에서 일어났다.

　거실로 나가자 어두컴컴한 거실로 희미한 불빛이 새어 들어왔다. 주방에는 청주댁과 유라, 그리고 영주가 모여 앉아 있었다.

　"우리 엄마 음식이 입에 맞아?"

　"네. 맛있어요."

　그들에게 다가가려던 상희는 제 이야기가 나오자마자 순간 멈칫했다. 잘못한 것도 없는데 본능적으로 몸을 숨기고 대화를 엿듣게 됐다.

　"강습 끝날 때 되지 않았나?"

　"어제 세 달 더 등록하고 오셨다고 했어요."

몇 달 전, 지인의 초대로 도자기 그릇 전시회에 다녀와 그릇을 잔뜩 사 온 상희는 무슨 바람이 불었는지 요리를 배워 보고 싶다고 했다.

요리전문가를 찾아가 일주일에 한 번씩 수업을 듣게 된 게 벌써 반년이 지나가고 있었다. 가족들은 모두 얼마 가지 않을 거라고 생각했지만, 상희는 점점 요리 배우는 데에 심취하기 시작했다.

"아, 망했다."

영주의 한숨 섞인 대답에 상희가 눈을 치켜떴다.

"그래도 사모님 할 줄 아는 요리 많이 느셨는데."

"가짓수가 늘면 뭐해요. 맛이 없는데."

요리를 배우기 시작하면서 식탁에는 상희가 만든 반찬들도 하나둘 올라오기 시작했다. 그런데 문제는 상희의 요리가 맛이 없다는 사실이었다. 그야말로 무無맛이었다.

"유라 너, 임신하더니 미각을 잃은 거 아니야?"

"임신하고 나서는 심심한 맛들이 더 좋더라고요."

"그래, 임신해서 짜게 먹는 것도 안 좋지. 나도 나이 드니까 음식 간이 점점 세져. 영주나 형찬이 둘 다 내 음식이나 바깥 음식 맛에 길들여져서 그래."

상희는 저도 모르게 고개를 끄덕거렸다.

"전 어머니 요리 배우시는 취미 너무 좋아요."

"왜?"

"골프 같은 건 모임 때문에 할 수 없이 배우셨던 거잖아요. 배운 요리 복습하신다고 주방에 계실 때 어머니 표정 못 보셨

450

죠? 진짜 많이 즐거워하세요."

사실 상희도 알고 있었다. 자신의 요리 실력이 한참 부족하다는 사실을. 하지만 이제라도 요리를 열심히 배워서 자식들에게 못 해 먹였던 밥상을 차려 주고 싶었고, 곧 태어날 손주에게도 맛있는 음식을 만들어 주고 싶었다. 그게 최종 목표라면 목표였다.

처음에는 형찬과 영주도 꺼려 하는 제 음식을 유라가 묵묵히 먹기에 일부러 잘 보이려고 저러는 건가 싶었다. 나중에는 억지로 먹어 주나 싶어 자존심도 상했다.

맛이 없다는 걸 스스로 잘 알고 있었기 때문에 더 그랬다. 그런데 지금 보니 제 마음을 알아주는 사람은 아들, 딸도 아닌 며느리 한 사람뿐이었다.

그때 문득, 그녀가 처음 선보였던 음식들을 타박하며 외면했던 일이 떠올랐다. 요리를 해서 내보인 입장에서 외면받았을 때 그 심정이 얼마나 속상했을까. 그 상처의 깊이를 이제야 알게 된 상희는 얼굴이 화끈거렸다.

"이제 엄마가 너한테 뭐라고 안 하지?"

"그럼요."

"지난주에 삼청동 나갈 때, 네가 사 왔었던 스카프 하고 나가시더라."

"정말요?"

"응. 그 스카프가 이제야 빛을 본다."

영주의 대답에 상희는 민망한 나머지 목 주변을 만지작거렸다. 매니큐어 바른다고 인사도 건성이라 못 본 줄 알고 마음을 놓았더니, 곁눈질로 차림을 다 본 모양이었다.

사람 속을 긁을 때는 미련한 곰인 척하면서 보고도 못 본 척 능청 부릴 때는 저런 여우가 없다. 어쩜 내 속에서 저런 딸이 나왔을까.

"아직 저한테는 내색 안 하세요."

"그게 우리 이 여사님 자존심 지키는 방법이니까 네가 이해해."

"이제 저도 알죠."

"우리 딸도 유라가 준 스카프 나한테 잘 어울린다고 난리도 아니었어."

"어? 유라가 아주머니한테도 선물했어요?"

"글쎄, 내 것도 사 왔더라니까. 사모님 스카프랑은 아예 달라서 매고 나갈 때 눈치도 안 보이고 딱이야."

"역시 센스 있다, 한유라."

나만 준 게 아니라니, 묘하게 질투가 난다. 상희는 즐겁게 대화를 나누는 유라를 가만히 바라보았다. 이제 예전처럼 제 앞에서 바짝 얼어붙진 않았지만 저렇게 편하게 웃는 모습을 본 적은 없어서 유라의 웃음이 새삼 낯설게 느껴졌다.

그 뒤로도 세 사람의 대화는 끊임없이 이어졌고, 상희는 복잡한 마음으로 자리를 지키고 한참 동안 서 있었다.

다음 날, 출근 준비를 마친 형찬이 먼저 1층으로 내려왔다. 주방에서는 청주댁과 상희가 분주히 아침을 준비하고 있었다. 몇 달 전부터 봐 온 모습이라 익숙해질 법도 한데 여전히 적응

452

이 안 됐다.

"어머니. 푹 주무셨어요?"

"그래."

평소 같으면 반가움에 두 손부터 붙잡았을 어머니가 오늘따라 퉁명스러웠다.

"요즘도 계속 바쁘니?"

"네. 재판이 연달아 잡혀서요."

"그래도 일을 좀 줄여 봐."

걱정하는 목소리에 괜찮다고 말할 참이었다.

"집에는 일찍 들어와야지. 유라 임신도 했는데 방에 혼자 두면 어떻게 해? 무슨 일이라도 생기면 어쩌려고."

예상치 못한 상희의 훈계에 형찬은 물론, 밥을 푸고 있던 청주댁까지 휘둥그레진 눈으로 그녀를 바라보았다. 두 사람의 눈빛에 상희는 헛기침을 하며 물 한 잔을 마셨다.

"굿모……닝인데 분위기가 왜 이래?"

그때 뒤늦게 주방에 나타난 영주가 숙연한 분위기를 지적하며 자리에 앉았다. 뒤따라온 유라도 상희의 표정을 살피며 형찬을 바라보았다.

"얼른 밥 먹자. 아침부터 힘 뺐더니 그새 배고프네."

그렇게 묘한 분위기 속에서 아침 식사가 시작됐다. 식탁에 차려진 반찬들을 둘러보던 영주는 가까운 곳에 놓여 있던 희끄무레한 잡채를 가리켰다.

"아침부터 잡채를 만들었어?"

영주의 젓가락이 망설임 없이 잡채로 향했다. 예전 같았으면 맛있다는 빈말이라도 들으려고 그냥 놔뒀을 텐데 오늘따라 그 모습이 탐탁지 않았다. 상희는 냉큼 잡채 그릇을 뺏었다.

"……뭐, 뭐야?"

"이거 한번 먹어 봐."

그리고 유라의 앞에 잡채를 내려놓았다.

"아, 네."

젓가락을 들고 황당해하는 영주를 보던 유라는 일단 시키는 대로 잡채를 먹어 보았다.

"어때?"

"음…… 간장을 좀 더 넣으면 맛있을 것 같아요."

"일부러 싱겁게 한다고 한 건데. 너무 싱거워?"

"네. 쪼끔……?"

유라는 최대한 상희의 마음이 상하지 않게 조심스럽게 대답했다. 무작정 맛있다고 하는 마음에도 없는 말보다 솔직한 대답이 차라리 듣기 좋았다.

"그래. 이따가 다시 무쳐 봐야겠네."

"제가 옆에서 간 봐 드릴게요."

"그래, 그럼."

그 뒤에도 상희는 식사 내내 보란 듯이 유라에게만 말을 걸었다. 형찬은 신기한 마술이라도 보는 사람처럼 두 사람에게서 눈을 떼지 못했다.

아침 식사를 마치자마자 형찬은 유라의 손을 붙잡고 2층으로 올라왔다. 끌려오듯 따라온 그녀는 닫힌 문 앞을 가로막고 선 형찬을 향해 어깨를 으쓱거렸다.

"왜 그래?"

"어제 어머니랑 무슨 일 있었어?"

유라는 고개를 가로저었다.

"당신이 봐도 어머니 좀 이상하시지?"

"좀 아니고 많이."

물론 집에 다시 들어오고 나서 상희가 구박을 한다거나, 무시하는 일은 완전히 사라졌지만 그렇다고 크게 호의적인 것도 아니었다.

그저 불편하지 않을 만큼 적당한 거리를 유지하며 지냈다. 그 거리를 유지하는 일은 상희의 마지막 자존심과도 같았다.

"스카프가 진짜 마음에 드신 건가······."

그녀는 닫힌 방문을 바라보며 혼잣말로 중얼거렸다.

"응?"

"아, 아무것도 아니야."

"왜. 뭔데. 나도 말해 줘."

유라는 궁금해하는 형찬의 볼에 입 맞추는 걸로 대답을 대신했다.

1층으로 내려오자 주방에는 설거지를 하고 있는 청주댁과 진지한 얼굴로 잡채 그릇에 간장을 한두 방울씩만 떨어뜨리고 있는 상희가 보였다. 답지 않은 소심한 모습에 유라가 피식 웃음을 터뜨렸다.

"어머니. 저 이제 먹어 봐도 돼요?"

더디지만 조금씩, 가까워지고 있었다.

"이게 다 뭐야?"

"뭐긴. 너 주려고 다 싸 온 거지."

"이걸 다?"

"혹시라도 너 식당에서 못 먹는 거 있을까 봐 걱정돼서 챙겨
왔어."

제주도 독채 펜션에 도착하자마자 현숙은 캐리어에 담아 온
밑반찬을 유라네 방으로 바리바리 챙겨 왔다. 냉장고를 열어
본 현숙은 이미 다른 반찬통으로 꽉 채워진 냉장고를 보며 깜
짝 놀란 얼굴로 그녀를 바라보았다.

"이거 다 네가 가져온 거야?"

"아니. 시어머니도 싸 주셨어."

상희 역시 유난이라고 타박하는 영주의 말을 한 귀로 흘리

며 일주일 전부터 반찬을 만들어 챙겨 주었다. 덕분에 형찬은 위탁수화물 초과 요금을 내야 했다.

"감사하네. 이런 것도 다 챙겨 주시고."

뒤에 서 있던 유라는 현숙을 와락 끌어안았다.

"고마워요, 엄마."

"컨디션은 좀 어때? 괜찮아?"

"그럼. 아주 좋지."

"엄마! 언니!"

재촉하는 우리의 목소리에 두 사람은 서둘러 밖으로 나갔다. 이미 나갈 준비를 끝내 놓은 우리는 유라를 보자마자 텀블러를 건넸다.

"이게 뭐야?"

"마트에서 사 온 티백 가지고 우렸어. 돌아다니면서 마셔 봐."

"뭘 또 이런 걸…….."

"처형. 몸은 괜찮으세요?"

"나 진짜 괜찮아. 그러니까 이제 다들 내 걱정 그만해도 돼."

시시때때로 걱정하는 가족들 때문에 오늘 괜찮다는 말만 벌써 열 번을 넘게 했다. 왠지 같이 여행을 오겠다고 한 일이 식구들을 더 신경 쓰이게 만든 것 같아 후회가 됐다.

"유라는 제가 책임지고 돌볼 거니까 걱정하지 마세요."

형찬의 거드는 말에 가족들은 그제야 걱정하는 눈빛을 거뒀다.

"어머니. 이제 슬슬 나가 볼까요?"

"그래. 이제 돌아다녀 보자."

"유라야, 우리도 지금 나가자."

"응."

함께 제주도 여행을 오긴 했지만, 관광지 위주로 돌아다닐 우리네와 엄마의 일정을 소화하기엔 30주인 유라의 몸으로는 무리가 있었다. 그래서 형찬과 유라는 따로 다니기로 했다.

"어머니, 재밌게 놀다 오세요."

"응. 유라랑 조심해서 다니고."

"네."

우리네를 먼저 보내고 난 형찬은 자동차 뒷좌석 문을 열어 주었다. 차에 타려던 유라는 눈을 크게 뜨며 자신을 가리켰다.

"나 뒤에 타?"

"뒷자리가 더 안전하지 않을까."

"당신이 안전운전 해 줄 거잖아."

"음……."

"뒷자리 타면 심심하단 말이야."

유라의 애교 섞인 투정에 넘어간 형찬은 할 수 없이 앞자리를 허락했다. 안전벨트를 채워 주던 형찬은 볼록한 그녀의 배를 쓰다듬었다.

"우리 햇살이, 조심하면서 재밌는 여행 하자."

"네. 아빠."

형찬은 웃으며 차에 시동을 걸었다.

이번 제주도 여행 일정은 철저히 유라에 의한, 유라를 위한 여행이었다.

그녀가 가장 먹고 싶어 했던 고기국수를 먹고, 미리 알아본 전망 좋은 해변 근처의 귤 카페에 가서 생귤주스를 마시고, 조용하고 공기 좋은 숲길을 산책 삼아 걸어 다녔다. 몸은 무거웠지만, 마음은 되레 가뿐했다.

마지막 남은 코스는 그녀가 꼭 가고 싶다던 새별오름이었다. 원래는 형찬과 함께 올라갔던 한라산을 다시 가 보고 싶었지만 이번 여행에서는 포기할 수밖에 없었다.

"여기 정말 올라갈 거야?"

"응. 꼭 가 보고 싶어."

유라의 대답은 단호했다. 물론 다른 오름들에 비하면 비교적 가볍게 오르기 좋은 작은 언덕이었지만, 형찬은 그마저도 불안했다.

"힘들면 곧장 내려오는 거다."

"알았어."

형찬과 유라는 함께 손을 잡고 올라갔다. 주말인 데다가 이제 막 노을이 지고 있는 시간이라 오름에는 사람들도 많았다.

"여기 진짜 좋다."

정상에서 제주도가 한눈에 내려다보였다. 선선하게 불어오는 바람을 따라 억새풀이 흩날리는 모습은 장관이었다.

유라는 걸음을 멈추고 운치 있게 저물어 가는 가을 하늘을 바라보았다. 하늘에 떠 있는 조각구름이 고요히 움직이고 있었다. 오름 위에서 내려다보는 세상은 평화로워 보이기만 했다.

"잠깐 앉아 있다 갈까?"

"좋지."

두 사람은 사람들의 발길이 드문 언덕 너머에 자리를 잡고 앉았다.

"힘들지 않아?"

유라는 고개를 끄덕였다.

"나보다 당신이 더 힘들겠다."

제주도 여행 내내 형찬은 만삭인 순간을 기념으로 남기고 싶다며 삼각대를 들고 여기저기서 사진을 찍어 주었다. 말은 쉬워 보여도, 사실 보통 일이 아니었다.

"난 당신 사진 찍어 주는 거 좋아."

햇살이를 품고 있는 유라를 조금 더 예쁘게 남겨 줄 수 있다면 이깟 고생쯤이야 얼마든지 할 수 있었다.

형찬의 바람직한 대답에 유라는 웃으며 그의 어깨에 머리를 기댔다. 그는 편하게 기댈 수 있도록 자세를 낮춰 주었다.

"있잖아, 유라야."

"응?"

"나는, 너랑 같이 있는 지금이 너무 좋다."

형찬은 그녀의 손을 꼭 붙잡았다.

"둘이 아니라 셋이라서 더 좋고."

"나도 당신 옆에 있어서 행복해."

마음을 표현한 두 사람은 한동안 아무 말도 하지 않았다. 말을 하는 순간, 이 벅찬 감동이 그대로 다 사라질 것만 같아서, 충분히 이 순간을 만끽하고 싶었다.

"이제 내려갈까?"

"응."

주위가 어두워지자 사람들이 하나둘 오름을 내려가기 시작했다. 뒤늦게 언덕을 내려가던 유라는 반대편으로 보이는 한라산을 발견하고 형찬의 손을 이끌었다.

"형찬 씨. 우리 여기서 사진 찍고 가자."

"여기서? 그럼 이쪽으로 서 봐."

"나 혼자 말고. 우리 둘이 같이."

힘들게 어깨에 메고 올라온 삼각대를 써먹을 시간이었다. 역광 때문에 실루엣 나오는 게 고작이었지만 억새를 사이에 두고 있으니 그것대로 분위기가 있었다. 형찬은 구도를 잡은 곳에 삼각대와 카메라를 설치하고 유라와 나란히 섰다.

"찍는다."

"하나, 둘, 셋."

리모컨 셔터 버튼을 누르자 찰칵, 소리와 동시에 사진이 찍혔다. 카메라 액정 모니터 속에는 눈부시게 아름다운 세 사람이 함께하고 있었다.

The End

작가 후기

사람과 사람 사이에는 수많은 만남과 헤어짐이 존재하는 것 같습니다. 만남과 헤어짐 속에서 결국 내 사람임을 확인하는 순간은 '그럼에도 불구하고'라는 수식어가 붙는 순간이 아닐까 생각했습니다.

외롭고, 힘들고, 속상한 순간들이 있었지만 그럼에도 불구하고 서로를 놓지 못하고 다시 사랑하는 재회 이야기를 써 보고자 했습니다. 부디 취향에 맞으셨으면 좋겠습니다!

늘 저에게는 고마운 분들이 많습니다. 응원해 주신 독자님들, 오랜만인 출간에 용기 주신 작가님들, 고생하신 편집자님, 로코코 관계자분들께 감사드립니다.

마지막으로, 여러분! 건강이 최고입니다!
모두 모두 건강하세요.

정희경 드림